Enduring As The Universe

张海迪

·········· 著

天长

地久

中国青年出版社

谨以此书

献给我曾拥有过的时间——

地球如同星际列车，很快就会到站，

我们的生活只是途中的故事。

张海迪

新版序

2025年的春天，中国青年出版社要再版我的长篇小说《轮椅上的梦》《绝顶》《天长地久》，这是我的生命中最宝贵的礼物。在此，感谢中国青年出版社，你是我文学阅读和创作的启蒙者。我也要感谢亲爱的读者，几十年来，你们的支持给了我鼓舞和力量。

2025年，我走进生命的第70年，其中65年我在病痛中度过，能走到今天，是文学给了我力量。童年起我开始自学，九岁就能读长篇小说了，每一本书都像闪烁的星光，照亮我的梦想。读书让我忘了病痛，只觉得云开了，雾散了，太阳出来了，世界无比灿烂。

1984年冬天，中国青年出版社约我写长篇小说，我想起很多作家，他们的小说拓展了我的视野，丰富了我的心灵。后来我就写下一本又一本小说。这三本书已经再版了很多次，能够拥有那么多读者,我真的很感动。

感谢中国青年出版社的编辑，这一版的编排为小说增添了文学的深意。

张海迪
2025年春天

再版前言

　　2007年的夏天，《天长地久》出版了。经历了近五年的写作，我理想中的人物终于走近了读者。我写这本书是对时间飞逝的困惑，我总在想，时间飞逝，再也不回来了，是谁发现的时间？它到哪里去了，有一天还能回来吗？时间真是一个谜，而我们却常常忽略它的存在。但是，思考时间是哲学家和科学家的事情，我只想以文学的形式再现时间中的人们，写他们经历的一个又一个人生的小站。

　　人的生命只是一个个短暂的存在，如同划过夜空的一颗颗流星。认识时间的人，就像这本书里的天文学家与河流学家一样，无论在什么样的困境中都充满热情，执着前行；而不认识时间的人，即使物质生活丰富，也会精神委顿，意志消沉。我很想知道，精神困境是怎么产生的？物质生活已经远远超出了过去的期待，为什么还有精神的空洞呢？于是我想，困顿的时候不如抬头仰望，面对无边的星空，或许可以冲破世俗生活的狭隘眼界，仰望群星闪烁的美丽，感知茫茫宇宙中自身存在的幸运……

　　在此，感谢中国青年出版社出版《天长地久》。我对编辑有着深深

的敬意，他理解我所描写的天文学家，还有我对星空奥秘的热情。我也
要感谢亲爱的读者，当你们翻开这本书的时候，我就会忘记在写作中的
病痛⋯⋯

张海迪

2015年5月8日

前面的话

　　那遥远的地方是一片深深的幽蓝，它距我们这里也许有几十亿，或是几百亿光年，无数银色的星悄悄地运转着，从没有一刻停息。偶尔其中的一颗会发出璀璨的光亮，让人感知到宇宙的神秘，也引出无穷的猜想。很多年以来，我一直有一个愿望——在我还能握住笔的时候，写一本关于星空的书。这个愿望来自我童年时对天空的冥想，也是我成年后对时光飞逝如梭的怅惘。

　　现在，我发现城市的天空越来越朦胧了，一年中很少有清澈透明的日子。城市的楼房越来越多，夜晚，楼房的灯光阻碍了仰望星空的视线，一些人不再像少年时代对天空那么好奇了，因为云朵不再那么洁白，星星也不再那么晶亮地闪耀了。而天文学家却依然仰望着天空，为它的高，它的远，它的蓝。它的蓝不是一般的蓝，是幽蓝。那是一种很深很远，仿佛可以无限蓝下去的蓝。那幽蓝里深藏着无数让人猜不透想不到的像梦一样的东西。在那样的梦里，什么事情都可以发生，也可以不发生。那里有一条银河，它是一条星的河，它静悄悄地横贯天际，没有波涌，没有浪花，甚至连一丝细细的涟漪也没有，它已经灿烂地流淌了亿万年。亿万年间，银河把多少光辉洒向了宇宙，又目睹了多少星辰的生生灭灭，它却依然默默地流淌着……星空的美丽是无法用人造的词语准确描述的。当流星在天空中一闪而过时，我不禁发出惊叹，它会落到哪里啊？当海尔—波普彗星拖着长长的尾巴飘然而至，我除了好奇，还有一点恐惧，因为在我童年的故事里，彗星的出现总是和某个人的命运连在一起。

我喜欢看天空，所有的景象都吸引着我。我见过金星耀眼地升起在东方的地平线上，耐心地等待着太阳喷薄而出，然后悄悄地隐去。当它在西边的天际陪伴落日的时候，总要等到夜幕降临才恋恋不舍地离开。金星带给我的是爱情的幻想。我见过火星，这辆红色的战车总是不知疲倦地从东向西驶过天空，仿佛是守卫地球家园的忠实巡逻兵。我还见过土星和木星，它们总是悄悄地在远离我们的地方运行，警觉地阻挡着无数大大小小的陨石——它们可都是从太空深处射向地球的宇宙子弹啊！

当苏梅克—列维9号彗星被木星巨大的引力撕成碎片，并引发震撼世界的世纪大冲撞，我在惊叹那壮观景象的时候，心里也不寒而栗。我曾想，假如苏梅克—列维9号彗星撞击的不是木星，而是地球，我们怎么办呢？未来人类的智慧能够阻止这样的灾难发生吗？苏梅克夫妇和列维，这些可敬的天文学工作者和天文爱好者，他们以细致的观测和精确的计算，以木星撞击彗星的事实提醒了全世界的人——地球，这艘在险象环生的星海中航行的生命之舟，时刻都会遭遇难以预测的危险。

我在夏日的夜晚仔细观察过天狼星，我很想知道，为什么自古以来天狼星被人们当作凶险的侵略者。记得屈原在他的《九歌·东君》中唱出了这样的诗句：青云衣兮白霓裳，举长矢兮射天狼。他并不知道，天狼星正以每秒钟二十多英里的速度，不动声色地远离我们而去。人们为什么这样畏惧它呢？也许因为它太明亮了。从屈原吟诵它的诗句到现在，已经过去了两千多年，在这两千多年的时间里，天狼星为了躲避屈原那支让它胆寒的倚天长箭，又逃离了地球一万五千多亿英里，可今天它依然是夜空中最明亮的恒星！

天空是多么神秘啊，牛郎织女、嫦娥奔月、羿射九日、女娲补天……这些美丽的传说寄托着人们对生活、对未来的向往，也透露出人们对探索宇宙星空的理想和愿望。为什么宇宙是这样？将来它会怎么样？对那片深蓝，人们有数不清的疑惑。数千年来，人们锲而不舍地追寻着，却没有得到过令人信服的答案。宇宙太宏伟了，它是无限的。当人们用有限的目力企图看清无限的时候，只能得到狭小片面的印象，如果草率地作出结论，就将失去获得真知的机会。

每当仰望天空的时候，我都会有很多感慨，我很想说出那种感觉，可那些话仿佛就在嘴边，却又说不出来，我曾经因为不知道怎么表达而陷入迷茫和困惑。在苍穹下人实在太渺小了，因为天空无限地高，无限地远，即使有再大的望远镜也看不到它的边缘，或者它本来就是无边无际没有尽头的。我很想知道,我们在哪儿？我们从哪里来？又将到哪里去？苍茫宇宙之中我们是孤单的吗？我们能在这浩瀚之中找到知音吗？我们能为他们做什么？他们又能为我们做什么呢？

人类已经习惯了一个球形的家园，一个用经纬网精确划分的世界，太阳是这个世界的中心，我们已习惯于围绕这个中心，昼夜交替，四季轮换，周而复始地生活。今天，渺无边际的宇宙星空越来越让人感到不安，因为看得越远遇到的问题就越多。其实，宇宙在人类诞生之前就已经存在了，它还在不断地改变，人类不可能在短时间内认识它，甚至永远也不可能认识它，哪怕在人类消失之后，它也仍然存在。我常常这么想，面对着深远的幽蓝，那些与望远镜相伴的天文学家，还有挑战者号和哥伦比亚号的宇航员们，他们想要什么呢？这种想法困扰着我。

于是，有一天我开始写这本书了。从那时到现在，一晃几年过去了，那是很多孤独的日子，我有时会面对着天空发呆。今天，面对生活浮华的光影，思想已经变成了一件很沉重的事情。可是，一个人只有躯体，没有思想，也许还算不上真正地活过。我希望躯体倒下时，思想的灵魂还在风中伫立。写完这本书的时候，我忽然感到一丝快慰，在无边的宇宙间我留下了这本书，这些文字会让我永远与太阳相伴，天长地久……

张海迪

2007 年 2 月 28 日

目录

01　天文台

当夸父决定追赶太阳，玄奘决定西去的时候，他们知道天边是什么样子吗？也许在他们的想象中，天圆地方，人走得再远也能回来。可是现代科学告诉人们，天不是圆的，地也不是方的，那今天还会有人上路吗？

这个远离海岸线的城市海拔不高，气候温和，风景秀丽。在这座城市西北方向大约一个小时车程的地方，有几座山峰，其中最高的九峰山有一千多米，山上林木繁茂，空气清新。沿着浓荫遮掩的盘山公路驱车而上，可以到达山顶。山顶上有一片开阔地带，人们可能想不到这里会有几栋红色的楼房。在楼房不远处，有一片被白色栅栏围起来的地方，那里有几座白色的穹隆形建筑物，它们有一个共同的特点，就是下部都是圆柱体，圆柱体的上部安装着轨道，上面都扣着一个巨大的半球体，每个半球体上都有一个天窗，可以开启或关闭。白天，这些半球体上的天窗大都是关闭的。夜幕降临，远处的城市华灯初上，夜空中星光渐明的时候，这些半球体上的天窗就悄悄地打开，有的里面透出微弱的光亮，有的连一点光亮也没有，黑洞洞的，比黝黑的夜空还要幽暗。在静谧的夜晚，透过这些打开的天窗，有一双双巨大的眼睛，向着深不可测的夜空窥视。直到启明星从东方升起，天窗才又陆陆续续悄无声息地关上，只留下一扇向着东方，等待着太阳冉冉升起。

九峰山对城里的人来说很远，大多数人对这里的白色的圆顶建筑并不关心，很多人甚至不知道这座城市的郊区还有这样一个地方。这几年，从城里到九峰山的人多起来了，人们到这里来并不是因为天文台，而是因为周围的几座山峰已经开辟成旅游景点。与那些热闹的旅游景点相比，天文台显得有点冷清，也有几分神秘。天文台这个名字让人很敬畏，也许这是因为它是和宇宙相关的地方。从这个天文台出入的人也有点让人敬畏，九峰山天文台似乎是一个远离生活，远离一般人关注的孤立存在。

杜克成正坐在计算机屏幕前，在他身后不远的地方是一台口径一点二米的反射望远镜，望远镜的镜头正指向夜空。在望远镜的目镜下方，有几十根光纤，联结着一台台仪器和计算机。这是杜克成领导的课题组正在进行太阳系多光谱段全方位扫描，这也是他雄心勃勃的太阳系数字巡天观测计划的一个组成部分。杜克成的两只眼睛紧盯着屏幕，屏幕上有一些明明暗暗的不动的光点，那是太阳系外的恒星，还有很多或快或慢地移动的小光点，它们大多数是小行星，或者是在太阳系里游荡的无家可归的碎片、石块，它们大多数已经编号并且记录在案。但是仍然有一些神秘的不速之客混迹在它们中间，有个别的甚至是充满着危险的"近地天体"。杜克成的眼睛捕捉着它们，每一个这样的小天体，都有成千上万个数据，而且，有的数据还在不断变化，特别是那些近地天体，说不定什么时候就会突然向地球轨道冲过来，让人猝不及防……要连续地跟踪计算，就需要非常精密的观测和及时的数据处理，可是，那几个用于数据处理的计算公式到现在还没有推导出来，现在九峰山天文台的观测数据还是传统的，计算和分析都不能与国际上最先进的系统接轨。连必要的公式都不能推导，还谈什么数字化呢？

突然，杜克成的眼睛里出现了一个以前没有见过的小光点，它不像其他小行星那样在自己的轨道上大摇大摆地运行，犹如天马行空，而是仿佛在故意躲闪着，生怕被人看见。杜克成连忙摘下自己的眼镜，从纸盒里抽出一张纸巾擦擦镜片，重新戴上，他看得更清楚了，确实是一个陌生的小光点，但是亮度很低。他立刻把望远镜的镜头聚焦到这个小光点上，并且打开自动跟踪仪和数码照相机，这一系列动作只用了短短的几秒钟，仿佛一瞬间，那个小光点就消失了。他把望远镜继续对准这一天区，可是一直到早晨天亮，那个神秘的家伙却再也没有出现。观测室的天窗关上以后，他把观测软件记录的那个小光点的影像一遍一遍重复播放出来，用传统的数据公式进行计算，初步断定它是一个近地小天体。但是它的轨道参数、体积大小、物质组成等等数据却因为观测时间太短，仪器精度低，无法有效地采集到。但是凭自己二十多年从事天文工作的经验，他已经肯定，这个神秘的天体具有潜在的危险性，说不定还相当危险……

他立刻回到办公室，写了一份观测情况通报。写完通报，他看了看手表，已经快八点钟了。他觉得头脑有些混沌，就去卫生间冲了一个淋浴，洗漱过后，顿时清爽了许多。秘书丁岚来了，帮他拿来了早餐，豆浆油条煎鸡蛋。杜克成一边吃，一边请丁岚通知课题组成员马上到会议室开会。

他走进会议室的时候，十几个人已经在等他。杜克成清了清有点沙哑的嗓子，向大家通报昨天夜里的观测情况。然后他说，大家要密切注意这个不明天体，我们也要加快对太阳系进行全方位的数字巡天扫描，用台里现有的一切观测手段，可见光的、红外线的、紫外线的、X射线的等等，对太阳系里所有能够被观测到的物质和存在作详细的记录，形成一整套清晰的太阳系数字图像，也就是说，给太阳系做一个全家福……

杜台长，这张全家福是不是太大了？课题组副组长秦文平有些担心地说，就根据你说的那几种观测手段，要收集的数据是无限的……

副台长邓向辉说，我同意秦教授的看法，给太阳系制作全家福就是发达国家也不一定能做到。我们台别说数据处理，就是储存这些数据，也无能为力。

我们是有困难。杜克成并没有灰心的样子，他说，古代的天文学家能用手工造出浑仪和简仪，美国的克拉克父子能用三十年的时间磨出当时世界最大的望远镜的镜片，我们现在已经有了功能强大的数据库软件，数据处理方面的困难应该是能够克服的。

秦文平又说，在硬件方面，发达国家还是有很大的优势。

欧洲的斯隆巡天计划已经开始了，我们可以跟他们合作，为什么还要自己搞一套呢？没等杜克成开口，一直保持沉默的老资格天文学家苏英恺说话了，会议室里人们的目光转向了他。

台长，欧洲的斯隆巡天计划用的是二点四米的望远镜，而我们的望远镜只有一点二米，我们能不能向科学院申请一台大型望远镜呢？年轻的副研究员周轶军问杜克成。

我们的仪器设备是落后一点，但是在科研目标的确定上，在科学方法的应用上，我们并不落后。杜克成说，斯隆巡天计划是要扫描整个北半球的天区，获取大约四万亿颗恒星的各种数据，而我们的对象是太阳系，这是我们自己的家。如果我们能够在这方面做出一点成果，对人类的生存与未来也是贡献了一份力量。杜克成显得有点激动。其实，我们这个太阳系巡天观测计划，是为将来一个更大的计划，也就是为数字化太阳系做准备……

数字化太阳系？

杜克成听到他的四周发出一片惊叹。

苏英恺忍不住问道，杜台长，我们未免过于雄心勃勃了吧？

秦文平说，是啊，也可能有点太超前了。这个计划恐怕不太现实……

大家在议论。

可是几个年轻人却很激动，助理研究员彭钢说，我们就是应该搞大项目，做前人没有做过的事情，这样才可以创新，出成果……

邓向辉显得有点无可奈何，他说，老杜，这么大的一项计划，需要进行系统的研究，还要巨额的资金投入，没有这两条，那这个计划就是空的啊。

杜克成很想说服每一个人，他平静地说，古人用简陋的工具孜孜不倦地观测、计算，他们计算推论的结果，今天还让我们惊叹。所以，我们不能因为条件的限制而永远落在其他国家的后面，事在人为，数字化太阳系是一项巨大的工程，不是一代人能够完成的，但是只要我们走出这一步，那么，我们在国际天文学界也是开了先河……

杜克成的话音未落，有几个人已经点头了。他又说，请大家再考虑一下我的意见。不过我想，课题组现在可以开始工作了。我们就用台里最大的一点二米反射式望远镜作为主观测镜，把现有的所有仪器都接上，然后连接一台服务器和多个终端，这样我们就能有多个窗口，可以几个人同时工作。

秦文平还是担心，他说，杜台长，我觉得关键的问题是，我们的仪器设备能不能满足精密观测的要求。

杜克成说，我们的设备是老了一点，有一些我们可以自行研制，另外一些，比如，傅立叶分光光度计，我们的精度是不能和发达国家的相比，这需要通过国际合作来解决。所以，我们一定要争取国际资金的支持。

杜台长，这可是一大笔钱啊！邓向辉提醒他。

人家愿不愿意出钱，关键在于我们能不能拿出像样的东西来，只要我们的项目是真正有应用前景的，计划是周密的，数据是精确的，那我们一定能吸引到国际上最好的合作者。杜克成的自信让大家轻松了许多。他接着说，前不久德国慕尼黑天文台的台长施密特来信说，过些天要带一个代表团来九峰山天文台访问，主要是考察我们的巡天计划。这次要跟他好好谈谈，把我们的太阳耀斑和地磁暴观测研究作为优势项目拿出来，跟他搞合作，不怕他不动心……

这时候苏英恺说，杜台长，我还想说说这几个公式的情况。说着，他从文件包里拿出一摞稿纸。

苏教授，还没有解决吗？杜克成的眉头一下紧蹙起来。

是啊，还是没有结果。苏英恺说，去年我就委托华北大学数学系的袁教授去推导，可昨天他把材料退回来了，说他已经无能为力了。

杜克成愣住了。这怎么办呢？连袁教授这样国际上知名的计算数学家也推导不出来，再去找谁呢？

苏英恺说，袁教授很抱歉，他说这不是纯数学方面的问题。

是啊，我怎么没想到呢？确实不是纯数学的问题，不是天文学家和数学家，怎么可能推导出这样的公式呢？杜克成低头想了想，抬起头看了看会议室里的人，他的目光落在周轶军身上，他最年轻，曾是自己的博士生，在计算数学方面，他对周轶军要求很高。轶军，你再试试怎么样？他问道。

周轶军的脸一下涨红了，台长，我可以试试，但是也没把握，我看过那些公式，只怕万一不行更耽误时间……

屋里一阵沉默。过了一会儿，周轶军又说，台长，要不你就交给我吧。

杜克成听出周轶军的语气并不坚定，就说，算了，还是我自己再试试吧。

杜台长，这样不行，你的负担太重了。苏英恺有些担忧了。

杜克成笑了，说，负担就是重量，我们要挑起来才知道重不重。

散会了，杜克成来到苏英恺面前，拿起那摞稿纸装进自己的文件夹。他觉得心里沉甸甸的，好像那不是稿纸，而是一摞厚重的数学著作。周轶军来到他身旁，似乎有点歉意地小声说，台长，要不您推导公式，我上机验证……杜克成看看他，没有说话，只是拍了拍他的肩头。

杜克成回到观测室，又看了一遍昨晚的观测记录。计算机屏幕上，那一个个光点就像一只只眼睛，或明或暗，正从太阳系深处的某个地方注视着他，好像在问，喂，老伙计，我们什么时候才能真正认识啊？杜克成觉得眼睛睁不开了，他趴在桌上，心里嘟哝着说，等着吧，总有一天，我会给太阳系的每一个成员都发一张数字身份证……

02　老教堂

岁月飘逝而去，老教堂的钟声依然悠长，仿佛从很久以前传来，又向着遥远的未来飘去。人们置身现实，耳畔却回荡着过去的声音。

早晨，杜克成从观测室出来，没有像往常一样去办公室，而是出去散步。他的眼睛已经布满了血丝，眼前的景物也变得一片模糊。这段时间，他的脑子里被计算公式塞满了，数学是关系到天文台能不能用现代信息技术装备起来的关键。传统的，用肉眼对着望远镜的目镜观测天空的方法已经不能适应现代天文观测的需要了，更不用说大规模高分辨率巡天观测了。自从近代天文望远镜发明以来，巡天观测已经作为天文观测的一个基础性工作，可是用肉眼对着目镜观测有很大的局限性，因为人眼的疲劳特性，观测时间长了就会眨眼睛，而且，还有不可避免的视觉误差，所以，用肉眼观测不知道会有多少珍贵的天象被错过和遗漏。

他嘟哝着，却不知道是说给谁听的。一定要用最先进的技术手段使九峰山天文台的观测现代化、数字化。不就是几个公式吗，哪怕几天几夜不睡觉也要把它们推导出来……

杜克成出了天文台的大门，顺着一条小路往山下走去。经常走的这条小路两旁绽放着一丛丛不知名的小花，眼前就飘散着淡淡的花香。他下了几个台阶，一边走一边想，只要克服了这几个公式的障碍，这个太阳系巡天观测就可以实现数字化，为将来建立一个太阳系的数字模型奠定基础。到那时候，人类对自己的生存家园才可以说开始有了真正的了解……走着走着，杜克成忽然觉得自己被一个巨大的建筑物挡住了去路，他抬起头来一看，是教堂挡住了前面的路。他站住，愣了一下，才从繁杂的思考中回过神来，不由得自嘲地笑了，万能的神啊，你真的不让我走了吗？可你要知道，神自从诞生以来就是与科学对立的……

　　这座教堂气势恢宏，外墙是红砖和白色大理石砌成的，钟楼上的尖塔向天空高高地耸立着。他仰起头来看那塔尖的时候，觉得阳光有点刺眼。教堂四周也有星星点点的小花，粉的，黄的，还有淡紫色的，这些花的色彩给这庄严的教堂增添了几分温情。杜克成不由想起了多年以前到这里来的情景，那时的教堂是一片破旧衰败的样子。他走进教堂，别看这教堂就在天文台附近，可是他却很长时间没有进来过了。踏上几层台阶，他走进高大的木门，立刻感到一股摄人心魄的力量。深远大厅的两边，两排粗大的白色圆柱支撑着很高的拱形的屋顶。一排排长椅整齐地分列两边，一直延伸到大厅的正前方，那里是一座圣坛，圣坛上的高处有一尊洁白的大理石雕像。他走到雕像前，那怀抱婴儿的女人正温柔地注视着他。杜克成禁不住从心里发出一声赞叹，多美啊！从第一次看到她，他就发出了这样的感慨。恍惚间，日出日落，流星划过，雨雪飘飞，云开雾散，落英缤纷……那一天学校组织学生到九峰山来游览，那时候真是青春年少啊。他们来九峰山就像一群放飞的鸟。爬山的上树的，还有采花捕蝴蝶的。他来到教堂门口，看见了朱丽宁。朱丽宁的一对细长的眼睛睫毛很长，看上去朦朦胧胧的。她对他笑了，他感到了一种从没有过的幸福感，全身竟有点儿发颤。班里男生都说朱丽宁漂亮，可谁也说不清她究竟哪里漂亮。对啊，朱丽宁的美到现在他也无法形容。他记起她那两条垂在胸前的辫子，在她胸脯上变成了弧形。她对他说话，可他只注意朱丽宁红润的嘴唇，却没听清她说了什么，她太容易让人分散注意力了。

后来是怎么进的教堂，他已经记不清了，但不是他和朱丽宁两个人，而是三个人。朱丽宁的同桌许建文不知怎么也跟来了，这让他觉得多少有点丧气。那天，空空荡荡的大厅，没有一个人，只有满地的瓦砾和被砸碎的五颜六色的彩绘玻璃。在大厅的正前方，是圣母玛利亚残破的雕像，教堂显然遭到过破坏。他们在里面转来转去，只听见脚下碎玻璃破碎的噼啪声在空荡荡的大厅里发出可怕的回响。杜克成看见在一个光线很暗的角落里有一扇很隐蔽的小门，他轻轻拉开那扇吱吱嘎嘎的小木门，里面是一个结满了蜘蛛网的很窄的木楼梯，楼梯上有一层厚厚的灰尘，已经很久没有人来过了。四周安静得有点吓人，他拉着朱丽宁上楼，他们有一种冒险的紧张，还有一点快乐。他们爬上楼梯，楼梯是螺旋形的，他们转了一圈又一圈，当楼梯终于走到头的时候，前面又是一扇小木门。杜克成把门推开，外面是一个很大的露台。恐惧和神秘感顿时烟消云散，这里仿佛离天空很近……许建文是从另一个地方上来的，他说他找到了一个秘密通道。

他们三个人靠在木头栏杆上，向四面眺望。阳光灿烂地照耀着，微风吹着他们。在不远处的山顶上，绿树葱茏中有一个白色的穹顶。杜克成第一次知道这里有天文台，那些封闭得严严实实的巨大的半球体里有什么？人们在那里做什么呢？他看见其中一个半球上开着一条窄窄的缝，他顺着那条缝的方向看去，眼睛几乎被强光照得睁不开，是太阳，原来是在看太阳。再睁开眼睛的时候，他看清楚了，原来那条缝里露出来一个望远镜。从那里看太阳会是什么样呢？现在已经记不清三个人在露台上都说了些什么，只记得朱丽宁穿着白衬衣蓝裙子。他们下山时，夕阳正在落下去，他回头再看那个半球时，发现它已经转动了方向；再仔细看，他发现它每时每刻都在转动；这是因为地球在转动，他想。如果你永远只在一个城市里，一所学校里，一间房子里，你永远也不会感觉到地球在转动，可是在天文台就真实地感觉到了……

一阵音乐铃声响起，杜克成掏出手机看看号码，电话是妻子余锦菲打来的。鱼儿，是你啊！杜克成说着，发现在这空荡荡的大厅里他说话的声音太响亮，还有嗡嗡的回声，就赶快走出教堂。亲爱的，你今天怎么样？妻子的声音总是这么温婉。他说，我还好，这会儿正在教堂附近散步呢。余锦菲说，这就对了，你要按时吃降压药，点眼药水，还要做眼部按摩，记住了吗？杜克成顺从地答应着，觉得很温暖，可又有点不耐烦。妻子只要离开家，每天都要这样嘱咐好几遍，即便是国际长途也要说个没完。电话那头余锦菲又问，星儿回家了吗？杜克成说，没有，星儿说这星期在医院值班。余锦菲又问，那儿子有消息吗？杜克成笑了，没有，你见哪一个参加航天员训练的人整天给家里写信打电话啊？余锦菲说，我是想儿子，还有你。杜克成说，那你就快回来吧。余锦菲在电话里轻轻地笑了。杜克成接完电话，刚关上手机，又打开了。他忽然想起儿子那对剑眉下的眼睛，这是他最感到骄傲的眼睛，深沉而明亮，就像一潭清水。这么想着，他就拨通了儿子杜时光在训练基地的电话……

03　西海岸

大海、沙滩、夕阳、白帆……让人暂时忘记了一切，过去和未来都消失了，世界变得只剩下自我。可是，谁如果在这种时候依然想着别人和过去，那么，这个别人和过去一定非同寻常。记忆啊，你为什么这样顽强，连温暖的海风、荡漾的碧波也不能把你驱赶到遥远的地方……

　　美国西海岸的傍晚，远处是碧蓝的大海。在海边的露天咖啡馆，银色的沙滩上，一把巨大的遮阳伞下有两把白色的藤椅，还有白色的藤桌。桌旁坐着两个东方女人，余锦菲和何慧琳，两个人的面前都放着一杯浓浓的咖啡。海风撩起了余锦菲的卷发，也拂动着何慧琳的长裙的下摆。在她们身边不远的地方，各种肤色的人们来来往往，她们身后的椰树林里，宽大的树枝随风摇摆着，和着波浪轻柔的拍打，沙沙地响。余锦菲目不转睛地注视着远处白色的海鸥，海鸥在海面上翱翔，更远处是几片白色的帆，再远是海天相接的地方。余锦菲忽然轻轻地问，慧琳，你还记得我们在中学第一次喝咖啡吗？

　　何慧琳笑了，说，当然记得，那种咖啡用烫金的纸包裹着，外面是一层很硬的白砂糖，里面是一块黑色的咖啡，有很香的味儿，嚼着很苦。后来你用开水冲了，立刻满宿舍里都是浓香。那个年代的咖啡和现在的味道不一样。

余锦菲说，那天晚上喝了几杯咖啡，我们集体失眠，三个人挤在一张床上，一直聊到天亮……

何慧琳说，朱丽宁发誓说，再也不喝咖啡了，而你说，将来有一天一定要天天喝咖啡，看，让你说准了……

余锦菲有些感慨，那时候怎么也没想到今天我们在这里喝咖啡，在这里，时间过得真快！微风吹拂着她的面颊，夕阳在她栗棕色的卷发上镀了一层金边。

可我觉得很慢，就好像离开家十年了。何慧琳说着，语调有点伤感。

这是因为你想家了。余锦菲说。

何慧琳说，不，不是因为单纯地想家，我在这里总觉得不踏实。虽然我所在的医学院眼科是国际一流的，这里的实验室、临床设备都是国内不能比的……

余锦菲说，也许你没有进入这里的社交圈，我也是，在这里参观完雕塑展就想马上回家，只有和那些泥巴石头在一起，我心里才踏实。

就像杜克成离不开他的望远镜吗？何慧琳问道。

他永远就那样，眼睛只盯在天文望远镜上。余锦菲眯起眼睛，看着远处一片小小的白帆说，从宇宙起源到现在，有记载的天体变化并不多，现在的天文学家也就能观测几十年，说不定等他们老了，自己观测一辈子的日月星辰都不会有变化，用他的话说，就是宇宙是无限的……

一阵海风轻柔地在眼前掠过，余锦菲收回目光，看着在身边走过的各种肤色的男男女女。今天是假日，在这里，在辽阔的大海身边，人们忘记了自己的种族、肤色、信仰，甚至年龄和性别的差异，也暂时撇开了生活中的各种琐碎和芜杂，在这里尽情地享受着大海、阳光、沙滩，享受着大自然的恩惠。

哎，你看，你看那只海鸥——何慧琳忽然惊叫起来，手指着远处的海面。

余锦菲顺着她手指的方向看去，只见一只海鸥离开了那一群上下翻飞的同伴，独自向着远处飞去，最后融入一片碧蓝中，那里分不清是天还是海。她回过脸，看到何慧琳依然那么专心地向着大海的深处眺望，好像还在追踪那只海鸥。

海鸥是最合群的，它为什么自己飞了呢？何慧琳自言自语着。

他也是自己一个人走的，再也没回来……余锦菲漫不经心地说着，发现何慧琳好像在注视她，她觉得心里跳了一下，正要从何慧琳的眼睛里解读什么，却看见她已经回过头去，继续看着大海。海是那样蔚蓝，宁静，碧波轻轻地推着，漫过人们嬉戏的脚背，拂过小舢板低低的船舷。沙滩上，回荡着人们无忧无虑的嬉笑……

此时余锦菲的心中仿佛涌起了波澜。他还会回来吗？她在心里问自己。他已经失踪十年了，十年前的这个时候，她也是在这里听到了这个消息。那一瞬间她并没有特别难过，因为她坚信他还会回来的，虽然她已经不记得十年前她是否像今天一样脱口而出：他还会回来的。可是，那时她真的相信他一定会回来。因为，当那双粗糙而有力的手从她自己的手里滑出去，那个背影在即将消失的时候回过头来的瞬间，她真真切切地感到了一种生命、信念和意志的力量。这样的人是不会消失的，他不是在眼前消失的这只海鸥。不会，他不会消失，他会回来……她那时候一遍又一遍地对自己说。可是十年过去了，十年后的今天，当自己又坐在这片沙滩上的时候，竟然说了同样的话！她心中的波涛已经无法平静，她已经无心去看那来来往往的人们，更不愿意看到人们脸上那轻松自在、海阔天空的表情。她只是呆呆地看着大海。十年后，我为什么又来到这儿？是为了追寻十年前的记忆吗？不，十年前的记忆是在那个小站上，一个小得不能再小的，只有一间房子的小火车站，四周是光秃秃的黄土高原的一部分，他在那里下了车，走了，走出去很远，就在她要看不见他的时候，他回过头来……余锦菲问自己，他想对我说什么？他想告诉我他要去很长时间吗？都十年了，他还没有回来！他下车的时候，我为什么没有问问他，你什么时候回来？对于我，对于他，也许那是多余的，因为我只是去麦积山石窟搜集古代雕塑艺术资料时，才到西北去的，而他已经十多年如一日，出去，回来，再出去，再回来……人们已经习以为常，认识他的人都已经习以为常。还有我，潜意识中早就认为这是不言而喻的，迟早要回来，因为都有一个家，我有一个家，他有一个家。海鸥也要回来，因为有一个巢。家，那是一个什么样的地方？对于此刻身在异国海滩的我，那是一个什么样的存在？同样，对于跋涉在黄土高原、深山河谷的他，家，又是怎样的一个魂牵梦萦的地方！他怎么会不回来呢？

太阳慢慢地向西边的海面落下去，海风也微微地有点凉了，海滩上，人群渐渐稀疏起来，余锦菲从随身的提包里拿出一条淡雅的羊绒披肩，递给何慧琳说，披上吧，冷了。何慧琳说，不要，我一点也不冷。她仍然目不转睛地看着大海。余锦菲把自己裹在披肩里，顿时温暖了许多。何慧琳在看什么？她也有沉重的记忆吗？余锦菲又想起那个远去的身影，十年了，他就像一块巨大的花岗岩一样随时矗立在她的眼前，她一直在雕琢着它。心里始终有一把锤子和一柄凿子，在不停地琢磨着它，她希望把那个回眸的身影变成永恒的存在。可是，这雕琢很难，那每一锤仿佛都砸在她的心上，让她的手颤抖……

晚霞满天，游人渐渐散去，情侣们却成双成对地来到了这金色的沙滩上，他们无所顾忌地拥抱、亲吻，在金色的波浪中嬉闹、欢笑，海滩变成了情侣们的天堂。余锦菲有些坐不住了，她扭头看看何慧琳，她还是那样专注地坐在那里，看着大海的深处。情侣们的嬉笑丝毫也没有影响她。余锦菲不禁想问，你到底在看什么呢？可是她没有问。她一定看见了我没有看见的东西，或者，她想从中看到什么，但是，无论她想看到什么，一定都离我很远，或者，是我不可能感兴趣的。

快看，它还在飞！何慧琳突然喊起来，而且，她忽地一下站起来，向水边跑去。

余锦菲朝着她奔跑的方向看去，大海已是暮色苍茫，隐隐约约地有几只海鸟的影子，可是她根本看不清是什么鸟，也不知道它们中有没有先前看到的那只海鸥。也许有吧，余锦菲想，也许又没有，其实，不管有没有，都不过是心中的想象而已。也许她真的看见了，她不能怀疑她的视力，一个眼科专家的视力可能真的不一般，能够分辨暗淡背景中颜色的细微差别，不然，她怎么做复杂精细的眼科手术？余锦菲不禁想，在这个晴朗温暖的假日里，在这片仿佛世外桃源一般的海滩上，自己的头脑里竟然会有这么多杂念。她问自己，为什么不能像那些情侣们那样，无所顾忌地欢笑，是什么阻碍了自己在这里享受真正的悠闲和快乐呢？再看看现在跑到海边的何慧琳，她还在那么专心致志地看一只海鸥，就仿佛远离了这个世界一样。她在少女时代就是一个天真烂漫的人，也正是因为如此，她才会离开许建文来到这万里之外……

嗨，锦菲，快来——快来看——

何慧琳在海边大声喊着，还不停地向她招手，她的身影就像一个快乐的孩子。余锦菲只好离开椅子，向海边跑过去。余锦菲顺着何慧琳手指的方向看去，隐隐地，一只海鸥，正在暗淡的晚霞中，向着西沉的落日飞去。真的还是那一只吗？余锦菲禁不住有点感慨。何慧琳说，我敢说就是那一只，它一定能回来！余锦菲忽然发现何慧琳此时的眼神特别明亮。

天色暗了，更多的霓虹灯闪耀起来，余锦菲和何慧琳告别后，回到了宾馆。这一夜，她不知为什么总睡不着，耳边隐隐约约回响着火车的汽笛声，这声音只有她自己能听见，别人谁也听不见……

一周后，余锦菲要回国了。何慧琳开车送她到了机场。在进安检门之前，她们要告别了。余锦菲说，嗨，我走了，多保重啊！回去我就给你e-mail。说着拥抱了何慧琳一下。何慧琳忍不住抽泣起来，她说，别忘了代我问丽宁好，就说我想她……余锦菲帮她擦去眼泪，又说，我会的，你什么时候回国就告诉我，我们去接你……

04　太阳系

宇宙好像是由无数个自成一体的系统组成的，月亮围绕着地球旋转，土星带着美丽的光环很炫耀地在远处运行，还有冥王星，它新近很悲哀地被赶出了行星的行列，还有柯伊伯带……太阳喷薄的光焰因为有了地球，因为有了生命，因为有了人类，因为有了人类思维和探索的伟大精神而傲视群雄，也让银河更加璀璨……

　　杜克成从办公桌的抽屉里拿出一摞稿纸，因为反复的折叠，稿纸的折边都有点儿破损了。稿纸上是一些数学符号，还有一组组用英文字母分类的数据。这就是让他一直焦虑不安的那几个计算公式。他一页一页仔细看着，直到眼前越来越模糊，那一组组的数据就像经过特殊光学处理的符号那样朦朦胧胧。他只好把眼睛闭上，让那些数据成为脑海里的一个映像，它们竟然像计算机屏幕上的光点那样变得清晰起来。他从这一组组数据的细微变化中判断着，试图构思出一个公式，他开始在他的脑子里写公式，X，Y，Z……然后把数据再套进去计算，一步，两步……丁零零，电话铃响了，秘书丁岚接了电话，可他脑子里的屏幕和公式、算式也变成一片空白。他泄气地睁开了眼睛，眼前已经稍稍明亮一点儿了，可数据还是一组一组地排列在那里，一个也没有解决。看来是真难。他想。在天文台工作的这二十多年里，他还是第一次遇到这么棘手的难题。二十多年前，他刚踏进九峰山天文台大门的时候，台里除了几架小口径的望远镜、照相机、光谱仪，没有别的什么设备。开始工作的时候，他觉得自己在大学天体物理系学的知识在这里绰绰有余。可是，紧接着台里就开始了持续不断的设备更新，望远镜的口径越来越大，反射式望远镜、照相望远镜、分光光度计……这就迫使他不断更新自己的知识，直到新设备在手中运用自如。之后的几年，他在观测和科研工作中接连出了一些成果，九峰山天文台的名声响起来。十几年前，他到德国慕尼黑天文台做访问学者，发现那里的同行早已经用上了更先进的计算机，望远镜所接收的星空图像就像电视一样，直接清晰地显示在计算机的屏幕上。回国后，他对九峰山天文台进行了一次真正的信息革命——数字化革命。可是没有想到，原有的计算公式并不能适应数字化的要求，天文台的巡天观测遇到了难以逾越的障碍。

在学校的时候，他的数学就是顶尖的，那是在没有先进计算机的时候学的，从纯数学或者叫作人工数学到计算数学，再到数字化，可不像从初等数学到高等数学那么简单，那是一个革命性的跨越，一种思维的革命。现在需要的就是一种思维的革命，只有用革命性的思维才能推导出这些公式。思维把推导的过程变成一沓沓写满数字、符号和字母的纸，然后变成公式。这是一种计算机无法替代的工作，计算机可以用来验证推导出的公式是否可行，却不能代替人脑精深复杂的思维，就好比哥德巴赫猜想的证明也不是计算机能够完成的一样。

他决定回家去，把自己关在一个特别安静的地方，把天文学知识和数学功力最精密地结合起来，解开这个难题。回家的路上，他坐在车里一直沉默着，心里却在想，天文学取得的每一步进展都跟随着其他科学领域的进步。首先是数学，这是打开天宫第一道门的钥匙，然后是物理学，还有技术上的一点创新也给天文学带来巨大的促进。哥白尼、伽利略、牛顿之所以能够冲破中世纪的黑暗，把智慧和理性的火炬传递下来，引领着近代天文学走向革命性的发展，就是借助于科学和技术的力量，它们也孕育并且触发了另一场惊天动地的革命。还有相对论，它给了人一个全新的宇宙观。它们依靠的都是数学。有了相对论，人类的眼前好像第一次豁然开阔，宇宙变小了，种种奇思异想仿佛也不再是虚幻的，而是可以实现的了。可是，新的发展和发现总是让人陷入新的困难和困惑。今天，在微观和宏观上，人们都在向着更极端的层次探寻，可是，遇到的困难和矛盾也更尖锐，更复杂。相对论似乎在帮助人们获取更广大空间的知识，揭开更多的奥秘，可同时也引领着人们走进一个无法解脱的怪圈——宇宙为什么会加速膨胀？人们设想的暗物质和暗能量存在吗？大爆炸理论、超弦理论以及其他各种各样新的假设、猜想，还有推断，甚至于我们在观测中看到的现象，都是真实的、可以证实的吗？天文学注定要在它们中间徘徊踟蹰，在困顿中前行……

回到家里，杜克成就进了自己的书房，关了房门，打开灯，开始推导他的公式。他像在大学里解数学题一样，一步一步推论着，错了，划掉，重新陷入沉思。思维流畅的时候，他的笔飞快地在纸上写着。有时候突然停住，思想乱了，像走进迷宫一样，怎么也绕不出来。大脑被无数问题缠绕着，理不开头绪，他把所有的一切全部扔掉，重新开始，直到视线变得模糊不清，眼睛累得睁不开。他到卫生间里用水冲一冲，擦擦脸，又回到桌前，继续他的仿佛永无答案的演算。他听不见敲门的声音，直到有人进来，他才知道要去吃饭了。匆匆吃完饭，他又回来，重复他的数学思考。时间已经不存在，一切几乎都不存在，只有数学、公式、字母、数字，还有符号……

05 小站

人的一生中会走过多少个小站？又有多少个小站会在人的心灵中留下一星点儿记忆？尽管在诗人的眼里，小站永远有一种让人眷恋，让人怀旧，让人在温暖的阳光下做梦的感觉……人的一生，也许就是一个接着一个的小站。

一直飞行，现在已经飞了几个小时，还要继续飞。机舱里电影继续在播放，依然是美国电影，伤感的爱情故事。这是重新着色的旧影片，但女主人公的卷发和裙裾，还有电影音乐，让人回到费雯丽的那个年代。这部电影余锦菲已经看过很多遍了，她知道下面就要发生什么。

飞机穿过阿拉斯加上空，余锦菲从机窗里向外望去，下面是雪山，重重叠叠，连绵一片，如同无法形容的往事揉成一团迷雾。她回头看看机舱里的人们，很多人已经睡着了。有的人一边喝饮料一边认真地看电影，也有的在轻声细语地闲聊，还有的在看书看报。她看着窗外，看那不停变化的浓浓的云团，一会儿像连绵的群山，一会儿像幽暗的城堡，一会儿又像原子弹爆炸产生的蘑菇云。真可怕！余锦菲在想，这世界每天都在发生着变化，可是都有什么呢？也许和平号空间站在运动，不，它不再运动了，它已经坠毁了。她从椅背上的袋子里拿过一份《纽约时报》，上面说又有一个农场发现了疯牛病。面对疾病，人类有点手足无措。还有一条消息说，在非洲赤道的一个国家，一所医院里，一个感染埃博拉的病人在一番挣扎之后，停止了呼吸。除了疾病，还有什么？她胡乱翻着报纸，目光停留在美国那已经过去的，却让人不会忘记的总统的绯闻上。她放下报纸，重新看着窗外，这云团下面是这样一个纷杂的世界，可是在这里却什么也看不见，浓浓的云团遮蔽了一切。离那一切远了，心就会安宁很多，所以人还是要看得远一些。从一万米的高空看大地遥不可及，而丈夫杜克成的巡天望远镜却比这看得还遥远，所以，他总像活在另一个世界里……

这时候飞机遇到气流，有些颠簸。就像坐在越野汽车里翻山越岭，又像在火车里摇晃着。余锦菲紧了紧安全带，头靠在椅背上，微微闭上眼睛。在这摇晃中，她好像又听见火车的声音，呜——很多年过去了，火车汽笛总会不知道什么时候就在耳边回响，确切地说，就好像回响在身体里的某个地方，是心底深处的一个隧道，幽深而黑暗。有时仿佛汽笛声就在耳畔，然后是车轮的行进声。火车向西行驶，开始是碧绿的田野，映着阳光的河流。车轮在铁轨上滑过的声音很有节奏，行驶了几千里地也没有什么变化，让人感到寂寞和孤独。

那一天她上了火车，他也上了火车。谁也没想到会在火车上相遇，她把他带到软卧车厢里，替他补了票，然后就坐在靠窗的地方聊天，看窗外的风景。一连好几天的聊天，一连好几天火车就那么单调地行驶。有一次夜深了，一个车厢的人不再说话，上铺的人已经发出了轻微的鼾声。车厢里的灯已经熄灭了，只是窗外偶尔闪过一片亮光，可能是一个孤独小站的灯，在蓝色的窗帘上透进朦胧而恍惚的光。列车进入了一片黑暗，她困得睡不着，奇怪的感觉，心里困倦，头脑却还清醒，其实是失眠呢。在那窄窄的卧铺上她不敢翻来覆去，一点声音都会影响他人。她摆出一个姿势，侧身躺着，又一次闭上眼睛。忽然，她觉得有一只手轻轻触到了她的指尖，好像是无意的，两个卧铺挨得太近了……当那只手再一次触到她的手指时，她知道这是有意的。她的指头轻轻地动了一下，触动她的手指也轻轻地动了一下，就像在哪里遇见熟人点点头……他撺弄她的指头，一个，两个……终于她的手都被紧紧地握在了温暖有力的掌心里，他把她的手指握得那么紧，骨头节都要咯咯响了。在那暧昧的黑暗中，她的心底仿佛有一股大潮一样的血液涌上来，脸上和全身都热烘烘的……车厢里是持续的黑暗，他们的胳膊绞缠在一起……

火车向着西边行进，呜——汽笛又在鸣响……

在一个小站他下车了，她也下来了，是送他。

你后悔吗？她问他。

不……他低下头。

我也是……她说。

嗯。他只简单地发出一点声音。

不去想别的吧。她看着他说。

上车吧！他扳着她的肩膀，对她说，你要知道，我们就像两颗星，只能遥遥相望，不能面面相对。一切都过去了，不要想了……

不，时光也会倒流，在我的头脑里，过去永远都存在。她说着，流下眼泪。

他猛地拥抱了她，轻轻地摸她的脸、脖子，她回头看着他，眼里充满了柔情。那是一种飘忽的幸福感，用什么也无法形容，那一会儿她很感动，只想就这么和他在一起坐在火车上。一个世纪，一千年，一万年，什么地球太阳月亮和星星，什么河流沙漠森林和山峰，还有那数不清的各种植物和动物，一切都远远地离开吧，世界上什么也没有，什么也没有，一切都是空的，只有一种感觉存在，就是此刻，它就是过去、现在和将来，就是唯一的美。啊，这世界也是不存在的，没有远古、人类、历史、地理、文字、诗歌、油画、雕塑……他们就这样拥抱着，当他终于离开她的时候，她看看表说，我该走了，然后轻轻抚摸着他有点消瘦的脸颊……泪水忍不住涌出来，那是她心里的热流。她说，无论在哪里我都会想起你，野人，你太瘦了，你要记得刮胡子，我亲爱的格瓦拉……

她又上了车。他隔着窗子向她摆摆手就走了，他走得很快，连头也没回。

一直飞行，又飞了几个小时，还要继续飞。路途遥远而漫长，只有在这样的路途上才知道什么是千里迢迢。在这样的路途上思绪也格外长，窗外的云朵一片接着一片，如同缠缠绵绵的往事无边无际……

06 寻踪者

那里仿佛永远是一望无涯的碧绿，那里有生命的源泉，草丰水美，飞鸟成群，蓝天上的白云从西飘向东，从北飘向南。洁白的云，灰色的云，浓黑的云，不停变幻着宏大的场景，仿佛上演着公主和英雄的故事，一幕又一幕，剧情从不雷同……

浓雾渐渐散去，朱丽宁坐在长途汽车靠窗的座位上，看着远处的山影出神。她不是那种细眉毛大眼睛的人，而是粗眉毛大眼睛的人。她的眼里有一种说不出的伤感，好像泪水随时都会流下来。那种朦胧的眼神非常打动人，让人看一眼就永远忘不掉。可是她并没有流泪，只是嘴唇翕动着，好像在说什么，却没有发出声音。其实，那声音只是回响在她的心里：岷山啊，我来了，我又来了……你为什么总是这样沉默啊？我想再问你，十年前，你是否看见有这样的一个人，他穿一件咖啡色灯芯绒外套，蓝色的牛仔裤，高高的身材，黑黝黝的皮肤，有一点络腮胡子。十年前，他背着一个大帆布包，迈着疲惫的步伐，从遥远的地方一步步向你走来，在离你脚下不远的草地上，深一脚浅一脚地走着。你是否看见他在白河和黑河之间的湖泊和沼泽之间测量水深，采集样本？你是否猜想过这个人，他是谁，他从哪儿来，他要在这里做什么？你是否留下哪怕最粗浅的一点记忆？他有怎样的脸庞，怎样的神情？他是兴奋、激动，还是忧郁、沉闷？他是什么时候来的，后来又去了哪儿？或者，他根本就没有离开这儿，而是……告诉我吧，岷山，你不能这样装着什么也没看见，什么也没听见，什么也没听说，你以为假装什么都不知道，就能把所有的责任都推卸得干干净净吗？你是有责任的。

春天，冰雪融化，河水涨了，草地上出现了无数的水流，密密麻麻，弯弯曲曲，深深浅浅。可是，丛丛鲜花和茵茵绿草之中却暗藏着玄机，夏天，暴雨如注，山洪呼啸而来，草地变成泽国，牛羊和马群被驱赶到远处的丘陵和山坡，他却披着雨衣，仍然在没膝深的水里奔走……水退了，草地恢复了郁郁葱葱的景象，可是，沼泽却悄悄地用茂盛的草把自己遮盖起来，等待着不速之客的到来……还有秋天……还有冬天……岷山，你真的一次也没有看见过他？真的吗？你撒谎，你明明是看见了，你甚至听见他用虔诚的语气彬彬有礼地向你打招呼，听见他向你诉说心里的孤独和忧愁，只不过你以无知的傲慢和虚假的自尊视而不见，充耳不闻罢了。

朱丽宁在一个小站下了车，踏上了松潘草地松软的泥土。她面前的草地，辽阔，平坦，静谧，像一幅巨大的绿绒毯，其间点缀着一丛丛黄色、白色、紫色和红色的花朵，微风拂过，草叶轻摇，无数亮晶晶的水光闪耀着。远处的地平线上，起伏的山峦勾勒出的凝重曲线里，有点点簇簇牧民的帐篷。

下雨了。晴空中突然乌云聚集，风把豆大的水珠泼洒下来，雨声和草地吸水的咕咕声混合成一种奇怪的声音。朱丽宁蹚着雨水走进了草地，水没过她的脚面，也让青青的草叶只露出细细的尖儿。小草啊，我也要问你，十年前，你看见一个坚韧的生命消失在你身边吗？还有丛丛鲜花，你是否听见过他沉重的脚步曾在你的身边停息呢？

雨水在朱丽宁的脸上流淌，和着她的泪水，雨水湿透了她烫得很短的头发，也淋湿了她的白衬衣和藏蓝色毛衣。还有从雪山上和高原上流下的雪水，从无数条小溪，数不清的水塘和水坑，一起汇入了白河和黑河，它们像两条盘桓在草地上的巨蟒，随心所欲地舞动身躯，曲曲弯弯，千回百折，才迟迟疑疑地和黄河融为一体。

为什么一条是白河？一条是黑河？

因为白河的水是白色的，黑河的水是黑色的。有人告诉她。

为什么一条是白色的，一条是黑色的？

不知道。

为什么不知道？

那个人看着她，目瞪口呆。

朱丽宁知道，她问的这个问题太奇怪了，她这个人太奇怪了，也许所有的人听到这样的问题都会这么想，都会目瞪口呆。

只有曾在平不会。

白河、黑河、黄河……这样简单的名字，这样用颜色来命名的河流，维系着千百万生灵，也耗费了一个科学家全部的心血，让他至今杳无音信，不知魂系何处！

她的腿深深地陷进了泥沼，先是她的脚面陷下去了，四周咕噜噜地冒出水泡，然后是她的脚踝，她的小腿……也许我应该到这深深的草地的下面去寻找他，他一定会在那里，他在那里……她的裤子早已湿透，紧紧地裹在腿上，她任凭自己陷下去。

她已经陷到了膝盖。

可是不知为什么，她却不再往下陷了。也许沼泽只有这么深，也许因为茂盛的草增大了阻力。她就这么站在那里，让风雨抽打自己，等待着自己陷下去，深深地陷下去，在那里，她会见到他，会有两个灵魂的重新结合，还有爱……

雨停了，阳光透过云层中的缝隙，很刺眼地照着她，也让她已经冰凉的心慢慢复苏。

朱丽宁离开了松潘草地。又来到黄河边。她在陡峭的山崖上搜寻，目光从每一块岩石、每一片灌木丛掠过。杂草和荆棘中，依稀可见岩羊踏出的足迹。他也一定在这儿走过，翻过这座山，到河的那一边去观察。他说过，数据是重要的，但有时候更要观察，观察会告诉你变化的端倪，让你预知未来。而这里，阿尼玛卿山的悬崖上，是观察黄河最好的地方。黄河从青藏高原上突破千山万壑而来，在这里，阿尼玛卿山的东端，却作了一个突然的大拐弯。只有站在高高的悬崖上，才能真正俯瞰这里的气势，挣脱了峡谷束缚的黄河水，突然之间变了，变得让人心存疑虑，谜团重重。宽阔的白河和黑河以远远超出黄河水量的水与黄河汇合，让人分不清谁是主流，谁是支流。怪不得他说，黄河，它今天在河东，明天在河西……

在平，我在呼唤你，你在哪儿？你在哪里啊……我从松潘草地上一路走来，牛羊的蹄印淹没了你泥泞中踏出的小路；我在峡谷边的悬崖上搜寻，杂草吸干了你洒下的汗滴；我沿着黄河边的沙滩行走，激流抹平了你留下的足迹……你在哪里，我亲爱的人？我还要到哪里去找你啊？或许，你根本就没有来到这儿，而是在别处，在一条不知名的小溪的源头，在一个看不见人烟的小山沟的深处，在扎陵湖，鄂陵湖，在星宿海，约古宗列盆地……阿尼玛卿山啊，我只能向你发出求助的呼唤，你是祖先的神山，你既是父亲，又是母亲、祖母、曾祖母，但我更愿意认为你是母亲，因为我也是母亲，是妻子。我恳请你，以伟大母亲对一个儿子的疼爱，告诉我，告诉我吧，十年前的今天你看见了什么？

朱丽宁走不动了，她在河边坐下，看着远山近水，心里一片迷茫。往事片片段段地闪现，仿佛电影似的。淡蓝的影片，过去的故事活起来，她又看到那些青春洋溢、无忧无虑的日子。那时候一切都是美好而明亮的，因为她心里有了一个影子，有了曾在平。在校园不能常常见到他，她就愿意一个人静静地坐在一个地方想他，回想他的模样，他的眼睛、鼻子、嘴唇、头发……可是很多时候越想那影像就越模糊，甚至会变成一片茫然的白雾。她就再回想他的声音，回想他说我爱你时有点发颤的声音，丽宁，我爱你，我不知道有多爱你……

她想起他的拥抱，他坚实的胸部让她感到温暖踏实。她愿意把头靠在他的肩头，自己一点也不用力，任凭他拥抱着，她觉得自己简直是赖在他身上了。是的，赖在他身上，这种感觉是准确的，在遥远的记忆里，她曾经这样赖在父亲身上，父亲身上有一种烟味儿，这种烟味儿让她感到亲切，甚至只要闻到父亲的烟味儿，心里就觉得什么也不怕了。后来她从曾在平身上又找到了熟悉的味道，于是爱就疯了一般地从心里长出来，然而又像一阵清风般地飘远了。

她总也忘不了听说曾在平失踪的那一天，校领导来到动物研究所，所有的人的表情沉重得就像灰色的云。人们告诉她，曾在平在考察的地方失踪了！他忽然就消失得无影无踪，从此就消失了。她怎么也不相信，他会回来，一定会回来，此刻他就在世界的某个角落，无论别人怎么说，她也坚持等他。他会回来，一定能回来。她把屋子收拾得像他在家里时一样，甚至他用过的洗漱用具也照原样放着。几天过去了，几年过去了，没有什么能改变她的信念，她觉得他像过去一样只是出远门了。过去他就经常出远门，她已经习惯了，也习惯了等他。只是在过节的时候她才会觉得真正的伤感，没有他的电话，没有他的问候。他在的时候可不是这样，无论在哪里，只要有条件，他都会来电话或是提前写信问候的。她无数次在办公室给家里的座机打电话，然后等待，等待曾在平说话。无数次她都仿佛听见他的声音，很真切的声音。丽宁吗？她无数次地按下电话的一个键，让它播放曾在平的留言录音，丽宁，我走了，我很快就回来。我爱你……那是他最后的声音，也是他唯一留下的声音。那一次他走前买来一个能录音的电话，他对她说，以后我走了你也可以听见我说话，就像我没有离开家……

他是一个永远生活在过去的人，但他还活着，没有任何迹象表明他会死去。因为在她看来，他应该在他失踪的地方留下什么，比如一件什么东西。可他没有，什么也没有。他究竟消失在哪里了？宽宽的河边、深深的沼泽还是茫茫草地呢？有一天她看见他了，太阳很烫，照耀着金色的沙漠，风吹起尘沙，如同迷蒙的纱帐，或是金色的纱幕。他走了，回过头，对她笑笑，她没听清他说了一句什么，他走进了纱幕里，只能看见他的身影，很模糊，影影绰绰……她非常后悔，恨自己没听清他说的什么，她觉得他一定告诉她去哪儿了。她让自己安静，一次又一次地自我催眠。有一次星儿对她说过，在心理疾病诊疗中心，医生为病人实施催眠术，人在半睡眠的状态里可以回忆起曾经发生的事。于是她闭上眼睛，她真的又看见了他……

朱丽宁觉得泪水是从心里流出来的，就像不会干涸的泉。

07　骆驼

这里啊，一年四季都是一片土黄，没有绿色的树，也没有碧绿的湖，只有无边的沙漠，还有起起伏伏的沙丘。天空中几乎看不见鸟儿，也看不见别的小飞虫，只有裹着沙粒的风，不停地从南到北，从东到西。夜晚，这里是没有方向的，只有幽蓝的一片星空，天离地面仿佛很近，星星也仿佛近在眼前，伸手就能摘下来。在这没有一丝生命迹象的地方，只有无数颗星在不断地闪着光……

　　杜时光独自在这片沙漠里，已经坚持到第三天了，可是演习却还没有结束。这会儿，在西北的大沙漠里，杜时光正在进行模拟生存的适应性训练。这是一片人迹罕至的沙漠，离最近的城市也有上千公里。这里除了起伏的沙丘，夜晚的寒冷，中午的日晒，别的什么也没有。他必须在这里坚持七十二个小时，他穿一身蓝色的航天训练服，带着救生背包，还有三天的食品和水。

　　第一天刚开始，他觉得坚持下来没有问题，但是，过了十几个小时之后，他就认定往后的两天绝对会有意想不到的艰苦。一天之后，他感到很难受，这里中午的太阳几乎能把人烤干。两天后，他的脸消瘦下去，太阳暴晒后留下的褐色的斑块在鼻子两侧蔓延开。他忍受着从没有过的极限考验。这会儿，他觉得自己渐渐变得很虚弱，好像就要死了，一个人死了还有什么意义呢？重要的是一定要活着，是的，一定要活着。他这样对自己说，他已经说了很多遍，在这种孤独的状态里只能自己对自己说话。这次演习有一个内容，就是体验极端的孤独，体验一个人对孤独的耐受力。他在想，原来孤独也是令人恐惧的。两天前，他的无线电话突然不响了，从那时起再也没有人和他说话了。他好像忽然一下掉到另一个世界里，这里只有漫无边际的沙丘，还有呼呼作响的风声。四周没有一丝生命的迹象。只是昨天，分不清是几点钟，他看见几只骆驼在远处经过，它们并不是跑着经过这里，而是闲庭信步般走着，根本就不觉得气温炙烤似的。骆驼啊，你们要去哪里？要去做什么？你们的一生就在这走走停停中度过吗？杜时光忍不住自言自语，自己平时可是从没想到过骆驼，也几乎没有想到过沙漠，只是在地图上看到过沙漠。

杜时光坐在地上，拿出水壶，真想喝一口冰凉的水，就像在冰箱里冰镇过的。他仰起脖子喝了一口水，水已经不是清凉的，新鲜的，而是温热的，就像夏天被太阳晒了一天的河水。他使劲儿咽下去，喉咙里发出咕噜一声响，就像小时候下河呛了一口水。他忽然想起，有一年父亲带他去钓鱼，走在路上，他背着水壶，里面装着母亲给他冰镇过的水，走一会儿，他就停下来，咕咚咕咚地喝几口，那水甜丝丝的，喝了真痛快！那时候父亲每次去郊外钓鱼，都会约着几个朋友，他们也都会带着各自的孩子。到了河边，父亲们在树下静静地钓鱼，一帮男孩子就跳进远一点的河里又打又闹。母亲从不跟着父亲来钓鱼，母亲整天就喜欢和雕塑室里那一群永远沉默的泥人或石人待在一起。他继续想着那绿色的河水，就好像清凉了许多。他们捉了很多小鱼，放在玻璃瓶里，玩一会儿又把它们放了，小鱼太小不能吃，母亲嘱咐他，你们不要糟蹋小鱼，让它们自由自在地游来游去，就像你们一样。他还记得把小鱼放回水里的情景，他把两只手捧起来，放进水里，小鱼在手心里又蹦又跳，手心痒痒的，痒得他咯咯地笑。当他张开手，小鱼就像和他捉迷藏，一下就溜得无影无踪了。他和小伙伴们打水仗，水花溅在脸上，夏天中午的河水是温热的，就像水壶里的这种温暾水。

中午的沙漠已经像进入酷暑一样炎热。杜时光是在前天中午被一架直升机投放到这个大沙漠的边缘地带的。这次演习模拟的是：飞船在轨运行过程中出现紧急情况，由航天员手动操作返回舱返回地面，降落在离预定着陆场数千公里的大沙漠边缘，返回舱在着陆后电能耗尽，他必须走出返回舱，独自一人在这里坚持七十二个小时，等待搜救人员的到来。这次演习，他要进行极限训练，学会怎么适应沙漠的高温，怎么在沙漠中辨别方向，还有怎么独自一人应对可能出现的复杂情况。

直升机把他投放到预定地点，他向演习指挥部发出了已经安全着陆的信号，并且通报了自己的方位和周围地形，指挥部命令他按照预定程序进行训练并且等待搜救人员的到来。从着陆到现在，他已经在干燥的沙漠里耗尽了体力。喝了水却还是感到渴，他像一匹受伤的狼舔自己流血的伤口一样，伸出舌头舔了舔自己干裂得长了刺似的嘴唇，嘴唇上因为干裂而翘起的皮很锋利，像刀片一样划着他的舌头，可是他的舌头已经变得很迟钝，感觉不出这锋利了。这本来是一个极其平常的动作，可是对于此时的他却是不平常的，因为这意味着他正在失去更多的水分。水正在通过他的每一次呼吸，每一个汗腺和毛孔，悄悄地、每分每秒地流失。他可以感觉到自己的皮肤正一点一点地收紧，血管也在收缩，原本强健得像牦牛一样的四肢正在萎缩，整个身体变得越来越轻……他感到头有些晕。他以前从未感到过头晕，真的没有，就是在高速旋转的离心机里，也没有感到过这么头晕，没有像现在这样几乎要失去对身体的控制。这是虚脱——他知道这是危险的。过去他已经多少次经历过常人无法想象的酷热和脱水的考验，他曾经被关在一个巨大的舱里，让温度上升，再上升，上升到沙漠中可能达到的最高温度以上。现在是沙漠里最热的中午时分，在一个浩瀚无垠的大沙漠的边缘地带——一个几乎完全与世隔绝的地方。他暴露在强烈的日光下，唯一的防护就是特制的航天训练服。他从头到脚地包裹在这身训练服里，汗水一次次浸湿了内衣。放眼望去，四周高高低低的沙丘互相交错着联结在一起，构成了无数优美的曲线，向四面八方伸展着。在他北面很远的地方，隐约有一些大大小小像土堆一样的东西伫立着，他记下了，那就是被称为鬼城的雅丹地貌。

忽然无线电话响了，终于有声音了！

杜时光连忙报告，我是03，我是03……杜时光听到指挥部的指示：03，请注意，你现在的位置是鬼城正南方十公里，预计两小时以后将有沙尘暴发生，请你立即停止训练，乘直升机返回基地。

沙尘暴？杜时光觉得有些奇怪，他仔细观察着四周，也没有看见任何起风的迹象，但是这个季节是沙尘暴的多发季节，这里又是大沙漠和鬼城交界的地区，天气变化一定极不寻常！

03明白！他果断地回答。指挥部的指示必须无条件执行。这里是大沙漠的边缘，往西和往南是无边无际的黄沙，往东同样是一望无际的大戈壁。他想起训练课程里讲过，当沙尘暴发生的时候，风力能在很短的时间里移动整座沙丘，把最结实的帐篷撕成碎片，即使有返回舱，也会把返回舱整个儿埋在沙尘下面。他三下五除二地整理好救生背包，这是一个供着陆后使用的生命支持系统，有电源、定位仪、数字地图、卫星电话、食品药品和水，还有帐篷、手电和信号枪等等，他把背包背到背上，急切地等待着直升机到来。

08 雕像

这个空间远远没有天地那么宽广，一座座雕像沉默地伫立着，还有各种未完成的雕像也都是永远沉默不语，只有他们的眼睛和艺术的气息，能让人看到他们的心灵，或者久远的一切……

　　已经是深夜了，余锦菲还在她的工作室里。她左手握着凿子，右手拿着锤子，一下一下地敲琢着一个白色大理石雕像。锤子一下一下击打着凿子，发出叮叮的声响，石头的碎屑散落在地上，已经是白花花的一片。夜深人静，这敲凿声显得单调而寂寞。这尊石刻雕像雕凿了多久，余锦菲自己都记不清了，反正有几年了。她的握锤子的右手一次次被磨起了泡，握着凿子的左手也被磨出了血。这是一个男人的全身雕像，他的形象已经从大理石中凸现出来。雕像中的人是一个侧影，他正回过头来，一双眼睛不知在看着什么地方，脸上的表情还不清晰，他的衣着也模模糊糊，只是他的背上好像有一个背包一样的东西突出在外面。余锦菲累了，握着锤子和凿子的手放了下来。她默默地面对着这块石头，觉得双手僵硬了，她的思想也仿佛僵硬着。早在几年前，雕塑家协会就决定为她举办一次个人雕塑作品展，时间就定在今年的下半年。这样一个作品展让她心灵上仿佛压上了一座山。她夜以继日地工作，她很想在展览开幕之前把这一座雕像做好，作为自己最重要的作品。可是在创作中，她的想法却在不断地改变，原先画好的草稿一次次修改，原先顺畅的流水好像突然遇到一个急弯，应该毫不犹豫地转过来，可是却怎么也转不过来……

一夜过去了，晨光透过窗帘，工作室里的光线有些朦胧。余锦菲想站起来去拉开窗帘，可是她的腿有些不听话。她把双手支在椅子上，先活动了一下发麻的腰背，再撑起自己沉重的身体，慢慢地站起来，挪动脚步，走到窗边，双手用力拉开窗帘。明亮的光线霎时刺着她的眼睛，她觉得眼前好像突然蒙上了一层既耀眼又黑暗的晕，身体不由自主地摇晃了一下。她下意识地伸出手去扶住了窗框，身体慢慢地靠在上面。她感到疲惫不堪，整个身体都要往下沉，脖子软弱得就像支持不住自己的头颅。她使劲儿撑住自己，不让自己瘫软下去。坚持住啊。她对自己说。

她在窗边靠了一会儿，觉得好了一些，就推开窗户，清新的风扑进工作室，灌进她的肺腑，她感到心里一阵轻松。她对着窗外默默地站了一会儿，心中就像有一座山那样的沉重。在这之前，她还没有被重负压倒过，哪怕是雕塑用的泥土一车一车地运来，堆在身边像一座小山一样，或者是几吨重的石块矗立在那里，她也从不感到有什么压力。相反，她会感到兴奋，因为，那座小山或者那块巨石，会经过她的手变成一座展现思想、情感和美丽的艺术品。而这一次，她放弃了泥塑，选择了大理石雕刻。她要雕刻一个人，用立体泥塑或许会遮蔽想象的空间，她想在大理石上做出一种类似浮雕的感觉。

远行者，心在天涯。她曾经无数次地想起他的背影，还有那种有点说不出的表情。她想要的是一个超乎时代局限的，可以历经多少年，依然活在她心里的人，一个纯粹的人。在她的想象中，雕像的嘴角应该显露出一丝淡淡的微笑，被风吹拂的头发，回眸的瞬间，眼神看起来有点忧郁，却投射着男性的美感和内在的力量。可是那个瞬间的表情却只在记忆里，大理石已经被凿去了一层又一层，雕像的眼里还是一片空白。她画了一张又一张素描，还是捕捉不到能表达心灵深处某种东西的那种眼神。她一直在想象，有时候就彻夜难眠。在那心灵深处，究竟隐藏着什么？他的眼神，应该怎么表达那最后的一瞥？她长时间地坐在雕像前，一个小时又一个小时，让所有记忆中的眼神在眼前慢慢走过，接受她的心灵的审视。杜克成，一个除了天文学好像别的什么也不知道的人，他的眼神好像永远是忽明忽暗的，就像天上的星星一样，只有到了黑暗中才显得神采奕奕。有一次他患了眼底出血，医生说再这样下去总有一天会失明。唉，他这个人啊，也许只有失明了思想才能获得解放，可那绝不是她要的眼神。雕像要表现的眼神曾与她的心灵产生过碰撞，像闪电一样，给了她极深的永远也抹不去的印象。在她所有的记忆中，那是一双纯净的眼睛，像深山中的湖泊，深邃而且透明。

她走出了不分白天黑夜的工作室，到校园里，到马路上，到人群中去寻找，甚至特意到人头攒动的地铁站台，默默地站在那里，留心地观察着每一双眼睛，纯粹的、稚气的、憨厚的、迟钝的、敏捷的，还有狡黠和自私的、苦涩中透着无奈的、聪颖中透着欲望的、智慧中透着孤傲的、诡谲中流露出愚蠢和狂妄的……大千世界，真的是千人千面。她慨叹，她生了这样一双会看人的眼睛，让她从人们的眼神里瞥见他们深藏的灵魂！

她一次次失望地回到她的工作室，重新拿起锤子和凿子。当她面对这尊雕像时，却又一次陷入了困境。世界上有什么能比眼神更能表达思想和情感、天赋和智慧、性格和品德、欲望和渴求……在她的目光所到之处，人们的内心世界暴露无遗。但是在这个世界上，偏偏有一个人，她无法从不多的几次碰撞中捕捉到他内心深处的……什么呢？她无法回答。因为在她的记忆中，他有一种显然超越了自己的判断力的东西，他给她唯一清晰而深刻的印象，就是他坚定而沉着的脚步……很多次，她甚至不知道面前的这一尊雕像是不是她理想中的一个人。她只知道他有着一切天然的品格、知识和经历，还有在特定的环境中产生的他个人特有的东西，可那是什么呢？是眼神吗？"铛"的一声，她把凿子扔在了水泥地上，凿尖在地面上迸出火星，一闪，消失了。

我的《远行者》啊，你的眼神为什么总不能让我满意？难道要我去找遍世界上所有的眼睛吗？要是还找不到呢？那就只能到神话里去寻找吗？可是神的眼睛怎么能表现人的情感，怎么表达人的心灵语言呢？不，我要的不是神的眼睛，而是人的眼睛！

她站在她的雕像前思索着。她平时像瀑布一样喷涌的灵感，仿佛泉水一般流畅的创作思路，娴熟得无与伦比的技巧，此时都不知道跑到什么地方去了，她只有苦苦地思索。思索是一项多么艰苦的工作。有人说，只要你思索，你永远不会有真正的快乐。有时候，她真的宁愿去当一个卖菜的妇女。每天早晨在菜场里摆个摊儿，看着衣着花花绿绿的人们在眼前走来走去，笑眯眯地招呼他们买菜，要是遇到熟人，还可以和他们聊聊家常，即使不认识的人也可以天南地北地扯扯，然后拿着空空的或者剩下一半的菜篮子和一沓破旧的纸币和钢镚儿回家……这比成年累月地面对这一大块不会说话的石头或者一大堆泥巴发愣，不知道要幸福和轻松多少倍啊！

要是真的能幸福和轻松，那倒好了。有一天和杜克成在一起吃午饭，她说起了自己的这个想法，他竟然嘿嘿地笑了，然后，却又一本正经地开导起她来。

作为艺术家，你倒真的应该去体验体验平凡人的生活，毕竟在我们的周围都是一些有点社会地位的人，这样的人头脑里都有太多的暗物质，所以，他们的思想永远也不能真正……

好啦，好啦，这么深奥的理论天底下有几个人听得懂？余锦菲一听到他讲天文学，就不耐烦地打断了他。

可是我们却生活在天底下，天上地下的道理总是要有人懂的。杜克成平静地接着说，对于一个天文学工作者，宇宙永远是神奇的，神秘的，充满着无穷的奥秘，也是一个永远不会枯竭的发现和创见的源泉。

它像隐藏在深山密林中的淙淙清泉，只要你勇敢地走进去，它就会让你有美妙的遐想，有成功的自豪，有付出辛劳之后的心灵的享受，有让你自己沉醉其中的永恒魅力……

每当这种时候，余锦菲总是急忙捂住自己的耳朵，然后匆匆吃几口饭，离开饭桌，回到她的工作室。我可不要听你这种让人发疯的高谈阔论。她心里想，自己的眼睛都快看不见了，还在那里神秘奥妙，等到有一天你真的看不见了……但愿你还没有，等我们的儿子回来，让他看到一个还能认出他来的爸爸……

忽然，她想起应该去看看杜克成回来没有，她上了楼，回到自己的房间，走进浴室，对着镜子看了看自己，脸色憔悴得像一个病人，头发上也落了一层白蒙蒙的石头粉末……这是我吗？究竟为什么总是这么煎熬自己呢？这会儿疲劳、困倦、焦急、烦躁、无奈、失望，真的什么都有了。她不由得问自己，你已经有那么多作品了，有的作品已经在国际上获得了很高的赞誉，你还要干什么？其实，你即使从现在起什么也不做了，人们也不会说什么。现在一些所谓的美术家，一年都拿不出像样的作品，这样的人多的是。也有的人在不断地重复自己，他们在任何地方作的画都一个样，简直成了画匠……可是雕塑不行，完成一件作品，就像生育一个孩子，那是一种从心灵到肉体的脱胎换骨般的经历。有时候就像搬运工，像一个泥瓦匠、石匠，让你汗流如雨，筋疲力尽，却依然看不到进展。痛苦，只有这两个字能够准确地形容她心里的感觉。你就不能放弃吗？她问自己。她很想知道那个在冥冥之中逼迫自己一次次面对那块巨大的大理石的究竟是什么。她的泪水几乎就要涌出来了。她连忙打开水龙头，用凉水拍拍自己的脸，水顺着她的面颊流下去，流进她的脖颈，又顺着她的胸和背流下去，冷水刺激着她的肌肤。她就任水这样流淌，让它浸湿了自己的衣裳。她希望这流淌的冷水能代替她的泪水。没有人知道她此刻的心情，她无法向人诉说，也没有人倾听她的诉说，她也不知道如果有人倾听，他或她会不会理解自己。但是别人的理解能让她放松每天焦虑的心情吗？就在这时，她听见了杜克成的说话声……

09　小树林

回忆是什么？是把过去的事情简单地重现在脑海中吗？好像不是。也许回忆只是对现实生活中的缺憾的一种补偿，岁月过滤掉了过去太多的沙子，而把金子留在了记忆深处……

数学就是这么奇怪的东西，让人在巨大的怪圈里绕来绕去，很多时候都是这样，原以为找到了一条路，明明看见了微弱的光亮，可等你向它奔去的时候，却发现其实那里并没有路，甚至会觉得是一种幻觉。当你从这条路上折回来，也许窗外的树叶已经由绿变黄了。演算和推导折磨着杜克成。晚上，杜克成到浴室洗了一个热水澡，这让他疲惫的精神重新振奋了许多，眼睛也好像不太模糊了。回到卧室，打开灯，他看到余锦菲并不在床上，他仔细听听，似乎有叮叮的声音，但究竟是真听到了，还是幻觉呢？很多年了，他已经习惯两个人半夜三更也在工作的状态了。看着空空的大床，他忽然觉得心里涌起一股热流。这是个多么执着的女人啊，每天就这么单调地雕刻着，已经忘了自己。他有了一种冲动，很想把这个执着的女人拥在胸前……他来到楼下余锦菲的工作室，想让她停下来，回来睡觉。他轻轻开开门，却好像看到了一个疯狂的影子，她并没有发现他进来，她弯着腰，一下一下地凿着那块大石头。他看不见她的脸，她的一头栗棕色的卷发垂在眼前，随着锤子一下一下的敲击颤动着。他不知道她正在凿雕像的什么地方。只觉得她的那种姿态就像拼命要把一个禁锢在石头里的人从水里拉上来。他不想打断她，就又回到自己的桌前继续工作。

不知道几点的时候，余锦菲轻手轻脚地来到他身旁，她把脸靠在他的肩头，她的头发蹭得他的脖子痒痒的。杜克成回过头，发现他的鱼儿就像一个传说中的梦中人，她穿着白色的丝质睡衣，身上散发着沐浴露淡淡的香味儿，她的皮肤光洁透明，眼神很迷蒙。她说，我困啦……可是这会儿他并不想拥抱她，他的一步推算正在要紧的时候。你去睡吧……她却在他的耳边轻轻地说，来吧，今晚我们一起睡。杜克成吻了她一下说，好，你先去吧。余锦菲不肯罢休，说，你应该去睡啦，好不容易晚上在家里……他笑了，说，那你先睡，等着我吧。

余锦菲一个人慵懒地回到卧室，她上了床，并没有躺下，她把床头灯拧得很暗，那暗淡的灯光显得有点暧昧。她靠着床头，想等着杜克成。可是在这种幽暗之中，她的眼睛好像忽然就睁不开了。她心里一遍一遍对自己说，不要睡着，不要睡着。慢慢地，她真的没有了睡意，思绪开始无拘无束地游荡。忽然，她想起了很久以前的一天。

鱼儿……

那天他突然从老远就这么叫她，她以为听错了，他以前总是叫她余锦菲。他气喘吁吁地跑到她面前，他每次都是这副急匆匆的样子。

你怎么总是这么急匆匆的，好像天底下的事少了你就不行似的？他们在老地方坐下来的时候她问他。所谓老地方，就是小公园的树林里那片空地，这里很少有人来。

不是天底下的事都归我管，我只管天上的事。他说。没听说过天上的事还有人管。

怎么能没人管呢？那可不得了，现代社会要是没人管天上的事，那地球上几十亿人就无法生活啦。他一本正经地说。

那你怎么管啊？她问。

我，我就是每天在望远镜下面做记录。

记录些什么呢？

啊，多着呢，比如说，地球转动的速度，如果快了一秒就要把一年的时间减少一秒，如果慢了，就要加上一秒。再比如，什么时候会有月全食、月偏食，彗星什么时候经过近日点，什么时候会出现流星雨……

他滔滔不绝地说着，也不管她愿意不愿意听。以前在这里，都是她说得多，他说得少，有时候她说了半天，他却一句话都不说，也不知道他在想什么。可是这回他说的，都是她平时根本不了解，也没有去想过的，于是她打断了他。

你怎么把自己装扮成希腊神话里的人物啊？你又不是神，只有神才负责天上的事呢。

他笑了，其实很多神做的事，都是人叫他们做的。我每天要做很多记录，如果遇到特殊的情况，比如太阳耀斑爆发，超新星爆发，还要照相……

又要看太阳，又要看星星，天文台白天黑夜都要有人观测吗？她禁不住问。

嗯，是啊。一年三百六十五天，每天二十四小时都有人上班，如果是闰年，还要加上一天。我们台里有几位老教授，一年到头也不休息，天天在台里工作，连年夜饭都在台里吃……

你也会这样吗？她问。

我？也会这样。他说。

那我呢？我怎么办？她又问他。

今天我在观测的时候还想起你了，我想就叫你鱼儿吧，因为你穿着连衣裙就像一条鱼儿，在银河里游来游去……

她忍不住咯咯地笑了。你除了星星和月亮，还知道什么呢？

你除了泥巴石头锤子凿子还知道什么呢？杜克成就像一个不服气的孩子反问她。他又说，雕塑可是很累的啊！

她又笑起来。其实天文学才真累人呢，整天仰着头，脖子都累直了。我看过一尊雕塑，是一位古代哲学家的半身雕像，他的头是向上仰着的，据说就是长期看天空的结果。搞雕塑多好，根本就不是你想象的那样光和泥巴石头锤子凿子打交道，泥巴石头做出来的是永恒的艺术。

可你要知道你的老前辈，很老的前辈，你的外国前辈米开朗琪罗也是一个仰着脖子的人啊！他为战胜她的傲气而得意地大笑起来。

他是为艺术而献身的人，懂吗？她噘起嘴，甩掉了他的手。

鱼儿，我跟你说吧，为科学献身也是一样的呀，比如，哥白尼、伽利略……

后来他们不打嘴仗了，手拉手地走出了小树林。他们沿着湖边的林荫道散步。湖里清波荡漾，湖岸边垂柳细细的枝条轻轻拂着湖面，有一对情侣正在湖里划船嬉戏，他们嘻嘻哈哈的笑声在湖面上飘荡。她故意依偎着他，他伸出右手搂着她的腰，他还是第一次这样搂着她，她心里涌起一种从未有过的幸福感，真希望他们就这样走下去。

忽然，湖心里传来一阵惊叫，救命啊——救命——他们扭过头去，只见那只船翻了，两个人掉到了水里，看样子都不会游泳，正挣扎着在水里时隐时现。她大叫，抓住船……只见其中一个人向前一扑，反而把船推出去老远。远处的几只船赶快向这边划来。她怎么也没想到，杜克成突然甩掉外衣和皮鞋，一头扎进了水里。她被他的举动惊呆了。只见他一个自由式，飞快地朝落水的人游去，到跟前了，两个人已经消失了。他一下潜入水中。她的心提起来，紧张得说不出话。等他再出来时，她看见他左臂下夹着一个人，飞快地朝岸边游去，因为那里离湖心比较近。到了岸边水浅的地方，他放下那个人，又返回向湖心游去。小心！小心！她大声喊叫着。

他又潜入水里，可是这一次过了好一会儿还不见他出来，她不由自主地朝湖边跑过去，一边走一边开始解上衣的扣子，就在她要往水里跳的时候，她看见他又拽着一个人浮出了水面。

几分钟之后他游过湖面，回到了岸边。她把他拉上来，他浑身上下流着水，胸脯一起一伏地喘着气，嘴唇也有些发青。她把他拉到岸边的石凳上坐下，一边给他擦着头发上和脸上的水，一边说，你这下成为我心中的英雄了。

他却叫了一声，嗨，我的眼镜！不行。我下去找。说着，他站起来就往湖边冲过去，她一把拽住了他，一转身，甩掉身上的衣服，一跃跳进了水里。凉水刺激着她的肌肤，她的心好像一下子收紧了，她使劲儿向湖心游去，到了湖心，她根据他救人时的路线，深吸一口气，潜了下去，她的双手开始在湖底的淤泥中摸索。太阳快要落到公园的小山后面去了，湖底的光线很暗，她睁大眼睛，向岸边摸索过去。一分钟，两分钟，三分钟……憋不住了，她呼的一下冲出水面。小心——她听见他在喊，那嗓音有点奇特又可笑。她换了口气，又潜了下去，继续摸索，一直摸到湖边他把人放下的地方。没有。她又摸索回去，还朝两边扩大了摸索的范围，憋不住了就浮出来换口气，这样一连摸了好几个来回。湖底的水已经被她搅浑了，什么也看不清。她更仔细地摸着，终于，她的手触到了像金属丝一样的东西，是眼镜，是他的眼镜，他比任何东西都重要的……她猛一个潜泳，到岸边忽地一声冲出水面，发现他竟然站在水里，正要往前游呢。

看！她游过去，把眼镜戴到他的鼻梁上，他突然伸出双手，两个人就这样湿淋淋地在水里抱在一起。

床头上的灯柔和地照着，使房间里的一切好像都变得很柔软，余锦菲觉得有一种很熟悉的很柔软的东西在自己的体内涌动，从胸脯一直往下涌动，然后又向四肢和全身扩散。她忽然觉得自己的整个身体都在紧张起来，有一股很强的力量要迸发出来，就像第一次看见他赤裸裸地站在小树林里一样……

他爬上岸，跑到小树林，忽然发现忘记了什么，又跑回去，拿了他的鞋和衣服。等他回来的时候，她已经把裙子脱下来晾在了树枝上，身上只剩下湿淋淋的内衣。杜克成呆呆地站在那里，一动不动地看着她。快把衣服脱下来晾上，一会儿就干了。她说。不，不用，穿着一会儿就干了。他显得很局促。她笑他，你怕什么呀？我在美术学院见过的男模特多了。他笨手笨脚地脱下衣服，不过，他不像美院的那些男模特，在众人目光的注视下脱得一丝不挂，然后摆出姿势。她站在稍远一点的地方欣赏着他，他的身材伟岸匀称，肌肉强健。脸上线条分明，浓黑的眉毛，明亮的眼睛，鼻梁很有硬度，还有坚毅的嘴角和很有雕刻感的下颌……他们赤裸地站在一小片蓝天下，她的对面不远处站着这个男人，将是她未来的丈夫。四周很安静，只有公园围墙外的马路上传来公共汽车的声音。她转过身，把身体贴在一棵杨树上，树上有很多眼睛，她的一只眼睛贴在树的眼睛上，她期待着他向她走来，抱住她，说，我爱你。她觉得有一股很热的东西在往上涌，从她的双腿的血管里涌上来，涌进她的腹部，她的胸腔，她的脖颈，她的嘴唇……它们在发热，在变得滚烫……鱼儿，忽然身后响起他的声音，那么平静，或者那么平淡，好像什么也没有发生过。她猛一回头，看见他居然已经穿戴停当，像个傻瓜一样站在那里，像尊石头雕像，不会说话，不会移动，不会作任何表示，只不过戴着眼镜。她想向他扑过去，可是理智告诉她，不，那样不行。哪怕他有一点像她一样，在那镜片后面闪现出一丝火光，她也会不顾一切地扑过去，疯狂地宣泄她的爱，她的欲望，她的火焰……我们走吧。又是一句毫无感情色彩的话。她怒不可遏，一把扯下树枝上的裙子，胡乱穿上，气咻咻地一个人跑了。她那天真是气疯了，没有想到世界上竟然会有这样的人，也许他就是这样一个人，或者世界上就有这么一种人，不懂得什么是爱，也不会爱，不知道什么时候付出自己的爱，接受别人的爱，哪怕为此付出巨大的代价。说实话，那天当她赤裸地站在小树林的时候，甚至做好准备，被人抓住送进派出所，她希望让艺术系的人都知道她的幸福……

　　她觉得自己的身体在变凉，那股强大的力量也在一点点地消退，她的心也变得很凉，可是卧室的门却没有一丝响动。眼泪仿佛一条小溪从她的脸上流淌下来，她想起了那个卧铺车厢，哐当哐当有节奏地响着，轻轻地晃动着。后来在一个不知名的小站上，有一双手离开了她的手，远去了，消失在地平线上……

　　她困了，就将自己缩成一团躺下，恍惚间她好像漂浮在一片蓝色的湖面上，静静的涟漪慢慢向四周散开，她感到了无比的快乐和轻松……

10　灰烬

一个人出门旅行，总是要回来的，因为有一种牵挂。可是，当一个人有了两种牵挂，他的心就永远在旅途中，在一步一步的行走中寻找栖息地。可这样的心真的能栖息吗？要是不能，那么，牵挂着这个羁旅者的那颗心呢？

朱丽宁站在黄河岸边，凝视着河水，它冲击着，旋转着，发出啸声，以无可阻挡的气势，冲破高山的阻碍，在两岸险峻的夹持之中，翻腾跳跃，夺路而行。险滩藏匿其中，岩礁忽明忽暗，让人望而生畏。可就是有人要在这湍流漩涡中，在这反复无常、变幻莫测之中，在这生死命悬一线的险境中，找到它消消长长、喜怒无常的变化规律。

朱丽宁看着河的远处，忽然想起曾经做过的一个梦。那时候她只有十几岁，她梦见自己站在河边，河水很急，一条船上站着一个人，船在河上摇摇晃晃，向着很远的地方漂去。她使劲儿向他招手，她一边招手一边哭泣，好像从没有那么伤心过。以前她从不记得自己做过的梦，可这个她记住了，从少女时代到现在，她已经无数次地想起这个梦境，这个梦意味着什么呢？从一开始她就这么想。但是很长时间她都没有见到河，更没有站在河边。早些年，大河曾经是她的向往，她很想什么时候去旅行，就到一条大河去，蓝色的河、绿色的河、金色的河，这都是梦中河流的颜色，眼前的河却是浑黄而沉重的，仿佛承载着她无尽的思念和哀痛。他就是为了这条河……

一个声音，是她自己的声音，很多年来这个声音总是在耳边回响……在平，你告诉过我，从古人在黄河边设立第一个水文观测站以来，人们为它工作了一千多年，可是你却没有想一想，一千多年没有完成的工作，你一个人，即使用一生的时间能完成吗？在平，二十年，在一个人的一生中是多么宝贵，四十多岁的生命，是否能用价值来衡量？二十年，你牵着我的心，在思念中，在睡梦中，一遍一遍地走完了这五千四百六十四公里的山山水水，可是你却像这黄河水一样，一去永不复回！

在扎陵湖和鄂陵湖边，朱丽宁注视着平静如镜的湖面，湖心里，斑头雁用水草筑成的巢漂浮在水面上，巢里，雏雁已经开始拍打翅膀，正待有一天振翅飞上蓝天。打鱼的人们撒下渔网，平静的湖面泛起清波。一切是这样安宁、平和，仿佛世外桃源。可是当她转身离开这里，再向前走去的时候，有人从很远的地方喊住了她。

那里不能去——

为什么？她问。

只有水，没有路——

她看见大大小小的湖泊、浅滩、水坑，像一面面镜子反射着强烈的阳光，刺着她的眼睛，让她眩晕。曾在平每次来就是在找这种只有水，没有路的地方，这是他的魂之所系。她迈开脚步，她不知道水有多深，不知道会不会把她陷下去。她径直向水里走去。水很浅，水底是淤泥、杂草、鹅卵石。这些东西怎么会混杂在一起呢？因为在平常的情况下，有鹅卵石的地方就不会有淤泥。她的裤腿湿了，沾满了黏糊糊的腐烂的草叶。她继续朝前走，水越来越深了，没过了她的腰，直到她的胸部。尽管会游泳，她也不知道还能不能往前走，但她还是向前游去，像一只离群的野雁，水很宽，好像总也游不到边。她有些支持不住了。在平，你在哪里？你是要躲着我吗？在平，你躲在哪儿？你快出来啊……

　　终于游到了边，爬上岸，她惊呆了。这是一座小小的孤岛，岛上落满了鸟粪，还有很多很多鸟窝和鸟蛋孵化后留下的蛋壳，鸟的羽毛也随处可见。她像一只觅食的鸟儿一样在岛上寻找，在草丛、羽毛和鸟粪之间寻找。忽然，她发现了一块不寻常的印痕，这里的地面有点发黑，四周的草也很稀疏，她弯腰用手拨开一层土，下面好像是一片灰烬，仔细看看，真的是灰烬。这儿有人来过，真的有人来过！她简直要惊叫起来。她在发黑的灰烬四周更仔细地寻找，她轻轻地拨开一层层泥土，竟看见一小块纸片，是纸的碎片，已经发软发黄，几乎和泥土混合粘连在一起，要是不仔细看，根本就不会认为这是纸。这是那种稿纸，上面印着像绿色虚线一样的横格，和曾在平常用来做记录的纸是一样的。纸的一边还能看出烧过的痕迹，大概是用来引火的。在平，你真的来过这儿！

　　朱丽宁的心激动得都发颤了，她扩大了在周围搜寻的范围，在确信没有更多的东西之后，她回到了那一小堆灰烬的旁边。她全身湿漉漉地坐下，风和太阳让她的衣服慢慢地干了，也让她的头发轻轻地飘起来。她在这个曾经燃烧过的火堆旁静静地坐着，从中午到傍晚，一轮血红的太阳在远方朦胧的山峰后面隐没，世界回到一片幽暗之中。水鸟们已经回到各自的小巢中栖息，朱丽宁还坐在那里。这曾经是怎样的一堆火呢？她在想。在这四周宽广的水面上，在这小小的孤岛上，燃着一堆忽明忽暗的火。

朱丽宁呆呆地想着，双手轻轻搓揉着一把合着泥土的灰烬，她忽然觉得这泥土中好像有沙粒一样的东西，很硬的沙粒，还有柔软的块状的东西掺杂着。她把泥土凑到眼前，仔细捏一捏，发现那不是沙粒，而是细小的金属颗粒，一颗、两颗、三颗……天哪，这是拉链上的齿，块状的东西是一束棉花！这是不是他戴的那块棉护膝呢？多年前，有一次他回家，就说左腿很疼，厉害的时候膝盖就肿得很大，走路都一瘸一拐的，甚至不能下楼。她给他做了一个护膝，里面填了松软的棉花，缝上了拉链。后来他说棉花受潮，护膝都变硬了。是的，是那个护膝。在平，你一定像我一样，被困在这个孤岛上，为了在这里度过寒冷的夜晚，烧掉了能烧的东西，包括护膝。你那时吃的什么？穿的什么？你的腿疼吗？在这里，什么都可能发生。你后来怎么样了？你是怎么到这儿来的？我是游过来的，可你呢？你离开这儿了，还是……

她想起他曾在一封信里写他的腿疼，那该是怎样的疼痛啊，可他还自我解嘲说，因为我走路太多了，所以上天惩罚我……那一段她看过很多遍：

　　　　我被疼痛迷住了，每时每刻都感受着疼痛的美妙。你知道吗？那疼痛不是突如其来的，而是有先兆的。开始就像下毛毛雨，疼痛一丝丝的很细，让人觉得真好，后来雨点就大了一点，沉重了一点，又像小小的冰雹砸下来，我能感到每一丝疼痛。逐渐地疼痛加剧了，很剧烈的疼痛像狂风暴雨般地袭来，让人简直喘不过气来，实在是痛快，也许很少有人仔细品味过这样醉人的疼痛。大多数人都是在疼痛刚刚发作的时候就用各种办法把它制止住了，其实这是遗憾。疼痛也是一种享受，像醉人的酒一样，剧痛会让你感到平时没有过的疯狂情绪，能发出你平时根本就不敢张扬的叫喊。我在那种声嘶力竭的咆哮和怒骂声里，汗如雨下，几乎不认识自己了。好了，你不要为我担心，现在我要把疼痛折叠起来，放进袋子里，把它遮蔽起来，不让它恣意发作……

朱丽宁把头伏在膝盖上，抽泣起来。在平，你知道吗？我现在正坐在你燃过的这个火堆旁，四周静悄悄的，只有风轻轻吹过湖面，星星在夜空中闪烁。你是否也曾像我一样独自坐在这里？那时候你在想什么？想我，想我们的女儿，想我们温暖的家？

高原的湖面上，夜里的风很冷，朱丽宁紧紧地蜷缩着身体，她没有任何可以燃烧的东西，也没有火种，在她的身边，斑头雁成双成对地依偎在一起，在它们的羽翼下，还有刚刚孵出不久的雏雁。

天亮了，朱丽宁站起来，她惊奇地发现，小岛的面积已经变小了，原来的水面更宽阔了，很多原来露出陆地的地方已经被水淹没，真不知道一夜之间会有这么大的变化，怪不得在平说……她跪下来，双手捧起一把灰烬，装进自己贴身的衣袋，然后站起来向水边走去。她选择了水面最宽阔的一边向水里走去，因为她想，狭窄的地方水流一定很急。她是对的，她游过了这片水面，踏上了一小块陆地，展现在她面前的是由无数个S组成的河道，弯弯曲曲，仿佛永无尽头，一直通向天边。她浑身上下滴着水，跌跌撞撞地往前走，双脚一会儿在水里，一会儿在泥里。人在绝望的时候也许就是这样的。她脑子里模模糊糊地想。在平也曾经这样吗？如果知道他是这样，我一定会和他一起来，我为什么没和他一起来？为什么让他一个人来到这儿？为什么？

她摔倒了，又挣扎着爬起来，继续朝前走。她要走出去，寻找他，找到他，哪怕还是一小堆灰烬，还是一小片纸，甚至连灰烬也没有，只有几个脚印……她摔倒了，又摔倒了……她精疲力竭了。突然，她心中闪过一个念头，我怎么了？我在干什么？我疯了吗？这是一个处在癫狂状态的人此时唯一清醒的意识。

她发出了声嘶力竭的呼喊：救救我——

凄厉的声音划破清晨高原的宁静，在广袤的天地间发出可怕的震荡……

11　欲望

仰望着，仰望着那古殿堂的最高处，至高处。那里有什么？古哲睿智的箴言，古乐飘逝的余音，仙女的裙裾带起的徐徐清风？电声乐队的强烈节奏从远处行进而来，惊醒了，一个梦……

　　余锦菲忽地一下从宽大的床上弹了起来，走到窗前，拉开了棕黄色的天鹅绒窗帘，又拉开一层白色的纱帘。天碧蓝碧蓝的，像海水，在海水的周围是一座座山峰，或青翠，或墨绿，像纯净的翡翠，悦耳的鸟鸣从山林中传来。她一下子忘了昨天夜里的苦涩，像个孩子似的情不自禁地笑了。她轻轻推开窗户，让早晨新鲜的带着露水味儿的空气扑到自己的脸上，顺着自己的脖颈和胸脯钻进肌肤，弥漫到全身。这是一种多么惬意的感受！她不由自主地把双手伸向自己的身体，轻柔地抚摸着。双肩依然是那样圆润，胸脯依然高高地挺立着，那么富有弹性，还有腹部，平平的，绝没有一点儿松弛下垂的感觉。从挺直的腰部到有力的大腿，是两条饱满的、不失优雅的曲线，还有——她很自然地想到了自己的脸，女人最要紧的当然还是自己的脸。她离开床前，转身走进了浴室，对着一面墙那样宽的镜子撩开了披在脸颊两边的卷发，展现在眼前的是一张美丽的脸庞，皮肤仍然细腻、白皙。这里的空气是湿润的，风是湿润的，还有柔和的阳光。她的心和眼眶有时也是湿润的。

她轻轻地解开胸前的衣扣，让睡衣从肩膀上滑落下去，然后拧开了莲蓬头的开关，温暖的水丝丝地从头顶浇下来，像夏天阳光下的那种雨，带着丝丝暖意和体贴，流过她的面颊，她的脖颈，她的脊背，流向她的全身……她感到了一种似乎从未有过的快意，仿佛有一双无比温柔的手此时正抚过她的身体，她觉得有一股很热的东西在涌上来，在全身的血管里膨胀，她有些激动地微微仰起了头，闭上眼睛，那两片湿润的嘴唇也不知不觉地开启了，仿佛在等待着什么……她又想起了她第一次这样赤裸裸地站在他面前的时刻，那是怎样的一个时刻！第一次，从少女时代朦胧的幻想，幻想着爱情，幻想着第一次，第一次融入男人——爱人的怀抱……那一个时刻，全身的每一个细胞都在激动，心突突地在胸腔里跳动，血液疯狂地在血管里发热，目光和嘴唇、脖颈、胸脯、双臂和双腿，全身的每一个地方都在急切地期待着，等待着那幻想中无数次突然出现的一切……可是他的胆怯和迟疑却让她紧张得几乎要窒息，她向他扑了过去，用她疯狂燃烧的火焰把他融化……

温暖的水还在唑唑地抚过她细腻的腿部的皮肤，她的脚背和足尖，在洁白的地面上悄悄弥散开来，然后消失，她的心里于是又有了一种古古怪怪的感觉，一种欲望和抑制这种欲望的张力和收缩的共同作用，仿佛她正用一把锋利的刻刀，一点一点地修琢着那尊裸体雕像的那个要紧的部位。

她不知道这样在温水下站立了多长的时间，也许在她的生活中，已经习惯于这样长时间的等待，然后是失望，最后是无法言语的、仿佛跌进万丈深渊一样的失落……她和他，如果说生活中还有什么美好记忆的话，就只有他们第一次相识时的那个夜晚。从那以后就是等待……等待着他的身影在马路的尽头急匆匆地出现，等待着他的羞涩的、迟疑的初吻，等待着他结结巴巴地说出"结婚"这两个字，在固守着家这个爱巢的日子，却是更漫长的等待——等待着他早晨或者中午从天文台回来，或者根本就不回来……

怎么啦？我在想些什么？想这些有用吗？能改变什么呢？她轻轻地叹息了一声，她觉得眼里有什么东西在发颤，喉咙也有点发涩……她平静着自己，让自己的心和躯体慢慢地变得凉爽。她关上了水龙头，裹上浴衣，拉开浴室的门，刚坐在梳妆台前，就听见有人在轻轻地敲卧室的门。

阿姨，早饭做好了。梅娟在门外轻声说。

余锦菲问道，叫杜叔叔了吗？

杜叔叔还睡着呢。

梅娟，那你再去叫他一声吧。

好吧。梅娟在门外清脆地说。

余锦菲仔细地化了淡妆，又整理好头发，站起来，在镜子面前反复地看了又看，直到自己完全满意了，才离开卧室。

怎么还没起来呢？当她走过客厅，来到餐厅，在餐桌边坐下来的时候，有点奇怪地问。要在平时，她一个人用早餐已经习以为常了，虽然她自己也是常常熬夜，一个人在工作室对着未完成的雕像沉思，发愣，或者用锤子和凿子在细部反复地修改，直到夜深人静，甚至东方曙光微露。可即使这样，她也要每天正点用早餐——一个人豆浆油条、稀饭咸菜或是牛奶面包。杜克成却不是这样，日月星辰似乎都遵循着亘古不变的规律，唯独他是没有规律的，包括对他的等待。不过今天不一样，因为这几天杜克成一直把自己关在书房里，推导什么公式，每次吃饭都要叫他好几次，吃完饭又一头钻了进去，怎么叫也不开门。

梅娟，你再去看看，再叫他一声。余锦菲用有点不耐烦的、语调稍稍高一点的嗓音说。梅娟赶忙从厨房里出来，就在这一瞬间，余锦菲忽然觉得应该亲自去叫他一声，她站起来，来到杜克成的书房兼卧室，梅娟刚想敲门，余锦菲却抢先敲了，笃笃笃，她敲了几下，喊着，快起床，吃饭啦！接着她就握住门把手，向左一拧，可是她却觉得门把手正被一股力量朝相反的方向扭动。你怎么啦？连门也不会开了！她冲着房门大声叫着，想推门进去。可是门却好像被什么挡住了。

杜叔叔，门是朝里开的！梅娟也大声说。

突然，门开了，出现在她们两个人面前的是一张疲惫到极致的脸，还有一双困倦得已经睁不开的眼睛。

啊，你……你这是怎么啦？怎么成了这副样子……余锦菲几乎惊叫起来。

我，怎么不来叫我？我困了……我要睡觉……杜克成用虚弱的声音说，几乎在同时，他的身体就慢慢地歪斜到门框上。

余锦菲一下把他扶住了，梅娟，快点，把叔叔扶到床上去！

这时候，她才发现屋里要多乱就有多乱，一张单人床上堆满了乱七八糟的稿纸，桌上也被书和文件堆得满满的。她掀起床单的一角，呼啦一下把它们全部掀到地上。两个人用尽全部的力气，把杜克成抬到床上，解开他扣得错乱的衣扣，脱下他脚上的拖鞋。等她们把他的脑袋妥妥帖帖地安放到枕头上，他已经发出了鼾声。

她为他盖上一床薄被，在他的床边坐下来，伸手在他的额头和脖颈上摸了摸，还轻轻试了试他的鼻息。体温很正常，呼吸也很均匀。她松了一口气。她平静了一下自己的心跳，环视一下房间，朝南的一扇宽大的落地窗拉着厚厚的窗帘，房间里显得黑乎乎的。真不知道，整天研究太阳的人居然能够忍受这样黑咕隆咚的屋子？既然你研究，那你躲避太阳干吗？她嗔怪地自言自语着。屋子里除了占据一整面墙的书橱里的书还码放得整整齐齐，别的一切都是凌乱不堪。她站起来，四处看了看，很多地方都积着灰尘，用手一抹，可以看到一条清晰的灰印。

梅娟，你多长时间没给他收拾房间了？她问正在一旁收拾稿纸的梅娟。

杜叔叔好多天都不让我来打扫了，他说他在工作的时候，不让我打扰。梅娟低声说。

你怎么能听他的呢？看看，这里都乱成什么了？余锦菲叹了一口气。她拿过梅娟捡起来的一些稿纸，在昏暗的光线里仔细地辨认。这都是些什么？一页一页，全都是写得潦潦草草的公式、数字、算式，有些地方写得密密麻麻，也有的地方涂改得一塌糊涂，像挤成一团的蚯蚓。只是在每一页的左下角，都标上了页码。她把台灯拧亮一点，坐在杜克成的写字台前，她第一眼看见的是他的眼镜，很旧的眼镜架，已经有点像古董了，两片镜片厚得像玻璃杯的底，而且还模模糊糊的，不知道多长时间没有好好擦一下了。她又轻声叹了一口气。再这样下去，眼睛真的要看不见了……她回过头去看看睡着的杜克成，他的眼圈有点发乌，鼻梁上戴眼镜的地方压出了很深的暗红色的印痕，你疯了，你真的疯了……她这么说着，就从纸巾盒里抽出几张纸，开始擦他的眼镜片。她的手指在弧形的曲面上滑动，镜片一点一点变得清晰起来。擦完了，她把眼镜放到自己的眼前，顿时感到一阵眩晕。天哪！她本能地把眼镜放下。等他醒了，一定要告诉他，不能再这样下去，不然眼睛真的就看不见了。她把眼镜放好，揉了揉自己的眼睛，开始整理那些稿纸。她把零乱的稿纸一页一页按页码顺序排好。等她全部整理完，才找到稿纸的第一页，上面用汉英两种文字写着：

数字化太阳系的初步模型设计中计算公式的推导
The Deduction of Calculating Formulas
in the Initial Model Design of the Digitized Solar System

她让梅娟去厨房拿了一杯牛奶和一杯水，放在杜克成的床头柜上，又在他的床边坐了一会儿，然后拧灭了台灯，轻轻地关上房门。来到楼下的餐厅，梅娟对她说，阿姨，你的早饭已经热过了。

她站在餐桌旁，看着满桌的煎鸡蛋、火腿、牛奶、果汁、小米粥、豆腐乳和腌辣椒，还有两个人的餐具。她默默地坐下，却没有动筷子和勺子。过了一会儿，她站起来，梅娟，你把饭收了吧，我不吃了。余锦菲说完，下楼去了自己的工作室。

阿姨——梅娟愣了一会儿，开始收拾餐桌。

12 旧相册

光阴如梭，斗转星移，带走了人们对过去的记忆和怀恋。世界在变化，人面对未来是憧憬、迷茫，还是期待呢？旧相册里珍藏着过去的几个瞬间，偶尔翻开，不知感受到的会是什么……

早上，一走进动物研究所的大门，朱丽宁就接到人事处的电话，请她去参加学校高级职称评审会。放下电话，她坐在桌前有点无奈地叹了一口气。担任评委这些年，评职称前夕，办公桌上的电话铃声就会响个不停，各个院系的要评职称的人都请她关照，大部分是她平时很少接触的人，甚至素不相识。还有一些人会找到家门，送来礼物，请求她帮忙投一票。朱丽宁知道，现在一些职称评审已经不是对一个人真实的科研能力和工作成绩的客观评价，而是变成了对一种关系能力的评价，谁的关系网密实有效，谁就十拿九稳。前两年，她曾以工作脱不开身为托词，在开评委会时临时请了假。可是那样一来，动物研究所的人却一个高级研究员也没评上。要知道，有好几个业务尖子已经连续两年都没有评上高级职称了。作为所长，她感到了一种无形的压力。这一次，为了动物研究所，也要去参加一次评委会。

下午，朱丽宁临去学校时，拉开卧室的衣橱，找出一件正式一点的套装，脱去有点休闲的浅黄色开司米短袖毛衣，换上淡蓝色的裙装。她在穿衣镜里看见，这套衣服给她增添了几分高雅的气质，也显得更为庄重。她又去浴室，对着镜子，把头发又梳理一遍，才出了家门。

来到评委会开会的会议室，朱丽宁从门口就看到，屋里椭圆形的会议桌旁已经坐满了人，学校的主要领导，各部门的主要负责人，还有一些院系的教授专家。朱丽宁进屋刚坐在桌子一角，评审就开始了。评委会主任首先介绍研究员的申报者。朱丽宁发现在这个名单里，各处的领导占了相当大的比例。接下来的几轮投票过后，动物所又是一个正高级研究员也没评上。朱丽宁觉得额头一阵冰凉，动物所报上来的几个中青年专家在动物学界的成果和影响是有目共睹的啊！

参加完投票，她走出会议室。还不到下班时间，可她不想去实验室，而是往回家的路走了。暖暖的风吹拂着面颊，却没有抚平她蹙起的眉头。为什么？也许什么都不为，只是动物所远离了权力核心。朱丽宁慨叹着，脚步渐渐变得沉重起来。她在想，华北大学差不多三分之二的研究员职称都被"授予"了那些不从事科研工作的行政负责人，比如人事处处长就顶着一个研究员的桂冠。为什么在第一线工作的科研人员却偏偏评不上呢？想到这儿，她有些愤怒，究竟谁在从事科学研究？谁在用汗水和生命为科学事业作奉献呢？她不由想起了曾在平，想起他最后一次离开家的情形，他拥抱着她，看着她流泪的眼睛，轻轻地说，我走了……她紧紧靠在他的胸前，使劲儿闻着他的气息，她想把那气息吸进肺腑。他用手掌给她抹去成串的泪水，就像哄一个哭泣的孩子。他说，不许流泪，我很快就回来，很快，等我们老了，退休了，到那时候……他走了，留下一个淡淡的微笑。她在窗口看他上了公共汽车，他鼓鼓的背包差点被挤在车门外。他离开家的时候，还是一个副研究员……

副就副吧，这并不重要。现在最要紧的是黄河。过去，曾在平总是这么说。

她就嘟哝说，黄河，黄河，你成天就知道黄河。可你想没想过，黄河不是你一个人的，黄河也不是靠你一个人能治理好的……

好啦，事情总得有人做啊，谁叫我是学河流专业的呢！每次她这么唠叨，他总是以自己是学河流专业的作为最高理由。我们大学毕业的时候，还是你支持我到黄河源头去的，你应该理解我啊……

我……我可不知道你会这样……你跟那时候也不一样了。在平，你也看看自己，都成了什么样子了，浑身上下简直就成了一个黄土疙瘩……

他听了这话竟笑起来，他说黄土疙瘩怎么啦？不是说黄河是我们的母亲河吗？黄河的儿女哪有不黄的？我们不都是当初女娲用黄土造的吗？还能不像黄土疙瘩？哎，我告诉你，我前几年在黄土高原考察的时候，找到一个地方，据说就是当初女娲炼石补天的地方，那里叫……叫什么……他拍拍自己的脑门，真有点想不起来了……

她笑他，看，你忘了吧？让我告诉你吧——

你，你怎么会知道？他将信将疑地看着她。

我当然知道，那个地方叫老忘家。

哦？真有这个地方吗？老忘家，人一到那里就忘了家……也许真有这么个地方吧……他有点儿窘迫，却仍然煞有介事地说。

朱丽宁怔住了，她绝对没有想到他会把自己的玩笑当了真。那一会儿，她觉得好像有一道看不见的帷幕把她和曾在平隔开了，她不知道为什么当年在大学时的那种心心相印，互相之间有什么心事都能猜出来的亲密爱人，怎么和自己隔远了，他真的老忘家，到了那里不回家……她去了卫生间，捂着脸，泪水从她的指缝间悄悄地流出来。可他好像根本没有觉察出她感情上的突然变化，他弯腰从书架的底层翻出一本厚厚的影集，仔细地翻看着。翻了一会儿，他喊她，找到了，丽宁，你看就在这儿。他把影集拿到她的面前。多美的地方啊！

她急忙抹一把眼泪，来到他身边，她朝照片上看了一眼。那是一张有点变色的照片，照片上是一片茂盛的草原，湛蓝的天空下，羊群在吃草，远处是森林、雪山，还有冰川。

怎么样？知道什么叫风吹草低见牛羊了吗？他的语气中分明带着几分自豪。

她没有说话，只是看着照片，心里却依然在流泪。

你知道，这是十多年前拍的。由于气候变化，青藏高原的冰川退缩得很厉害，黄河源头的生态环境出现了恶化的迹象，草场退化已经很严重了，荒漠化也在加剧，有些支流出现了季节性的断流，有几个原来烟波浩渺的湖泊也在大面积地缩小……

他滔滔不绝地讲着，仿佛听讲的是一个大一女生，正用渴望知识的眼睛紧紧地盯着老师，就像当年自己第一次在大学里听课时那样。这么多年，她已经听惯了他这种滔滔不绝的演讲，什么泥沙量、径流量、断流，什么草原退化、生态恶化……

唉，不知道那里现在怎么样了……他把影集捧在手里端详着，好像在自言自语。

朱丽宁想到这里，觉得泪水都涌出来了。十年了，他的一切还是那么清晰，他的身影，他的声音总是真真切切。这种感觉让她觉得他依然在家里。当她推门进屋的时候，他会过来接过她手中的提包或是书报，然后哄她，故意开玩笑地给她说好听的话，还给她倒杯水。该我做饭啦！他说。只要在家，他总是抢着做饭，她也喜欢他做的饭。虽然简单，但是味道很好。她想起他做的蛋炒饭，葱花碧绿，鸡蛋嫩黄，他切的胡萝卜丁几乎一样大小，他切菜也是一丝不苟。后来她就再也没有吃过他做的饭……

她忽然很想坐到树荫下，在一个没有人的地方，让泪水尽情流下来。可是校园里今天怎么了，到处都是人，而且还碰见好几位很久没见面的同事。丽宁，你的脸色不太好，好好保重，不要太累啊！一个人对她这样说，她知道别人这样问候她，其实是用另一种方式来安慰她，人们从不在她面前提起曾在平，就像他从没有存在过，他们也从来不曾认识他。这反而让她的心里更觉得压抑。

回到家，家里没有他的身影，没有他的声音，也没有他的气息，四周静静的，只有墙上的一只钟表不紧不慢地走着，发出咔嗒咔嗒的声音。朱丽宁去卫生间洗了脸，来到厨房，锅碗盘盏整齐地排着队，等待主人的召唤。朱丽宁擦着一尘不染的灶具，又想起曾在平做的香喷喷、油光光的蛋炒饭，他切的胡萝卜丁几乎一样大小……她想起和他一起吃饭的每一个细节，有时候他刚从黄土高原回来，就像一个被流放的人，脸色黝黑，胡子老长。他洗了澡，有时候他不等刮胡子就急着要吃饭，他端起碗狼吞虎咽，她不停地给他夹菜，他就不断地咽下去。她笑他，饿狼！他笑笑继续吃，不理会她说什么，那会儿除了吃饭什么也不重要了。她想起那一次，他的胡子上沾了好几粒米，她看见就咯咯地笑起来，像个孩子幸灾乐祸，笑够了，才一粒一粒给他摘下来……

朱丽宁不想做饭了，她回到卧室，扑在床上，把头埋在两臂之间抽泣起来。她就这么抽泣着，直到没有泪水了。她爬起来靠着床头，拿过放在床头橱的一本影集。影集的封面已经变了颜色，硬质的四边因为无数次的抚摸已经破损，有的地方露出了黄色的硬纸板，里面的纸页也已经松散了。它已经不像一本珍藏的影集，倒像是一叠随便堆放的旧报纸，边缘很不整齐，而且毛糙破损了，要是放在书橱里最显眼的位置，也许都不会有人看它一眼。可朱丽宁却无数次翻阅过，里面的照片她不知道看过多少次，她甚至像捧着一本百看不厌的迷人小说一样阅读它，像欣赏一件艺术珍品一样地赏阅它，仿佛这里面隐藏着她的卢浮宫，或者，那是她的一本人生词典，她可以从中查阅到生活中一切疑难词语的解释，找到打开心灵困惑的钥匙。

她翻开第一页，用她那双依然白皙的手，就像一个钢琴师掀开琴盖，准备演奏乐曲一样，郑重其事地打开它，里面是她再熟悉不过的曲谱，但每一次她都要从头开始，从第一个音符开始。像每一次一样，映入她眼帘的是一张照片，照片中的人大约四十岁，高高的个子，有点瘦，却很精神。他的目光专注在悬崖上的一道浅浅的痕迹。那是一道水线，也就是某一年河水的水位曾经达到过的高度，那是一段时间的浸泡留下的。他穿着一件咖啡色灯芯绒外套，衣服已经有些褪色，两个胳膊肘的地方补了两块皮补丁，那不是时尚，而是衣服真的磨破了。她为他补过好几件衣服。曾在平背着一个很旧的有好几个口袋的帆布背包，背包看上去很沉重，从一个口袋里露出了一架照相机的背带。

照片拍的是这个人的侧面，看不到他的整个面容，因为他过于专注地观察着悬崖上的痕迹，失去了平时人们照相最要紧的一个要素——表情。这纯粹是一张工作照。朱丽宁看着他，就像教徒在一个神圣的场所凝望一幅圣像那样专注。在她的心中，这就是一幅圣像，照片中的人是一个圣徒，正为着一个神圣的、宏大的使命，专心致志地工作着，在深山峡谷之中，在雪山草地里，在平原和沟壑间，留下了无数脚印。

那是二十世纪九十年代初的一个秋天，在黄河边的一处悬崖上，他正在进行水文地质调查，碰巧有一个业余摄影爱好者也在那里拍摄黄河，就为他拍下了这张照片。而朱丽宁收到这张照片的时候，他已经离去几年了。

他是唯一的。她想。唯一纯粹的。

她是一个喜欢纯粹的人，白色的纱的窗帘，没有一丝灰尘，白色的书架，虽然简单得只有横竖两条线，也是纤尘不染。她从来都是这样，一切都要简洁、明亮，容不得一丝人为的阴影。于是，从和他结合在一起的那天起，她就和他的职业习惯发生冲突。每次只要他从遥远的地方回来，只要她在家，她的第一个反应就是，飞快地冲到门口，用柔声细语把他拦住。

回来啦。

嗯，回来了。他微笑着，但还是露出难以掩饰的歉疚。

你知道我要你先做什么的。她忍住笑，摆出一副很正经的，不可妥协的样子。

把我的衣服拿来。他很直接地下着命令。

你还知道换衣服呢，早就给你准备好了。她总是嗔怪地和他闹，然后就从衣柜里把叠得很整齐的内衣、衬衣、长裤、袜子放在他面前。

给你。

他放下大大小小的包，抱着衣服转身进了卫生间。

别忘了把胡子刮干净，乱糟糟的。她在他身后叮嘱着，随手又把一双拖鞋放在卫生间的门口。

知道了。他闷声闷气地答应。

这时，她就赶快把他包里的东西一样样拿出来，放在他平时放的地方，特别是他采集来的标本，还有记录本，她仔细地放好。还没等她收拾好，他就从浴室里出来了。那个又焕然一新的人会把她紧紧地拥进怀里。她任他粗糙的手抚摸她，从她的双颊、脖颈、肩膀一直到后背，她觉得就像一把刷子在摩擦着自己光滑细腻的皮肤，她感觉到他的心脏有力的搏动，他强健的肌体和仿佛烈火般的欲望让她总是长久等待的忧伤一下就烟消云散了……

对于她，爱是纯粹的。这种爱就像是两股火焰在一起燃烧，闪耀出明亮的光和热，使渴望的心灵豁然开朗，不留丝毫的阴影。

百叶窗的叶片上现出一道淡淡的金色，屋里的光线暗下来，朱丽宁的手才慢慢离开影集。她来到阳台上，目光向着远方，夕阳已经把远处的高楼镀成了暗红色，在林立的高楼中间是一条马路，像一条河。路灯还没有亮，马路两边的楼房就像是黄河岸边的悬崖，高低参差地排列着，大大小小的汽车和下班的人们在这条河中匆匆地涌流着。

不远处是一个公共汽车站，电车、汽车一辆接一辆地徐徐停下，人们蜂拥着上车、下车，然后又一辆接一辆鱼贯地开走。他每次离开家，都是从这个车站走的。她每次都要在阳台上看着他向车站走去。她看着他踏上电车的踏板，车门在他身后关上，有时会夹住他背后那个太大的背包，她会不由自主地喊出一声，哎……

车开走了，他的半个背包露在外面。

她的目光又回到阳台的前面，那是一个小花园，低低的水泥的栅栏围绕着它，花园四周是绿绿的冬青，那里还有一株枫树。风从远处轻轻地吹来，从高楼的后面，顺着这条街河，送来枫叶低低的吟唱，还有初夏傍晚的温馨。

妈妈，你每天一定要到外面走一走，不要一个人待在家里，花草树木也许会给你好的心情……

朱丽宁想起前几天女儿的来信，女儿的关心体贴总是让她感动。十年间，女儿的懂事让她感到很大的安慰，女儿的坚强也让她少了一些伤感。她回身来到桌前，拉开抽屉，拿出女儿的信，又一次展开，轻轻地读出声：

亲爱的妈妈，上个星期我到时光那儿去采访，他们正在西北的大沙漠里训练，大西北的辽阔无垠，雄浑壮丽，这是我以前根本无法想象的。时光他们的训练异常艰苦，艰苦得超乎人们的想象。有时进行一天魔鬼训练后，一个队员的体重会下降几公斤，那体重都变成了汗水。妈妈，在这里的夜晚，我总是想起爸爸。小时候我不知道爸爸为什么总是离开家，总是一次一次地去黄河，我不懂他为什么那样执着，执着得近乎冥顽……现在我明白了，爸爸是一个真正的男人，一个真正的好男人，他视事业为自己的第一生命，而今天这样的无私的男人已经不多了。妈妈，我亲爱的妈妈，你应该为我的爸爸感到骄傲……

我决定留下来，留在这里继续跟踪采访报道。妈妈，你要保重，别让我担心，过年的时候我就争取回来看你……

读完信，朱丽宁擦去泪水，来到厨房，她决定给自己做一碗好吃的蛋炒饭。

13 孤独

孤独是多么美啊！可是人们总是用哀伤的笔调描绘一个独处的人，感慨他远离人群会有多么痛苦。其实真正走向孤独的人，才是有勇气的人。

　　这一天，杜时光又一次被直升机空投到沙漠里，继续进行上次因沙尘暴而中断的沙漠生存训练。天光已经暗淡下来，无数沙丘被夕阳的余晖分割成明暗两半，朝西的一面还有些暗淡的金色，而背光的一面已经变得黑黝黝的，好像很深。杜时光觉得这里的地貌有点像火星，仿佛是美国大片里制造的那种情景：红色的沙漠、戈壁、稀薄的空气，几乎没有氧气，白天温度高达摄氏一百多度，夜间温度又降低到零下几十度，周围没有任何生命的迹象。这一次要是模拟在火星上着陆就好了。上小学的时候他就喜欢听父亲讲火星的事。父亲说，假如有一天地球真的要毁灭了，那么火星也许是人们最后可以逃遁的地方，尽管它那么遥远，却还有稀薄的空气，而距离地球更近的月球却没有空气……在火星上着陆，不仅要有登陆舱，还要有返回舱、在轨飞船……啊，人类总有一天会登上火星，这只是时间问题，也许是漫长的等待，十年，二十年，甚至一百年……

真希望自己能赶上那一天。

在他的周围，只有沙丘构成的无数条高低起伏、明暗分明的曲线，还有他自己。除了航天员集训队的队友们，指挥部的首长，没有人知道他在这儿，父母也决不会知道他在这里。要想做航天员，就要学会忍耐孤独，假如一个人坐上了飞船，飞向火星，单程就要好几个月，那将是多么孤独的旅程啊！要是登陆了火星，陪伴一个人的只有一辆偶尔说几句话的火星车，同样是难以想象的孤独。其实这里是人为的孤独，由人制造的并不是真正的孤独。所以人在这里会感到不适应。他想起母亲，母亲总是自己给自己制造孤独，作为雕塑家的母亲完全可以融入一个热闹的圈子。母亲是一个浪漫的人，她总是那么优雅大气。她的美丽有一种风情，那种风情是迷人的，要是在一个大的社交场合，母亲绝对是惹人注目的。可是母亲却没有几个朋友，她很少参加各种应酬，只是痴迷于自己的艺术世界，那个世界局外人很难看见。他不知道此刻母亲是否能想起他。在这远离城市的地方，在这寂静的地方，童年的景象总是回到眼前，难道时光真的会流转吗？那时候，母亲总是一个人在工作室，叮叮当当地雕琢着大理石，常常一个人在那里待到半夜。一直到他上军校离开家，母亲几乎天天这样。她不孤独吗？母亲曾经说，人都是孤独的，孤独是一种境界，并不是所有的人都能够忍受。他觉得母亲是他心里的一个谜，假如艺术创造的本身是孤独的，那艺术的本质又是什么呢？想起这些，杜时光觉得心里忽然升起一种感动，人的精神是一种意志，而生命是因为意志而存在的。他又想，有机会尝试意志的存在也许是一件很幸运的事，不过，也不一定，美国哥伦比亚号失事的消息传来的时候，无数人都为航天史上的又一个悲剧感慨。宇宙航行就是人与自身意志的挑战，所有的壮丽辉煌其实都是意志的胜利。真不知道那七位宇航员在飞回地球时都想了些什么，飞机失事的那一天，他在当天的工作日志上记下了他们七个人的名字，机长里克·赫斯本德、女航天员卡尔帕娜·乔娜、另一位是医生，也是女航天员，她叫劳雷尔·克拉克，那个迈克尔·安德森是一位黑人航天员……他们那一刻在想什么？自从在电视新闻里看到哥伦比亚号爆炸的情景，这个"为什么"，就总是回响在他的心里。因为生活中有很多诱惑，所以人就得在接受或是拒绝这两者之间进行选择。宇宙航行也是一种诱惑，在那天空的深处，在那碧蓝以外的碧蓝，在那离其他星球稍稍近一点的地方……宇航员经不住那里的诱惑，以生命为代价，竭力摆脱地心引力，向它义无反顾地飞去……他作过很多猜想，在返回地球之前，他们七个人一定很高兴，也一定很紧张。返回，只要在飞机上就是危险的，就意味着把自己的生命交给了天空……回家，这是多么诱人的字眼儿啊！在沙漠里他感受到了这种强烈的渴望，在那遥远的太空，这种愿望也许就更急迫了。杜时光继续漫无边际地想着，那七个人一定说过，回去我们干一杯吧！他们盼望见到每一位亲人。可那一声剧烈的爆炸，炸碎了生命和梦想，那一瞬间，他们看到的是火红的烈焰……杜时光觉得，没有从事航天工作的人，很难想象他看到飞机拖着白色的烟雾在空中坠落的心情，一切在顷刻之间就化为"无"。那七个人只是曾经的存在，而在飞机爆炸之后，他们的生命就成了永恒的"无"……

　　天完全黑了，一轮弯月高悬在天空，那么明亮洁白，它只是悄然之间把银色的光无穷无尽地洒向广阔的沙漠，杜时光不知不觉被月光迷住了。小时候跟着父亲去天文台，从望远镜看见月亮，那一片片明亮的区域就像眼前的沙漠，沙漠中有大大小小的环形山，那是陨石和小行星撞击月球造成的，有一次，居然还看见阳光在环形山的边缘投下的阴影。现在，人类早已经登上了月球，阿姆斯特朗，那个第一个登上月球的人，如今已经老了……他那时也许真的没想到，他们的登月照片会引来很多猜疑。也许这是因为人们对月球了解得太少了，总是用地球上的知识来对照它，所以，才引发了种种关于人类到底有没有登上月球的疑问。杜时光在想，将来要是能登上月球，一定要跟父母进行实时通话，让他们知道自己真的是登上了月球……还有红色的火星，看啊，不知什么时候，它已经悄悄地爬上了东边的天空。父亲的望远镜此时对准它了吗？他有新的发现吗？他在想，父亲曾经对他说过，观测火星，还要为它绘制一张数字地图，为人类将来登陆火星寻找最合适的地点。登陆火星？当人类第一次踏上火星红色的表面，双脚轻轻溅起红色的尘土时，又将是一个多么激动人心的时刻啊！当然，也会有更多的疑问。登上火星之后，人类的下一个目标在哪儿呢？木星，它是一颗气态的行星，是人无法立足的。那么，人类的足迹必将出现在更加遥远的地方，在银河系的深处，还是它的边缘呢？

14　右手

一个人一旦真正爱上了艺术，就如同深深地爱上了一个人，那渴求如同无边的沼泽，让你踏进去就出不来，并且越是挣扎就陷得越深。奇怪的是，走向艺术沼泽的人明明知道自己也许不能再回来，却依然那样坚定而执着……

　　余锦菲看见朦胧的光从窗帘边的缝隙里透过来，天又快亮了。她站起来活动一下身体，一只手在背后拍拍酸疼的腰部，然后过去拉开窗帘，打开窗子。天有点灰蒙蒙的。她关了电灯，打开工作室的门，屋子里的光线顿时变得灰暗。她绕着雕像的四周走了几圈。她忽然发现在这种灰暗的光线中，她的雕像有一种奇特的感觉，好像它蒙着一层淡淡的雾霭，有一种早晨田野中的气息，在淡淡的雾气中，崎岖的小路上，有一个踽踽独行的人……对，应该让他朦胧一点，他不应该太清晰，他不是在舞台强烈灯光下的那种光彩夺目的形象，也不是在耀眼的闪光灯下众人瞩目的人，他远离人们的视线，远离人们的生活，在渺无人迹的地方，在一般人很少能想到的地方，一个人坚定地行走……对，就给它取个名字，叫《远行者》吧。是的，你远行了，出远门了，去一个遥远的地方，不知道要去多长时间，也不知道要去多远，但是你有一天会回来的，回到我们中间，只不过你仍然风尘仆仆，步履沉着而有力……当我们再看见你的时候，你仍然朦朦胧胧，一如你的前行……

　　不知不觉，两行泪水顺着她的脸颊流下来，她用沾着岩石粉尘的手背轻轻擦了擦，背过脸去站了一会儿。等心情稍稍缓和，她回过身来，站到旁边的铝合金梯子上，想从顶部去俯视它的整体，特别是它的突出的前额，她还有些不满意。他这样回过头去，他在看什么？他想看见什么？他的步子不是执着地向前的吗？他为什么要回过头去看呢？他是不是……他……不，不！余锦菲坚决地打断了自己的思路，我只是要看一看他的额头的情况，我不要别的，不要！我要的是一个从顶部向下的投影——她觉得光线太暗了一点儿。应该把顶灯打开。工作室里装有各种角度的灯，有顶灯、侧灯，还有几个射灯。她伸出手去调整一个射灯，可是梯子摆的位置离射灯稍稍远了一点儿，她的手伸出去够的时候，身体一下子失去了重心，她从梯子上摔了下来。刹那间，她本能地伸出手去想撑住自己的身体，砰的一声，她觉得自己的右手一阵钻心的剧痛，这是一种她从未体验过的撕裂般的疼痛，仿佛要把她的右手与她的身体断离开去。她用左手紧紧地握住右手，整个身体躺在了地上。她使劲儿地咬着牙，冷汗从额头上渗出来。她感觉到右手的手腕已经无法活动了，手无力地垂了下来，仿佛这只手已经不是她的了。她想试着活动一下，可她稍微一活动手腕却更加疼痛了。完了——当剧痛稍稍缓和一点，她能够张开嘴的时候，她发出了一声哭泣般的叹息，我的手——我的手——泪水和汗珠一起从她的脸颊上滚落下来。她躺在那里，喘息着。我的手，我的一切，我所有的一切……她扭过头去看看身边的这尊雕像。你也完了，你也结束了，跟我一样，或者，我跟你一样，一样的命运，还有我的雕塑展，都结束了——她想哭，她心里有很多泪水，很多不同味道的泪水，都在往上涌。但是她哭不出来，只有泪水在不断地涌出来，从脸颊上滴落到她沾满岩屑和尘土的工作服上，形成一个个难看的斑。

不，不能这样结束，我，我要起来，我……她松开了握着右手手腕的左手，用左手支撑着身体慢慢地坐起来，她把身体靠在雕像上，大口地喘息着。她的肌肤感觉着那坚硬锋利的花岗岩体，它有两米多高，那样沉重而坚实地矗立在水泥地面上。现在它是一座山，她要征服这座山，她能征服这座山的，只有铁锤和凿子。铁锤的锤头因为长期的锤击，已经变得凹凸不平，凿子被锤击的一端，坚硬的钢铁翻卷了，它的边缘已经裂开，像一朵开败的花。她的左手重新握住了右手的手腕。她这样坚持了几分钟，等自己的心跳平静一点儿，她慢慢地站了起来，一步一步挪出工作室，到了门外，她用尽全身的力气向上面喊了一声，星……星儿……

杜星儿从楼上飞奔下来，看到母亲的身体向门框一边倒下去。妈妈你怎么啦？她费力地想把母亲扶起来，可是余锦菲只是左手紧握着右手腕，脸上是十分痛苦的表情。

我的手……余锦菲吃力地说，冷汗在她的额上冒出来。

这时梅娟听见声音也跑过来，一看余锦菲的情况，赶忙上楼叫来了刚刚从天文台回到家的杜克成。

怎么回事？杜克成一条腿跪在地上，俯下身看看余锦菲的手，说，星儿，快开车去医院！

在医院门诊大楼的治疗室，经过拍片检查，医生马上断定说，右手腕骨折了。

我的手真的断了吗？我的手……这可怎么办呢？余锦菲突然变得像

个孩子一样，看着自己的右手腕不知所措，眼里还有一丝恐惧。

妈妈，别紧张，医生刚才说了，等会儿上了石膏，过些天就好了。伤筋动骨一百天，忍耐一下就过去了……杜星儿在病床边轻轻说。

几个医生带着X光片和石膏桶，纱布进了治疗室，围在余锦菲的床边。

一个年轻的医生摸了摸余锦菲的右手和胳膊说，现在，我有两个问题需要向病人和家属说明一下。病人是腕骨骨折，人的腕部一共有八块骨头，这八块骨头无论哪一块骨折，愈合以后也许都不能完全恢复原有的功能，就是说，手腕以后会变得有点……

会变得怎么样？余锦菲急不可耐地问。

也许会有点僵硬，不太灵活。医生说。

杜星儿着急了，连忙说，医生，你知道我妈妈的右手……是这样，我妈妈是一位雕塑家，手对她太重要了……

雕塑家？噢，是这样，不过治疗这种腕骨骨折要打石膏固定，这需要时间，除此之外还没有特别好的办法。医生说。

医生，你可以把片子给我看看吗？余锦菲忽然说。

年轻的医生迟疑了一下，还是把片子举到余锦菲的面前，余锦菲转过脸，对着窗外的光线，仔细地看。

杜星儿有点抱歉地说，医生，您知道我妈妈学过解剖……

医生微笑着点点头。

余锦菲忙说，我只是学过人体艺术解剖。医生，我想这样行吗？请你们先给我打针消炎，先不要打石膏……

哦，余教授，我们理解您的心情，您是担心上了石膏以后会影响手腕今后的功能，可是您刚才说的方法在我们医院的治疗中还没有先例，我们只能按照常规进行治疗。这样做完全是为了对您负责，还请您理解并配合治疗，这样也许才能恢复得更快更好。医生说。

医生，你们不要担心，我会对自己负责，这完全是我自己的决定。当然，我也是有根据的，有一年冬天，我去美国访问就遇到过这样的事。我的朋友何慧琳是一位眼科医生，有一天她出门上班时滑倒了，结果也是腕骨骨折，医生没有给她上石膏，而是先消炎，等红肿消下去以后，只用夹板固定了一些天，她很快就好了，也没有什么后遗症，她现在几乎每个星期都要给病人做很精细的眼科手术。余锦菲很耐心地说。

可是余教授，这里没法跟美国比，我们没有那么好的条件。医生说。

这跟条件没关系，我可以忍受疼痛，但是请你们别给我打石膏行吗？余锦菲向医生露出自信的表情。

那好吧，我们马上请江院长来看看，他是著名的骨科专家。这个医生说完就和其他人走了。

过了一会儿，一个护士来了，她端着白瓷盘，戴着口罩，只露出一对很黑的大眼睛。她来到床前，余锦菲被这对眼睛吸引了，她的瞳仁那么黑，睫毛很长，看人的时候，那种柔情只能用艺术来描述，素描……她看着美丽的护士，一时竟忘记了焦急和烦躁。护士要给她输液，当一根针管插进左手背上的静脉时，余锦菲突然觉得自己的双手仿佛被禁锢了一样，完全失去了活动的自由。这曾经是多么灵巧、多么有力、多么精细的一双手啊！仿佛手本身就是有智慧的，一块块粗糙的、笨重的、毫无生气的石头，在这双手精心的、不分昼夜的一锤一凿、一刀一刻之下，渐渐地变成一个个闪耀着灵性的，传达着思想和精神的，告知着过去和未来的，让人喜爱、让人崇敬、让人难以忘怀的、让人心灵颤动的形象。《落榜生》，那尊雕像曾经颇受非议，有人认为它表现的是一种落魄的精神状态，不健康，不昂扬，可这却是她最喜欢的一件作品。接下来,还有一连串的作品出世,《退伍兵》《下岗女工》《返乡的打工者》……她仿佛用她独有的心灵的摄影机拍下并复原了人们生命历程中感情最丰富、最复杂,也是最矛盾的瞬间,并把它们变成了永恒。她常常为自己的双手的创造力激动不已,长时间地伫立在自己的作品前,凝神沉思。她的全部智慧,她的所有的期望和梦想,以及她对世界、对人、对生命的全部感情和热情,都体现在两只手上。她不由自主地抬起双手,仔细看一看,刚刚动了动右手,就是一阵透入骨髓般的剧痛,她抬起左手,手背上贴了几条白色的胶布,一根细细的针连着长长的输液管,正一滴一滴往她的血管里输入抗生素和生理盐水。

余教授,您的右手千万不要动,因为还没有上石膏,左手也尽量不要动,别鼓了血管。护士在一旁小声嘱咐。

余锦菲点了点头。她被暂时地牢牢地禁锢住了,失去了行动的自由。

护士走了,杜克成坐在她的身边。他布满血丝的眼睛看着她,余锦菲却从那双眼里发现了很久以前的柔情。她说,亲爱的,你看你的眼睛啊,我说过多少次了,可你就是不听,总是以为要是没有了你,天文台就要关门似的。要知道现在不是再出哥白尼、伽利略的时代了。

鱼儿,什么哥白尼、伽利略啊,还是先治好你的手要紧。杜克成说。

你管好你自己就行了,你知道吗?我的手可不能让医生按传统的办法治疗。你想想,要是用石膏紧紧地包上三个月,那以后我的手还能做什么?

那,那也不能就这样放着,这样不行!在医院,总得听医生的意见。

你的眼睛听医生的意见了吗?

没有,我……杜克成脱口而出,可话一出口,他就后悔了,急忙说,不过,这两者不一样,眼睛有问题我注意休息就行了,可是我没听说谁骨折了不让医生治，自己治的。

在一旁的杜星儿忍不住笑了，说，妈妈，你这就叫庸医自治！

这时，江院长带了几位医生来为余锦菲会诊。江院长来到余锦菲的床前，微笑地看着她说，余教授，听说你不想上石膏治疗啊，恕我直言，你提到的那种治疗方法在我们医院还没有先例，甚至还是第一次听说。你知道，我们医院的骨科在国内还是有些知名度的，有先进的技术和设备，也有经验丰富的医生，像腕骨骨折这种普通的骨科常见病完全有能力治好，请你放心。至于你提到的后遗症，我个人认为，任何骨折都会引起原有骨骼及其周围组织，比如肌肉、韧带、关节囊等等的损伤和改变，对手的今后的功能可能会造成不同程度的影响，但这种影响很小。骨折部位愈合后，只要坚持适当的锻炼和功能恢复训练，是可以把后遗症的影响减小到最低限度的。其实，我认为，如果说有什么后遗症的话，那就是有一段时间手腕和手指的运动的灵活性可能会受到影响，比如说，绣花啊、剪纸啊，肯定会有困难……

对不起，我说一句。一位医生插话说，我们可以采用中西医结合治疗的方法，比如中药的熏洗、推拿、针灸等等，加快手的康复。

所以，余教授，你完全可以放心在这里治疗，我们会尽全力帮助你早日康复。院长说。

谢谢江院长，您知道我的工作离不开手，所以我才希望能快点治好。也可以说，我的手就是我的生命，它们表达着我内心的全部思想和情感。我必须有一双灵活的手，让它们准确地塑造和表达我的人物的内心……

要是你坚持不用石膏的话，就要冒很大的风险。余教授，你也是学过解剖学的，你一定知道腕骨的周围神经和血管都非常丰富，关节也特别多，如果骨折的两端长时间处在不固定状态，万一发生错位，很可能损伤周围的神经和血管，引起血肿等严重的情况，到那个时候，恐怕就只有动手术了。即使不发生错位，炎症和水肿的消退时间也会延长，不利于骨骼的愈合……江院长很耐心地说。

鱼儿，你还是听医生的吧。杜克成轻轻握着余锦菲正在输液的左手说。

那好吧，请你们为我用夹板固定，行吗？余锦菲终于让步了。

江院长和几位医生小声商量了一下，说，可以用夹板，但是我们要把你的小臂和手全部固定。当然我们会用最先进的材料，不会对皮肤造成任何损害。但是你一定不要自己把夹板拆开，也不要让患肢受到碰撞，每天按时吃药，最好每星期到医院来做一次检查，必要时，还要拍片子。

余锦菲点点头。

医生和护士们都忙碌起来，他们用两块聚酯材料做成的很轻薄的定型夹板，把余锦菲的右手从胳膊肘到手指全都严严实实地包裹起来。

余锦菲一只胳膊吊在胸前，走出治疗室，一个医生跟出来又叮嘱她，余教授，请你千万不要自己拆开夹板啊！

15　绿茶

有时候，时间会停留在心里一个固定的位置，仿佛永远不会改变，在那里，你所爱的人永远没有离开。要是平心静气，你会感到他温暖的气息，能看到他眨动的睫毛，甚至脸上的一颗小小的痣……

　　星期天，午后的阳光透过轻轻摇动的树叶静静地洒进屋里，在书房明亮的地面上投下微微飘动的影子。朱丽宁伏在书桌上，默默地凝视着相册中的照片。曾在平每次从外面考察回来，书房是他们两个人说话的地方。他们会隔着桌子面对面坐着，互相看着对方，喝着茶。茶是朱丽宁在他进门的时候就泡上的。等曾在平从浴室里出来，两个人总要激情一番，在那种时候，朱丽宁总是顺从地沉浸在幸福之中。在这方面，她有自己独特的幸福感，那是她自己独有的，也是隐秘的，不可以示人的。那是她多年来一个人在静静的夜思中设计出来的，就连刚刚从山川峡谷中历经风霜雨雪归来，得到她透心彻骨之爱的曾在平也不明白其中的奥秘。他只是感到她的爱，像水，像水一样深彻，像水一样柔绵缠绕。在爱的宣泄之后，是面对面的凝视，说话，喝着茶。茶是清新的，提神的，也是消解疲劳，纾解心结的。曾在平端着茶杯，慢慢地品着，在爱的奉献和回报之后，他品着她冲好的茶。茶稍稍有一点儿热，喝在嘴里，便有一股清香慢慢地沁进嗓子里、肺里，然后仿佛像融进了血液一样流向全身，使他觉得清爽起来。渐渐地这股清香又浸润到心田里，使他在风餐露宿中变得木讷的心也仿佛舒展开来。这时他会长长地舒一口气，那股清香便会徐徐地从鼻孔里飘出来，弥漫在他的面前。

还是家里好。

朱丽宁每次这样说的时候，总是忍住笑，从白底蓝花瓷的茶杯的上面，抬起两只眼睛看着他。她的目光里透着痛惜，也带着询问。这是她特有的委婉的表达，但一点也没有责备的意思。说了这句话，她总是认真地察看他的表情，她并不期待他说一句话来回应她，而是静静地等待他的眼神的细微变化，哪怕是他的眼角稍稍偏移，或是嘴角轻轻地一抿。通常是什么变化也没有，仿佛那仅仅是一句她漫不经心说出的话，一句口头禅。他是在黄河边练就的那种冷峻、沉着，就像峡谷边的悬崖，历经千万年的磨砺，任凭电闪雷鸣，山洪咆哮，也纹丝不动。

朱丽宁不断地往他的茶杯里倒茶。茶是地道的江南绿茶，虽不浓醇，却清香，持久，经得起冲泡。当茶味渐渐淡下去的时候，两个人的茶谈也进入了尾声，窗外的夜色也浓重起来。朱丽宁这时会离开书桌，到厨房去做晚饭。曾在平不在家的时候，她过的是一种称得上清苦的生活，素淡的饭菜，很少有油腥，她觉得也许这样会使自己的心境更平淡一些。也许是因为每天在实验室的时间太长，那里有很多实验动物，自己就对多脂肪的食物有一种负罪感，反正她自己也说不清楚。后来女儿上了军事学院，常常一个学期不回家，到部队当了记者，更是不能常回家。所以每次雪雁回家，她才做些丰盛的饭菜。

那时候曾在平每次回家后的晚餐，总是十分丰富，清蒸带鱼、葱爆香螺、笋丝炖鸡、鸡蛋香菇海米粉丝汤，当然都是她早早就设计调配好了的。这对于一个从几乎荒无人烟的地方回来的人，无异于天下最好的美食。她会一只手端着酒杯，一只手不知摩挲着桌子上的什么地方，装着在喝酒的样子，看着他狼吞虎咽地吃。一瓶红葡萄酒在两个人的对饮中慢慢地见底了，曾在平的脸上也渐渐泛起了红晕，他的一双似乎蒙着一层黄沙般的雾的眼睛也明亮了起来。该是他说话的时候了。朱丽宁想。自从踏进门以后她就在期待他说话，可他说得很少，即使说话，也只是说几个字，比如，好的，就这样吧，行……仿佛他已经不会说一句完整的话了。这都是在那些荒凉的地方待的时间太长的缘故。长年累月地在那些没有人说话的地方，他的语言能力已悄悄地退化，他自己却并没有察觉，或者他根本就想不到！不，也许她是片面的，因为她亲眼看见他给学生开讲座时那种滔滔不绝的演说般的劲头，说理时那样的透彻，论据是那样的完整，有时候竟然引经据典，妙语连珠！跟眼前的他好像不是同一个人，简直是一个陌生的他。可是，他真的不会说话了，至少在家里，他就像一个有轻微语言障碍的人，她不知道他在想些什么，但是他好像没有能力充分地表达出来。这是事实，是她在他每次回来的时候亲眼看见的，听见的。

哦，真好吃！

他终于说话了，即使他接下去说的话怪怪的，甚至前言不搭后语，逻辑也有些混乱，而且，还夹杂着一些不知从什么地方学来的方言土语，她并不喜欢听，可他毕竟是说出来了。他是一个从没有什么人可以说话的地方回来的人，能说出些什么来，总是让人快乐的。

在外面也有很多好吃的。有一次他这样说，这是朱丽宁万万没有想到的。

有什么好吃的呢？方便面，再加方便面？

不，你不知道。他抬起头来，眼睛炯炯有神，用那样一种让人也跟着莫名地兴奋的表情看着她。哎，你真不知道，到了一个地方，就有一个地方的名吃。比方说，到了陕西，就有羊肉泡馍，到了山西，就有刀削面，还有青海的青稞面，你没有尝过，不知道有多好吃。他嘴里咝咝哈哈地说着，好像现在摆在他面前的不是老家的传统美味，而是黄河边的带着膻腥味儿的风味小吃。

我什么时候也去尝尝那些大西北的风味面呢？朱丽宁好像在自言自语地说。对了，她忽然像想起什么好主意似的高兴起来。咱们两个换一换吧，我替你去考察，去吃你的羊肉泡馍和刀削面，你待在家里发呆。怎么样？

她的两只眼睛紧紧地盯着他，好像他回家来的这么长时间还没有把他看够。

那，让我想一想——他若有所思地拧起了眉头。

他那习惯于使用数字和图表的脑子，这时候不知道在怎样费力地转弯，再转弯，倒退，退到一个不存在的地方。果然，他语出惊人。

你又在哄我了，像我们上中学时那样。他说。

我不是哄你，我是说真的。

那可不行。他放下筷子，真正地抬起头来，很认真很一本正经地看着她说，我还没见过女的拉纤的。

拉纤？朱丽宁的眼睛惊奇地瞪得很大。你是去拉纤吗？

嗯，作考察不就是像拉纤一样，用两只脚一步一步地去量吗？他平静地说。

可这么多年，黄河就是再长，也该量个三遍五遍了。

一辈子也量不完。他慢慢地，仿佛自言自语地说。说完，低下头，沉默了。

朱丽宁也沉默了。

此时的两个人，也许彼此都不知道对方心里在想什么，也许又都十分明白。

沉默了一会儿，还是朱丽宁先开口，你以前总是说，快完了，快完了，等完了以后就再也不出去了……

是啊，我是说了，我心里也是天天一遍又一遍地在说，快完了，快完了，可是黄河不听我的话……

他一点儿也没有语言的困难，一点儿也没有……朱丽宁惊喜地想。那他为什么？为什么有时候那么木讷，那么迟钝，就像脑子里灌满了黄泥浆一样呢？

那你对黄河说呀，你告诉它，你已经……已经为它……朱丽宁说不下去了，曾在平为黄河做了什么，也许只有她一个人知道，可是她无法说出来，也不能说出来，也许永远也说不出来。

可黄河不像别的河。它天天都在变化。搞水文的跟搞天文的不一样，天是不变的，就像北斗星，几百万年永远在那个地方，一个人一辈子也看不见它们的变化，只要你认准了它们，就一辈子也不会迷路。可是黄河不一样，它今天在河东，明天在河西……今年去，它在那里，明年再去，它就不在那里了……

我也是像一条河，今年是这样，明年是另一个样，因为人会变老，你会老，我也会老的。

所以趁着我还拉得动纤，我还要再去几趟。说完，他的目光移到了别处。

快吃吧，菜要凉了。不知过了多长时间，朱丽宁提醒他。

我吃好了，你收了吧。说完，他站起来，离开餐桌向他的写字台走去。不一会儿，桌上就堆满了他从考察中带回来的东西，一本一本的记录本、胶卷、一大堆石头，还有一包一包的泥土……他拧亮台灯，在书桌边坐下来，开始整理那些记录。那时候还没有计算机，更没有笔记本电脑，一切都是手工整理。他要给那些石头和泥土编号，以便到实验室去做实验。第二天早晨，朱丽宁总会在他的书桌上看到厚厚的一沓表格，她一页一页地翻看着，表格上的地名她几乎已经耳熟能详了，什么米脂前沟、驼耳巷沟，还有什么西柳沟龙头拐、昭君坟……她不知道它们在什么地方，那是在地图上找不到的地名，小得甚至连县级的地图上也找不到。曾在平说，它们很多仅仅是一条小水沟，几天不下雨，沟底就干了，下一场雨，就会有一些泥土随着雨水流走，再经过不知道多少曲折，汇入黄河的滚滚波涛之中。雨下过以后两三天，就会有一些青草从沟底长出来，于是牧羊人就会赶着羊到沟里去吃草……

朱丽宁回想着这一切，心里忽然有一种说不出的空荡荡的感觉，她觉得茫然若失，一时不知道应该做什么了。十年来，她常常有这种感觉，就像一个人悬在空中，四周是无限的空旷……她不禁又一次问，黄土高原啊，你究竟有什么魔力，用这些数不清的沟沟壑壑，牢牢地吸引着他，无情地俘获了他呢？

16　沉睡者

高山上的一股清泉潺潺流淌，轻盈跳荡，一块石子，一片树叶，都
能使它稍稍偏向，可它却使高山变成峡谷，海湾变成平原，它
使部落迁徙，世界改变模样……

　　余锦菲的右手用绷带吊在胸前，走进了卧室里的卫生间，她
用左手去拧水龙头，刷牙洗脸，涮毛巾，打肥皂，涂润肤霜，梳
理头发，一切都是那么别扭！她走出卫生间的时候，有点无奈
地想，但无论怎样都得坚持几个月。她又用左手穿衣服，系纽
扣。右手上了夹板，不能穿上袖子，她就找来剪刀，左手拿剪
刀把右边的袖子剪开了，要知道这可是一件新衣服啊！她觉得
剪破衣服时，自己就像一个在和谁赌气的孩子一样。可愤怒又
有什么用呢？这时，她听见杜克成回来了，她听见他的脚步声
很重，上楼梯也很慢，再也不像前几年，那时候他迈开长腿几
步就上来了。她曾经见过杜克成一步迈上好几级台阶的样子。不
知从什么时候起，他的脚步就变得沉重了，有时就像用力拖着
腿上楼似的。这段时间，他每天夜晚都在跟踪那个神秘的天体，还
要推导那些好像永远也不会有结果的公式。他的眼睛不再是黑
白分明，不再有智慧的光亮，而是被涂上了一层淡红云翳。余

锦菲忽然想，杜克成上楼的节奏就像她每天雕琢石头的声音，一下一下，敲啊，凿啊……可是现在她却什么也做不成了，至少短时间内什么也做不了。

她听见浴室里哗哗的水声，就回到卧室，坐在桌前，想等杜克成洗完澡一起吃早餐。她左手拿桌上的一个镜框，里面镶着儿子小时候的照片，我亲爱的儿子啊，你这会儿在哪儿？在大西北？在大沙漠？在杳无人迹的地方？还是去了宇宙太空？唉，她叹了一口气。怎么这父子两个都迷上了这种不着边际的工作呢？为什么不做一点看得见摸得着的事？比如，一件雕塑作品，即使人们现在看不到它有什么意义，看不出它表现了什么思想、情感、美感，甚至认为它一无是处，它矗立在街角的某个地方被人们冷落，在那里忍受孤寂和落寞，甚至睥睨，可是，它却真实地存在着，它是有外形，有重量，有颜色的。说不定多少年之后，人们会重新认识它，喜爱它，赞美它，就像哥本哈根海边的美人鱼、龙门石窟的佛像、米开朗琪罗的大卫……我亲爱的儿子，你在照片上的样子多么可爱啊！

妈妈，快去吃饭吧。梅娟都来叫你两遍了，你也不答应一声。杜星儿探进头来说。

哦，我……我没听见。余锦菲被女儿从沉思中唤醒，就下楼，来到餐厅，在桌边坐下。

杜星儿说，我去叫爸爸去。

星儿，他要是睡了，你就别叫他了。对他来说，现在睡觉比吃饭还要紧。余锦菲叮嘱了一句。

一会儿，杜星儿回来了，说，爸爸好像还睡着了，一点声音也没有。

余锦菲说，那我们先吃吧。她用左手去拿筷子，可是拿在手上却不知道怎么用了。

妈妈，你用勺子吃饭吧。杜星儿说着，把菜一样一样夹到余锦菲的盘子里。

还是女儿会心疼我。余锦菲说。唉，你爸爸就像一个永远在睡梦中的人……

谁说我是睡梦中的人啊？忽然，从餐厅外面传来一个响亮的，还故意拖长了的声音，紧接着，杜克成进来了。杜星儿一下子朝他扑了过去，搂住了他的脖子。爸爸，今天你终于能和我们一起吃饭啦？

好了好了，先让你爸爸坐下。余锦菲说。

杜克成坐到桌边，扶了扶鼻梁上的眼镜，转身关切地看着余锦菲，手轻轻地抚摸着她包着绷带的右手。

还疼不疼？

当然，以前真不知道骨折会这么疼。余锦菲说。

过几天消了肿就好了，消炎药一定要吃，最好是打抗生素，这样好得快。

爸爸，好啦，吃饭吧，医生都嘱咐一百遍啦。杜星儿说着，把菜夹到杜克成的盘子里。她又说，妈妈今天晚上可能还会发烧，要是烧到三十八度以上，就打退烧针，过了这一关就好了。妈妈，这回你一定要安下心来，不要着急，伤筋动骨一百天哪。

可我这副样子多难看啊！就像一个伤兵似的。余锦菲无可奈何地摇摇头。

杜克成赶快说，在我眼里你永远都是最美的，再难看也好看……

余锦菲用左手捂着嘴，忍不住笑了。那还不是难看吗？

杜星儿也笑起来，她说，你们要是想说什么悄悄话就回你们的屋里去，我可要吃饭了。妈妈真把我吓坏了，等哥哥回来我得好好诉诉苦。

哎，要不要给儿子打个电话啊？杜克成问余锦菲。

不要，千万不要，这算什么……余锦菲连忙阻止。

那你就安心地好好养伤，儿子每次来电话不都是先问你吗？我觉得你要支持他，就别让他为你担心……

我什么时候要儿子为我担心了？余锦菲故意不高兴地说，儿子选择了航天这个职业，是我整天为他担心。现在他经常去进行魔鬼训练，不知道要吃多少苦。可什么才是魔鬼训练呢？

当然不是立正稍息了。魔鬼训练就是最艰苦的训练，听说他们睡觉都得头朝下脚朝上。杜星儿说。

魔鬼再厉害，也会被人战胜。航天是一门科学，训练也一定是科学的，所以即便是魔鬼训练，也是在人可以承受的范围内进行的。鱼儿，你不用担心。杜克成这样说。

哎，爸爸，我们医科大学正要选聘一名政治辅导员，我十分建议你去应聘。杜星儿说着就笑起来。

17　黑叶猴

在实验室的显微镜下，有另一个宇宙，无数细胞就像一个个小蝌蚪，活泼快乐地游弋着。而卵细胞也真是那样的神奇，看起来就像金灿灿的小太阳，有了它，这大地才有了母性的光辉……

　　朱丽宁顺着街道匆匆走着，街道两边的梧桐树已经枝繁叶茂，透着特别吸引人的新绿，空气中有一种说不出的让人惬意的新鲜味，连天空中的云也仿佛变得温柔了。她稍稍放慢了一点脚步，她奇怪自己为什么平时没有像今天这样注意过街道、天空，每天来来回回地走过这条街，却很少留意它的变化。也许是因为自己在动物实验室里待得久了，跟那些终年关在笼子里的动物一样，与自然界隔绝得太久，失去了对自然变化的敏感。难怪女儿经常在信里提醒，要多到外面去走走，看看大自然。大自然？你爸爸就是因为太醉心于大自然才变得这样的。她虽然没有这样直率地对女儿说过，但心里却是经常这样对自己嘀咕的。可是今天真的不一样，往日总是仿佛罩着一层灰雾的天空，今天却格外明亮，远处的楼房也好像近得挪到了跟前。再看看街上的行人，突然之间都好像变了模样，鲜艳的、短小的衣服都穿在了身上，身体也好像突然伸展开来，人们的脸上也像天空一样舒朗了。啊，天气真好！她的脚步不知不觉地轻松起来，她张开双臂，深深地吸进几口早晨清新的带着绿叶味儿的空气，她那长期在实验室里闻惯了动物身上的异味的鼻子，就像第一次享受到这自然的恩赐一样畅快舒心地呼吸。她就这样走进了校园，那些原本呆板、粗糙的花坛，很久没有修剪的冬青树，也都覆上了一层浓浓的新绿，变得赏心悦目了。朱丽宁不由自主地点点头，微笑着，好像是在同她第一次见到的大自然打招呼。她不知道自己是带着一种怎样的表情走进动物研究所的小院的，当她看到同事们惊异的目光，她甚至有点奇怪，怎么回事啊？他们都怎么了？当她踏上大楼门口的台阶时，她听到了嘻嘻的笑声。你们今天都怎么啦？她诧异地问。所长，不是我们怎么啦，而是你怎么啦？是不是有什么高兴事啊？我？我有什么高兴的事？她用她那种惯常的细致观察和审视的目光看着她的同事们。

没有吗？那你为什么笑了？

哦，是因为夏天，夏天到了……

在她的记忆中，这是所里的同事第一次因为她而发出这样开心的笑。

朱丽宁穿上隔离衣，走进实验室，站在猴舍前，又开始观察她的实验对象黑叶猴。雌性黑叶猴生育能力下降的研究课题已经开展了几年。野生黑叶猴生育能力下降，是这个动物种群数量近年不断减少的原因，野生黑叶猴已经被联合国教科文组织列入世界濒危物种名录。

通过大量的野外观察和实验室研究，朱丽宁发现，野生雌性黑叶猴易患不孕症。那么，究竟是什么让它们患上不孕症呢？朱丽宁从多方面作了深入的研究，她首先从电生理实验入手，分析它们在求偶时的身体器官的电生理反应，没有发现大的异常现象。她又从分子生物学的角度，对黑叶猴的内分泌物质进行化验和分析，画出了它们的分子生物学详细图谱，也没有找到它们致病的根本原因。难道是它们的生育基因退化了吗？通过对黑叶猴的染色体检查，也没有发现明显的异常。那么可能是环境的改变，导致黑叶猴栖息地的生态发生变化，比如食物来源的减少和改变，还有食物中有害化学物质的积聚不断增多，另外气候的变化也可能是一个重要原因……国内权威的野生动物杂志上有一篇论文这样说。

把原因简单地归结为环境和气候是不负责任的做法，朱丽宁想。每当看到这样的论文，她总会毫不迟疑地加上这样的批语。科学研究需要的是证据和数据，环境和气候的变化究竟使黑叶猴的哪些方面发生了改变？这种变化有没有量化的分析？另外，环境和气候的变化不可能仅仅影响某一种野生动物，因为处在同一环境中的其他野生动物的数量不仅没有减少，反而有所增加，比如，为什么滇金丝猴和猕猴的种群数量却在增加呢？

为什么？朱丽宁正是不断地用一个个为什么把自己的研究引向更深的疑问之中，可是她的同事却被她的一个个疑问弄得有点不耐烦了，几年下来他们一个成果也没有。

又是为什么，没完没了。有人小声嘟哝。

渐渐地，愿意跟她合作做课题的人越来越少，更有人对她敬而远之。可她却认为，这无关紧要，紧要的是不要把深奥的科学问题简单化。那种选一个课题，做几次实验，然后就写论文，报成果，上媒体，到处去评奖的做法，是幼稚和可笑的，就像一些中学生的作文比赛一样。真理是从每天的观察和分析中发现的，它就在你的手边，勤奋和细心，再加上一点运气，你就会得到真理。要探讨黑叶猴种群数量不断减少的秘密，就像探讨恐龙为什么灭绝一样。流行的说法是，恐龙是因为巨大的灾变而灭绝的，她认为那很难自圆其说。因为有证据表明，恐龙灭绝时，很多两栖类、爬行类，甚至一些哺乳动物却生存下来，一直繁衍到今天，比如大熊猫。

所以，恐龙的灭绝还是应该从恐龙自身的变化去找原因。她在一次国际学术讨论会上说。在灾变说非常喧闹的时候，她的声音显得非常微弱。

执迷不悟。朱丽宁听见有人悄悄议论，可她还是固执地坚持着。她在动物所的研究基地建立了一个小型的模拟野外生存环境的保护区，每天观察黑叶猴的生活，详细地记录下它们在行为和交往方式上的每一个变化、每天进食和睡觉的时间、嬉戏和打闹的举动、郁郁寡欢的神态……从最初使用纸和笔作记录，到后来用自编的计算机程序，先是用软盘保存，后来又用光盘。

这些可以作为研究资料吗？有人问。

当然。过去我们的研究一直不能深入，就是因为缺乏观察资料。朱丽宁说。

可是这些不是野外黑叶猴实际生存环境中的资料，能作为研究材料吗？

野外黑叶猴的数量很少，我们几乎看不到它们，只能用人造环境中的观察资料。朱丽宁说。

没有人表示赞同。朱丽宁对此不以为然。科学是不惧怕沉默和反对的，科学惧怕的是放弃。即使失败了，也可以告诉后人，这条路走不通。她想。

生物学的研究已经进入极微观的领域，分子生物学和基因研究已经开辟了崭新的领域，宏观的观察还需要吗？人们在争论。

重要的不是肯定或者否定，而是把两者如何更好地结合起来，隐蔽在热带雨林中的摄像机和放在实验室里的电子显微镜同样重要。朱丽宁说。

也许，自己花了太多的时间和人们争论，但是，如果没有这些争论，怎么找到正确的研究方法呢？

18 鬼城

重复，一遍又一遍地重复，人类的科学探索的进步，就是在无数次重复的实验中完成或是成功的。担当科学实验的人是具有顽强品格的人，怎样才能成为这样一个人呢？

在沙漠里，除了孤独，就只有回忆和想象，遥远的回忆，漫无边际的想象，这一切抵御着人的孤独。杜时光想起小时候，有一次放学以后，他一个人悄悄跑上山，跑到天文台，溜进父亲的观测室，只见在那个巨大的大厅一样的观测室里只有父亲一个人，他轻手轻脚地走过去，父亲还是听见了。父亲从望远镜的目镜上抬起头来看着他，说，儿子，来，过来看看。他踮起脚尖，朝里面一看。啊……他惊叫起来，这是什么？父亲说，这是太阳。他抬起头来疑惑地看着父亲，你骗我！他说，太阳不是绿色的，太阳是红色的，有时候是金色的。想想那时候真幼稚，他不知道父亲在望远镜上加了滤色镜，那样太阳看起来就成了绿色的，它向四面八方喷射着明亮的火焰。

现在，他已经学会了在沙漠里寻找合适的地点搭帐篷，帐篷的颜色非常鲜艳，而且是红、黄、绿、蓝等几种颜色拼起来的，在沙漠里特别显眼，直升机从空中往下看，一眼就能看见。他还学会了如何识别方向。亏了今天有太阳，太阳是最好的坐标，有了太阳，就不会分不清东西南北。此时，他正在学习如何在沙漠里行走，因为遇到紧急情况时必须自己徒步走出沙漠。

经过半天的行走，他的内衣已经湿透了，身上的训练服太厚实了，他觉得自己像一只被茧壳牢牢束缚住的蚕蛹，很难动弹。现在汗水顺着他的脖颈、胸口和脊背一直往下流，把他身上用来吸收汗水的材料全都浸泡透了，汗水在他的靴子里积聚起来，走路的时候，就像小时候穿着灌了水的胶靴一样，啪嗒啪嗒地响。他的一只脚深深地陷进沙里，水就顺着脚脖和小腿肚子往上挤。当脚从沙子里拔出来后，水又往下流，双脚其实就泡在汗水里。

在沙漠里缺水的情况下，要使身体保持水分，唯一的办法就是用衣服把身体严严实实地遮蔽起来。对于航天员，航天训练服是最好的遮蔽物。教练员在沙漠训练课上反复强调过。如果你脱掉厚厚的外衣，表面看来你出汗少了，但实际上，水分正以惊人的速度迅速蒸发，你很快就会严重脱水，甚至变成一具木乃伊！

杜时光能够感觉出沙子的温度，至少有摄氏六十度。少年时他就从书上看到过，中午时候沙漠里的温度高得可以烙饼，烤熟鸡蛋，这会儿他是真正体会到了。他顺着沙丘的脊往沙丘顶上走，二十公斤重的救生背包在他的背上沉重得像有上百斤，他的腿深深地陷进沙里，然后拔出来，又陷进去，他就这样一步一步往沙丘顶上走。他呼哧呼哧地喘着气，终于登上一个沙丘的顶端，他环视一下四周，沙丘却一个接着一个，一条条沙脊把它们互相连接起来，组成一张大网，这张大网高低起伏，错落有致，从各个方向一直向远方延伸，无边无际，让人辨不清方向。他疲惫地躺在滚烫的沙地上。

酷热，杜时光觉得眼前一片火红，沙漠仿佛是被火炼过的，这就是火焰山吗？可是没有火焰的燃烧，只有令人窒息的燥热。火星上也许就是这种状态吧，猜想过很多次，现在算是体验到了。迷蒙中，他忽然觉得四肢开始变得僵硬，不听他的命令了，他试着想抬起右手，做一个动作，敬礼……他的手却抬不起来，甚至手指头也一动不动。你，你这胳膊怎么能不听从命令呢？要知道这是严重的错误，你必须执行，来吧，再来一次——敬礼！他的手还是不动。杜时光生气了，骂道，你真笨，抬起来，使劲儿啊！他心里腾起一股火。就在这时，他觉得自己的脊背也开始变硬了，紧绷绷的，他的身体就像被捆住了一样。放开我，放开！他不知道应该对谁大吼。他挣扎着，脊背却越来越坚硬，他觉得自己好像变成了一个钢铁部件，他站不起来了，只能向前爬行，原来自己变成一个火星车啦！哦,这倒好，我一直想看看火星上到底是什么情景呢。爬,我是火星车，MADE IN CHINA……爬不动也要爬，打开太阳能电池板，有能量才能行走得更远。他看见自己像一只巨大的铁壳螃蟹，必须同时用好几只脚爬行。这里除了土壤，石块，什么也没有，比地球最荒凉的地方还要荒凉，想想真是不可思议，火星上此刻也许只有他一个人。父亲，快调好你的望远镜，我在这里，你要对准啊……我已经没有力气爬了，必须停顿下来。地球上没有生命的时候，也应该就是这般沉寂吧？前面那深深凹陷的地方就像一个巨型球场，可是却没有绿色的草坪，更没有万人欢呼的声浪，它在明暗中已经存在了多少亿年呢？谁也说不清，古谢夫大坑，这就是古谢夫大坑。现在应该通话了，报告，我已到达预定目标……

当他睁开眼睛的时候，看见几只骆驼从远处走来，它们在沙漠里行走的姿势很优美，那高大的身躯，昂起的头颅，突起的驼峰，还有旁若无人的神情，俨然是沙漠里的自由神。骆驼就这么不停地行走，寻觅着水草和绿洲，还要生儿育女。骆驼啊，你们是否会感到孤独？你们是来陪伴我的吗？我到这儿来是为了训练，可是你们，你们又是为了什么？是谁训练了你们呢？

在沙漠里训练，最大的危险是什么？杜时光想起，有一次教练员在训练课上提问。

脱水。他脱口而出，他觉得那个问题提得简直有点幼稚，有没有不同意见？教练员环视整个教室。

有。我认为，沙漠里最大的危险是迷路。来自新疆的一个学员说。

哈哈哈……

二十多名学员几乎同时哄笑起来。

别忘了现在是电子时代。一个学员说。

更准确地说，是数字时代。有人扬了扬手里的数字地图，那是一个巴掌大的带屏幕的小玩意儿。

没想到教练员竟然赞许地点点头，他说，在沙漠里，即使有先进的仪器，迷路也是经常发生的。

怎么会呢？大家不约而同地问。

请设想一下，如果你坠落在大海上，你手里的电子地图还有什么意义呢？教练员问。

没有什么意义，跟废物一样。有人回答。为什么？教练员问。

因为周围没有参照物。杜时光想了想说。

那么在沙漠里也一样。教练员说。在沙漠里也同样没有或者说缺少参照物。在沙漠里行军，你只能沿着沙脊走。请看——教练员打开投影仪，一张清晰的沙漠照片出现在屏幕上。在这样的沙丘地貌中，沙脊组成了巨大的不规则的网络，在周围缺乏鲜明参照物的情况下，它就像一个永远走不到头的迷魂阵，会在不知不觉中把你引到偏离目的地很远的地方，甚至会把你送回到原来的出发点……

没有参照物？太阳不就是最好的参照物吗？可是自己刚才就是以太阳为方位，向正北方向走的，怎么会……杜时光测算了一下自己走过的距离和用去的时间，三个小时，走了六公里。这一算，才让他大吃一惊，原来，因为速度太慢，太阳不断向西偏斜，他却始终以太阳为标志方位，结果越走越偏。他用定位仪确定了鬼城的方位，然后走一条直线，这样也许就能摆脱迷魂阵。

杜时光爬起来，又向前走去。一个多小时后，他终于看见鬼城模糊的轮廓了。

他掏出一袋湿纸巾，撕开塑料封口，把湿纸巾贴到脸上，有一股久违的清凉滋润的感觉。他大口地喘着气，把热烘烘的空气吸进肺里，觉得嗓子痛得像火在烧灼一样。等他擦去满脸的汗水，头发里的汗还在往下滴答。他仔细地观察四周，天空已经变得一片昏黄，太阳低低地悬在天边，没有了平时那种壮丽的血红色，而是变得模模糊糊，一片昏黄。再往鬼城方向看，影影绰绰有一些耸立的土丘和石丘，形状怪异得就像小说中的鬼怪，怪不得人们叫它鬼城啊！

19 纷扰

高山，雄浑地矗立着，吓阻着胆怯者——这是终极之巅，不可攀越。看不见的原子和分子轻蔑地哼了一声，悄然抽身而去。高山轰然崩塌，化为一堆尘埃。只有愚公的子子孙孙还在默默地担着他们的泥土。

朱丽宁早晨走进办公室，换上隔离衣，正要去实验室，就听见身后有人叫她，丽宁……她回头一看，是许建文。他匆匆走过来，向朱丽宁伸出一只手说，丽宁，老同学，祝贺你啊！

朱丽宁下意识地伸出右手，却是一脸茫然。她问，建文，你怎么来得这么早，祝贺我什么？

许建文握住她的手，笑容满面地说，祝贺你当选国际濒危动物研究理事会的常务理事啊，这样我们华北大学动物研究所就有国际声誉啦！校长对我说，这几天学校要开一个小型的庆祝会，还要请你讲话。

朱丽宁抽回手，说，我想不要开什么庆祝会，还是请校领导给我们一点工作支持吧。你知道这两年，动物研究所所长的担子都快把我压垮了，希望人事处能在专业技术人员的引进上多给我们一些支持，这比什么都重要。

丽宁，这些情况我都知道，有时间去找找人事处。庆祝会还是要开的，到时候还有省里的领导来参加呢。许建文说，工作方面的事情我会尽力帮你。

朱丽宁说，那好，我正要去实验室，你来了正好，去看看我们的实验室吧。

你先等一等。许建文打断了朱丽宁，我还有一件事要通知你。丽宁，是这样，最近学校研究了一下，你们所的科研经费要压缩一下……

压缩？为什么？朱丽宁一听就怔住了。

因为有限的经费要用到最需要的地方，比方说，呃，比方说，由吴校长主持的儒学思想研究，韩校长带头的中国哲学研究，还有，还有很多。你们动物所一百多人，每年消耗的经费有好几百万，这个数字太大了。许建文很为难地说。

可是我们的珍稀动物保护及其相关研究是列入国家濒危物种保护计划的，是重点科研项目，经费是专款专用的，怎么可以压缩呢？朱丽宁不解地问。

经费到了学校，学校就可以适当地调配嘛，哪个项目先出成果，先获得科技大奖，哪个项目的投入就多……还有，要是能上SCI……

咱们学校里哪个科研项目出过什么大成果，得过什么科技大奖？朱丽宁蹙起眉头，声音也提高了。

关于这个，比方说……许建文缓和地笑了，比方说，地质学上的什么纪化石大爆炸……

朱丽宁一听，更着急了，建文，你知道，我们的研究项目周期都比较长，不可能在短期内出成果，因为我们的研究成果要经得起时间的检验……

丽宁，我真不明白，你怎么到现在还是老脑筋呢？在平当年就是因为……许建文说到这里猛地停住了，他知道自己差点说了不该说的话。他看看朱丽宁没有激烈的反应，才又接着说。好了，丽宁，我只想劝你一句，不要再死心眼儿啦，你花了钱不出成果，动物研究所怎么向学校交代呢？

朱丽宁说，可我们的项目是国家濒危物种保护计划规定的，经费是有保证的，至少五年内不应该改变。

这是以前的规定，早就进行了改革，你要是想弄清楚就到科研处去问问。许建文说着站起来，在门口，他又回过头说，丽宁，你还是好好想想，哦，对了，庆祝会是一定要开的啊。

几天以后，动物研究所收到了科研处的正式通知，本年度的科研经费削减了百分之三十。这就意味着要么大幅度裁员，要么把所里的珍稀动物卖给动物园。

朱丽宁拿着科研处的通知，坐在实验室里沉默着。裁员？或许是应该的，这里有的人所学的专业与动物研究所的工作风马牛不相及，还有几个人的文凭，他们的学历非常可疑，可是他们都有来头。进了动物研究所后，有的人刻苦学习专业知识，已经能够从事一定的科研工作，还有的人也能兢兢业业地做好服务，但毕竟还是冗员太多，人浮于事，在动物所安静的外表下潜伏着矛盾和危机，压缩经费，将成为触发矛盾和危机的引信。

要不，把一部分短期内不可能出研究成果的动物先寄养在动物园？动物园可以从门票收入中拿出钱来喂养它们，这样可以减轻所里的一些经费压力。在全所各科室负责人会议上，胚胎研究室的李主任提议。

那跟卖掉没有什么区别。既然是珍稀动物，动物园的喂养条件根本不行，动物园的很多动物因为吃了游客扔的塑料袋死掉了。死了珍稀动物，这个责任谁担得起啊？动物保护宣传科的姜科长反驳说。

我们能不能也办一个小动物园，收门票？

那需要一笔不小的投资，我们没有这笔钱。

可以贷款。

也可以跟大公司合作。

……

听着大家的争论，朱丽宁心里的想法也基本成形了。我倒有个想法。她说。大家的注意力一下子集中到她身上。

大家刚才提出的意见和想法，都不可能从根本上解决我们现在面临的问题。要让动物所有活力，出成果，要让大家的收入不断提高，唯一的办法是改革。我们有先进的设备，有丰富的经验，更重要的是有一支科研队伍，还有一支科研服务人员的队伍，这两支队伍是我们的财富。现在的关键是要充分调动大家的积极性，首先是课题要实行承包，经费包干，课题承包人有权聘用研究人员和服务人员，未被聘用的人员组成服务公司，对外经营，为社会服务，可以面向畜牧业和养殖业，公司实行独立法人制度，自负盈亏。朱丽宁说完，用征询的目光看着大家。

这也太降格了吧？我们毕竟是国内有名的研究所，怎么能去当养殖专业户呢？基因研究室的廖教授表示不满。

我们应该瞄准国际顶尖的前沿科技，比如说，克隆技术、干细胞研究，既然珍稀动物的生育能力不断下降，为什么不能用克隆的方法呢？

克隆是现在热门的前沿科技，可是这种研究需要巨额的资金，我们现在不就是缺钱么？基因研究室的廖教授说。

目前国际上克隆的动物还是羊啊牛啊，它们共同的特点是，本身品种多，繁殖力强，数量无限多，要找出适合克隆的个体并不难，可是珍稀动物的各方面条件都不一样，国际上到目前为止还没有人从事珍稀动物的克隆研究，原因恐怕也在于此。朱丽宁说。

这并不等于我们也不能搞，如果这也不能做，那也不可以做，我们的科研水平永远也赶不上国际水平，很可能沦为养鸡场。胚胎研究室的李主任语气已经变得很愤怒了。

怪不得要削减我们的科研经费呢？有人小声嘀咕。

尖端课题我们要上，但只能在有充足经费的条件下。我们走出去为社会服务，就是为了把经费省下来用于科研，也可以适当提高第一线人员的福利待遇……

不上大项目，不出成果，年轻的科研人员连职称也评不上，还谈什么提高待遇？

我们第一线的专业人员还应该继续做课题，课题承包以后，富余下来的人员组成服务公司，发展对外服务，扩大创收，弥补经费的不足，支持重点项目。我认为，这是我们目前唯一的出路。朱丽宁加重了语气，强调了自己的想法。

朱所长，你有具体方案吗？几位科室负责人不约而同地问。

我今天提出来，主要是听取大家的意见，先由各科室提出本科室的具体实施方案，然后在这个基础上制定全所的实施方案。所以，主动权在你们手里。朱丽宁说。

那我们回去研究一下再说。大家表示。

第二天，原本安静得像疗养院一样的动物所沸腾了。

动物所应该改革了，这样等下去是没有出路的，特别是年轻人，应该有更多施展才华的机会和条件。有人说。

课题早就应该实行包干，再也不能平均主义，大家无所事事，动物研究所不是养老院。

可是，反对的声音似乎更响亮，也更嘈杂。

没有经费领导到上面去要，凭什么叫我们自己找出路？这不是变着法子叫我们下岗吗？有人愤愤不平。

我们可不是养鸡养鸭的，要养叫她自己养去。

她当所长这么多年，也没看见有什么重要成果啊。

有几位年轻人径直找到朱丽宁的办公室。

朱所长，我们都赞成所里进行改革，如果人事制度不改革，我们年轻人还是找不到发挥自己才能的机会。

国际上很多重大课题，很多科技难关都是年轻人攻克的，在我们动物研究所，为什么年轻人申请课题这么难呢？

我要求调离。有人直截了当地提出。

我要求批准我停薪留职。

……

这还仅仅是开始。朱丽宁想。要真正实施改革方案，还不知道会发生什么。果然，人员重组方案还在起草，朱丽宁桌上的电话就不停地响起来。

喂，朱所长吗？我是教育厅科研处，我是汪峰啊。

哦，汪处长，你好。朱丽宁一听就猜到对方要说什么事了。

朱所长，听说你们要让郝梅下岗啊？汪峰说话直奔主题。

汪处长，是这样。朱丽宁说，我们研究所今年的科研经费减少了百分之三十，所以这一次我们按照科研工作的需要，实行了课题承包，这样科研人员和机关服务人员就要进行分流重组。这样做的目的，一方面是为一线科研人员提供更好的工作条件和服务，另一方面也是为富余人员提供新的更加适合的工作岗位……

朱所长，我明白你的意思，这不就是让一些人下岗吗？没等朱丽宁说完，电话那边的汪峰就打断了她。朱所长，我们希望你们这次分流重组能够多考虑一些关系。哦，其实我知道所里会有很多难处，但是我们又不得不打个招呼。最好不要一刀切。你知道，郝梅是李副省长的夫人，而李副省长又是分管大学教育的，你能让郝梅下岗吗？她在你们所里工作也有好几年了，她学历资历也不比别人差，还有领导能力，公关能力也是一些人比不了的，现在就需要她这样的人，有了这样的人，动物所的各项工作才能上新台阶啊。所以……

汪峰说话的调门很高，朱丽宁不得不让电话离自己的耳朵远一点。听到汪峰的这番话，朱丽宁觉得心里好像被什么东西堵塞了一样，她忍不住深深吸了一口气才说。汪处长，你的意思我懂了，可是这次分流很有必要。我们的课题承包是为了更好地调动科研人员的积极性，多出成果，快出成果，这也是科技厅和教育厅科研规划要求的，我们是为了贯彻落实这一工作规划，并不是专门针对某个领导的亲属，你知道像郝梅这样的情况，我们所里还有好几个……

朱所长……汪峰的声音忽然放低了一些，他说，我是这样想，朱所长，不管你们所有几个分流的，可是有些关系还是要照顾到啊，我这样说你明白吗？

朱丽宁沉默着，她没想到本该是正常的分流重组一开始就会有阻力。

汪峰又说，朱所长，我知道你很为难，但现在有些事情就是这样，不以我们的意志为转移……

妥协吗？朱丽宁在想，也许必须妥协，假如不妥协会出现什么情况呢？现在人们已经越来越多地向一些事情妥协了，应该把那句名言修改一下——生存还是毁灭＝生存还是妥协，这是一个问题……

朱所长，我还是希望你考虑一下，我也是为你们研究所，当然也为你着想。

这时候，门口传来吵吵嚷嚷的声音，朱丽宁扭头一看，几个人气呼呼地挤进屋里。

朱丽宁决定妥协，汪处长，我知道了。她挂了电话。当她回过头，就听见耳边炸响了鞭炮似的，她连忙站起来说，大家请坐吧。

我们不是来串门的。动物饲料组的老张说。

朱所长，为什么要我们下岗？凭什么让我们下岗啊？一个女职工满脸通红地大声说。

对啊，跟我们一样条件的人，为什么有的下，有的不下？你们的依据是什么？另一个胖胖的女职工更是愤怒，她说话时每根头发好像都在激动地颤抖。

朱丽宁过去从没见过人们这样愤怒，所里的人对她更多的是一份尊重。即使她批评一个人，别人不服气的时候也没有这样暴怒。动物研究所平时是一个安静的地方，没有大声的喧哗。分流重组触动了人们的利益，今天在利益面前，他们不顾一切了……她对站在她面前，几乎把鼻子尖碰到她脸上的胖胖的女职工说，是这样，大家先不要急，我给你们详细地介绍一下……朱丽宁把学校的决定、动物所面临的困难、她自己的想法，还有几次负责人会议上研究的结果，耐心地一遍一遍地给他们作解释。我们不是为了让大家下岗，我们从来也没有考虑让谁下岗，而是……

进服务公司，不就是改头换面的下岗吗？公司自负盈亏，挣不到钱，我们喝西北风啊？

什么课题承包？不就是看关系吗？早知道这样，我们也去拉关系走后门。

为什么默默无闻，埋头苦干的都下岗了？

服务公司要由敢于竞争，善于经营，乐于奉献的人担任领导，实行独立法人制度……

这不是把我们从所里撵出来了吗？

不，你们还是所里的职工，只不过……

只不过什么？

只不过变动了工作岗位。朱丽宁说。

骗人！我在这里辛辛苦苦干了十几年，任劳任怨的，现在头发白了，快退休了，就把我撵出来……

说得好听，这是哪个王八蛋想出来的主意啊？把人撵出来，还说得这么好听！

花言巧语……

几个年龄大的职工哭哭啼啼地走了，走廊的远处传来唧唧咕咕的声音。

反正她是一个人过日子，不觉得难……

就是……

朱丽宁突然觉得心脏从没有这么激烈地跳荡，好像血液就要从什么地方喷涌出来。她重重地坐在椅子上，就像刚刚跑完一万米，几乎喘不过气来。她原先预料到会有一场风波，可是却没想到会有一场台风。除了这些表面上的诉说、埋怨、谩骂，还有后面正在进行的种种行动，上访、诬告，还有来自权力机关的压力。也难怪啊，动物所里很多年来一直平静得像高山环抱中的湖泊，无声无息。那是因为矛盾隐藏着，没有机会暴露出来，现在，就像遭受了山洪的冲击一样。也许是因为她平时太不关心这些职工了，她不知道他们心里在想些什么，也不知道应该为他们做什么，她甚至不知道怎样和他们交往。他们也不知道如何和她交往。也许他们平时对她的恭维、亲近、疏远，不冷不热，都不是他们内心真实的反映，而就因为她是所长。这是多么悲哀的事！他们现在已经失去了对她的信任，他们有说不尽的委屈、怨言、愤怒和失望。在他们眼里，她是一个异化物，一个异类，搅碎了他们的梦想，剥夺了他们的虚荣和自尊，使他们的未来变得不可捉摸。但这不是她个人希望做的事，而是潮流所向，大势所趋，是她个人无法改变的。虽然它是一个偶然因素触发的，却是时代的必然。时代暂时地选择了一些人，而撇下了另一些人，她只能尽她所能，在忍受中为被选择和被撇下的人们做一点点事。被选择的未必是真正的幸运者，被撇下的也不一定真的不幸。全在于自己的努力，不，不全在于个人的努力。个人的努力永远是有限的。正像一位心理学家所说的，偶然因素有时起着决定性的作用。她在想，也许应该去找一找许建文，可是，他能从根本上改变这一切吗？她想起许建文对她说话的腔调，就有点失望。不过自己倒是可以更明确地告诉他——告诉他什么？告诉他你要辞去所长的职务？还是别的什么？有什么真的需要告诉他吗……朱丽宁一点儿也不愿意再想下去，因为她觉得许建文现在早已经不像当年那个纯粹的老同学了……

20　天河

生命离不开蛋白质、氨基酸、细胞、DNA……生命也离不开水、阳光、空气，还需要适宜的温度、湿度，以及人们不去关注的种种条件。有人尝试在实验室里复制生命，培育他们认为更加完美的生命，克隆、干细胞……可他们也许不知道，用艺术手段复制的生命，会比任何想象中的生命体更让人感动……

　　闹钟仍然像往常一样丁零零地响起来，余锦菲一夜都没有停止的思绪此时像疾驶的汽车突然转了一个急弯，身体因为离心力不由自主地向一侧倾过去，脑子里有一个下意识在说，该起床了，今天还有课。当她像平常一样掀开毛巾被的时候，头脑一下子像凝固了一样，右手腕上还绑着两块聚乙烯材料做的夹板。她用左手掀开毛巾被，支撑着身体坐了起来，她在床边上呆呆地坐了几分钟，看着自己的右手，因为睡觉，原先包扎得很整齐的绷带已经有些松散了，白色的绷带也显得脏兮兮的。真的就没有更好的办法，非得像戴镣铐一样吗？这样怎么去上课啊？

　　她有些沮丧。一个雕塑家，右手骨折了，这意味着什么？也许意味着要永远放弃雕塑工作，或者，即使她仍然在做这项工作，可是她的作品还会被人们认可吗？了解情况的人无论如何也不会把她骨折以后的作品和她以前的作品相提并论。因为雕塑需要手的灵巧、精细和准确，就好像何慧琳那种眼科医生的手一样，成功和失败有时就在一丝一毫之间。她不由得怀念起制作巨型瓷浮雕《天河》的情景：那时候，她的手是多么灵活啊！灵感在心中就像一道明亮的电光一闪而过，把灵感变成纸上的一张巨幅初稿，仅仅用了一天的时间，在她的笔下，笔尖画出的线条像天然的泉水一样流淌，好像那根本不是画出来的，而是泉水在神的奇思异想中恣意地流淌……银河浩瀚，星光荧荧，遥远而神秘，令人遐想无限。可是，灿烂和庄严之中，神圣和奇妙的外表之下，却掩藏着一个可怕的事实，它隔断了人间最美好的情感……人世间还有什么比割断人的最深切的情感更让人心碎呢？牛郎织女的美丽神话传说历经数千年，仍然被人们传颂，它到底说明了什么？奇怪的是，以前的每一件作品，从画出初稿，她总要做反复的修改，有时是一遍一遍地改，有时随时想起来就修改几个地方，有时甚至是把画稿撕掉，丢弃，不知过多久又重新开始。那一次创作《天河》，她却是一气呵成，初稿出来以后，就反反复复地看啊、想啊，试图找出一点点可以再动动笔的地方，可是经过一个多月，画稿几乎都要磨破了，一段线，一个点，她再也舍不得作一点点修改。那是为什么？难道数千年前的传说中的神仙跟这个现代的"我"之间有某种心灵的感应吗？

余锦菲在想，也许古人比我们聪明。早在几千年前，他们就已经从当时的社会境况中总结出了人类社会的共性，不论哪个时代，人都将面临同样的问题，陷入同样的精神困境，忍受几乎可以说是同样的情感的痛苦。并且，他们巧妙地把这些用神话故事的形式保存下来，流传至今，让后人传唱、背诵、默念以后，还洒下一片同情的泪水。或者，让今天的人对照自身，用痛苦和欢笑打发时光，更让她这样的人得以借题发挥，名利双收……她在想，对比古人，我们从自身的生活中悟到了什么？我们缺乏古人的智慧，还是因为懒惰和贪图安逸而不愿更深入地探讨艺术本身，所以才找不到生活中最最重要的……

她又想起自己精心雕刻的每一块泥坯，那是一项高难度的工作，她觉得双手是那么灵巧，就像自己会思考似的，它们赋予了泥土生命的全部：形体，仿佛活生生的充满血肉的形体；情感，丰富真实得就像在街角村庄的某个地方用数码相机偷偷拍下来的一样，绝没有像其他表现神话传说的作品中常见的那种刻板呆滞、千神一面。人物是真实的，牛郎织女那殷殷切切的期盼和等待是无法用语言来描述的，只有用心才能感受，也许，只有雕塑家本人才会有几乎相同的感受……

她至今不能忘记，当一块块雕刻好的瓷坯放进窑里去烧制的情景。在所有的雕塑作品中，做浮雕是最困难的。从黏土到窑炉，到进窑，烧制，到出窑，哪一个环节处理得不好，都会前功尽弃。特别是烧制，如果烧得不好，色彩不能充分表现出来，那将是一堆废品。尽管此前她已经和她的研究生用电炉做了很多试验，并且获得了满意的结果，烧出的浮雕质地细腻得像水磨的糯米粉，色彩甚至可以和自然的色彩相媲美。可是，电炉毕竟是现代的，它有精心设计的热量分布，细致精确的温度控制，并且可以随时观察炉内的情况。而且电炉太小了，那样一幅有一整面墙一样大的浮雕，用电炉几个月也烧不完。窑却是最原始的，从古到今，它几乎没有什么改进，也用不上什么先进的设备。烧窑，完全是凭经验和运气，烧成了，发一笔大财，烧坏了，倾家荡产，简直和赌博没什么区别。古代的官窑烧瓷，是不惜成本的，她却不能，因为做这幅浮雕不仅是对她艺术水准的一次真正的检验，而且，经费有限，必须精打细算。像一个正在向艺术巅峰攀登的人一样，她必须越过眼前的这座山峰。她几乎要把那些烧了几十年窑的老窑工都打发回家，自己带着几个研究生独自操作。她像一个工程师那样对窑炉进行重新整修，填充了耐火材料，调整了烟道，在四周开了观察孔，改进了木柴的填入方法，让窑内的温度不仅能达到所要求的高温，而且能够均匀分布。温度的均匀分布对于浮雕的质量至关重要，她还安装了先进的测温仪器。经过她的努力，一座人们世世代代烧制杯盘碗碟的旧窑，变得稍稍像一座可以烧制艺术品的现代窑炉了。然后是很多个日夜的守候，不断地观察、测量、填料，每做一步，她都让学生做好详细的记录。做好了记录，以后你们自己做的时候，就有依据了。她说。古代的很多优秀的艺术品为什么失传了？就是因为没有详细的文字记录，几千年的知识和经验就这样失传了，现在又要重新发掘，看看有多么难！她又像一个老练的窑工那样，对每一根要送进窑里的木柴都仔细挑选，干得不透的或者有大节疤，可能会在窑里噼啪爆裂的，都被她剔了出来。

她的脸上流淌着汗水，有时还挂着黑色的灰痕，皮肤也被烤得发红。

余教授，您这是烧金子吗？有人问。

这比金子还贵重。她说。此时，眼前的这一窑浮雕就是她生命的一部分。

那也用不着这样。有个研究生小声嘟哝着，我们又不是做古董……

不，必须这样！你们知道古代长城上的砖是怎么烧的吗？一窑砖要用十几种不同树种的木柴烧上半个月，对木柴的长短、粗细，都有严格的规定。而且使用树种的先后顺序，每一种树烧多长的时间，都规定得非常细致……

这……这是古代呀。

所以，古代的很多艺术作品，历经数千年，依然光彩夺目。她说，所以今天……她又不想说了。

十多天几乎是揪心的等待之后，终于可以出窑了。窑门打开，余锦菲不顾窑里灼人的余热，第一个冲进去取出一块瓷片。它就像埋藏在地层深处千万年的宝石，突然出世受到灿烂阳光的照耀一样，用它无与伦比的色彩让所有的人都发出惊呼。

亲爱的，我的宝贝儿——

余锦菲双手高举着那一块浮雕，激动地欢呼起来，泪水在她被烟火熏得黑一道白一道的脸上留下了清晰的痕迹……

现在，她宁可再一次经受窑炉炙热的烘烤，也不愿意吊着一只胳膊什么也不能做。一个人还有比失去右手更痛苦的事吗？这么想着，余锦菲忽然感到更加沮丧了，她无奈地坐到沙发上，左手拿起电视遥控器，按下了开启键，漫无目的地搜索着频道。忽然她看见一条大河，一条蜿蜒伸向远方的河，那里仿佛是天的尽头，芳草碧绿，飞鸟成群。她想起小小的火车站，她就是在那里和他告别的……

21 剽窃

在人的内心，究竟有什么东西在作怪啊？为了达到某种目的，欺骗自己也欺骗别人，把不合理的一切想象成合理。欲望总是让人变得自己都不认识自己了，剽窃就是一种。奇怪的是，魔鬼让人们做这种事情的时候，绝不告诉他最后的结果是什么。

　　杜克成脚步匆匆地朝办公室走去，一边走一边想着仿佛不着边际的问题……迄今为止，任何一个企图把宇宙纳入一个统一体系的尝试都遇到了难以逾越的障碍。难道统一论是人类固有的一种狭隘偏见，所以它才会陷入困境吗？我们在各方面都在提倡多样性，比如文化的多样性、物种的多样性，等等，我们对宇宙的认识其实也是多样的，爱因斯坦认为空间和时间是弯曲的。而有的天文学家认为它是平坦的，也有人认为宇宙是一个镜像，它重复出现在我们的观测中，因而显得无限大，甚至还有人提出时间是可逆的……

　　他刚刚走进办公室，好几个等候在那里的人迎了上来，苏英恺也在后面急匆匆地跟了进来。

　　杜台长——，太阳黑子课题组组长林志清教授一把拉住他。我认为我们这个数字化太阳系工程搞得也太离谱了，有点让人摸不着头脑。那天在会上我没有提出反对意见，是因为我还没有认真思考这个问题。后来我仔细想想，并且征求很多同行的意见，包括国内同行的意见，大家都认为，这不是一个切实可行的东西。

杜克成点点头，他一向很尊重老科学家的意见，林教授是台里资格很老的科学家，平时，他很愿意认真听取他的意见，可是，今天他的这一番话却是他没有想到的。

林教授，对这个项目，我们是进行过可行性研究的，上级也已经批准立项。在这之前，我也广泛听取了意见，当然我应该主动征求你的意见，还有国内同行的意见。你能不能把你征求的意见整理一下，给我一份？杜克成说。

这没有什么必要。我认为，我们应该注重于一个点，集中力量，比方说，针对太阳辐射，黑子周期，近地小行星，柯伊伯带星体，选择一个到两个，至多三个，进行专题研究，不断地深入下去，这样可以不断地有阶段性的成果，研究经费也会有保证。林教授说。

说到底，你还是担心经费和成果。杜克成把林教授拉到沙发上坐下，又说，经费问题是我天天放在心上的，这个你不用担心。当然也怪我没有给你讲清楚，在咱们天文台，专题研究也好，数字化工程也好，其实并不矛盾。对太阳的观测和研究，一直是台里的重中之重，也是数字化太阳系工程的核心，所以，这方面的研究只会加强，不会削弱。

那就好。林教授听着频频点头。

杜克成转向在办公室里等候他的人，说，尽管上次会议上我已经讲了，在这里我顺便给大家再重复一下。到目前为止，我们对太阳系的了解还很肤浅，说实话，太阳系现在发生着什么变化，我们并不十分清楚，更不用说掌握它的变化规律了。而这些变化对我们现在和将来会有什么样的影响，我们更不知道，我们的研究很分散，很不系统。如果我们现在还不能着手开始对太阳系有一个宏观上的，大视角的，总体上的，同时又是深入细致的观察和研究，还要等到什么时候呢？

可是这个计划确实有点不切实际。杜台长，你应该认真考虑一下，就凭我们台这点设备，这几十个人，就是全台的人都来干这一件事，也是杯水车薪啊。太阳耀斑和地磁暴课题组组长秦教授说。

是啊，我们台里确实人手少。有人轻声说。

如果搞不出成果来，上面就会削减我们的经费，到时候……到时候恐怕上面就会要我们下岗分流。

听说华北大学的动物研究所现在正在下岗分流，很多人都跳槽了，好好的一个动物所，现在弄得一团糟。

就是因为经费被削减了。

哎，所长朱丽宁还是国际濒危动物研究理事会的常务理事呢……

不管你有什么头衔，现在没有经费就出不了成果。

是啊，没有资金，日子就好过不了……

杜克成听见有人在下面悄声议论，他脑子里快速闪过几个词语，下岗、经费、成果、朱丽宁……如果九峰山天文台没有主导性的课题和项目把全台的科研工作带动起来，这样的事情也会再发生。现在人手少，经费紧缺，但是只要有大项目，大课题，就一定能争取到国际合作，眼前的困难并不会成为问题。想到这儿，他说，大家的担心是有道理的，可是我们的计划公布后，已经在国内外引起很大的反响，我已经收到一些邮件和传真，国内外都有研究机构和天文工作单位希望我们提供更详细的信息，也有人表示了合作的意愿。在天文学领域，国际合作是很多的，比如说斯隆巡天计划就是一个国际合作项目。我们的工程一定要搞，第一步先搞巡天观测，吸引广泛的国际和国内合作。我设想，经过认真的考察，遴选五个到十个合作天文台，签订合作协议，和我们一起来作研究。我们作为项目的首倡者和主办方，是有自主权和决定权的。

自主权和决定权对我们来说意义并不大。秦教授不以为然地说。你这么一搞，我原来的项目和经费怎么办？我的项目组成员怎么办？本来台里头人手就缺，现在更是雪上加霜。

秦教授，我们做的这个数字化巡天观测课题，不是搞大锅饭，而是要由一个一个的子项目合成起来，我们现有的各个课题组的项目，都应该成为这个工程里的一个子项目。现在刚刚开始，我就发现，有一个领域是我们过去很少去想的，是一个未知的领域。比如说，太阳系到底是一个封闭的体系，还是一个开放的体系，是能够出得来进得去的，还是封闭的，孤家寡人的。这种对太阳系来说带根本性的问题已经显露出来了。这在国际同行看来也是非同一般的啊！随着我们工作的进展，还会有更多的新问题出现……

提出问题仅仅是一个方面。秦教授打断了杜克成的话，他显然对杜克成的雄心勃勃有点不耐烦。我还是认为，应该把能够产生预期成果的项目放在首位。

现有的项目当然要继续进行下去，而且我们的巡天计划可以为现有的项目提供更充分和详实的数据和资料。杜克成说。

那人员和经费怎么办？我们磁暴组有好几个同志已经连续几个星期没有休息了。有人问。

大家有什么好办法吗？杜克成问。

台长，你看能不能从外单位临时借调人来顶替一下？周轶军这样建议。

可以考虑。你有合适的人选吗?

没有。我实在没有时间去考察。

借调人,从根本上说不是办法,我早就有一个想法,大家看看行不行。我们向上级申请建立一个博士后工作流动站,吸引国内外优秀的博士毕业生入站工作,他们可以一边做课题,一边参与我们的项目。工作期满可以出站,也可以留在台里工作。我相信,只要我们有宽松的工作环境,又有发挥他们聪明才智的课题,他们是愿意来的。

这是个好办法。一些人在点头。

我赞成这个做法。苏英恺也很爽快地说。

杜克成也有点兴奋了,他说,好,这件事看来就可以定下了,这个报告我来起草。另外,华北大学天文学专业有一批硕士生,如果他们愿意,也可以到台里来实习,我们各个课题组带一带他们,让他们做一些力所能及的工作,也可以搞课题。这样可以临时弥补一下我们人手不足的困难,也可以让年轻人有更多的锻炼机会。他说着转过头,问在一旁认真记录的丁岚:丁岚,你说会有人愿意来九峰山天文台吗? 我是说这里可是远离市区,对年轻人来说也许太寂寞了,还有我们的观测也是很枯燥的工作……

丁岚抬起头,停住笔,听完杜克成的话,温婉地笑着说,杜台长,我想一定会有很多人喜欢九峰山天文台的。

杜克成看着美丽典雅的丁岚,充满自信地抿了一下嘴角说。嗯,那就好。接着他又对大家说,时间不早了,今天我们就到这里吧。

人们陆陆续续走了出去。

杜克成最后一个站起来。这时,副台长邓向辉来到他身旁。杜台长,我还有事要跟你说一下。他看大家都走出了办公室，才说，今天我收到了劳伦斯·卡特的电子邮件，呵，就是我们的老朋友卡特先生……

哦，卡特他们那里的研究有什么新动向吗？杜克成很感兴趣地问。

是这样，邓向辉说，卡特说，不久前，他被选为第六次太阳观测国际研讨会的主席，会议正在筹备中，他很希望九峰山天文台能够参加这个研讨会，并且争取在会上宣读一篇关于数字化太阳系构想的论文。

杜克成说，这件事值得考虑，我们也应该好好准备一下。下周我们专门开会研究一下。说着他就要往外走。邓向辉又叫住了他。不过这时他却压低了声音，杜台长，还有一件事我想应该告诉你……

什么？杜克成看到邓向辉有点迟疑，就随手关上了会议室的门。邓台长，出什么事了吗？

是卡特先生的事。邓向辉说。

哦？杜克成更疑惑了。

卡特在信里说，你的学生周轶军出的那本专著，就是那本《太阳耀斑和地磁暴观测研究概论》，有抄袭的嫌疑。

啊！抄袭，剽窃？杜克成几乎不敢相信自己的耳朵，周轶军曾经是自己指导的博士生，获得博士学位后留在天文台工作，今年刚刚破格晋升为副研究员。他一直认为周轶军学习刻苦，思维敏捷，很有创见，是一个很有培养前途的人才。他怎么会……抄袭呢？但是，既然卡特这样反映，那就应该认真对待，更何况卡特是台里以前聘请过的美国专家，是一个信得过的人。他毫不犹豫地说，邓台长，你赶快去核实一下，并且找周轶军本人严肃地谈一谈，如果确有抄袭嫌疑，要组织专家鉴定。一旦确认抄袭，那就决不姑息迁就，必须毫不留情地进行处理。

邓向辉有点犹豫，他说，杜台长，周轶军是你的博士生，是你一手培养起来的，这件事是我告诉你的，要是周轶军知道了恐怕不太好。我觉得还是你来处理更好一些，另外你是主要领导，威信更高……

这个你不用顾虑。杜克成打断了他的话。如果真的有这样的事，我应该做检查，这就说明我用人上有不当之处，缺乏对一个同志，特别是年轻同志应有的关心和严格要求，对台里的工作也会造成损失。要是我们的年轻人都经过这样的手段升迁上来，怎么得了？那我们的天文事业以后还有没有希望？岂不是要后继无人？我最厌恶的就是这种盗名窃誉的行为！

杜克成越说越激动，他额角的青筋都鼓了起来。

杜台长，你先不要这么激动。你先坐下，我们再想想怎么处理好。这件事是我先说出来的，虽然到目前为止我没有对任何其他人说过，但我总觉得，要是台里的人都知道了，大家会不会认为我是故意跟你过不去……

不，邓台长，这怎么会呢？

杜台长，你听我把话说完嘛。从内心说，我真的不想伤害你们师生的感情，可是……

好了，我明白了。邓台长，这件事你就交给我吧。你把卡特的那封电子邮件转发到我的信箱里，我来处理。噢，我应该感谢你及时告诉我，我知道你是出于对一个同志的关心和爱护，出于对台里工作的负责，我完全理解你。杜克成很认真地说。

那好，我已经把卡特的邮件打印了一份，你自己看看吧。邓向辉掏出一张叠着的纸递给杜克成，转身走了。

杜克成打开卡特的信：

亲爱的邓教授：

　　你好！

　　在你的e-mail里，我知道你们的天文台在太阳耀斑和地磁暴观测中又有了新进展，我感到非常高兴。对于耀斑的观测最重要的就是时间，也只有时间能给我们有力的证据，而这是目前的计算机还不能模拟出来的。另外，模拟并不是真实和现实的。未来宇宙将发生什么是谁也无法模拟的。

　　不过在这里，我要说一件令人不愉快的事。事实上，它已经让我困惑了一段时间，也许我不应该告诉你，但是科学本身不能容忍任何一点虚假，哪怕是一个小小的数字。就在上个月，我读到一本《太阳耀斑和地磁暴观测研究概论》，这本书的作者是九峰山天文台的周轶军先生。我发现，周先生在书中所引用的二〇〇三年太阳耀斑和地磁暴观测数据与我和我的同事观测并记录的几乎完全相同，我们的那篇论文发表在《天体物理学季刊》二〇〇四年第二期上。我想说明的是，我们的太阳耀斑和地磁暴观测数据是多年积累和总结后才得出的，目前还没有其他天文台有报告或是索引。而周轶军先生书中这部分内容与我们的几乎完全相同（百分之七十以上相同），该书在引用这些数据时，均未注明引用出处。这让我感到非常震惊。难道这是巧合吗？不，不会，这样的完全相同是不可能巧合的，因为我知道九峰山天文台还达不到这样的水平。

　　我想，该书作者涉嫌抄袭了我们已公开发表并得到版权保护的数据。因此，这是一种严重的侵权行为，并且这种行为与一个天文工作者的职业道德是相违背的。为此，希望你转告该书作者周轶军先生，我保留要求他正式道歉和赔偿的权利。我感到十分遗憾，但是我必须这样做。

尽管如此，我还是要告诉你一个令人兴奋的消息，不久前在天文学年会上决定，第六次太阳观测国际研讨会将在南美洲的智利举行，我将是本次会议的组织者之一。我期待九峰山天文台的领导者能够参加会议，并且能在会上宣读有关论文，但愿你们有价值的论文能够遮蔽学术剽窃的阴影……

谨致美好的祝愿！

你的劳伦斯·卡特

于美国亚利桑那大学天文台

杜克成看到自己拿着纸页的手有点儿微微发抖，在学术造假已经司空见惯的今天，九峰山天文台可以说还是一方净土。全台同事，无论是资深的老科学家，还是初出茅庐的年轻学者，都在兢兢业业，不分白天黑夜地工作，在很多领域，特别是在太阳黑子、耀斑和地球磁暴观测和研究领域产生了一批有影响的成果，正在缩小与国际先进水平的差距。特别是一批年轻学者，凭着他们对国际最新研究动向的敏锐感觉，使台里的课题研究始终瞄准国际先进水平，少走了很多弯路。作为台长，他十分器重这些年轻人，特别是周轶军，他在做博士论文的时候就已经显露出难得的才能，自从担任太阳耀斑和地磁暴课题组副组长以后，和组长秦教授合作得很好，受到台里很多人的称赞。他本人就多次听到秦教授对周轶军的赞扬，说他热爱天文工作，有激情，有头脑，秦教授甚至说周轶军是后生可畏。的确，周轶军这两年在太阳耀斑和地磁暴观测研究方面取得出色的成果，在国际天文学年会上宣读过论文，令全台骄傲。他怎么会抄袭呢？会不会弄错了？这件事还要认真核查一下再说。

　　杜克成站起身来，马上来到台里的资料室，找来了周轶军的《太阳耀斑和地磁暴观测研究概论》一书，还有卡特说的《天体物理学季刊》二〇〇四年第二期。他回到办公室，仔细对照起来。他发现周轶军的书出版日期是二〇〇五年五月，按照一般学术著作的出版周期，从投稿，到付印，出书，至少是一年，还有更长的。因为学术著作不同于一般的图书，必须经过多位同行专家审读，给出肯定的意见，这个过程往往比较长。杜克成觉得有必要先向出版社了解一下。台里任何一项观测都有原始记录，二〇〇三年的太阳耀斑和地磁暴观测数据应该保存在资料室，是可以核对的。只要核查原始记录，就可以水落石出。他一边这么想着，一边在手边的纸上写道：一、周轶军的书是什么时候投稿的？二、核对二〇〇三年台里观测数据的原始记录。

　　先弄清楚这两个问题，今天晚上还有很重要的观测任务。他把卡特的来信重新叠好，放进口袋，然后向自己的观测室走去。

22 柚子茶

雕塑，就是把自己心中想象的人用石头、泥土重现出来。石头坚硬而又沉重，泥土呆板而又生涩，可是，用石头和泥土做成的雕塑却是鲜活的。当你走到雕像的面前，他或她似乎有点腼腆，想跟你说点什么，这是因为雕塑家把自己的鲜血和灵魂给予了他们……

　　余锦菲忽然从梦中惊醒了，她习惯地抬起左手看了看表，天哪，晚了十五分钟，我得去上课！她猛地坐起来，却感到一阵眩晕，她下意识地要伸出右手去扶床边的桌子，可是上了夹板的右手被绷带吊在胸前。她歪倒在床上，稳了稳神，才又重新起来。等她匆匆地梳理完毕，换好衣服，走到楼下的时候，却看见女儿从她的房间里出来，向她跑过来。

　　妈妈，你怎么起来了？现在要吃早饭吗？杜星儿问。

　　星儿，你怎么还没走呢？余锦菲反问道。

　　等你的手好一点我再回医院。反正我现在是写论文，有的是时间。妈妈，我让梅娟准备早餐去。

　　星儿，我不吃了，我要去学校。

妈妈，你哪儿也不能去！杜星儿连忙堵在门口。

我没事，我的手不要紧。余锦菲说着就要往外走。

哎呀，妈妈，你骨折了怎么还能去上课啊？你们系里的领导都说让你一定好好休息，今天院里的领导还要来看你呢。杜星儿说着，拥着母亲来到客厅的沙发旁，硬让她坐下。

不行，我得去看看。余锦菲说着又站起来，她说，我有几个研究生马上就要参加论文答辩了，还有这么多本科生的课，我不去怎么行？

系里会安排老师代课，或者让学生先上别的课，妈妈，你的课等你的手好了再补上还不行吗？

余锦菲说，今天是雕塑指导课，别人代替不了我的思想……

妈妈，要不我打电话到系里，请同学们到家里来，你在家里给他们上课，这样行吗？杜星儿说着，把母亲按在沙发上坐下，转身拿起了电话。

余锦菲被星儿强迫着，规规矩矩地坐在餐桌旁吃早餐，喝柚子茶，然后就坐在沙发上等待。真是不习惯，该上课的时间竟坐在这里清闲，她觉得心里不踏实。她忽然想，要是自己老了怎么办？于是她看见自己的头发白了，满脸皱纹，蜷缩在沙发上，身上盖了一块毛毯，说话有气无力……天哪，要是真有那一天，即使有最奇妙的艺术想象也不能创作了，那该有多么痛苦啊！就在这一时刻，她突然感到有一种从未有过的空虚感。

八点多，有人按了门铃。

梅娟开了门，十几个学生一下拥进来。余锦菲连忙站起来，走到门口去迎接，同学们一下子把她围住了。一个女生把一大束鲜花递到她面前，余锦菲用左手接过花，快乐地笑了，这会儿她完全忘了自己骨折的疼痛。她请大家到客厅去，可是学生们却在门厅里站住了，他们看着门厅墙上一幅很大的花卉浮雕，不约而同地发出了惊叹。呀，太漂亮了！那是一幅荷叶与荷花的石膏浮雕，巧妙的构图，淡雅的色调，展示出一种高雅的格调。余锦菲说，有兴趣的同学可以写写关于浮雕的论文。说着她引领大家来到客厅，几个沙发坐满了人。梅娟端来一大盘鲜红的草莓，学生们立刻发出一阵小声的欢呼。吃着草莓，学生们已经不再感到拘束了。余锦菲挨个问了他们的名字：薛丽丽、陈晨、李小蓉、陆明、谢丽娟……

余老师，您看看我的作品吧。这时候，薛丽丽从书包里拿出一个夹子。她翻开一页，轻轻放在余锦菲的膝上，然后用明澈的眼睛看着老师，说，您不能去学校，我就把雕塑拍下来了。

我真想去看看你们作品的实物呢。余锦菲说着，认真地看起照片来。后来她的眼睛停留在一尊泥塑上，它表现的是一个打花鼓的乡村少女上场演出前的情景，她伸出一个手指头擦拭着绣花鞋上的微尘，那是别人根本看不见的灰尘，可她还是认真地擦拭。少女弯着腰，虽然看不见她的脸部表情，但从她细微的动作可以猜到她的郑重，甚至可能是庄严的神情，也许她是第一次上台演出呢。尤其是她伸出的那一根灵秀的手指，显示出少女的俏丽和内心的欢愉。余锦菲忍不住连连点点头，说，我觉得她的线条很漂亮，乡村少女的形体有一种健康的美，而不是像时装模特儿那么单薄，还可以再丰满一些。哦，她专注的神情也很能打动人。不过，你的取材不太新颖，我记得法国印象派画家德加有一些表现芭蕾舞演员在幕后的油画，他有一幅素描就是表现系鞋带的，我们今天的雕塑还是要创新……

余老师，请您看看我的《决赛》。男生陆明又给她递上了一幅作品照片。

这是一个浮雕，表现的是百米飞人决赛的冲刺。余锦菲眼前一亮，露出了微笑。她赞许地说，嗯，做得很好，抓住了运动员一瞬间的精神状态，很有冲击力，但题目改成冲刺更好，或者就叫撞线，因为撞线这一刻是运动员体力和意志力发挥到极致的一瞬间，要牢牢抓住他们不同的心态，有共性，也有反差，这样可以给人留下难以磨灭的印象。她又说，有时间我会把具体意见回复到你们的邮箱里。

余锦菲看完作业，讲完课，就带学生们来到她的工作室，这么多雕塑啊，就像一个雕塑陈列馆！学生们感叹着，在一座座雕像前欣赏起来。余锦菲看见潘洁正站在她那座未完成的《远行者》跟前。她来到潘洁身边，潘洁一回头，她们的目光碰在一起。余锦菲从那眼神中看到了一种她期待已久的东西，明亮、纯净、很强的判断力。潘洁说，余老师，我真希望快点看到完整的雕像，他好像……嗯，好像有一种很强的情感的牵挂……

余锦菲有点惊奇地看着潘洁，她说，这一座雕像我已经做了很长时间了，可是……她不知道怎么告诉潘洁，她为这座雕像倾注的全部情感——伤感、遗憾、怀恋、痛惜、悲痛……

我想，这个人物一定是您心中特别难忘的人……潘洁有点迟疑。

为什么？你怎么看出来的？余锦菲惊讶地看着潘洁，她心里已经有点紧张了。

从他回眸的这个动作，已经充分表达出来了，好像是您在呼唤他，您从内心深处渴望他回——

不，不，你不知道——余锦菲突然好像被人用X光机照射着，五脏六腑都透视出来一样。她心里一热，觉得泪水就要流下来了，她已经很长时间没有这么感动了，是一种作品被别人理解的感动，那种深入到自己内心里的理解。她恍惚又看见那个远去的身影,她很想呼唤他一声……她迟疑了几分钟,她不知道这种迟疑在潘洁心里会产生怎样的联想,但是她顾不上这些,她需要时间来平复自己的内心。她终于平静下来,故意语气平淡地说,其实,雕塑家对每一件作品都要倾注感情,每一件作品都是他们刻骨铭心的经历和体验的产物,只有这样的作品才能产生打动人们心灵的力量……

可是潘洁好像并没有被老师的这种情感转变所打动,她又说,老师,我记得您也说过,艺术作品是作者内心深处的潜意识的反映。

余锦菲不由看着潘洁,这个可爱的女研究生,她有光亮的前额,柔软又有点卷曲的头发在脑后扎成一个活泼的马尾巴。她有一对乌亮的眼睛,余锦菲从那乌亮中看到了她期待在学生的眼里看到的一种智慧,一个未来艺术家应有的那种智慧,她不由得心里暗暗惊叹。但是她很快又清醒地意识到,未来新一代雕塑艺术家可能再也不是像她这样流着眼泪创作作品了,他们的作品也不再是他们自己的至高无上的理想,生死相依般的情感经历,他们有自己的判断力和审美标准。于是,她对潘洁说,是的,弗洛伊德的学说也许能够解析作者无意识的情感流露,但我还是认为,雕塑作品表达的归根到底还是作者崇高的理想和生活的体验,还有他们的艺术追求……

余老师,如果是那样,您是不是想说,这尊雕像只是您凭想象创造的呢?潘洁还是要追问到底。

要在平时,余锦菲会非常喜欢同潘洁好好聊聊,可是现在她已经被追问得透不过气来了,幸好这时候学生们又围拢过来,开始七嘴八舌地提问。有一个学生指着《远行者》问,余老师,您为什么不用泥塑,而用大理石材质做呢?我觉得泥雕可以做得更自由,更生动一些,也更有立体感。

余锦菲觉得这是一个摆脱潘洁追问的机会，她马上表扬他问得好，说，其实，做泥塑比做石雕要省时省力，泥塑也更有真实的质感和立体感，但是我觉得石雕的要求比泥塑高得多，也有更长久的生命力。你们知道，米开朗琪罗的作品大多是石雕，他始终有一种把人体从大理石中解放出来的冲动，这种冲动使他有一种不知疲倦的创作激情。

这一刻，余锦菲觉得就像站在课堂上一样，流畅的思维带着滔滔不绝的语言从心底涌流出来，她感到了一阵轻松，也有了一种欣快感。她接着说，当时人们认为，新柏拉图主义的人体雕塑其实是束缚灵魂的监狱，他们渴求从雕塑中获得精神的解放和自由，可是那个时代宗教的力量还很强大，人们只能在宗教外衣的掩盖下表达这种渴求。因此，米开朗琪罗的内心就引发了深刻的矛盾，这种矛盾在米氏的油画中表现得特别明显。幸好，他的雕塑创作还比较自由一些，像表现男性健美和战斗精神的《大卫》，还有《垂死的奴隶》，表面上是表现人的垂死状态，而实质上是表现人在经历了无穷苦难之后的精神解脱……说到这儿，余锦菲停了一下，她克制着自己内心的激动，因为她看见有几个学生正在匆匆忙忙地记笔记，他们的手显然跟不上她讲课时惯有的那种极快的语速。

很难想象，这样一个名垂千古的艺术大师，到了晚年，内心会陷入如此深刻的危机之中，是吗？她突然问。

同学们谁都没有回答。她又说，这样一个伟大的艺术家，用他超人的智慧和毕生的精力，不知疲倦地创作，为人类留下了这么多不可重复的艺术瑰宝，到了晚年，本应该平静地享受一下生活，可他的内心却在承受无法想象的煎熬，他的这种罪恶感到底是什么呢？它们来自何处呢？

同学们认真地思考着，还是没有人出声。

人们认为米氏是一个师法心源的艺术家……

老师，什么叫师法心源？一个学生打断了她的话。

师法心源，我认为，就是把自己内心深处对时代精神内核的体验和感悟融入作品中，使之成为作品的灵魂，并且把它作为自己的创作原则。余锦菲耐心地解释。

余老师，那您的创作原则是什么呢？您是像米开朗琪罗那样师法心源呢，还是像罗丹那样师法自然呢？潘洁又提出了十分锐利的问题。

余锦菲的目光扫过她面前几个同学的脸，他们都向她露出期待的目光。好吧，那我们先讲讲罗丹。余锦菲说，罗丹的创作原则，用他自己的话来说，就是师法自然。我认为，罗丹的创作原则是和他的创作方法密不可分的，他强调光线和轮廓线，我们来看这件作品。她指着自己的雕像《听音乐的少女》给同学们做样板。你们看，现在光线从这个方向照过来，那么在雕像上形成这样的轮廓线。她用手在雕像周围画出一条线。随着光线照射角度的不断移动，轮廓线也在移动。一个人体可以从很多个角度去观照，去看，所以就会有很多条轮廓线。罗丹的人体雕塑是以他看到的轮廓线为基准的。当然，这并不意味着不去把握人的性格特点。精神境界这样的要素，并且在形体的表现上作出大胆而富有想象力的创造，比如他的《思想者》《巴尔扎克》《加莱义民》等等。罗丹的创作表现了男性雕塑家的深度。

余老师，您什么时候给我们讲讲世界著名的女雕塑家啊？名叫李小蓉的学生问。

余锦菲仔细地看了看她的周围，禁不住笑了，原来眼前这些本科生和研究生，女生竟然有三分之二。

过些时候我会给你们讲讲女雕塑家，不过我国的女雕塑家并不多，就是世界上的女雕塑家也不多，可以说是寥若晨星。所以我期待将来你们中间能够产生真正的女雕塑家。

嘿嘿嘿……学生们都笑了。余锦菲觉得他们很可爱。她接着说，但是对于今天的雕塑家，无论是男性还是女性，当我们欣赏或者审视她或者他的一件作品的时候，我们也许再也不会听到里尔克对罗丹的那种近乎圣歌般的赞美和讴歌了。

为什么呢？学生们疑惑的目光又一次射向她。

余锦菲只说，我想请你们想想我们现在是处在什么时代？

后现代。

后工业时代。

……

我认为，是数字时代，或者叫数字化的信息时代，也就是一个不以虚幻的情感和想象作为评价标准的时代，而是以数字化的分析作为评价标准的时代，即使你创作了一件你认为具有划时代意义的杰作，也不要把自己当作罗丹或者米开朗琪罗，想一想那位用电锯和碎玻璃创作的德国雕塑家吧，你们就会明白的……

余锦菲继续说下去，评价数字时代的雕塑，你也许再也听不到像生命、呼吸、血液、灵魂等等这样十八、十九世纪普遍运用的字眼，因为美学也在变成数字化的美学。在不久的将来，我们可能还会看到机器人用数字方式创作的雕塑作品，它们会像最神奇的变幻的阿拉伯数字那样出现在我们的视野中，那么，你个人创作的作品，也许真的只对你个人有意义……说着，她忽然咳嗽起来，脸色也变得苍白了。

学生们担心地发出惊叹，赶忙围在她身边，这才想起老师刚刚骨折。潘洁把一杯水递到她的手上。余锦菲喝了一口水，说，来吧，我们继续。学生们却都说，余老师您休息吧。说着，大家都自觉地向门口走去。

余锦菲感到真的累了，胳膊也开始疼痛，就说，同学们，把你们的论文提纲留下，还没有写提纲的同学回去以后把选题的设想写一下，明天交给我吧……

23   辞职

人世间，这是怎样的一个词语啊？它包容着多少欢笑和眼泪、多少忧愁和期待，它意味着多少欲求和幻灭、多少怜悯和冷酷……人生在其中，有谁能以一种真正冷峻的眼光去观察、洞悉、理解呢？这似乎有些困难，因为人世间的一切，也许就在这位观察者的身上发生着……

动物研究所旁边有一条弯弯曲曲，有点高低不平的小路，它穿过一个小树林，通向校园。平时，学生们为了到动物所来看动物，就从小树林里穿过来，也有的是看上了动物所这边的僻静，闲暇的时候到这边来看书，到了晚上，则有三三两两的男女学生到这里散步，谈情说爱。朱丽宁很少走这条路，只有学校里召开各部门负责人会议时才从这条路上走到校园里去。这条路很短，她每次走这条路都是急匆匆地来，又急匆匆地去，几分钟就走过去了。可是今天她却走得很慢，像背着一个沉重的让她力不从心的大背包，步履艰难地在一棵树又一棵树之间挪动。我这是去哪儿？去干什么？非去不可吗？她在心里一遍一遍地问自己。我不是为自己。她回答。如果是为自己，我可以辞职，当个普普通通的研究员，专心致志地做课题，别的什么也不用问，不用想，不用管。我不是为自己，那又是为了谁？为了动物研究所？为了动物所的职工？是，但未必全是。不改革，动物所是没有出路的。人们已经习惯了一种慵懒闲散的工作方式，这样下去，它会蜕变成一个用科研经费饲养着珍稀动物的动物园。甚至连动物园也不如，动物园里每逢节假日还游人如织，可这里，节假日是关门的。不仅如此，闲散慵懒渐渐使人们失去了进取心，惧怕变革，惧怕竞争，变得头脑呆滞，迷离混沌，更不用说瞄准国际先进水平了。可自己又是为了什么呢？为了自己的责任？为了这个当所长的责任？就像曾在平那样生活吗？他为什么会那样，就像着了魔一样，似乎有某种无形的东西在牵扯着他，也在诱惑着他。他日夜魂牵梦萦的，真的就是那条黄河吗？还是别的什么？

朱丽宁的脚步变得越来越迟钝，她就像陷入了一片一眼望不到边的沼泽一样，陷入了她那毫无头绪的思索之中。她甚至不得不停下脚步，把身子倚靠在路边粗壮的杨树上，沉重地喘息。每当想起这些事，她都会感到沉重。每当走出实验室，面对现实生活的时候，她就觉得自己的心变得沉重起来，而且，随着时间的推移，这种沉重感好像越来越明显。她不愿见到更多的人，因为人们说的很多事她都不感兴趣，特别是那些错综复杂的各种关系，什么某校长，某处长……其实，那些人怎么就不明白呢？人就是人本身，而人本身应该是纯粹的，就像那笼子里的金丝猴，它们的目光是澄澈的、无邪的、光明的，人类原本也是这样的，可是现在……有的人已经不是人本身了，可怜的肉体成了功名和金钱的载体。人啊，你到底是正在进化，还是正在退化呢？

过了很长时间，朱丽宁还是没有走出那片小树林。这是第一次，因为以前每次走进这片小树林，她总是脚步匆匆。她轻捷的步子仿佛总是带着一阵清风，悄无声息地拂过那些粗细不一的树干和高高低低的枝条，然后消失在林子边的道路上。可是今天的她却踟蹰在这片小树林里，从一棵树走到另一棵树，她好像在低声说着什么，然后又沉默了。一会儿她好像又轻轻地笑出声来，突然又变成了低低的抽泣。这里没有聆听的耳朵，没有注视的眼睛，没有怨诉的低语，没有厉声的责问，既没有诡计暗藏其中，也没有难题费尽思忖。这里暂时变成了她一个人的世界，除了自己的呼吸，就连树叶沙沙的声音也好像听不见了。多么好啊！她想。不知哪一年，人们种上的树现在成了我与世界之间的一道屏障。虽然它们稀稀疏疏，高高低低，粗粗细细，杂乱无章，可它们遮掩了世界注视我的眼睛，也堵塞了世界倾听我的耳朵。我可以静静地想，悄悄地听，默默地看，也可以什么也不想，什么也不听，什么也不看。其实我什么也看不见，除了树干、枝条、树叶，还有从树叶的缝隙中透过来的忽闪忽闪的阳光。我现在是一个人，独自一个人，一个人在这里。

生活中的情形好像总是在不经意之间就会重复，一个人好像有时候会做同一件事情。

想不起是多少年以前，那时候曾在平正在黄土高原。那一天也是这样一个阳光明媚的下午，朱丽宁走过这片小树林，她要去办公大楼，是为曾在平去的，为曾在平的科研经费。当她走过这片小树林，然后再走过几栋教学楼，穿过一块很大的草坪，走进办公楼中间那条长长的幽暗的走廊，拐过弯走进科研处的办公室的时候，她迎面听到的第一句话就是，你是不是为经费的事来的？她没来得及说明，她不是为动物所的经费，而是为曾在平的科研经费而来，她就已经听到了第二句话，这个年度的科研经费已经分配完了。她反身出来，犹豫了一下，走进了许建文的办公室。

许建文站起身，迎了上来。丽宁啊，什么事还用得着你亲自来呀？

你打个电话就行啦！许建文指着办公桌旁边的沙发说，快请坐。

朱丽宁转过身，坐在了他办公桌对面的一把椅子上，那把椅子通常是来找他的人坐的。许建文随手拉过一把椅子，坐在了朱丽宁的身边。丽宁啊，我们好长时间没见面啦，你还是这么……啊，你和初中的时候比一点没变样。你看我，现在都有白头发了……许建文盯着朱丽宁的眼睛说。

其实我也有白头发了，在动物研究所除了研究，还要整天操心别的事，再说我们毕竟不再年轻了……

是啊，我知道，科研工作很辛苦，特别是你，学校里有口皆碑。

建文，我是来找你要经费的。

经费？哦，动物所的经费我已经尽了最大的努力，我跟你说，我砍掉了人家的好几个项目，已经给你拨出来了。丽宁，只要我许建文还在当这个科研处长，你的事就是我的事，你尽管放心。

建文，我不是为动物所的经费，而是为曾在平的经费。他已经好几年没有科研经费了，他现在做的课题都是用自己的工资。他这次去黄河上游之前写了一份申请经费的报告……她把曾在平的报告递到许建文的手上。

是这样……许建文仔细地看了看，收起笑容，表情严肃起来。丽宁，这件事我得考虑一下，你知道……他想说什么，却又犹豫了。

朱丽宁有点奇怪，她不知道许建文为什么态度变了，他从她的身边站起来，回到自己那把高靠背的真皮椅子上，轻轻地前后摇晃起来。

建文，在平这么多年一直在黄河领域搞水土流失的调查研究，已经有十多年了，除了头两年学校里给过他科研经费，这几年一直没有给他拨过……

许建文轻轻地摆摆手，说，你不用说了，丽宁，在平的事我都知道，前几年他做出了一些成绩，大家有目共睹，可是这几年……

这几年他一直在从事黄河上游和黄土高原的水土流失调查和研究。

是啊，是啊，调查研究，也不能这十几年都在搞调查研究吧？许建文转过来看着朱丽宁。可是朱丽宁刚要说话，他又打断了她。看在我们两个老同学的面子上，我还能不帮忙吗？我是无能为力啊。你知道吗？学校里直到现在还有人对曾在平颇有微词呢。

朱丽宁感到疑惑。什么？为什么？她问。

这个我不太好说……许建文说。

朱丽宁说，他有时候一连好几个月都在黄土高原，或者黄河源头，你知道，他去的那些地方都很艰苦……

许建文想了一会儿，好像下了决心才说，其实我不想对你说这样的话，丽宁，你天天在那个动物研究所，可能听不见别人说什么。我的耳朵里可是经常灌进风去，你知道吗？有的人说，曾在平到西部名义上是搞河流的调查研究，实际上是……许建文又停住了。

实际上是什么？朱丽宁不由得紧盯着许建文。

是游山玩水，那里可是有世界上最美丽的风景……

胡说！这简直是胡说！朱丽宁气得站了起来，她恨不得使劲儿拍桌子，把桌子一下砸得稀巴烂！她还从来没有这种气愤的感觉。许建文很尴尬地看着她，一时竟找不出一句合适的话，向朱丽宁道歉。朱丽宁的脸都涨红了，她说，许建文，我告诉你，谁要是说我什么，我都不会在乎，可是要是认识曾在平的人这么说，就太不应该了！把曾在平十多年艰苦备尝的黄河水土流失调查研究说成是游山玩水，这是她无论如何也想不到的。建文，你知道吗？曾在平这十多年的工作有多么艰苦，每天风里来雨里去，跋山涉水，冬天天寒地冻，夏天太阳暴晒，有时候下大暴雨，连个躲的地方都没有。黄土高原那种地方，别说搞调查，就是去走一趟，也要换一身筋骨，别说他长年累月地在那里工作，浑身上下也不知道有多少疤痕，伤了，自己贴一块膏药，病了，自己吃几片药，有时候发烧，根本就没有地方去看病打针……

朱丽宁激动得说不下去了，她的眼里含着泪水，她感到极度的委屈，她无法想象这样一种近乎恶毒的语言会从一个主管科研工作的人嘴里说出来。许建文，我真没想到会有人说出这样的话来，这是对一个科研工作者的侮辱！朱丽宁的愤怒已经不可遏制了。

好了，丽宁，你不要激动，我本来就不想说。我只不过是说了别人的话，在平这个人我还不了解他吗？你的心情我更了解，也更理解，我们都是老同学啊……停了一会儿，许建文看见朱丽宁的情绪有点缓和了，就站起身来，走到朱丽宁的身边，拍拍她的肩头说，好了，别生气了，我真的不该……啊，不，那些人真不该这么说……

许建文，你不要老同学老同学的，这是原则问题！朱丽宁还是压不住心里的愤怒，她想尽量平静下来，却做不到。从心底腾起的火焰是不容易熄灭的。

唉，你看你这个人，我们从中学到现在，从来都是真诚相待，在平走了，还有我关心你啊。许建文说着，又坐在了朱丽宁旁边的椅子上。

人和人真的不一样，智慧给予人的，有高尚，也有……算了，不和他说这些了。朱丽宁心里想。她回头对许建文说，你说这种话还配当我的老同学吗？告诉你，何慧琳没去美国的时候，她有时候会给我打电话，安慰我，我觉得何慧琳才是我的老同学……朱丽宁说着，眼里涌出泪水。

朱丽宁啊，朱丽宁，你提何慧琳干什么？我不想再说到她。许建文竟然一下子变得愁眉苦脸。

朱丽宁看到许建文的样子，也不说话了。她还记得中学时代的何慧琳，她是那么漂亮，学习也是拔尖的。那时候的许建文担任着学生会主席，也就是在那时候他与何慧琳恋爱了。大学刚毕业他们就结婚了，可是后来却闹得分居，然后何慧琳就去了美国……

许建文叹了一口气，重又回到他那把大椅子上，坐在那里。他说，丽宁，你又不是不了解何慧琳，从中学起你们就是好朋友。开始我真的不知道何慧琳为什么总是对我不满意，后来我才知道，她把自己当成出淤泥而不染的荷花了。在生活之中，你能真正地超脱吗？

你说这些干什么？朱丽宁问道。

许建文说，没什么，我是说何慧琳很好，她是个好人，跟你的那位一样。在人面前都很好啊，很恩爱的夫妻，很崇高，很伟大，献身科学事业，抛家舍业的，可是心里头呢，都各有天地，而且……许建文忽然看着朱丽宁说，对你的曾在平，你也许是蒙在鼓里呢……

建文，你这是什么意思？朱丽宁感觉到许建文这种近乎神经质的表演背后，可能真的隐藏着某种无法言说的痛苦，可是谁又能替他承担呢？

你问我是什么意思？我是将心比心。每当我看看我的那位何慧琳，我就要替你想想曾在平……我跟你说句实话，朱丽宁，他心里也不一定就没有别人……

许建文，我今天是为曾在平的科研经费来的，不是来听你编故事的……

故事？许建文像受了惊吓一样，他抬起头来盯着朱丽宁，他看见了朱丽宁沉静的目光，他的眼皮慢慢地耷拉下去。那好吧，既然你对曾在平一往情深，我只有为你高兴了，许建文喃喃地说。丽宁，要做个好妻子真不容易啊，在平十年八年在外面，对你不管不顾的，你却还要用一颗心去守护人家……你真是天底下最好的好人。他又说，和你比比，我真是惭愧，我怎么就……

朱丽宁真想用一团棉花塞住自己的耳朵，她站了起来。建文，我再说一遍，我是为曾在平的科研经费来的，你不解决问题，反而说这些话，我很失望！朱丽宁说完，转身就要出门。

许建文像触电一样从椅子上弹起来，他忽地一下绕过办公桌追了上来，一把拉住朱丽宁的胳膊。

丽宁，刚才你又让我看见了中学生时候的你，我那时候就喜欢你这种性格，我现在更喜欢了……来来，坐下，坐下……许建文继续说，好啦，曾在平的事你放心，我正打算为他申报校级科技拔尖人才、校优秀科技工作者，给他奖励。老同学，这点面子还不给吗？经费嘛，你就更不用操心啦。

朱丽宁不想再听许建文的话，她一转身，走出了许建文的办公室。当她走出办公大楼的时候，她尽量大口地喘气，她要把在这座大楼里吸入的太多的污浊统统吐出来……

是的，我是一个人，十年前从黄河的源头回来，我就只有一个人了。一个人，我可以想干什么就干什么，想说什么就说什么。一个人，本来就什么都可以不要，什么都可以舍弃，什么都可以没有，我已经什么都不要了。不要了！我什么也不要了！

朱丽宁突然回转身，像一阵疾风一样瞬间离开了她已经徘徊了几乎整整一个下午的小树林，脚步坚定地向自己的办公室走去。她原本是想去学校办公楼，找那几个有权力的人谈一谈，谈一谈她的改革方案，她的科研计划，她的设想，像以前她曾经做过的那样。可是她的脚步却一直没有离开过那片小树林，她在犹豫、徘徊，她不知道自己的努力、自己的诚意、自己的热情能不能改变他们。也许，仍然像以前一样，所有的一切都是徒劳的，甚至还会留下让她厌恶的记忆。那为什么还要去呢？为什么？也许，所有的一切是早已经谋划好的，手握权力的人们是精于此道的。可悲的是我还对他们抱有幻想。可怜又可悲！

她走进自己的办公室，坐在桌前，在一张公文纸上飞快地写下了一封辞职报告。

尊敬的校领导：

我自担任动物研究所所长以来，从科研资金保障和人员配备上，校领导给予了我很大的支持。近年来，我和动物所的同事们潜心研究，在黑叶猴不孕症、濒危动物疾病基因研究等方面取得了一定的成绩，并且赢得了该领域的国际声誉。我曾为此感到高兴，并希望继续深入研究，取得新成果。

最近，由于我们动物研究所经费被削减，我决定进行必要的改革，实行项目经费包干和人员分流重组，却遇到很大的阻力，致使我无法正常开展工作。经过慎重考虑，我决定辞去研究所所长职务，以便集中精力从事我的研究。

我对自己辞职给学校带来的不便深表歉意。

此致

敬礼！

华北大学动物研究所

朱丽宁

几天后，她的辞职申请被批准了。

她迅速地从所长办公室搬了出来。这有什么了不起的？只不过是在实验室门口的更衣室里重新启用自己已经多年不用的小衣柜，她从此可以不去管那些令人厌烦的人事关系，那些捉襟见肘的经费预算，也不用去管那些琐碎得无法形容的行政事务，她可以专心致志地，一心一意地做科研课题了。

24 撞击

人们早已经习惯了太阳的东升西落，然后是月亮，也是东升西落。人们偶尔发出一声感慨，或者几声赞美，也有一点点畏惧。如果离开蛰居的地球，到与它比邻而居的星球上回眸一看，我们会怎样呢？

杜时光坐在沙丘旁，思想无边无际地飘荡着，就像一阵阵清风，很柔软地在这一片沙地上起舞。他想起童年在绿色的草地上奔跑着放风筝，风筝的线断了，风筝被风刮跑了，他看见自己不顾一切地追过去，一边跑一边大喊，回来，你快回来！风筝不听他的话，越飞越远，拖着一根白尾巴，后来就钻到一片绿色的荷叶里。他看见河水涨起来，夕阳落下去。靠近河边的地方有一群欢笑的女孩儿，她们有的穿裙子，有的穿裤子，穿裙子的光着脚在水里跑来跑去，裙子湿了紧贴在身上，显得修长而苗条。穿裤子的就把裤腿卷到膝盖上，也在水里跑来跑去，河水不深，她们互相打闹着，身边飞溅起白色的水花。他曾偷偷地躲在一棵大树后面，静静地看着那些女孩儿，听着她们哗啦啦的笑声，心里有一种说不出的愉快。他发现，其中的一个是雪雁，她是最漂亮的一个，当她回头的时候，齐肩的头发飘散开，他记住了她的头发飘飞的慢镜头。还有她笑起来的样子，夕阳映照在她的脸上，他记住了她的眼睛。以前他从没有留意过别的女孩儿的眼睛。上了中学，在教室，在操场，走到哪里，他都能感到一些目光在他脸上扫过，有的像闪电，有的像细雨，他只用匆匆的脚步躲闪着，虽然心里有时也会涌起一股热流。雪雁的眼睛是那种……怎么形容呢？也许无法形容，有些美丽是说不出来的，明媚、澄澈、沉静……

为了雪雁，他常常在星期六的下午跑到一棵大树后面藏起来，他真希望她能看见自己，并且走过来和他说话。那时候他完全忘记了自己的年龄，才十五岁啊。有时候想想他也觉得很惭愧，为什么要这么做呢？也许雪雁会把自己当作一个闲逛的男生，她不会看到他的内心，更不知道自己在关注着她。暑假里有一天，他又来到河边，四周一片苍翠的绿色，河水也是绿的，甚至空气都是绿色的。他吹起口哨，那旋律开始是忧郁的缓慢的，他呼吸着绿色的空气，旋律仿佛也在变化，变成了绿色的旋律回荡在田野上，回响在河岸上。啊，他看见了，那些女孩儿停住打闹嬉笑，雪雁回过头来寻找口哨的声音，她回头的时候，头发又飘飞起来……他更起劲儿地吹起来，一支又一支……再后来，他考上了军校，他没有想到这么快就离开了家，那天早晨他拥抱着父亲母亲和他们告别。妈妈，总有一天我会飞得很高……等他再回来的时候，已经是几年以后了，他去那河边，再也没有见到雪雁。那时搬了新家，母亲在花园里种了玫瑰，初夏时节玫瑰开了，到处一片芬芳，那香味儿真的沁人心脾。可是他看着玫瑰花，心里却有一种说不出的怅惘。他到河边，坐在树下，可他一点也不想吹口哨了……他觉得自己很奇怪，小时候也曾和雪雁在一起玩耍，甚至小学一年级开学的那一天，还和她手拉手地一起去学校。她的小手是那样柔软，一路上她一直紧紧抓着他的手……可是上中学那天，他们却开始互相躲避，在路上就像陌生人一样，他不敢直视雪雁的眼睛了，只觉得心里难过又别扭，真的不知道为什么。有一天，他跟父亲和母亲去雪雁家，那时雪雁的父亲被宣告失踪了。悲伤笼罩着那个家，父母安慰雪雁的妈妈，他却没有对雪雁说一句话。人就是这么奇怪，有时候自己都不知道自己究竟想什么，做什么。其实，他很想安慰雪雁，可就是不知道说什么才好。雪雁的脸色苍白，眼睛也不再明媚，父亲失踪了，生死不明，还有什么能比这更令人难过的吗？

那种说不清的别扭一直延续了好多年，直到有一天，雪雁作为军报记者站在他面前。那一会儿，他们相视而笑，他在雪雁的微笑中看到一束明媚的阳光……他的心忽然松弛了，很久都没有那样一种轻松感了。他觉得见到雪雁就像见到妹妹一样，也正因为把雪雁当成妹妹，他才有了轻松的感觉。作为军人的雪雁更加美丽，她纯净的目光仿佛可以荡涤一切污浊，那美丽在他看来是神圣的。可是，当他听母亲说已经将父亲天文台的周轶军介绍给雪雁做朋友，他感到了痛苦，这已经不是别扭，而是失落。他怪自己，更怪母亲，妈妈，你就不知道我的心吗？不过也不能完全怪母亲，更多的还应该怪自己。他在想，母亲也许根本就没有往那儿想，因为每当母亲说起雪雁，他都是一副平淡的表情，也许正是自己的这种表情给了母亲一种错觉，母亲误读了他的表情。母亲的眼睛是犀利的，母亲的艺术敏感能洞彻人的内心。可是在这件事情上，她失误了……不过，只要雪雁幸福就好。

他现在只能一遍遍地这样安慰自己了。没什么，真的没什么，一个军人，一个进行航天训练的人，什么都能承受，也应该能够承受。在这里，你连生命都能献出来，对于一个人还有比生命更重要的吗？可是他还是忍不住想起雪雁，他很想见到雪雁，哪怕什么都不说，只是见一面呢。当他知道周轶军的事，再见到雪雁的时候，他又感到了不自然……但有一点，他是感到欣慰的，十年过去，雪雁或许已经从父亲失踪的阴影里走出来了。他常常在军报上看到雪雁的文章，这让他觉得十分亲切，特别是她将全程参加沙漠演练的采访，想到雪雁就在自己的身边，他就有一种欣快感，他真希望听到雪雁的声音……

沙漠中的训练还在进行。未来航天员从太空返回地球会遇到什么样的特殊情况，是谁也无法预料的。试验和训练包含了无数的假设：假如降落到塔克拉玛干大沙漠的深处，或者，落到撒哈拉大沙漠里，应该怎么办？将来还会从航天发展到宇航，从地球到更加遥远的星球，甚至飞出太阳系，飞向银河系……谁知道会遇到什么样的环境和情况？父亲说，天文学家是宇宙航行的眼睛和探路者，通过他们精密的观测和计算，宇宙飞船才能在规定的时间准确降落到未来的星球上。要是观测得不精密，或者计算不准确，飞船就会失去方向，变成漂浮在太空里的一个无家可归者！

他向远处眺望，太阳正在向西沉落，好像落在了沙丘里。夕阳金红色的光很刺眼，他在父亲的望远镜里看见过太阳，那里的太阳是绿色的，仿佛是另一个世界的太阳……他忽然很想父亲，也想知道父亲近来的观测情况。父亲曾在电话里告诉他，九峰山天文台最近发现了一个正在向地球靠近的小天体，根据目前计算，那个狡猾的家伙很有可能在未来的某一天偷袭地球。要知道，那种撞击可不是能用惊天动地来形容的，应该说，要是真到那时候，就找不到任何词语来形容那一瞬间的情景了——他想象着，地球平静地转动着，地球上的人们过着各自的生活，度过各自的时光，只有少数的地方战火依然没有熄灭，爆炸声也没有停止。突然，那个天体冲向地球，它以令人猝不及防的速度直冲下来，顿时，相当于多少万亿当量的冲击力，顷刻之间就把地球撞成碎片……于是，火山连着火山，炽热的岩浆猛烈喷发，直冲云端，大海也扬起万顷波涛，与火山进行生与死的搏斗。火红的熔岩流入海中，白色的雾气升腾起来，将世界遮蔽成一片迷蒙。然后是寂静。地球上的一切都消失了，人和动物，花草树木，还有被一些人看得很重的金钱与财富，那些战场也没有了声息……世界永远地宁静了，和平了……

这时，耳机里传来指挥部急切的命令：03注意，沙暴已经形成，正在向你逼近，立刻向鬼城转移！

03明白！杜时光的语气还像平时训练那样坚决和平静，嗓音依然是那样响亮。他看到，夕阳已经开始在沙丘上投下成片的阴影，那阴影就像一个个大大小小的黑暗的深渊一样。在天黑以前，必须脱离沙漠，到达鬼城！否则，不仅完不成任务，说不定会陷在这些深渊里不能自拔！

他上了一个沙丘，迅速地校准方向，飞快地向下面冲去，沙子在他的身体两边溅起来……

25　龙鸟

黑夜用寂静和黑暗伪装自己，也掩盖了无数奢华与欲望、寒碜与野心、幻想与梦想、疲惫和慵懒。可是，也有无数看破黑暗的眼睛，那就是天上的星星……

　　余锦菲感到孤独，她的右手不能抚摸她的雕像了，没有比这更糟糕的事。还有什么比自己的手受到限制更让她心里焦虑不安的呢？她无奈地靠在床边，看着对面的墙，墙上挂着一幅她自己做的瓷浮雕，浮雕上是两个孩子，一个男孩，一个女孩，活泼，顽皮。两个人正在做游戏，等待着母亲下班回来。

　　这是很多年以前，她和杜克成还没有孩子的时候做的。也许在她还是个少女的时候，就偷偷地憧憬过，等将来自己有了孩子，一定要有一个男孩和一个女孩。于是，上大学的时候，她就悄悄地做了这个浮雕，并且一直把它挂在自己宿舍的墙上，紧靠着自己的床。这样，她可以经常地看见它。瓷浮雕就这样静悄悄地陪伴她度过了大学生活，然后就挂在了自己房间的墙上。

　　我想要一个男孩和一个女孩。在恋爱的时候，有一次她对杜克成说，在那片小树林里。

　　她看见杜克成的眼睛忽地亮了，仿佛从他的镜片后面投过来很强的光，但是很快又像熄灭了一样，变暗了。

有一个就行了。他淡淡地说。

为什么啊？余锦菲一下甩掉他的手，忽地从他的侧面坐到他的对面，两只眼睛紧盯着他的眼睛，问他。

大家都是一个孩子。

谁？

我的同学，男同学，女同学，还有我的同事，他们结婚以后都是一个孩子。杜克成还是没在意。

这……你是怕麻烦吧？余锦菲紧逼着他问。

不，不是。杜克成有点慌了。我是说，我们跟人家一样就行。

哼，那我偏不跟别人一样！

余锦菲坚决的语气把杜克成吓了一跳，他惊讶地看着她，他从她的眼睛里看见了一种他从未见过的，甚至未曾想到过的决心和期待。他有点不知所措，以他的理想，也想要两个孩子，可是面对现实，他知道，他们只能要一个孩子。依他个人的意愿，最好要一个女孩，他希望她聪明、漂亮，即使不能超过她的母亲，也一定要娴静、温柔……可是他不知道余锦菲会提出一个让他没有任何思想准备的要求，并且，坚决得让他无法想象。

你默认啦？余锦菲看见他半天没说话，追问了一句。

杜克成真的怔住了，他傻乎乎地看着余锦菲，什么话也说不出来，他坐在地上，两只手却不知道往哪儿放。

余锦菲憋了半天，终于忍不住笑了，哈哈哈……两个孩子就把你吓成这样……

想到这儿，余锦菲忍不住淡淡地笑了笑。结婚以后，她如愿以偿地生下了杜时光和星儿。不过，她没有想到，尽管杜克成一心扑在天文台的工作上，常常白天黑夜不在家，即使回家，也是在孩子们都去上学以后，可是，他偶尔和孩子三言两语的交谈，却深刻地影响着他们。

爸爸，太阳系里还有第十大行星吗？有一次，余锦菲听见还在上小学三年级的儿子问杜克成。

你将来长大了，到天上看看就知道了。杜克成说。

那我将来一定要当宇航员，乘着宇宙飞船，到太阳系里去寻找。儿子的眼睛也像他父亲的眼睛一样放出光来。

好儿子，有志气，像爸爸的儿子。杜克成得意地拍拍儿子的头说。我们人类啊，经过几千年的努力，终于已经能够让自己的探测器飞向太阳系的边缘，让它们去探测其他行星，可是我们离真正了解太阳系还很遥远。太阳系里还有第十大行星，或者更多的行星吗？宇宙飞船能飞出太阳系吗？这些都是我们要去探索的问题，爸爸期待你将来有一天真的乘上宇宙飞船，到宇宙太空去遨游……

儿子像父亲。这似乎是一个规律。从执着到固执,然后到一成不变,直到僵化……很多人固守着这样一条规律，就像地球围绕太阳旋转一样不可改变。这是多么可悲。曾在平就是这样，他就是沿着一条他永远也无法走到尽头的河，走向了人生的终点。而实际上，生活需要人不断地调整自己，改变自己，世界是不可改变的，可改变的只有人。这就是我们之所以有生命，有思想，我们是有理性的，因而也是可变的，就像生物都可以进化一样。进化就是调整，就是适应，就是改变。朱丽宁是研究生物的，她应该懂得，她无法改变她的研究对象，也无法改变曾在平，但她可以改变自己。可是她却坚守着，那是怎样的一种孤独的坚守！她究竟是为了什么？还有杜克成，我也无法改变他。二十多年了，他还是我刚刚认识他时的那个样子，白天看太阳，晚上看星星，即使眼睛快要看不见了，他还在看。这二十多年，我没有改变他。我只能改变自己。假如有一天，我连自己也改变不了，那该怎么办？

余锦菲打开电脑，她试着用左手握住鼠标，可是，本来灵巧得跟右手一样的左手，在鼠标上却变得笨拙起来，食指和中指硬得像木棍一样，一点也不听大脑的指令，一次次地按错左右键，屏幕上变得乱七八糟，出现错误提示的对话框一层层叠了起来。她想起来可以更改一下鼠标左右键的设置。她关上计算机，重新打开，更改了鼠标左右键的设置，把右手模式改成左手模式。这样用起来好多了。我得学着做一个左撇子，她想。她点击邮件，一连串收到新邮件的黑体字出现在屏幕上，都是学生们发来的毕业论文提纲，还有一封是何慧琳发来的。她先打开了这一封：

亲爱的锦菲：

你好！

我先告诉你我的新决定，下周我就回国了，终于盼到了这一天！你也一定会为我高兴的，要是有时间也把这消息告诉你的天文学家。锦菲，你知道，那一天接到华北医科大学附属医院的邀请，我是什么心情吗？真的，那种感觉就像上学时盼着过年回家一样。我已经很多年没有这么激动了。当我去实验室和主任约瑟夫告别时，他甚至说我好像年轻了十岁。现在我可知道什么是落叶归根的心情了……约瑟夫主任希望我永远留在这里，可是医科大学却希望我尽快回来。他们说，眼科大楼建起一年多了，还购置了先进的仪器，他们甚至拥有了具有国际先进水平的准分子切削机、三维眼科超声波诊断仪等等，而现在就是缺少眼外科医生。要是这样，我想回国后很快就能开展工作了。不久前，我在《美国医学会眼科杂志》发表了一篇治疗视网膜显微手术的论文，受到一些国外同行的赞誉……

对于许建文，我已经不再抱任何希望了。作为老同学，我相信你会理解我，我已经做了很多努力，但是，我发现我和他的距离越来越远。后来的这些年，建文不再认真地读书做学问了，他总是来来去去，匆匆忙忙。我也见过他读书，我此刻还能想起他在桌前读书的身影，我曾经欣喜过，以为他终于回到科研中来，像过去那样努力做些什么。他很多年前对我说过，哪怕不出成果也要坚持研究，要把研究当作一种职责。那时的他真的很高尚，我是钦佩他的。可现在他已经不是那个许建文了。他把科研当作为自己获取名利的手段。我想起他现在读书的样子甚至觉得可笑，他不能安下心来，坐下起来、起来又坐下的样子就像不愿写作业的小学生，他管不住自己了。他偶尔翻翻书也只是为了聚会时有话说罢了。

当初我来美国学习，几乎每天都要给他写邮件，他却很少给我回信，他说他的工作忙，有时候还要写论文，他说他写了很多篇论文，所以没有时间给我写信，哪怕是很短的e-mail。其实我知道他在做什么，我也知道他不愿和我有更多的交流了。但是，我还是关注着他的工作。后来，我看过他在《生命科学》和其他几种杂志（包括英文的）发表的论文。我一眼就看出这些文章没有一篇是他写的，完全是年轻人的论文，一看就是他的研究生的手笔。我对他实在太熟悉了。我想他心里在忙别的事，为他的地位，也许还有别的什么……我知道，他常常到处奔忙交往，有时会觉得心力交瘁。我在家时就对他说过，不要把过多的精力耗费在研究之外，他却总是认为我和今天的社会生活格格不入了……锦菲，我有时候不知道是生活变了，还是我变了。但是有一点，我是清楚的——科学研究永远是需要忠诚的……

余锦菲在关闭何慧琳邮件的时候，长长地叹了一口气，此刻除了感慨，她不知道再对何慧琳说什么。对于两个人的婚姻问题真的很难说，怎么说心里都会有矛盾。明明知道是非分明，可是两个人都是自己的老同学……算了，有时间还是给何慧琳打电话吧。她又打开了学生们的邮件，一封封地仔细看着，渐渐感到高兴起来。从这批毕业论文的提纲可以看出，学生们的思路宽了，论文涉及的领域从史前雕塑到后现代主义试验雕塑都有，而且还敢于涉足新的领域，对国外雕塑艺术发展的最新潮流也有论及。但是学生们的汉语水平实在不能让她满意。她在林国红、方艳雯、薛志鹏的论文提纲上用红笔一句一句地仔细修改，并且在每一个提纲下面都作了批语，提出了修改意见。

她在屏幕前不知坐了多长时间，直到觉得颈椎疼得受不了，刚想站起来活动一下，忽然看见潘洁的论文提纲附着一个草稿文件，她连忙打开。她看见了一幅构思十分独特的草稿，画面上，一个近似卵形的半透明的球体中，是一个正在孕育中的生命。可爱的小生命已经有了一个大大的脑袋，短小的四肢，整个身体还被一层透明的膜包裹着。构图已经对原生的小生命作了一点点处理。余锦菲有些激动，她还是第一次看到这样的作品构思，古往今来的雕塑似乎都是表现外在的事物，或者说表现事物的外部，可能是因为人们还无法看到事物的内部，不甚了解生命的内部特征，而现代的和后现代的雕塑却跳过了追寻生命内部本质的阶段，直接跃入了表现生命抽象的或者幻象的阶段。

也许这是第一次有人要深入到生命的内部，企图用雕塑作品从内部去探索和表现这种更直接、更外化、更艺术化的生命……生命是什么呢？仅仅是孕育吗？不是。现在出现在她眼前的好像不是她的研究生的作品，而是她自己的作品，她在为自己的作品寻找创作的意图和理由，寻找作品的美学价值。从美学的角度上说，雕塑是一种再创造，雕塑不是客观事物的原封不动的再现，要使它成为一件有长久生命力的作品，同时又符合同时代的审美观，被人们所接受，它应该有一个根本的变动。她对着草稿沉思了良久，然后她动手了，她用左手移动鼠标，在草稿的下面重新画了一张图，把大大的脑袋和短小的四肢都作了巧妙和夸张的变形，透出胎膜的脊柱改成了具有强烈装饰意味的曲折线纹。

要表现生命的内在本质，就要把它外化，外化为一种艺术作品，或者，把生命注入由物质和线条、块面、体积构成的作品中去，通过变形、夸张、几何化等等的加工，使它具有更加强烈的、超过真实生命的……生命的什么呢？余锦菲又一次陷入沉思。屏幕因为长时间没有使用突然变暗。暗示——她差一点叫起来。对，生命的暗示！余锦菲忽然站起来，她有些激动。生命的暗示，在现代社会，人们对生命已经熟视无睹，赤裸裸地展示生命已经没有意义，只有暗示。暗示比赤裸裸地展示具有更加强烈的视觉冲击和心灵震撼。是的，就是这样！她努力让自己平静下来。

浪漫的想象和智慧的创造相结合，才能孕育出真正长久的艺术生命。她在潘洁的草稿下面加了这样一句批语，然后在自己画的草图的下面写上了仅供参考四个字。

妈妈，你还没睡呀？杜星儿轻轻推开房门，走了进来。

你怎么也不睡啊？余锦菲说，她的嗓音有点哑。

我是被爸爸叫起来的，爸爸打电话来问你睡了没有，他让我来看看。妈妈，你看看都几点了？杜星儿的嗓音里有那种只有夜深才会有的声音。

几点了？

都快三点了。

好了，知道了，我这就睡。你也快去睡吧。余锦菲说着，左手还放在鼠标上。

好啦，好啦，关上吧。杜星儿把母亲的手从鼠标上挪开，关闭了电脑，直到把母亲安顿到床上，才关灯离开。好好睡吧，妈妈，什么也别想。她关灯的时候说。

余锦菲躺在床上还是睡不着，她努力控制自己不去想别的事，希望能够尽快睡着。可是事与愿违，就是闭上眼睛，脑海里还是那么不安静，她眼前固执地出现那张草图，她想起最初怀孕的时候，身体里那小小的生命体，也像潘洁画的草稿图那样，是在一个卵形的膜包裹中孕育的。当然，更早的时候还有她和杜克成的爱。那时候的爱多么热烈，青春的、火热的、不顾一切的爱。只是爱的机会实在太少了。那时候杜克成每天夜里都在天文台，他下班的时候，她已经去学校上班了，等她下班回来，杜克成又走了。节假日杜克成也总是待在天文台。而余锦菲却常常利用这段时间外出考察，去敦煌、麦积山、龙门、云冈、大足，去一切能给她带来新的知识和智慧的地方。虽然是一家人，可是他们平时连见面的机会都很少。有一次，她终于抓住了机会。她趁杜克成去北京参加一个天文学会议，撒谎说她也正好去参观一次美展，这样她就和他一起去了北京。白天他开会，她就去美术馆，逛商店，还看电影。晚上宾馆的房间就成了他们临时的爱巢。那是怎样的，疯狂的爱呀！

给我，给我！她一次次气喘吁吁地说。

你疯了。他含含糊糊地说。

我就是疯了！我要一个男孩儿一个女孩儿。她说。

他很少说话，只是尽自己的力量。

这件事余锦菲现在想起来还觉得脸上很热。从北京回来不久，她就发现自己怀孕了，她欣喜若狂，忙不迭地把这个消息告诉女同事和女同学。可是渐渐地，随着腹部不断地隆起来，她感觉到自己的行动越来越不方便了。雕塑本来就很费体力，同时又要求身体各部分十分灵巧，协调自如，而鼓鼓的肚子让她的动作受到限制，做雕塑就更是力不从心了。余锦菲只好放下自己手头正在做的作品。她感到不安，甚至烦躁，可是肚子里小家伙的躁动又使她充满欣喜和兴奋。她在这种不安和兴奋的复杂的心情中等待着小生命一天天长大。

孕育中的小生命在不断地运动，蹬蹬腿，打个滚儿。它是躁动不安的，她想。怎样在作品中表现这种躁动不安呢？一方面是母体的，另一方面是孕育中的小生命的，过分的、露骨的表现会使它失去期待的耐心和喜悦这样永久的魅力，应该有一些含蓄，还要用一些抽象化的变形，突出其中的运动和变化。是啊，生命的本质就是运动和变化，从男女的结合，到受精和受孕，一直到新生命的诞生……

余锦菲在心里默念着，一个念头一下子跃出了她的脑海——这应该是一组大型的浮雕！是的，是一组浮雕！她忽地掀开毛巾被，一侧身，左手撑着身体坐了起来。她拧开床头灯，打开电脑，飞快地在屏幕上画起草稿来。她一气画了五幅草稿图，分别取名为：爱的怀想、生命之爱、美的孕育、奇妙世界……分别表达生命受精、孕育和诞生的过程。

这将是一组充满生命感和情调的浮雕，可以装饰在医院的生殖研究中心，也可以在美术馆展出。当然，首先是要在美展上接受人们的批评和挑剔，但是一定会有人用赞赏的眼光来看它们。现在的年轻人啊，光知道自己享受，都不愿意生孩子了，这可不是什么值得提倡的事，应该让他们知道，生孩子是一件多么美妙的事情，生命的孕育和诞生又是多么神奇和精彩。男女之间爱的结合不光是为自己的欲望得到满足，更重要的是为了下一代。想想自己那时候，拼命想生孩子，恨不得一下子生出五胞胎来……想到这儿，余锦菲轻轻地笑出声来。

妈妈，你怎么又起来啦？杜星儿推门进来，责怪地说。

你怎么也不睡啊？

我是怕你不睡觉才起来的。睡眼惺忪的杜星儿走到母亲的身旁，坐在紧靠她的椅子上。

真是我的好女儿，这么会关心人呢。余锦菲轻轻拍拍星儿的手，说，你快去做梦吧，我这就睡。

不行，你必须快睡觉，不能再熬了，你会生病的！杜星儿说着，过来伸手就要给母亲关电脑，可是她看见屏幕上的草稿图，手停住了。妈妈，这是什么？啊，太漂亮了。她惊叫起来。

这是专门为你做的。余锦菲说。

为我？为什么？

让你们知道生孩子是一件多么美好的事。余锦菲看着星儿说。

啊？生孩子？不过，真的是特别漂亮。可你要我生孩子吗，妈妈？那你就等着吧。杜星儿眼睛盯着屏幕说。嗯，这个好，这个特别好。杜星儿用鼠标指着孕育那一幅，好像自言自语地说。哎呀，小宝贝就要生出来喽，一生下来就渴了、饿了，哭啊、闹啊，还要上医院看病啦、打预防针啦，没完没了……

就跟你小时候一样。余锦菲说着，把星儿垂在胸前的几绺头发轻轻撩到耳后。

妈妈，你那时候烦不烦啊？

不烦，我喜欢还来不及呢。

妈妈，你为什么生了哥哥又生我呢？一个孩子就够麻烦了……为什么？杜星儿又问，眼睛仍然看着屏幕。

余锦菲笑了，说，很简单，我就是想要一个儿子，还要一个女儿……

真的？

当然。不过，当一个女人爱上一个人，她最大的愿望就是为心爱的人生孩子，我想也许这是人类对爱情的另一种表达吧。

嗯，妈妈你说得对，从心理学的角度，这可能是一种情爱的外延。杜星儿说，你就是用这种灵感来创作这组草图的吧？

其实，我是受了一个研究生的启发。你看这个。余锦菲打开了潘洁的电子邮件，她的原创草稿和余锦菲修改的草稿同时出现在屏幕上。

两幅草稿，艺术和非艺术，真是泾渭分明。杜星儿说。

不能这么说。原创的想法虽然生涩一些，但毕竟是原创。一个研究生能有这样的创意，是难能可贵的。现在很多学生只会对着照片做雕塑，很多作品一看就觉得在哪儿见过，似曾相识，真是让人担忧艺术的前途，也为他们的前途着急。

妈妈，你不用杞人忧天，等他们毕业以后，找不到工作就明白了。杜星儿说。

要是都那样，还要老师干什么呢？我倒是愿意自己少做一点，多给他们一些自己动手动脑子的机会。

哎呀，这么多啊！星儿打开了余锦菲的一个草稿文件夹，里面有上百幅草稿图。她打开其中一幅。妈妈，这是什么啊？她问。

这是浅浮雕，我给它取了个名字叫凤凰涅槃，是我从一块古生物化石得到的灵感，考古学家叫它中华龙鸟。

我妈妈可真了不起！杜星儿忍不住搂住母亲的肩头。

余锦菲继续认真地说，那语气听起来就像在给学生上课：你知道很多化石啊，就像天然的浅浮雕，它们保存了千万年、亿万年前古生物的原始形态，很多保存得好的，连这样最细小的褶皱、羽毛，甚至种子的纤毛都完好无损，具有很高的审美价值，也能给人很独特的灵感。

杜星儿一言不发地从侧面看着母亲，忽然觉得母亲的样子很神圣，对，是神圣，过去很多次她都曾被母亲的执着感动，可是却没有一个词能够形容心里的感觉。

星儿，你说灵感是什么？余锦菲见星儿不说话，就问。

灵感？杜星儿歪头想了想说，我觉得灵感首先是内心涌动的激情，可什么才能让艺术家激情澎湃呢？这就是灵感，它来自对美的强烈的爱，因此就要表达。灵感也会来自从童年起的一切，梦境、快乐、悲伤、你遇见的人和事，还有情境。灵感完全是不期而至的，但是肯定跟生活的经历有关。比如说，有时走在街上，看到一对恋人正要分手，女人悲伤难过，男人无可奈何，这时候，你就会想到很多有关爱情的心理学解释……

哦？真有意思。余锦菲像个孩子似的露出惊奇的神情。她说，星儿，你知道，很多年以来，我有时会因为没有艺术灵感而苦恼，为创作一个作品内心日夜不安宁，可是有一天不知道为什么，我会觉得自己不知哪里来的一股力量，我会画出平时好几倍的草图，而且无论哪一张都是那么符合我的心意……你说人多么奇怪，艺术又是多么折磨人啊！

所以哲学家就说过，灵感是不为意志所左右的，也不是能用钟表来调节的。还有的说，灵感就像一个幽灵，在你跋涉的黑夜中，突然像一道耀眼的闪电在眼前划过，让你的心灵最深处感到令人战栗的震撼……

余锦菲听着杜星儿的话忍不住笑起来，说，我的女儿说不定什么时候就成为女弗洛伊德，说得一套一套的……

这时杜星儿又打开了一幅草稿图，咯咯地笑起来。画面上是一位农村少妇，正在给孩子喂奶。

妈妈，你要做这样的雕塑吗？哺乳？

是啊，过去我出差的时候，经常在火车站看见一些出去打工的农村妇女，那些做了母亲的女人可以在众目睽睽之下，解开胸前的衣扣，给怀里的孩子喂奶。我想母爱的力量真的很伟大，为了孩子，她们甚至能抛开自己的尊严。可是你看，母爱还是遮掩不了她们脸上的羞涩和无奈。

我猜想她们怀里的孩子也许都是男孩儿，要是女孩儿的话，她们也许就不会这样了。杜星儿说。

不完全是这样，不过，男孩，女孩，为什么要有那样不同的对待呢？余锦菲声音很轻地说。可是这件作品我一直没有做。余锦菲停了一会儿说。

为什么，妈妈？

因为我还没有找到一种最好的方法，来表现她周围的那些目光。

你是不愿意表现，对吗，妈妈？你不愿意去表现那些丑陋的东西——杜星儿的嗓音都有点含含糊糊了。

嗯？余锦菲抬起头来看到星儿的眼睛都快睁不开了，就说，好了不说了，我以后再向我的心理学家请教，现在快去睡一会儿，快去吧。余锦菲说着就站起来，伸出左手把星儿从椅子上拉起来，把她推到她的房间里，关上门，自己也回卧室了。

26 证据

自从有了文字，知识以前所未有的方式和速度传播，真理放射出穿越时空的光芒，可是杜撰和编造也随之而来。当求知和辨伪需要同样多的时间，那该怎么办呢？

早晨，杜克成从观测室里出来，径直来到资料室，翻看起有关太阳耀斑和地磁暴观测和研究的文献。太阳耀斑一直是国际天文学界密切关注的领域，因为每次太阳耀斑的爆发都会引起地球上磁场的剧烈扰动，在不知不觉中影响到人类的生产和生活，尤其是对军事大国。由于太阳耀斑爆发产生的等离子体喷射会严重干扰地球上的短波无线电通信，影响通信卫星和其他卫星的正常工作，因此具有重要的军事意义。中国天文学界在这方面的观测和研究一直紧跟国际先进水平，特别是近几年，一些先进的观测仪器不断投入使用，加上很多天文工作者不分昼夜的辛勤劳动，这方面的研究已经跨入国际先进水平的行列。

会不会是卡特他们用老眼光看新人，对我们取得的成果视而不见，反而误认为我们抄袭他们呢？过去有过不少这样的事情，明明是我们用自己的设备和方法获得的成果，偏偏被别人认为是抄袭的。

杜克成一页一页仔细地阅读着台里进行太阳耀斑和地磁暴观测的原始记录，太阳耀斑爆发的日期、时间、在日面上的经纬度、持续的时间、同期的黑子发生情况，以及其他各种数据。还有随后地球上磁场的变化数据，在一张张用A3纸打印的表格上，都用黑色墨水工整地记录着一组组数据，这些表格又都按月装订成册，并在后面附有实时拍摄的太阳耀斑和黑子爆发的照片。

杜克成耐心地翻看着最近几年的观测记录，由于采用了人工记录和计算机自动记录这两种手段，观测记录的数据不仅日益详尽和完备，计算精度大大提高，而且还有两种记录方式数据的对照，连最小的误差都一目了然。杜克成边看边不由自主地点头，做天文工作就是要精确、精细，数据要绝对真实，有误差就是有误差，根本不允许人为的修饰和篡改。忽然，他发现二○○三年一年的观测数据缺失了，而美国的卡特在来信中提到的正是这一年的数据。这是怎么回事？难道真的有鬼？他连忙到资料室去找资料员杨红，杨红查了一下借阅记录，是周轶军借走了！

二○○三年的记录？杜克成的心里打了一个很大的问号。

他借走多长时间了？杜克成问。

杨红支吾了一下。有一年多了。

你们资料室不是有规定吗？我记得资料借阅最多不能超过三个月。杜克成说。

我催了他好几次，他现在还没拿回来呢。杨红说。

二○○三年的地磁暴记录——借了一年多——杜克成的心里有了更多的疑问。

杜台长，您想要了解详细的情况，还是自己问周博士吧。杨红见杜克成一脸严肃，觉得有点奇怪。

资料室的规定应该严格执行，借资料超过三个月的要说明原因，像这样超过一年的一定要按规定给予处罚。具体的处罚规定你知道吗？杜克成问。

我当然知道。超期借阅的要通知归还，借阅超过三个月的停止借阅一个月，超过半年的停止借阅三个月，超过一年的，停止借阅半年。杨红背得很熟。

那就按这个规定执行。你一定要把它要回来，然后打电话通知我。杜克成说完，走出了资料室。

杜台长，您借的这几本书，《元史·天文志》《物理天文学前沿》《无穷分析概要》《恒星内部结构》，也已经超期一个月了，还有《史前天文猜想》和《纳什传》也到期了。杨红追到门口说。

杜克成笑了。对不起，我明天一定还回来。

回到办公室，杜克成拿起电话，他想拨周轶军的办公室，但他犹豫了一会儿，又放下了。应该再了解一下同一时期其他天文台在这方面的观测情况，另外要等周轶军归还那份二〇〇三年的观测记录，核对以后再说。

他重新拿起那本《太阳耀斑和地磁暴观测研究概论》，翻开第一页。他在想，人们总说有这样一些作家，一读他的作品就能知道他这个人，所谓文如其人，人如其文。也就是说，从一个人著作中的文字，可以读出一个人的思想品德修养和他的价值取向。像那本通俗易懂，写给大众阅读的《天文学史》,还有《伽利略传》《哈勃传》,他已经看了不知多少遍,却是百看不厌。他当然不是不了解天文学的历史，也不是不知道伽利略和哈勃这些人的生平，而是喜欢那些书的文字，他把它们当作专为天文学工作者写的文学作品。好的作品可以陶冶人的性情，让人少些慵懒，多些勤奋，少些盲从，多些主见，也可以让人少一些自满，多一些自知之明。当古埃及的法老们让人通过观测天象预测尼罗河水的泛滥时，最原始的天文学便诞生了。几千年来，一代又一代的天文学家，不断地在前人工作的基础上，用自己的智慧和勤劳拓宽着人类认识宇宙的视野，留下了浩瀚的著述，引领着人类知识走向从未到达的领域，发现未知的奥秘，开创人类走向太空的未来，给世界留下了多么珍贵的精神财富。天文学的前辈们曾经怀着怎样的虔诚和恭敬来写下他们的每一行文字！不论他们的著作中曾经有过怎样的谬误和错讹，他们对科学的挚爱和献身，对真理的孜孜不倦的追求，每每想到，都那么令我们肃然起敬。至于他们的错误，那是因为时代的局限，是因为人类认识能力的局限，现代的人是绝不可以苛求他们的。我们今天所做的工作，也许有很多将被我们的后人证明是错误的，但是只要我们是真正用尽了自己的心血和智慧，我们也不应该被人责怪。但是谁要是为了名利而弄虚作假，投机钻营，那就一定会被历史的尘埃淹没。天文学和其他任何科学一样，需要的只有刻苦、勤奋和虚心，科学是不允许任何欺骗和自欺欺人的行为存在的。

杜克成拿着那本《太阳耀斑和地磁暴观测研究概论》，并没有读下去，而是长时间地看着封面。封面上署名的作者周轶军，是一个他寄予厚望的人，也许是因为自己作为师长对他过于严格的要求，使他急于取得成果来取悦自己？也许是因为自己一心用在课题研究上，对台里的工作检查指导不够？他感到自责，但是他始终认为，科学工作者要恪守职业道德，这似乎是不言自明的，每一个人，当他走进科学的领地的时候，应该是早已经在心中默默地发过誓言，决不做一个违背最基本的科学道德的人。可是作为台长，检查和督促仍然是责无旁贷的，这种违背职业道德的行为如果不严肃处理，就会助长抄袭和弄虚作假之风，那样不仅会损害天文学事业，而且还要毁掉一代科学工作者！

杜克成想到这里，又一次拿起电话，拨通了周轶军的办公室。

喂，轶军吗，我是杜克成，你现在到我办公室来一趟。杜克成忍不住有几分严肃地说。

不一会儿，周轶军走进了他的办公室。周轶军进来时，门没有关紧，杜克成过去关紧门，在办公桌旁的椅子上坐下。

台长，你找我……周轶军迟疑地问道。

是啊，我有一件事要问问你。杜克成抬眼看看周轶军，他看到周轶军有点惶惑，就知道自己这会儿的脸色也一定很难看。噢，不能这样简单地想问题，事情还没弄清楚，没有定论之前不能发火啊。于是，他的语气缓和了一点。你坐吧。

周轶军在他侧面的一把椅子上坐下，他看见杜克成的桌上放着他的《太阳耀斑和地磁暴观测研究概论》。

我昨天从资料室找到你的这本书，我想问问你有关这本书写作方面的一些情况。杜克成说。

台长，我也正想给您汇报呐。周轶军的表情松弛下来，露出了平日里的微笑。因为您工作太忙了，我就没有打搅您。我出版这本书是为了对前几年的工作作一个概述，也是为了晋升正高级职称，所以写得匆忙了一点，我正在想抽时间做一些修改，也想听听您的意见……

噢——杜克成迟疑了一下，他看着周轶军的脸部表情，心里又多了一个问号：为了晋升正高职称而出书？虽然现在这似乎已经成为人们写论文和出专著的一个目的，但是正因为如此，才有大量雷同和虚假的东西泛滥……

你在书里引用的那些数据是怎么来的？杜克成决定直入主题，因为二〇〇三年的观测数据现在他手里，无法核对。

周轶军的表情有些紧张，但是他立刻又平静下来，说，台长，我的数据都是……都是我们自己观测的结果，是我从资料室借阅的，但是，我……我应该向您做检讨，因为我引用这些数据没有事先征得您的同意，我也没有权利把这些集体观测的成果用在我个人的著作里，但是为了晋升职称，就，就没有考虑那么多……我想，您不会为这件事责怪我……因为我想，我想，我个人的成果也是我们台里的成果……

还是为了晋升职称！为了晋升职称就可以把集体的变成个人的。杜克成压住心里的火气，尽量和缓地说，你和秦教授商量过吗？

没有。

为什么？

因为我觉得，我在太阳耀斑和地磁暴观测组的工作是尽心尽力的，这些数据中有我的劳动成果。另外，即使我用了，别人仍然可以再用，现在国际上通行的做法是数据共享。所以我想，我这样做其实也不为过，只不过超前了一点……

数据共享要有双方的协议，即使是共享的数据，也不能用在个人的著作中，那是严重的侵权行为——

台长，我接受您的批评，我……

我并没有要批评你的意思，我只是想，作为一个青年科学工作者，你要珍视自己的职业生命，还有同事之间的信任感和协作精神，如果为了一点蝇头小利就一意孤行，那是很可悲的。杜克成的语气很低沉。

台长，您的话我都记在心里，不过，这一次请您一定原谅，我以后绝不会再这样做了……

我还要问你，二〇〇三年的数据是怎么回事儿？杜克成的脸色突然变得严厉起来。

二○○三年？哦……周轶军好像吃了一惊，他嘴里咕哝了一下，表情马上又松弛下来，说，台长，我引用的数据是从二○○二年到二○○四年的，二○○三年的数据也当然包括在里面，都是台里的数据。

你没有用国外的数据吗？

没有。周轶军十分肯定地说。现在我们的数据一点儿也不比国外的数据差，我们课题组曾经把我们的数据和国外的数据进行过比较，我们在有些方面比他们的还要详尽，比方在电磁辐射方面。还有，我曾经把我们的数据和气象卫星获取的数据也进行过比较，两者的误差是很小的，这证明我们台在这方面已经进入国际先进行列。我没有必要用他们的数据。

杜克成看着周轶军在想，虽然对周轶军的话他已经不那么相信，但是对于太阳耀斑和地磁暴课题组组长秦文平教授，他还是非常信任的。那是一个兢兢业业地工作，从来也没有半点虚假的人，他领导的课题组取得国际上先进的成果，也在情理之中。可是，卡特为什么那么肯定地说周轶军抄袭了他们的数据呢？难道是为了同我们竞争？数据共享，那只是一个好听的名词而已，对于核心数据，人家是不会拿出来的，也不会登在刊物上，既然这样，那为什么还要说他抄袭呢？是不是因为我们搞了太阳系数字巡天观测，抢了他们的先，要打压我们？国家间的事，明争暗斗，不能掉以轻心。但是对于周轶军，也还要继续查，如果确是抄袭，一定要严肃处理！想到这里，杜克成抬起头来，看着周轶军，说，我们搞研究，出成果，是我们作为天文工作者的职责，不能为了晋升职称不择手段，你回去跟秦教授好好谈谈，把擅自发表数据的错误向他和课题组的同事作一个检查，争取大家的谅解。特别是二○○三年的数据，回去再好好核对一下，另外尽快把那一年的观测数据记录本交还资料室。你去吧。

走到门口的时候，周轶军回过头来，说，台长，有一件事我忘了告诉您，昨天晚上，我去雪雁家了，朱阿姨让我转告您，让您注意身体，不要太累。

哦……杜克成好像没有反应过来，他抬头看了看周轶军，他的脸色有点苍白，显得有些疲惫。这大概是一些天文工作者的通常的面容，和自己一样，杜克成想。他想说一句关心的话，可又止住了。他只是淡淡地说，我会注意……这种冷淡在平时是不可思议的，无论是作为师生，还是作为同事，都是第一次。他没有想到周轶军提到了朱丽宁，他居然忘了这一层关系。想起朱丽宁，他的心里忽然觉得沉重起来。一句话从他嘴里脱口而出，轶军啊，作为一个天文学工作者，严谨的工作态度，诚实的工作作风，应该关系到自己的职业生命……

是的，台长，这我知道，您一直就是这样做的，也是这样教导我的。周轶军很诚恳地说。

杜克成又说，你知道，每次想到你的朱丽宁阿姨，我都很感动，她心里有那么的痛苦，可是她……你知道她的丈夫吗？杜克成抬起头来看着周轶军。

我知道。周轶军说，他发现杜克成的表情有些沉重，就连忙说，我知道他，他是一个非常、非常……

曾在平是一个非常了不起的人，一个对自己的事业……噢，就是那种把事业看得比自己的生命还重要的人。杜克成说。

我听雪雁说了很多。周轶军说。

可是他失踪了。人们说他失踪，是因为不希望他已经永远地离开了我们。像他这样长期从事野外科考的人，每一次外出都是一次生命的冒险，都是一次生与死的考验，对于我们这些从事室内工作的人来说，是根本无法体验，甚至无法想象的。所以我想，任何一个真正从事科学研究的人，都应该像他那样……

杜克成本来还想给周轶军讲很多有关曾在平的事情，告诉他曾在平怎样十多年如一日在黄河上进行艰苦的考察和研究，怎样把自己冒着生命危险积累起来的资料无偿地给同事们作分析和研究，很多人因此而在学术界成名，而自己失踪的时候还只是一个副研究员……还有他失踪后，朱丽宁怎样忍受着巨大的悲痛重新工作……可是他不知道自己讲的这些能不能对一个人的心灵有所触动，在物质利益至上的社会风气下，人们还能分清什么是高尚，什么是丑陋吗？

你要是再见到朱丽宁，请你跟她说……不，不，还是我自己跟她说吧。杜克成不由自主地挥了挥手。

台长，您有什么话要我转告，请您不要客气……

杜克成坐在自己的办公桌后面半天没有说话，这倒让周轶军惴惴不安起来，他站在门口，汗珠慢慢地从他的额头上渗出来。可是他不能离开，因为他知道，今天仅仅是个开始。他表现得很镇静，仿佛什么事情也没有，尽管额头上的汗珠已经有几滴悄悄滚落下来。

杜克成此时的脑子里却像翻江倒海一样。这是多么严酷的现实！一个本来很有才华的年轻科学家，一个自己曾经寄予希望的天文学人才，不是把精力和智慧用在科学研究上，而是这样追名逐利……

你走吧。杜克成终于说了出来。

台长，那我就走了。您有什么事再叫我。周轶军说着，觉得自己像获救了一样向门口走去。

等他走到门口的时候，杜克成又说，别忘了把二〇〇三年的磁暴记录还回去。

知道了。他听到周轶军沉闷地应了一声。

27 凉咖啡

摄影师把流变的世界凝固成闪光的一瞬，雕塑家把心灵中映射的一瞬变成无声的永恒，而音乐家却把瞬间和永恒都变成流动的声音的波纹。在艺术家的手中，时间消失了。

余锦菲终于又能雕琢她的人物了。那一天拿起锤子，敲了第一下凿子的时候，她几乎要欢呼了。几个月的等待真像一种煎熬，艺术的火焰升腾的时候，总是令人激动不安，可是她却不能去做，不能把自己心里想的每一个细节付诸现实。她只觉得有一股巨大的膨胀力聚集在她的体内，要通过她的手爆发出去，可是，她的手被夹板牢牢地禁锢着，就像戴着镣铐一样，一动也不能动。人啊，一旦身体受到限制，特别是创造力受到限制，真的是会发疯的！她想尽了一切办法让自己早一点开始工作。她自作主张吃各种钙片、维生素，喝那种油乎乎的骨头汤，还有一碗又一碗又苦又涩的中药汤。这是她过去多少年都没有尝过的。

她又开始彻夜待在工作室里，不停地雕琢，差不多一个月之后，她对《远行者》的整体结构满意多了。雕像身体的一些局部也更加清晰起来，面部依然没有多大的进展。花岗岩实在太坚硬了，她的胳膊每天都感到酸痛，有时候几乎举不起锤子。她不停地更换各种护腕，可是疼痛依然存在，有时每敲击一下，握着凿子的左手都会被震得好像骨头又裂开一样。石像的雕刻不同于泥塑，这对男性雕塑家都是很费体力的工作。有一天星儿看到她的手腕肿了，不顾她的坚持，硬是和梅娟一起夺下她手里的锤子和凿子，让她回屋里休息。她对星儿说，其实这时候让她停下工作是一种精神折磨。星儿不听她的话，还把工作室的门锁上，把钥匙也藏起来。她缩在沙发里，和星儿讲道理，一会儿哭一会儿笑。她一遍遍地恳请星儿还她自由。星儿却像个铁石心肠的人，对她的恳求不屑一顾，还板着脸教训她。这个丫头，真是变了。她想。她觉得星儿根本不理解她的创作。有时候看到新雕琢的痕迹，她自己都会感到惊讶，她完全沉浸在兴奋之中，碎屑一点一点从岩石上脱落，她心中的人就在一步一步向她走近。他是活的，有生命的，有呼吸，还有沉默的语言……他的形象越来越真切了，仿佛就要从里面走出来，来到她的面前，向她微笑，和她说话，甚至还会握着她的手，说，我们走吧……她觉得有一种精神的语言代替了她的肉体，主宰了她的一切，让她不能停止下来。就如同内心有一条奔流的河，急急地向前冲激，绕过所有的障碍一泻千里，汇入海洋。这种时候的状态被打断就是最大的痛苦。她对星儿说，她去过的俄罗斯新圣女公墓，那里的很多雕塑都深深地打动了她，那些形态和情态各异的塑像就像永不谢幕的悲剧。她希望自己也能塑造那么生动的雕塑。可星儿不听，还找来自己的一本书，坐在她身边硬要读给她听。星儿说，妈妈，你知道奥修吗？我觉得他有一段话比较适合你，或者我觉得他就是在说给你听的。你听着：不论你的工作好坏，金钱多少，你不应该牺牲生命存在的喜悦去换取功利的满足。工作可以满足功名的渴望，金钱可以满足物质的欲望，这两者往往会让我们丧失对生命存在意义的追问，所以，工作与金钱的诱惑是既美丽又可怕……

天哪，这个奥修说的是什么？余锦菲一边听，一边自言自语。这个外国人，我又不认识他，凭什么教训我？什么金钱功名，和我有什么相干？我只想把我的人物从这坚硬的石头里解放出来，你懂吗？这就是意义……

星儿只这样坚持了一天，在把锤子和凿子还给她的时候，凑在她的耳朵边上轻轻说，妈妈，我发现你真的疯了。

她对星儿说，我就是疯了……

就这样一天又一天，在叮叮的声响里过去了。

一阵困倦袭来，她下了梯子，坐在一只旧木箱上，端起杯子，喝了一口已经放凉的咖啡。凉咖啡没了浓香的气息，剩下的是一种纯粹的苦涩。那一次，在火车上，他们就喝过这种凉了的咖啡，那路途太远，太单调了，假如一个人坐那趟车真的会得抑郁症呢。一连几天，因为有他坐在对面，她反而觉得路途再长些就好了。在那个小站，他下了车，孤零零地走远了……

28　雅丹

在另一个星球上，正悄悄地发生着历史性的变化。在那本来没有生命的地方，却有人类的火星车在执着倔强地向前爬行……

那一天，杜时光奔跑着，狂风裹着粗大的砂砾和碎石，砰的一声把他击倒。好厉害的风啊！这就是沙尘暴吗？终于要面对沙尘暴了，这是一次真正的考验。他在地上躺了几秒钟，镇定了一下自己，然后费力地坐起来。天突然黑了下来，简直是漆黑，或者是他从未见过的奇怪的黑，仿佛铺天盖地的黑云把整个世界实实在在地填充起来，眼前什么也看不见，只有沙石像冰雹一样猛烈地向他砸来，震得他的耳朵嗡嗡乱响。只差一步——要是再晚一步翻过沙丘，那我就要成为埋在沙漠里的一件文物，等待将来人们来考古发掘了。

他有点侥幸地想着，就站起来，可是风死死地压着他，使他站不起来。他听说过这样的沙尘暴，能够把载重汽车掀翻，把整座的沙丘移动到几十米远的地方，还能够在坚硬的平地上开出沟壑。在这样的沙尘暴中，站立是根本不可能的，他决定爬过去，利用雅丹地形中的蘑菇石的背风面避风。他索性俯卧在地上，像步兵匍匐前进一样，用胳膊肘支撑起身体，开始向东北方向爬行。

生存训练的目的，就是考验航天员在航天活动发生意外，面临极限生存条件的情况下，是否能够依靠良好的身体素质，运用必要的科学技术知识和生命保障系统，保存自己的生命。教练员的声音又在他的耳边响起来。

这大概就是极限生存条件了吧？还有比这更极限的吗？沙尘暴最多会持续多长时间呢？二十四小时，四十八小时？如果再加强怎么办？比如说，风速达到每秒二十米、三十米、四十米……

加快前进！加快，加快！他心里不断对自己喊着，给自己鼓劲儿。他不顾一切地往前爬着，像一辆火星车，顶着能够把地皮掀掉的风和弹雨般的飞沙走石，在黑暗中快速向前移动。不知道火星车遇到这么厉害的沙尘暴还能不能往前爬？说不定早就被石子打成碎片了。他这么想着，忽然，他的头碰到了一个坚硬的物体，他伸手去摸，好像是一块大石头，他从背包里取出手电照了一下，赫然耸立在他眼前的是一个蘑菇状的石头堆。这就是雅丹地貌，也就是风蚀地貌。好啦，我终于到啦！他刚想站起来，可是一阵风却更猛烈地把他压住。他伏在地上仔细观察，他明白了。为什么会出现雅丹地貌？就是因为风。风把地皮一层层掀起来，留下这么一个个鬼一样的石头柱，在这里，风的速度加快了，就像城市的马路一样，由于马路两边高楼林立，所以风比其他地方更猛烈，速度更快。

他决定自己建造一个避风港。他从背包里取出匕首，在蘑菇石背风的一面寻找着比较松软的部位，先挖出一个小洞，慢慢地向四周扩大，再扩大……他一刀一刀地挖着，蘑菇石因为长期的风蚀作用，已经变得十分疏松，他终于挖出了一个能够藏身的壁洞。他慢慢地把身体移进去，背靠着洞壁，大半个身子居然都进去了，只有两只脚还露在外面。等他定下神来，他忽然忍不住想笑。哈，要是有人从远处看见，也许会以为我是佛龛里的佛像呢，就是变成神仙，我也要当飞天的神仙。他想起小时候母亲带他去敦煌，就见过飞天的壁画，从那时候起他就想去飞，飞到天上，飞到云里，飞到月亮上。

他突然有一种从未有过的疲惫不堪的感觉。可能是刚才在沙漠里顶着风沙行走和爬行，消耗的体力太大。他决定休息一下，就闭上了眼睛。他迷迷糊糊地觉得很温暖，很温馨，好像母亲在厨房里，正给他做一种菜粥，里面有好几种菜，菠菜、香菜，还有葱花儿、姜末、肉末，一股浓香从厨房里飘过来，馋得他口水直往肚子里咽。母亲把香喷喷的饭菜放到他面前，说，吃饭吧，儿子。母亲那会儿不再是一个雕塑家，而是一个真正的母亲，她穿着白色的围裙，坐在他的对面，看他吃饭，脸上是一种说不出的幸福感。那种菜粥实在好喝，又黏又稠，真是天底下的美味……

当他再睁开眼睛的时候，觉得肚子饿得咕咕响，就更想念那好喝的菜粥了。他看到沙尘暴丝毫没有减弱的迹象，可是对他暂时没有了威胁。这算不算极限生存条件呢？他问自己。还有，比起火星上的生存条件，这算得上什么呢？火星上也有沙尘暴，这一次沙尘暴和火星上的比，算不算厉害的？火星，这颗红色的星球，它的沙尘暴也是红色的吗？在火星上，有避风的地方吗？如果没有，那怎么办呢？看来，要登上条件和地球差不多的星球，还真不是闹着玩的。沙漠、山峦、高原、峡谷，还有赤道和两极，可不是想象的那样美妙，也许，每一步都隐藏着致命的危险……可是，说不定也有美妙的，比如说，在火星上看地球，看见自己的家园，每天在火星的地平线上东升西落，它应该差不多有月亮那么大，蓝色的，那是海洋，还有一点白色，那是云，它漂浮在宇宙星海中，有一点点孤单，幸好有月亮形影不离地陪伴着它……可是，听说月亮也在悄悄地离它而去，不知道这种说法是不是很确切……他这么想着，眼睛就再也睁不开了。

29 若尔盖

风暴把大海掀翻，大海中的鱼儿啊，仍然结伴而行；地震让山岳行走，山岭中的清泉啊，依然铮铮淙淙，一如地球在浩渺和孤寂中，悄悄地转动……

每当曾在平出门的时候，朱丽宁就开始在一张地图上描绘他的行走路线，其实她并不确切地知道他要去哪儿，她只是根据他每次带回来的记录本上的地名猜测他可能往哪儿走，沿着黄河那弯弯曲曲的河道，往东，往西，往南，往北……她描绘着，时间越来越长了，距离越来越远了。他究竟到了哪里？他还要走多远？他还要走多久？漫长的等待，手握着铅笔悬在地图上，不知道该往哪儿……她沿着黄河的发源地向下寻找，无数条支流在汇聚，突然，它拐了一个大弯，她看见了，若尔盖，那片举世闻名的沼泽地，她偶然听他研究所的人说他要去若尔盖。她悄悄在地图上查看了他可能要走的线路，她决定自己先去一趟，看看这不知多少个日夜的等待中到底会经历什么。她瞒着他，直到现在她还没有把这个秘密告诉任何人，已经十多年了。

那是一个秋天，遥远的西北已是冷风瑟瑟。她去了若尔盖。她原来根本不知道那是一个什么样的地方，也不知道怎样才能去那儿，她坐火车到了成都，然后就买了去若尔盖的长途汽车票。汽车第一站竟然开到了都江堰，她吃惊不小，听同车的人说，都江堰再往西一点，就是有名的道教圣地，山上古木森森，仙气缭绕，此生不去，是一大憾事。她听着一边点头，一边心里暗暗地结下一个小小的疑团。过了都江堰，汽车沿着岷江岸边蜿蜒的公路行驶着，她目不转睛地注视着窗外，岷江水翻腾着浪花和旋涡在狭窄的山谷中穿行，涛声阵阵，震耳欲聋，仿佛隆隆的雷声在山谷中滚动。两岸奇峰连绵，像两堵高入云端的墙把岷江和公路紧紧地夹持在中间，峰顶时而云雾缭绕，时而又从云罅中突闪出一道耀眼的亮光。她心里的谜团似乎越来越大了。当她从车窗里远远地看到岷山那连绵的雪峰时，她突然什么都明白了：原来是这样！这里才是真正的世界！她突然觉得自己的胸怀就像敞开了一样变得无比博大，她觉得自己就像站在最神奇最圣洁的仙境里俯视人间的局促、迷离和混沌。在那一刻，她把什么都忘记了，她像一个刚刚离开母亲的怀抱、突然看到了世界的孩子一样，惊奇，又有点恐惧。

汽车驶进了松潘草地，这是一个因为它那极其严酷的自然环境而被载入史册的地方。而现在展现在她眼前的却是辽阔而苍茫，已经开始枯黄的草地，仍然在风中摇曳的野花，远方的地平线上，在落日的余晖中，苍黄的山峰是那样舒缓、阔大和凝重，全没有岷江岸边的那些山峰那样的险峻和突兀，而是像草地上的牦牛那样，温存地俯卧在天际。藏族牧民的村舍和帐篷星星点点地分布在草原的周边，牦牛、羊群、河曲马群，在草地上悠闲地吃草、嬉戏、奔跑追逐。眼前的这片安逸和宁静，充满着生命活力和希望的美丽草地，难道就是当年吞噬了无数红色先驱生命的死亡之地吗？实在无法想象。历史也许只能承载在记忆之中，能够在历史的记忆中赋予伟大理想和宏伟愿景的人们才是伟大的，即使他们根本看不到理想实现的一线曙光。幸好，远方那些默默矗立了千万年的山峰，可以作为历史的永恒的见证。

有人告诉她，从这里向东，在岷山的脚下，就是举世闻名的旅游胜地，那是真正的人间仙境，是仙境之源。

我不是来旅游的。她对人家说。但她确实不知道自己此行的真正目的，这样跨越千山万水，是为了来寻觅历史的踪迹，还是为了寻访人间的仙境？或者只是来开开眼界，让心灵的窗户从动物所的逼仄的围墙里透出来，不料却被天地的豁然广袤所震慑？

在藏族牧民的毡房里，点着不息的火塘，她就在这样散发着干草的清香和牛羊肉膻味的毡房里过了一夜。第二天一早她走出毡房，让她惊奇的是，草地已经被一层薄薄的白雪盖住了。她踏着白雪走向草地，她的双脚深深地陷进了草里，草的下面是还没有干结的厚厚的松软的腐殖层，她就踏着这样的腐殖层深一脚浅一脚地走着，像一只跋涉在泥泞中的动物。下雨的时候草地上有水吗？她问牧民。有,水很深。你不能走。牧民告诉她。她定定地站在草地上，让自己的双脚陷进腐殖层，她觉得自己的整个身体仿佛都在沉下去，她的身体渐渐地变矮了，仿佛大地有一股力量，要把她拉下去。这是危险的。她告诫自己。她像动物一样匍匐下来，依靠手的力量才把自己从深深陷进的腐殖层里拔出来。当她重新站在坚实的土地上时，她感到自己的衬衣已经湿透了。

她离开草地，继续西行。自己是不是现代的唐玄奘，去西天取经？不是，我是因为心里有一个问号。我对佛教一窍不通，从来也没有修炼过。我从小就是在以现代实证科学理念为唯一认识论基础的氛围中长大并且受到科学教育的，是无神论者，但是，与虔诚信仰佛教的藏族人相比，我是一个幸运者吗？

汽车停在了黄河岸边。她隔着黄河举目远眺，第一次目睹了这世界上最奇妙的景色，阿尼玛卿山静静地卧躺在黄河第一大拐弯的怀抱中，像一个熟睡的美神，漫山遍野的鲜花像巨大无比的花毯轻轻地盖在她丰腴的躯体上，冰雪凝成的耀眼夺目的光环像精美的钻石装点着她突起的乳峰。天哪！世界上竟有这样美丽的景象！朱丽宁发出了惊叹。世界多么奇妙！也许是因为自己习惯于奔走在家门和校门之间，眼光被紧紧地包裹于这短促的距离之内，所谓鼠目寸光，是不是就是指她这样的人？是不是对于生活在这里的人们，她像一只从地洞里钻出来的田鼠突然看见了天空一样？或者，她只是跟那些有闲暇、有雅兴的旅游者一样，来这里寻求一点自然和神圣的启迪？阿尼玛卿山，多么美丽动听的名字！她的美貌和壮丽与她的名字是那么贴切，那么令人神往。可是，在古书上她却被叫作积石山，为什么古人要这样称呼这个美貌的女神？是不是因为她曾经荒凉、寒冷和孤寂，连岩羊和雪鸡也不愿意靠近她？那么，为什么后来她又改名叫阿尼玛卿山呢？难道那仅仅是古人的一个疏忽吗？

是为了尊重藏族人民的习惯。有人告诉她。阿尼玛卿山，在当地藏族人的传说中是祖先的山，是神圣的，所以，就是黄河到了她脚下，也要毕恭毕敬，亲吻着她的脚踵，依偎在她的身边。

怪不得黄河要在这里拐这么大的一个弯，简直就像要走回头路一样倒淌回青藏高原，它穿过重重峡谷，一直往回流到西倾山的西端，直到它能够抬头看见这位冷峻艳丽的阿尼玛卿女神高昂的冠冕，才回头劈山开路，逶迤而去。

神话是人们对自己心灵的安慰。朱丽宁想。要是没有神话，这里的人们也许就会永远处在惊恐和忧虑之中，可是，神话却成为迷恋神话传说的人们心驰神往的诱惑。想到这里，她笑了。这是在揶揄谁呢？是她自己？还是曾在平？不是，她是为了解开这个心中的谜团而来的，所以，她是一个局外人，旁观者。俗话说，旁观者清，她庆幸自己还有一份清醒，还没有被眼前眼花缭乱的自然美景所迷惑而成为谜中之谜。要解开自然数不清的谜团，只有用先进的科学技术手段，例如卫星遥感、航空摄影等等，而不是一个人用两条腿去完成。

离开玛曲，朱丽宁直奔兰州，然后乘飞机悄无声息地回到了家。

去的时候，她没有拍下一张照片，回来以后，她也没有写下只语片言，她认为，这种现代取经的故事最好还是不要流传开了。

然而，担忧却与日俱增。她发现，尽管秋天的松潘草地鲜花盛开，牛羊肥壮，可是春天和夏天，那里却是看不见的深渊。她分明看见了滚滚黄河水倒灌进松潘草地的痕迹，那是因为气候变暖，青藏高原上的冰川迅速融化，黄河水量不断增加，再加上上游草场破坏，水土流失严重，到了丰水季节，黄河水倒灌进松潘草地，使这里沼泽扩大，陷阱密布……

你能不能不去松潘草地？有一天，朱丽宁突然问。

曾在平正在收拾行装，他回过头来，满脸疑惑地看着她。

为什么？他问。

那里太危险了。朱丽宁说。

现在不是长征的时候了。他说。

可是现在比那时候更危险。朱丽宁说。

为什么？

因为……因为……朱丽宁有些结巴起来。因为有很多报道说，那里的环境变化很大，到处是沼泽。

所以才要去考察，了解那里的实际情况，掌握环境变化的第一手材料。他说。

这不是你一个人完成得了的，所以我认为你还是不要去。朱丽宁说。

组织一个考察队要报项目，申请大笔的经费，这个周期很长。另外也不知道能不能批下来。有时候，等项目批下来了，最重要的考察时间已经过去了。

那你也不能一个人去。要是遇到危险……那可怎么办？

这样的事我倒是没遇到过。以前我每到一个地方，当地的老乡都主动给我指路，给我当向导。那里可不是内地，人情这么淡，藏族的百姓待人可热情了，才不像现在的这些城里人呢……他一边加紧收拾着他的东西，一边像是自言自语地说。

你要是进去了，走不出来怎么办呢？比如河水倒灌进松潘草地，让沼泽扩大，那里陷阱密布……朱丽宁说，那声音也像自言自语。

丽宁，你……你怎么知道那里有沼泽？曾在平停下了手里的活，回过头来看着她，沉默了好长一会儿，他突然问，你怎么知道我要去那儿？

我……我猜的。朱丽宁一下子窘得不知所措。她稳了稳神，接着说，你离开家，我当然要知道你要去哪儿……要不，我和雪雁陪你一块儿去。

曾在平站起来，走到朱丽宁的身边，说，我能走出来，你放心吧。我不是第一次出去考察，我已经有经验了，黄河上游的情况我可以说比较熟悉了，我一定能走出来。你和雪雁……嘿嘿，嘿嘿……他忽然笑了，很幼稚很天真地笑，就像他们第一次认识时一样。

那是暑假里的一天，朱丽宁到市少年科技活动站组织的初中生科技夏令营去参加开营仪式。她穿着白衬衣，蓝裙子，头上戴着一顶白色的遮阳帽。她去得很早，科技活动站的门还没有开，她就在门口那条僻静的马路上，在高大的梧桐树的树荫下，仰着头，睁大了眼睛，在浓密的树叶里搜寻那些聒噪不停的知了。她发现了一只，黑色的，背很宽，翅膀也很大，脑袋和身体连在一起，整个身子就像一只火柴盒。这个太丑了。她自言自语地说。忽然，她发现在一根树枝的下面趴着一只颜色几乎和树枝一模一样的知了，它有一个小巧玲珑的脑袋，两片薄得透明的翅膀优雅地半开着。它隐蔽得太好了，不过，从侧面，透过树叶间的一丝亮光，还可以把它"揪"出来。这个真漂亮，这个嘛，也还可以……这个呆头呆脑，丑死了……忽然，不知从哪儿飞来一块小石子儿，嗖的一声飞进了梧桐树浓密的树叶里，树叶噼啪一阵乱响，知了们全都吱的一声飞起来，眨眼间就没影了。谁呀？朱丽宁气得叫了起来，低头一看，她的身边已经站满了人，几乎全都和她一样打扮，看样子都是来参加开营仪式的，不过，因为是来自各个学校，朱丽宁一个也不认识。大门开了，大家蜂拥而进。啊，这么大啊！朱丽宁差点惊叫起来。她是第一次来这儿，她的面前是一个巨大的草坪，草坪的前面是一栋三层的西洋式建筑，那高高低低的尖顶让她目不暇接。走进华丽的门厅，是一个宽敞的大厅，大厅中央悬挂着精致的水晶吊灯，墙上有各式各样的壁灯，每个壁灯座都是一个雕像。还有那光滑的木地板，穿着塑料底的鞋走在上面吱吱地响。她的眼睛都有点不够用了，她甚至弯下腰去摸摸那光滑的橡木地板。就在这时，一个男孩子的说话声在她头顶上响起来。喂，同学！朱丽宁抬头一看，只见一个高个子男生正站在她面前。干什么？她问。你是来参加开营仪式的吧？是啊。刚才老师叫集合你没听见吗？哎哟——朱丽宁站起来撒腿就往门外跑。你去哪儿啊？在哪儿？跟我走吧。朱丽宁跟着他上了二楼，在二楼大厅的门口，那个男生忽然站住对她说，你以后不要那么大声对同学评头论足，那样很不礼貌。我什么时候对人家评头论足啦？朱丽宁觉得奇怪。刚才，在大门口，我听见你在说。男生的声音也变了。门口？朱丽宁听了，差点笑弯了腰。哎呀，谁说你们呐？我那是在说树上的知了呢……他不好意思地笑了，那是一种很天真很真诚的笑，就像犯了错误的孩子一样。朱丽宁——，大厅里传来老师点名的声音。到——，朱丽宁在门口应了一声。为什么迟到？老师严厉地问。我……朱丽宁头上的汗立刻就涌了出来。这时那个男生连忙对老师说，老师，我们在楼下看看还有没有别的同学。进来吧。老师说。朱丽宁既感激又很不情愿地看了他一眼。接下来好像是她参加了生物活动组，和其他营员一起去了旁边的一个小公园，在那里捉昆虫，制标本，做观察记录。那天她一个人就辨认出了十几种蝴蝶，到了大概六点钟的时候，老师宣布今天的活动结束，明天到郊区去，观察甲虫和农作物的关系。走出活动站大门的时候，她忽然想起还应该谢谢那个男生，就在门口等了一会儿，可是他一直没有出现，她仿佛有点失落了什么似的一个人回家了……

你为什么要现在去呢？现在正是冰雪融化的时候……朱丽宁说话的声音很低。

我要研究的就是冰雪融化、黄河上游水位上涨对松潘草地的侵蚀作用。这几年黄河的来水量迅速增加，侵蚀作用应该非常明显，这时候的数据如果不记录下来，再过几年，等冰川消退了，黄河的水量就会减少，那就等于空缺了这段历史。据说现在发源地的某些支流已经开始干涸了……

我真的不放心，我不知道你跟我说的是不是真话，是不是真的没有危险，可我知道那里是很危险的。说实话我不是很相信你，因为我第一次见到你，你就说了一句假话，叫我一辈子也忘不了。

真有那样的事儿？让我想想。你……哎呀，你呀，怎么还像个孩子一样？那都是什么时候的事啦？我现在……从那以后我对你说过假话吗？他急得脸都涨红了，手上的东西也不知道要往哪儿放，朱丽宁还是第一次看见他这副窘态。

稍稍平静一会儿，他看见朱丽宁没有再追究下去，就说，丽宁，那时候的你，那么天真烂漫的。

那时候的同学都是这样，只不过我比他们任性一些。朱丽宁说。

那天我在科技活动站里等了你好长时间，一直等到天黑，可我不知道你已经先走了。那时候，人们多么真诚啊，不像现在……

我也在大门口等着呢，你以为光你自己在等。朱丽宁一听他这样夸耀自己，连忙说。

你怎么不早告诉我呢？我还以为你对我没有什么印象。他低着头，又开始收拾他的东西。

我那时候怎么知道你是这样一个人，要去那么远的地方，整天不回家？

我……我……其实我非常想你和雪雁，可是我去的地方都是荒无人烟的，连打电话的地方都没有……他好像找到了争辩的理由。

上次雪雁放暑假，你不在家，她说，要到黄河边去找爸爸。她问我，到哪儿去找爸爸，你知道爸爸在哪儿吗？朱丽宁的声音有点哽咽，眼圈也红了。

曾在平过来紧紧拥抱着她说，我大多数时间都是在山沟里钻，一边看着地图一边走，迷路了就问老乡，有时候走半天也遇不到一个人，想写信也没有地方去邮寄。他说话的语调缓和了一点，但声音越来越轻了。

在他的胸前，朱丽宁沉默了。过了好一会儿，她才说，你这么多年一趟一趟地去，积累的资料恐怕一辈子也研究不完了吧？人家中科院的考察队到西藏去三四年,回来以后连着十几年都在整理、分析、写文章,还出了那么多著作。你也应该写写专著了,现在不写,什么时候再写呢?难道要等到老了以后?到那时候,恐怕想出书也没有人给你出了。

其实朱丽宁心里明白,他考察带回来的很多资料都无偿地给了系里的同事,很多人用他的资料做研究,写文章,出专著,有的人已经当了教授,还有的被选为国际水文地质学会的理事。可他呢,还是个副研究员。

另外,有时间也可以教学,把你的经历都给学生讲讲,鼓励他们将来去做科考,也好后继有人呀。朱丽宁又说。

曾在平吻了一下她的头发,说,谁说我没写,我写了很多,只不过……其实现在还需要大量的实地考察,真实的第一手资料是科学的生命。不过有的人,一听说到青藏高原科考,就躲得远远的。他们只会用我的资料和数据做计算机模拟分析,虽然有的也做出了国际上承认的成果,可是他们不知道,要是能亲身到那里去做现场调查和考察,回来以后计算机模拟可以做得更好。等我再次回来,我也要好好提高提高计算机应用水平,做出点成果来。我也应该好好做做室内工作了。其实,你不知道,我现在心里想的课题啊,好多好多,真的是一辈子也做不完。

朱丽宁听到这句话,心里好像有了一点点安慰,可是,一想到他要去松潘草地和黄河源头,她的心还是沉了下去。

他终于还是走了,还是走的那条街道,上了那路电车,还是背着那个沉甸甸的大背包,不过,步子已经明显地不像以前那样轻捷有力,已经变得有些迟缓,背也微微地有点驼了,只不过那种气昂昂的劲头似乎还在,似乎还跟几年前一样。朱丽宁还是从阳台上目送着他挤上了电车,目送电车在马路的尽头拐了弯,消失在城市的楼宇之间。

30 小狐狸

流星很耀眼地一闪，转瞬即逝。它存在过吗？对于笃信眼见为实的人们，这将是永无休止的争论。而对于旁观者，那也许纯粹是无谓的。假如有一颗星若干万年才在某个星空出现一次，人们是否也要争论数万年呢？

　　杜克成开始收集世界各主要天文台的耀斑和磁暴记录，因为要认定一批数据是否抄袭，绝不可以只听一面之词，也不可以只看表面上数据是否雷同。因为观测同一次的耀斑和磁暴现象，极有可能得出相同的数据，唯一可能的不同是，由于我国和美国处在地球的东西两个半球，中间有十多个小时的时差，有时太阳的耀斑只持续几分钟，或者几个小时，喷发强度也不一样，因此，我们能够观测到的，美国不一定能观测到，同样，美国能观测到的，我们也不一定能观测到。

　　杜克成向国外的几家天文台的老朋友发去了电子邮件，请他们提供这方面的观测数据，理由是希望通过数据的交换，加强太阳耀斑和地磁暴关系的研究，并且向他们保证，决不会把这些数据用作出版或其他商业目的。

　　邮件发出以后，杜克成又开始在网上搜索有关资料，特别是美国最近几年的出版物中有关太阳耀斑和地磁暴的观测数据。他把收集到的数据存入一个专用的文件夹，并且把它们备份在一张光盘上，随后把光盘和周轶军的《太阳耀斑和地磁暴观测研究概论》、邓向辉打印的那页信纸一起锁进了文件柜。

等他把这一切做完，他感到疲惫。不是他的精力不够用，平时，他有充沛的精力，他经常这样连续工作。一夜的观测工作结束以后，正好是台里做行政事务和服务工作的同事上班的时候，他会从抽屉里拿出一些饼干或是面包，再冲上一杯茶，当作早餐，然后接着处理台里的很多日常事务。等他回到家里，常常是快到中午了。可是他今天却感到很疲惫，好像有一种暗物质弥散在自己的周围，看不见，摸不着，但是它们却实实在在地压在自己的心上，他感到沉重，感到身心被一种力量约束着，思维被一种无形的东西绞扭着，无法张开，无法舒展。他去冲了一杯清茶，往常经过一夜的工作之后，他总是很有兴致地喝一杯茶，然后混沌的头脑就会清爽许多。可是今天他竟然没有一点心思去品味茶香，只感到有一种说不出的烦躁，这在他是极少见的。他惯于深刻的理论思维，也有精确的数学头脑，他的逻辑性特别强，空间感尤其清晰，无论多么复杂的，仿佛迷雾一般的现象，在他精细的头脑里都会慢慢地变得明亮和清晰起来，即使得不到最终的解答，也会理出一个头绪，或者找到一个明确的探寻方向，剩下的只是时间问题。

暗物质并不可怕。有一次在和同事们的闲聊中，他试图挑开天文史上最令人困惑的暗物质问题的神秘帷幕。暗物质弥漫在我们的周围，就像空气弥漫在我们的周围一样。我肯定暗物质也在运动，只是我们的皮肤还没有那么灵敏，能够觉察出暗物质的运动罢了。暗物质可能没有温度的变化，而空气有温度的变化，还有运动方式和速度的变化，所以我们随时能够感觉到它的存在。但总有一天，我们会发明一种宇宙气象学，来对宇宙的天气变化进行观测，也就是观测暗物质。

他默默地在计算机前坐了好长时间，直到眼前的一切又变得模糊一团，才站起来，走到窗前。在离他不远的地方，一个巨大的穹隆里，太阳观测仪正对准着太阳，密切注视着它表面的细微变化，并随时记录下来。毕竟它是太阳系的中心，是整个太阳系的行星和其他物质得以存在运行的核心，也是地球上光明和能量的来源，与我们人类最息息相关啊。对太阳的观测和研究关系着人类的生存，从这个意义上说，任何一点疏忽和虚假都是无法容忍的，可是偏偏有人……最近有几家外国的天文台正在与台里联系，要合作开展太阳系巡天项目，电子邮件、传真、信函，还有电话应接不暇，虽说抄袭是个人的行为，但是会严重影响台里的声誉，而且，对于将来开展国际合作，也是一个阴影。

快到中午了，他一点也不想去吃饭，只觉得有些疲惫，想找个什么地方躺下。他像往常一样，从抽屉里拿出几块饼干，塞到嘴里嚼了嚼，完全没有平时那种香喷喷的味道，反而觉得有些干涩。他喝了一口茶，这茶也好像变了味道，没有清香恬淡的感觉了。他把头向后仰去，靠在办公椅的靠背上，闭上了眼睛。他的眼前显现出一片星空，这是无数次出现的情景。每当他闭上眼睛,他的眼前就会浮现出一片星空,忽明忽暗,闪闪烁烁。这已经成为他生命的一部分，或者，是他的梦境的一部分。

忽然，在那一片明明暗暗的星光中，有一个暗淡的光点，在非常缓慢地移动，它像黑夜里在照壁上爬行的一只小蜗牛。那个夜晚，他在观测室的计算机屏幕上发现了这个小光点，真的是近地小行星吗？因为小行星体积小，在运动过程中容易受到其他大天体的引力影响，所以轨道会发生突然的变动，从而对地球的安全造成潜在的威胁。如果它真的是一颗近地小行星，行踪又是这样忽隐忽现，可能就是非常危险的……不，这可不是一只小蜗牛，小蜗牛的后面都拖着一条清晰的尾迹，这是一只小狐狸！对于小行星，要是无法准确地跟踪它，宁可相信它具有危险性，但最重要的还是要精确地计算出它的轨道和各种数据，这样才可以密切地关注它，即使它再诡秘，也让它无处藏身。那几个计算公式要是能用上就好了，只要有一小段轨迹，就能计算出它的整个轨道。可是它们还没有验证啊！什么时候才能上机验证呢？周轶军，我还能相信你吗？相信你没有抄袭别人的数据？相信你上机演算的结果？杜克成想到这儿，拨了秦文平办公室的电话，没有人接。他放下电话，又想拨他家里的电话，可是想了想又放下了。这几天太阳巨大的耀斑爆发，它产生的等离子体、电磁波正在一波一波地冲击地球。虽然太阳耀斑是白天的观测项目，但是地球的磁暴却是每天二十四小时都要紧盯着的，秦文平已经够辛苦的了。看来只有自己来做观测了，今天晚上我一定要抓住它！无论如何，观测和发现才是最重要的，这是天文工作者的最基本的职责，只有自己的观测和发现，你才有真正的发言权。

杜克成走出天文台大门的时候，又有些犹豫，他抬头看看大院里那些高大挺拔的水杉、银杏。这些大树要长成，可是几十年、上百年的事，如果要砍掉，却是举手之劳。所以，对待一个人，特别是一个有作为的年轻天文工作者，一定要慎之又慎。

杜台长，科学院刚才来通知，德国慕尼黑天文台访问团来了，明天下午要来九峰山。秘书丁岚追到大门口，叫住了他。

杜克成就像被人从梦中唤醒一样。噢……他们，他们这么快就来了！

是的，他们明天下午三点就到。

那好吧，你赶快把谈判的材料准备一下，就是我们拟定的那些课题概况、合作项目、合作条件、意向书，都整理好。杜克成说。

我都已经准备好了，台长。丁岚说。

他们来得正好。那你就把这些材料复制一份，到时候请他们提提意见，我们要尽量扩大合作空间，争取达成几个协议。杜克成眼镜后面好像放出了明亮的光。

杜台长，您这样胡子拉碴的，要不要去修一修，再换换衣服？丁岚说着，忍不住要笑了。

杜克成摸摸自己的下巴，低头看看自己的衣服，嘿嘿地笑了，那好，今晚我回家进行大扫除。他又说，丁岚，你通知邓台长和苏教授，做好谈判的准备。我们一定要跟他们好好谈谈，争取他们跟我们合作。

31 谈判

天空还是那个天空，可是关于世界是什么样的争论却越来越激烈了，是因为人们看得越来越远了，越来越清晰了吗？也许，人们只是拿着各自的万花筒，对世界发出惊叹……

九峰山天文台和德国慕尼黑天文台的谈判是在热烈的气氛中开始的。杜克成十年前在慕尼黑天文台做过访问学者，这次来访的代表团成员中就有当年的同事——慕尼黑天文台台长弗里德里希·施密特。所以，九峰山天文台的会议室里并没有像通常的会议那样举行什么仪式，只在会议桌上摆放了两国的国旗，还有一大簇鲜花。中德双方人员分坐在会议桌两旁，每个人脸上都是轻松的微笑。中方除了台里各部门的负责人，杜克成还特别安排秘书丁岚也参加谈判，因为德方访问团里有两位女性：施密特的秘书梅格·褒曼，还有年轻的天文数学家伊琳娜·克劳德。她们容貌美丽，气质迷人，而丁岚也是一个清新雅致的女孩子。她们的姿态和声音仿佛给会议室增添了愉快的气氛。双方的谈判更是开门见山。

杜，你们开展这样一项庞大的计划，你们的目标到底是什么？施密特直截了当地问。

我国的天文事业是服务于国民经济和社会发展的，我们当然要把与我们关系最密切的太阳系作为我们观测和研究的首要对象——

如果是服务于国民经济和社会发展，这样一项计划过于庞大了。施密特毫不客气地打断了杜克成的话。

但是我们也着眼于长远。杜克成并没有介意，继续说下去。从长远上说，我们与其对整个宇宙一知半解，还不如把我们能够搞清楚的太阳系搞得清楚一点。

施密特点点头。那么，你们的近期目标是什么呢?

我们希望通过你们的来访，在太阳耀斑和地磁暴观测和研究领域进行合作，通过几年的努力，建立一个日—地空间天气预报网络。杜克成说。

日—地空间天气预报网络——这是一个了不起的创举啊! 施密特兴奋地站起来。这不仅对于人类生活，而且对于宇航事业，都有不可估量的意义! 你走在我们的前边啦，祝贺你，杜! 施密特走到杜克成面前，紧紧握住他的双手。走吧，让我们看看你们的设施和项目进展情况。

好吧，那我们就边看边谈。杜克成领着他们来到观测台。施密特和随行人员的脸上刚才还兴奋的神色立刻变得暗淡了。

杜先生，你们的一点二米望远镜能不能胜任这样庞大的巡天计划? 欧洲天文台使用的是二点四米望远镜。我是说，能不能有那样的精确度和可靠性? 在观测室，施密特直率地提出了疑问。

我们的精确度和可靠性都是很高的。杜克成非常自信地回答。虽然它旧了一点，但我们一直用它来作精细的观测，我们的数据与世界知名天文台的数据相比，可靠性一点也不差。

施密特对杜克成的这种自信有很深的印象，早在十几年前，两个人在慕尼黑天文台就发生过关于太阳系起源的争论。施密特认为太阳系起源于一个以太阳为中心的、由岩石、尘埃和气体组成的圆盘，而杜克成却认为在这个圆盘中还应该加上水和有机物质。

水是从哪里来的呢？施密特的一双蓝眼睛直视着杜克成，而杜克成的高度近视眼镜后面，一双黑眼睛也闪着自信的光芒。

没有水，地球上的水从何而来？他反问。

争论的结果是没有答案，两个人都明白，人们对太阳系的了解还很少。

它在可见光谱段和不可见光谱段都同样精确吗？我是说，你们能不能用它来采集各种波段的谱线？施密特问。

能。我们已经对它进行了现代化的改造，确切地说，是数字化的改造。它是胜任的。杜克成回答。

他还是那样自信。施密特喜欢同这样的人打交道，只不过，他的镜片后面的眼神好像不像以前那么明亮了。不过，施密特还是非常谨慎地一件一件查看着观测室里的仪器，全谱段数字照相机、红外—紫外分光计、红外—紫外成像分光计……他没有想到在这样一个小天文台里也能看到这些高端仪器设备，他反而感到有些不安。他不安的是，此次中国之行能不能实现自己的愿望，把数字化太阳系这个首创性的项目变成自己的项目。忽然，他的眼睛一亮，他看见了一样东西。他走到傅立叶分光光度计跟前，仔细查看着，当他确信这是一台老设备时，他的脸上露出了笑容。

杜先生，这应该是上个世纪七八十年代的设备吧，这么陈旧的设备，也可以用来做二十一世纪的天文观测吗？你说呢？他的眼睛里露出了他惯常的狡黠的神色。

哦，这的确是一台老设备。杜克成毫不隐瞒地说，但是，它的精度已经足够了，我们一直使用，而且用得很好。

很好？真是不可思议。在我们那里，这样的设备早就扔掉了，我怀疑它是不是从旧货市场上买来的？施密特有他的独到的敏锐，他知道这样的事情是可能的。

是这样，你很有判断力，它真的是从旧货市场上买来的。但是经过我们的整修，它重新焕发了青春。

对杜克成的真诚，施密特也是很有印象的，他不由自主地点了点头，但是，这并不意味着他要就此放弃，相反，他要直截了当地提出。

杜先生，我认为，这样一个创新的项目，使用这样陈旧的设备，就好比一个时尚前卫的少女，穿着一身中世纪的旧服装去举行婚礼，这实在太不合适了。

你是什么意思呢？杜克成显然有些不太明白。

你们不怕把出席婚礼的客人们吓跑吗？施密特略带讥诮地问。

你也会被吓跑吗？杜克成反问，他开始有所警觉，心里嘀咕，这家伙要耍什么花招？

我不会被吓跑，而是想，这位新娘应该有一份符合身份的陪嫁，由我们提供的陪嫁……

那好啊！杜克成高兴地大声说，由你们给吧！

哈哈，那就嫁给我们……

杜克成怔住了。施密特先生，你不是在开玩笑吧？

不是。施密特很认真地说。像傅立叶分光光度计这样高精度仪器,国际上也只有很少的国家才能研制，而且，你们显然也面临着资金的严重困难——

这些困难不是不可克服的。我们需要的是真诚的国际合作，而不是把我们的项目拱手送人。杜克成显然已经有些气愤了。

我们一定会给予优厚的资金补偿，并且，你们仍然是我们的合作者。施密特正为一步一步地走近自己的目标而高兴，他的蓝眼睛变得很明亮。杜先生，我们把这个项目搬到德国去，搬到慕尼黑天文台，你们参与我们，这样一切问题就会迎刃而解，怎么样？

杜克成只觉得肚子里一股火直往上冒，他真想冲着他的脸，对他大声吼道，我们需要的是国际合作，而不是国际掠夺！但是他强压着自己的怒火，努力镇静住自己，他知道，施密特拿出的无非是他的设备和资金优势，而我们也有自己的优势。他不慌不忙地把施密特领到窗边，手伸出窗外，指向远方。看看吧，这是中国最好的地方，山清水秀，天高云淡，四季温和的地理环境，对于天文观测，这里是名副其实的天堂。你们那里的条件并不比我们的好。

这个么，我上午在飞机上已经领略过了，不过，阿尔卑斯山的冬天你也是享受过的，多好的滑雪场啊！施密特很自傲地说。

是的，正因为如此，我们这里才是最好的地方。想想你们那里没完没了的阴雨天和雨雪天吧，简直要把人熬出病来。杜克成抓住了他的弱点。至于资金和设备，我们自力更生也是可以解决的，不过时间可能要长一点，但是要项目搬家，那是绝对不可能的。

哎呀，老朋友嘛，怎么可以说绝对不可能呢？朋友之间，什么事都是可能的。

一个手机铃声打断了他们的争论。

杜克成从衣兜里掏出电话。喂，鱼儿，是我啊。他的声音变得柔和了一些，啊，我正和施密特先生在一起，晚上回来。什么？那好啊，我马上转告。杜克成回过头对施密特露出笑脸说，是我的夫人，她说欢迎你明天晚上去我家做客，还要请你品尝她煮的咖啡，怎么样？

噢，太好了，这真是我的荣幸！施密特的眼睛像小孩子一样，瞬间变得亮闪闪的，我……我一定要去。施密特竟激动得有点结巴。

杜克成笑了，又对着话机说，鱼儿啊，施密特先生说一定去，那你就准备一下吧，我今晚还要观测，就不回来了。说完就挂了电话。

施密特说，早就听说杜夫人是一位著名的雕塑家，真希望能欣赏她的雕塑作品，可以吗？

当然可以，我想她一定会很高兴，但是……但是这要等我们的合作商量好了以后。杜克成借机进逼了一步。

施密特却眼睛看着窗外，一言不发。

杜台长，我看今天就谈到这儿吧，我们请施密特教授和各位客人游览一下这里的风景名胜。施密特教授，你看——，苏教授一看事情僵住了，连忙过来转移话题。

可是施密特还是一言不发，甚至连头也不回。

杜克成看到施密特不说话，也沉默了一会儿，说，我们去散散步吧，怎么样？

嗯，好吧……施密特好像恢复了刚才的兴致，他说，杜，你记得吗？那时候你在慕尼黑，有一段时间我们晚饭后都会去一个教堂附近散步。

是啊，那片林子可真安静。杜克成有点留恋地说，那个教堂的钟声是那么悠远。

只有德国才有那样的教堂。施密特说。

那可不一定，来吧，我带你去一个地方。

说完，杜克成走了出去，施密特有点不情愿地跟在他的身后，其他人也三三两两跟在后面。杜克成走出天文台的大门，顺着旁边的一条小路径直向教堂走去。他走进教堂的大门，在那个螺旋形的楼梯门口停了一会儿，想等等施密特，可是又一想，世界上的教堂都差不多，我不等他，想必他也能找到，于是他自己一个人顺着螺旋形的楼梯往上走。他忽然又感觉到了很多年前和朱丽宁一起登这段楼梯时的那种神秘感和好奇心，只是眼前的黑暗比过去更浓重了，喘息的声音也显得特别粗重，但他仍然不停地向左转动身体，奋力向上走去。等他站在那个平台上又一次向远处眺望的时候，施密特果然出现在他的身边，很神秘地冲他笑笑。杜克成心里明白，对付施密特这样的人需要策略，于是，他慢吞吞地走到施密特的助手兼秘书梅格·褒曼旁边，和她聊起天来。邓向辉和苏英恺也围拢到褒曼旁边，而把施密特冷落在一边，只有他的另一位助手和他在一起。施密特很快就听见他们那边传出了笑声，却故意用手托着腮，身体靠在平台的栏杆上，有点无精打采地看起风景来。快到傍晚了，落日把天文台巨大的穹隆和山腰间隐隐约约的建筑物、远方层层叠叠的山峦和辽阔的湖面都染成了金色，天地已经浑然一体，整个世界都被浸没在无边无际的金色辉煌之中。他突然感到了一种震撼，仿佛自己的整个身心已经融入了这金色世界之中，禁不住发出了惊叹。

啊——

怎么啦？人们被他的惊叹惊呆了，纷纷向他转过身去，只见他已经沉浸在美景之中，都忍不住要笑出声来。好长时间，他突然回过头。

杜，原来你们生活在这样的地方！我这才知道什么叫天堂。

他屈服了。杜克成想，他走到施密特的身边，轻轻拍拍他的肩膀。老朋友，明天晚上，我请你喝中国最好的酒。

哦——到底是老朋友啊……

施密特哈哈大笑起来，在场的人也都高兴得舒展了眉头。

32 避风港

当人们的想象超越了常识，也许会被看作谵妄。当人们经历闻所未闻的事，也许被指责为虚构。那么就把所有的想象和经历都记录下来，让时间去证明那一切。

　　杜时光觉得有什么东西在重重地压迫着自己，整个身体沉重得像被锁链一道一道捆住一样，让他呼吸困难，耳朵里嗡嗡乱响，脑子里也模模糊糊。他的眼前突然像划过一道闪电一样，猛一惊，睁开了眼睛。他的眼前已经不是漆黑一团，而是可以看到一些微光，但是沙尘暴仍然没有减弱，风卷着沙石冲击着蘑菇石，发出尖厉的怪异的呼啸声。大自然竟然还有这样的音乐。他想活动一下自己的身体，可是动弹不了，他用力晃了晃身体，才发现自己从胸口到脚尖已经被一大堆沙石埋住了。他慌忙用手拼命地推，把胸口的沙石推开，然后又用力地蹬腿，慢慢地把压在腿部的沙石推到了两边。他又稍稍扭动自己的腰部，腰部已经发麻，他想是不是应该起来活动一下身体，可是猛烈的风让他打消了这个念头。现在他觉得又冷又饿又渴。唉，要是现在能跳进浴池里泡个热水澡，然后再慢慢地喝上一杯热茶，那该有多好。他拉开捆在胸口的背包的拉链，取出一袋航天食品，捏了几下，食品袋开始发热，他打开食品袋的口，拉出吸管，把吸管塞进紧闭的嘴唇里，一股热乎乎、香喷喷的流质让他有了一种孩子般的满足感。他稀里呼噜地吸完，把空袋子重新放进背包，拉好拉链。突然想起已经有好长时间没有收到指挥部的无线电信号。糟了！他吓出了一身冷汗。这是怎么回事？我怎么没早意识到呢？这叫什么实战训练呀？哎呀——他头上的汗珠立刻就冒出来了。本来指挥部每隔十五分钟会向他发出一个无线电信号，由他身上的无线电应答器自动应答，他自己可以从耳机里听到信号和应答。可能是没电了。他想。他霍地要站起来，头狠狠地撞在自己挖的洞顶上。他忍住疼，打开训练服上的电池袋，拉出电池，电池的绿色指示灯是亮的，说明电池没有用完。那怎么会没有信号呢？鬼城这个地方有这么鬼吗？连无线电信号都收不到？奇怪了，在沙漠里还好好的呢。无线电信号一定是受到了某种屏蔽。他用手电向四周搜索，在他的正前方也是一个巨大的蘑菇石，黑乎乎的，遮住了他的大部分视线，在他的左右两侧，也有一个个这样黑乎乎的蘑菇石，再低头看看自己，哎呀，自己被深深地嵌在一个洞里，头顶上是一块凸出的巨大的石片，把他罩得严严实实。怪不得呢，原来我被屏蔽在这个无线电盲区里了。没有信号，指挥部的同志们一定很着急，必须赶快跳出这个屏蔽区。他看了看时间，现在是凌晨两点十分，指挥部至少有五个小时没有收到我的信号了，他们甚至不知道我的位置，想想这是怎样难熬的五个小时！他把背包重新捆好，伸腿蹬开四周的沙石，双手支着地面，一点点往外挪，耳朵里一边仔细听着无线电信号。

他离开了自己的避风港，风似乎更强劲了，沙石噼里啪啦地打在航天服上，他重又采取了匍匐的姿势，奋力向空旷地带爬去。

时间一分一秒地过去，耳机里仍然没有声音。沙石在他身体的一侧堆成一道线，等他爬过去，眨眼就被吹得无影无踪。他看见大的石头竟然有鸡蛋那么大，要不是这身航天训练服，遇到这样的沙尘暴，真是不堪设想。可是沙漠里的骆驼，它们在哪里藏身呢？它们也许十分敏感，早在风暴到来之前就已经逃到遥远的安全地带了，比如，有芦苇、树丛的地方，或者有土丘的地方，到那里去与老鼠、狐狸和狼为伍了⋯⋯

忽然，耳机里吱地发出一声刺耳的尖厉的声音，紧接着就听见了指挥部急促的呼叫：03，03，01呼叫，01呼叫，请回答。声音沙哑得就像几天没喝水了。

我是03⋯⋯杜时光放开喉咙大声喊叫，对于指挥部的同志们现在该是一个多么激动的时刻啊！我一切正常！

01听到，现在核对你的位置。

03明白。杜时光把身体侧过来，背对着风蜷缩成一团，然后掏出卫星定位仪，屏幕上显出他的经纬度，他向指挥部报告了自己的位置。

核对无误。

杜时光想，指挥部的人也许会松一口气了。沙尘暴总会结束，现在需要回到避风洞去，等待沙尘暴的结束。正好趁这个时间好好思考一下这次实战演习的经验教训，总结出一点东西。于是，他向指挥部报告了沙尘暴和避风洞的情况。

这时，耳机里又传来一个声音，时光⋯⋯你⋯⋯听到了吗？竟是一个女人的声音，信号不清楚，这声音断断续续的，喂，时光⋯⋯杜时光使劲想听清这沙沙的声音，这是谁啊？我是03⋯⋯他大声回答，他忽然想，一定是负责监测他身体指标的医生。

时光⋯⋯你⋯⋯你⋯⋯还好吗？

03一切正常，心跳、血压、呼吸⋯⋯

时光，我是雪雁……

啊？杜时光立刻觉得心跳和血压都不正常了。怎么会是雪雁的声音啊，是幻觉吗？不，我听得很清楚。

时光，我在指挥部。

你怎么会在指挥部？杜时光更奇怪了。

时光，我是专门来采访你的，指挥长同意……我和你通话，你……还好吗？

雪雁，放心吧，我很……很好。只要沙尘暴在设定时间以内停息，我就可以坚持。

时光，首长说，你这次已经创了新的生存纪录，我们都为你高兴！

这时候，杜时光心里竟觉得热乎乎的，就像小时候喜欢在女孩儿面前逞能的感觉，可是此刻他不能多想别的，必须集中精力。他只说了一声，谢谢你，雪雁。

03注意。这时又传来指挥长的声音。01同意你的避风方案，注意，每隔一小时进行一次通话联络！

03明白。

杜时光嘴上说明白，可心里却在想，这意味着每隔一个小时他又要爬到这里来与指挥部联络一次，然后再爬回去，可是同志们，你们不知道这是多么艰难的行程啊！

他转过身，又返回到原来藏身的地方，可是到了跟前，他觉得有些异样，连忙打开手电，他倒吸了一口冷气，原来，蘑菇石顶上的那块大石片不知道什么时候已经塌了下来，正砸在他原来藏身的那个洞口上。真是巧极了，天下不巧就没有故事，临时避风洞差一点就成了我的永久藏身洞了。他又仔细观察周围的情况，蘑菇石塌下来以后，虽然盖住了原来的洞口，可是在它的两侧又形成了新的容身的空间，只要稍微扩大一点就行。他又掏出匕首一刀一刀地加工起来，随着碎石噼里啪啦地掉下来，容身的空间又慢慢形成了。他侧身挤了进去，但他很快就发现这样不行，因为他的身体侧面全部暴露在沙尘暴的袭击中，用不了多长的时间，他的身体侧面就会被沙尘暴击伤或者被冻伤。他只好退出来，继续开掘，直到整个身体都躲了进去。他把这里叫作避风港。

沙尘暴仍然疯狂地逞着威，一点也没有要减弱的迹象。每过大约五十分钟，杜时光就从这个避风港爬出去，到先前接收到无线电信号的地方与指挥部进行简短的通话，然后再返回。

看来航天员在地面的活动也很复杂。指挥部组织这次实战演练太重要了，这次沙尘暴对航天员今后从空间返回又多了一份对付恶劣气象条件和地理环境的宝贵经验。如果考虑得更远一点，将来登陆经常爆发沙尘暴的火星也是一次很好的预演啊。

天终于有点亮了，天空仿佛被蒙在昏沉沉的黄雾之中，但是终于有亮光了。杜时光看了看时间，现在是早晨七点一刻。他观察着四周，疯狂了一夜的沙尘暴仿佛把地面揭掉了一层。原来这里也许是水草丰茂的绿洲，是人们放牧、耕种、安居的乐园，可是由于青藏高原的不断隆起，这里的环境发生了天翻地覆的变化，它变得荒凉、严酷，出现各种极端的天气现象。他想起上小学的时候去雪雁家玩，雪雁的父亲给他们讲过，因为青藏高原的隆起，西北地区的气候条件越来越恶劣，造成沙漠扩大，冰川融化，在黄河的源头，一些原本流向黄河的支流改变了流向，流进了沙漠，可是对黄河源头的变化，人们了解得还很少……

杜时光此刻想，将来有一天，要是我上了太空，一定要给这里拍出最清晰的照片，要让科学家们看见这里的每一片沙漠，每一个雅丹地貌，每一个泉眼，每一棵小草……可是自从加加林上天以来，已经有很多人为此魂系太空，挑战者号、哥伦比亚号……人类征服太空的旅程现在还仅仅是迈出了一小步，将来有一天，人类还要飞出太阳系，那又会有多少未知、多少艰险啊……

他很想用手去揉揉眼睛，现在要是有水洗洗脸、刷刷牙该多好。这里是戈壁沙漠，是全年降雨量不足十毫米而蒸发量高达两千毫米的地方，可是我竟然来到了这儿。看来，航天员就是要哪儿都去，就像有一次训练科目一样，假设飞船溅落在太平洋上，附近上千海里的海面上没有一座小岛，没有友好国家的舰船，没有直升机……再比如落在北冰洋的浮冰上……

03，请注意。指挥部又开始呼叫了，我已经向鬼城外围地区投放无线电中继设备，请随时保持联系。

03明白。杜时光回答。

03，请注意，直升机已经飞往指定区域。

03明白。

杜时光立刻打开背包，取出烟幕弹，向着天空打开，顿时一股浓重的橘黄色的烟雾嘶的一声，在沙漠上空袅袅升起，慢慢地升得很高很高。过了几分钟，他听见直升机的隆隆声由远而近、越来越近……

33　女高音

一个女人需要的，也许并不仅仅是一个男人所给予的家庭生活内容，其实她也渴望另一种有点超乎友谊的激情，女人是希望自己被很多人爱着的，只是矜持的女人往往掩藏着自己内心的渴望，生命的火山下是炽热的岩浆，达到一定的沸点就会喷发……

　　余锦菲的家是她自己设计的。这是一个带小花园的二层楼房，一层还有一个很大的车库，车库已经被改造成雕塑工作室了。从小花园的景致不难看出女主人的情趣。白色的楼房门口两旁是小花坛，里面是修剪整齐的冬青树，再往里就是栽培的花卉，这里面月季花最多，现在红色和白色的花儿正在绽放。这里没有假山石，在几处恰当的地方有几个雕塑，那雕塑不是人像，而是几个抽象的物体，说它们是什么都可以，风、流水、火焰……

　　一楼进门是高大的客厅，身材再高大的人进门都会显得矮小，这是一般城市家庭少有的高度。余锦菲总是对来访的客人解释自己的设计理念：要知道我家有一位天文学家，他整天仰望天空，屋顶矮了，他回到家里也许就会觉得压抑呢，再说我的儿子也会飞得更高……屋顶的灯也设计得独具匠心，这里没有那种华丽的大吊灯，而是很多小小的射灯，灯光明亮又柔和，因为是冷光灯，所以灯光有点发蓝，抬头看看就仿佛置身在夏夜的星空下，头顶群星璀璨。客厅里除了宽大柔软的沙发，靠一面墙还有巨大的电视机和高品质的音响设备，那一个个高高低低的音箱给这间客厅增添了不同凡响的气势。

这会儿，梅娟正在厨房准备晚饭，菜单是余锦菲安排的，有各种冷盘和热炒，还有餐后的西点。她把餐厅也重新布置过了，洁白的镂花桌布，一小瓶鲜艳的花，银亮的餐具和水晶玻璃杯也都显现着女主人高雅的品位。余锦菲还亲自磨了哥伦比亚咖啡，浓浓的咖啡已经煮好，在透明的玻璃咖啡壶里保温，谁进来都会被这南美的咖啡香味儿深深吸引。

一切都准备好了，余锦菲又嘱咐梅娟客人来后的琐细事，之后来到客厅的大落地窗前，刚要拉上白色的纱帘，就看见一辆黑色的小汽车驶进院子。她拉上帘子，来到门口。杜克成进门了，身后跟着一个身材高大魁梧的男人，棕色的头发，灰蓝色的眼睛，还长着一脸浓密的络腮胡子，他抱着一束粉红色的玫瑰花。杜克成把施密特请到余锦菲面前说，鱼儿，这位就是慕尼黑天文台的施密特先生。又转身对施密特说，施密特先生，这是我的夫人余，也就是Fish。

哦，Fish？见到你很高兴，夫人！施密特一耸肩头，微笑着将鲜花送给余锦菲，轻轻握了握她的左手。

余锦菲接过花说，哦，真漂亮！谢谢，欢迎你，施密特先生。

施密特刚想跟着进屋，忽然想起什么，又站住了，他从衣袋里掏出一个精美的盒子，上面扎着一条粉红的丝带。他对余锦菲说，夫人，这是我送给你的礼物，但愿你喜欢，是卡拉斯的歌剧CD，我从德国买的，音质很好。

啊，太好了，真的很感谢！余锦菲接过盒子，看了一眼曲目介绍，她喜出望外地说，多年来我一直喜欢卡拉斯。

噢？施密特一弯嘴角，一副很得意的样子。

杜克成在一边笑了。看来艺术真的是不分国界的。他说。

天文学也一样。施密特说。

但愿是这样。杜克成回敬了他一句。

施密特来到客厅坐下，接过余锦菲递上的咖啡，喝了一口，放下杯子站起来。他的眼睛被客厅的一切吸引住了。他仰望屋顶，对杜克成说，杜，你的房子多么漂亮啊，真羡慕你有一个懂艺术的太太，一位女雕塑家！

杜克成说，是啊，有这样的太太我也被迫把艺术当成必修课了。

为什么？施密特认真地问。

否则就没有共同语言啦……

两个男人响亮地笑了。余锦菲却专注地看着CD盒上的介绍，然后走到音响前，把施密特送的碟片放进CD机，她把声音调到一个最适合的位置，随着宏大的乐队的前奏，卡拉斯划破夜空般的歌声回响起来，如同一位天使站在苍穹里对着尘世纵情高歌。第一首是普契尼《蝴蝶夫人》中一段咏叹调《晴朗的一天》。卡拉斯具有冲击力的歌唱一下就吸引了屋里所有的人。杜克成和施密特不说话了，余锦菲也坐在沙发上。她觉得任何一位女高音都不能与卡拉斯相比，卡拉斯的歌声总是让她想起那些绝世的西方古典雕塑，比如那个张着一对翅膀，却没有头颅的古希腊神话中的胜利女神《萨莫色雷斯尼凯像》。假如她真的存在过，那么她也许就会像卡拉斯这样歌唱。卡拉斯的歌声是人们对一种声音的向往和臆想，是一种空灵的想象，人们渴望这种犹如天籁般的歌声。第一次听到卡拉斯演唱的歌剧《托斯卡》，她就被深深打动了，卡拉斯那好像没有极限的高音有一种征服的力量，是的，是一种征服的力量……

喂，女主人，你要等音乐会结束才开饭吗？这时杜克成打断了入神的余锦菲。

余锦菲回过头，脸上有点发窘。对不起，我……她站起来，说，施密特先生请吧，我们的晚餐早就准备好了。

三个人来到餐厅。施密特坐下，铺好白色的餐巾，看着桌上丰富的菜肴，又是一番感慨，他的感慨总是只有三个字——太好了！

余锦菲打开红葡萄酒，杜克成也打开了一瓶白酒。

来吧，施密特先生，按中国男人的习惯，我们喝白酒吧。说着就给施密特斟酒，施密特只是看着说谢谢，却不阻拦杜克成斟酒。余锦菲在一旁笑了，她想，也许这个德国人并不知道中国白酒的厉害，就替他阻拦杜克成，我想你可以请施密特先生先尝尝这种红酒，是真正的葡萄汁……说着用眼角扫了一眼兴致勃勃的杜克成，又说，别忘了你自己喝这样一杯白酒会怎么样……

杜克成没有理会她的话，还是只管斟满酒杯。我已经很长时间没有喝酒了，今天我们一醉方休！

这时施密特很有礼貌地为余锦菲倒了一点红酒。

来吧，为友谊干杯！杜克成大声说。

接着三个人举起了酒杯，三只酒杯碰在一起，发出玲珑的脆响。

杜克成干了一杯，施密特看看他，又看看杯里的酒，一仰脖子也喝下去，他的脸立刻涨红了，不是醉了，而是被高度酒辣的。他眨了眨灰蓝的眼睛，差点就流泪了，但还是看着余锦菲快乐地笑了。余锦菲嗔怪着杜克成，又赶快请施密特吃菜，而杜克成却像个孩子似的哈哈大笑。

施密特并不在乎杜克成的白酒，他的眼睛一直没有离开余锦菲。他问道，夫人，你去过德国吗？

哦，我去过法兰克福、柏林，还有波恩，参观过很多博物馆和美术馆，也看过雕塑展。余锦菲慢慢抿着高脚杯里的红酒说。

不过，我个人认为，今天的德国已经没有真正意义上的人体雕塑了……施密特说。

施密特的话让余锦菲吃了一惊，她原以为他不会对雕塑感兴趣。她说，可我不这样想，我在德国看过很多雕塑展览，特别是现当代的雕塑展，有很多出色的作品，我觉得，德国的雕塑家在探讨与观众交往的方式上没有任何束缚，他们的作品多姿多彩，特别是在装饰艺术上，有很高的成就。余锦菲对施密特有点偏颇的说法不以为然。

杜克成又举起酒杯，他打断了关于雕塑的谈话，来吧，施密特先生，为九峰山天文台与慕尼黑天文台的友好合作干杯！

施密特显然很愉快，他和杜克成干了一杯又一杯，对每一道菜也赞不绝口。当梅娟端上一盘鱼的时候，杜克成说话已经吐字不清了，但还是坚持要与施密特再干一杯。余锦菲只好劝说他们吃了西点，然后又让他们到客厅继续喝咖啡。杜克成坐进沙发，还没端起杯子，眼睛就睁不开了。余锦菲让他顺势躺下，又叫梅娟拿来毯子给他盖上，然后陪施密特聊天。施密特虽然脸红了，却没有醉，只是有点滔滔不绝。

我很抱歉，夫人，我不知道杜会喝这么多，我也是。施密特显出一点不好意思的样子说。

没关系，施密特先生，你完全不用介意，就像在家里一样最好。余锦菲说。

夫人，你是这样善良……我真不知道……施密特说，哦，我曾经给杜说过，我希望看到你的雕塑作品。

那好吧，我带你去我的工作室，看看我的作品。

那太好了，谢谢。施密特说着，迫不及待地站了起来。

余锦菲连忙请梅娟照看杜克成，自己就带施密特去工作室了。她打开门，施密特立刻惊奇地睁大了眼睛，在他的身旁伫立着各种雕像，那些雕像的姿态、情态……噢，天哪！他忍不住发出感慨：太美妙了！

余锦菲说，这都是要办展览的作品，有的在修改，还有的正在创作中。

施密特在一座雕像前站住了，他久久地注视着这座和真人一样高的作品，一位青年女性一手拎着一把伞，一手拿着考勤卡。她的头发被淋湿了，有一绺贴在脸上，她的衣裳也湿了，贴在身上，丰满的胸部显现出女性的美感。只是她低垂着头，看着手中的卡，眼里一片失落和茫然，塑像神情很真实，仿佛就是身边一个发出轻轻叹息的人。

她是谁？发生了什么？施密特问。

余锦菲解释说，这座雕像叫《下岗女工》，这是一个失业的女人。

施密特点点头。你表现了人的复杂内心世界，这是活的雕塑。

活的雕塑。这是余锦菲第一次听见有人这样说雕塑作品，尤其是从一个德国天文学家的嘴里说出来，她觉得这个词应该有它特别的含义。

德国需要像你这样的雕塑家。施密特沉吟了一会儿又说。

余锦菲说，我觉得雕塑既是世界的，也应该是民族的，每个民族都会找到表达自己意愿的雕塑语言，德国也不会例外……

不不不……施密特用力地摆摆手。夫人，你知道，今天德国的雕塑和绘画如同整个西方的雕塑和绘画一样，已经迷失了，它们脱离了人类共同的感受和忧虑，也就是说，脱离了人的精神处境，变成了创作者个人意愿和梦境的表达……我是说你应该到德国去。

余锦菲发现施密特很认真地看着自己，他的灰蓝色的眼睛里透出一种说不清的深意。

我的作品在德国未必会有人喜欢。余锦菲说。

一定会深受欢迎，我敢肯定。施密特十分自信地说。对于一个正在忍受精神贫乏的民族，你的作品会像温柔的风一样……当然，不会所有的人都喜欢，也不会有特别多的人，在德国，任何艺术，都有人喜欢，但人数都不会很多。对于一个雕塑精神贫乏，但是技巧上十分纯熟的民族来说，尤其是这样。

这时余锦菲忽然有点感动，很少有人这么专注地看她的作品。有人即使认真看了，也是为了自己写美术评论。

我看过一些雕塑展，不过都是男雕塑家，我有个朋友就是雕塑家……施密特说。

女性做雕塑的是比较少。余锦菲说，有人说雕塑属于美术创作中的重工业，所以从事这种工作的女性就很少。

施密特像着了迷一样，在每一件作品前都要停留一会儿。

这尊雕像很有趣。施密特说着，在一座白色大理石作品跟前站住了。

这是谁？他在看什么？施密特回头，向余锦菲眨眨灰蓝色的眼睛问道。

这尊雕塑的名字叫《远行者》，我已经做了很长时间，可还是没完成。

他去了哪儿？施密特问。

他……他……余锦菲有点结巴起来，可是施密特并没有在意，而是耐心地等着她说下去。

他为了一项科学事业远去了，不过，我不知道他走了多远……他只是远行了。余锦菲终于说了出来，她认为，对于施密特，这是唯一恰当的表述。

嗯——施密特沉吟着点点头。我看出来了，你的雕塑都是为你心中的人做的，怪不得你有这么多的作品。

余锦菲听着觉得心里有点发酸，杜克成什么时候也能对自己有这样的理解呢？她曾经让杜克成看过这尊塑像，还让他看着她一锤一凿地修饰，可他却从来也没有像施密特这样兴奋的表情。为此，她还和他争执过。有一次，她冲着他那双深度近视眼大声说，你怎么从来都不知道对我说一句赞美的话呢？杜克成却反问她，你把作品创作出来，你的内心已经得到了别人体验不到的满足，为什么还要别人赞扬你呢？你怎么知道我心里已经得到了满足呢？她有点愤怒，他竟然这么不通情达理。艺术创作就是探讨别人内心里隐藏着什么，而天文学也是一门大艺术，就是要搞清楚宇宙里隐藏着什么。杜克成似乎答非所问……这个人啊，真不知道怎么和他对话。余锦菲觉得自己的神情一定黯淡下来了。

你一定熟悉罗丹的《思想者》吧？施密特忽然问道。

不朽的雕塑。余锦菲说，她脑子里还在想着和杜克成的争论，对施密特的提问，一时不知道怎么回答。

那种低头沉思的姿势是一种哲学的形态……施密特说。

余锦菲觉得这是一个可以真正谈艺术的人，是一个可以谈雕塑的人。

不过，我不知道你为什么不刻画他的眼睛？这应该是他最重要的部分。施密特问道。

我……

还没等余锦菲开口，施密特接着说，我想你现在只是故意忽视了它，或者，你还没有找到好的表现方法……嗯，我想是这样，不是吗？

余锦菲正在考虑如何回答他，施密特又说，对于一个雕塑家，眼睛是最重要的。当然，对于天文学家也一样。天文学家必须看见宇宙的深处，而你要看见你塑造的人物的内心深处……施密特有点得意地笑了。

余锦菲觉得眼眶有点发热，她说，真的，眼睛是最重要的。

对了，我懂了，你如何表现它们……我懂了……杜在天文学上是很有造诣的，只是我也担心他的视力会出问题，他的负担太重了，这儿与德国和其他国家不一样，在中国，一个科学家还要负责管理同事的住房等问题……

余锦菲忽然心头一热。施密特先生，真的很感谢你如此理解他。我早就建议过我丈夫放弃那些力不从心的工作。

施密特的眼睛好像闪过一道光，他立刻说，我很想邀请杜到慕尼黑天文台去，我们再一次合作。慕尼黑天文台有先进的设施、充裕的资金，还有一流的科学家。我们的合作不仅大有前途，而且更易于获得国际承认。他也用不着每天两只眼睛紧紧地盯着望远镜的目镜或者电脑显示屏，我相信，这对他的视力大有好处……

施密特滔滔不绝地说着，他有那种天生能打动人心的温和的嗓音，他的伦敦音的英语给他增添了几分绅士风度。

帮我劝劝他吧，夫人，科学是没有国界的，现在到处都在搞国际合作，天文学上的国际合作很普遍，甚至于可以说，现在没有国际合作是搞不出什么像样的研究成果了。现在有很多中国人在德国搞研究，搞艺术，你给他一些劝告吧，或者你们一起去，我会安排好一切……施密特很专注地盯着余锦菲的眼睛，他的眼睛传达的也许比他说的还要多。

余锦菲的心里有什么东西在往上涌，但是她强忍着自己，没有让它冲出来。

Fish，去德国吧，慕尼黑是个好地方，特别是冬天的滑雪场，世界闻名，夏天的阿尔卑斯山更是欧洲著名的度假胜地……去看看吧，你会喜欢的……

余锦菲抬头看着施密特，忽然很想亲吻他一下，可她却没有那样做。

临出门的时候，施密特拥抱了余锦菲。他嘟哝着说，晚安，亲爱的Fish，我希望有一天在德国见到你！

余锦菲感到施密特的络腮胡子贴着她的脸颊，她在他的拥抱中停留了一下，哦，这温暖的、宽厚的、可依靠的怀抱……很多年她都渴望这样的拥抱。还有很多个夜晚，在很疲惫的时候，她都渴望他的拥抱，可那夜晚的天空却比她的柔情更吸引他……

34 交锋

竞技场上，角斗士在搏斗，酣畅淋漓，尘土飞扬……荣誉和奖章在召唤他们。唇枪舌剑，似乎是一种纯粹智力和理性的较量，隐藏在背后的却是实力或优势……

杜，我非常非常妒忌你。第二天一早，施密特在天文台门口见到正在等候他的杜克成时说。杜克成和他握了手，说，施密特先生，我必须对你说抱歉，昨晚我真的喝多了，你知道我平时不喝酒……施密特大笑起来，我也喝多了，不过我很高兴。

那太好了。杜克成说着就与施密特一起来到会议室外面的露台上，在早晨清新的空气中，在微风摩挲树叶的沙沙声中，两个人聊起天来。

施密特说，昨天晚上我看了你的Fish的雕塑……

杜克成说，我相信，我的夫人一定没有让你感到不自在。

施密特说，我没有丝毫的不自在，就像当年你在我家里一样。我的夫人好长时间一直对你念念不忘，这次来，她还特意要我问候你和你的夫人。说着，施密特露出神秘的笑容。杜，你的夫人太漂亮了！所以你妒忌我？

不，不，我妒忌的不是这个。施密特连连摆手。我妒忌的是，你的夫人对你一往情深。

杜克成笑起来，笑得很天真。

那么，你就不想对她有所补偿吗？比方说，让她到德国去走一走，看一看？施密特注视着杜克成的表情。

噢，这个……杜克成觉得有点可笑，无论是作为客人，还是作为朋友，这样的关心总显得有点不正常，但是人家是未来的或者说潜在的合作伙伴，他没有理由对人家发脾气。于是他说，我夫人到欧洲去过很多次，当然也去过德国，她想去的时候，自己就会去的。

这个杜克成，他真是一个不一般的中国人。施密特心里想。他曾经用这样的方法，打动过一些中国人的心，让他们放弃自己僵硬的立场，使谈判的天平向自己倾斜。但是杜克成却不是这样，从前对他有所了解，可没有想到他会这样寸步不让。他有些失望。在他看来，保持己方在一切科学研究中的优势地位，其重要性要胜过科学研究的最终目的。因此，要努力用必要的手段尽力保持自己的优势，因为，无论你愿意不愿意，对方也是在用各种手段争取自己的优势，杜克成也是一样。他决定转换一个话题。

杜，我在你的家里看见了Fish的一件还没有完成的作品，《远行者》，它给了我很深的印象，它充分展现了你的Fish非凡的雕塑技巧和洞察人内心世界的能力，我猜想，她的内心已经被我看到了。

杜克成一言不发，默默地听着。

如果她在德国，我相信，她的雕塑作品一定会在欧洲产生影响。施密特一边说，一边密切注视着杜克成的表情。可是，杜克成的表情就像他厚厚的眼镜片后面的眼神一样，没有什么变化。

我想，这件作品的主角不是你，这不是为你创作的，而是她心中的另一个人，哈哈哈……施密特突然大笑起来。

杜克成也笑了。文化上的一点点差别使人对事物的理解却是千差万别，在他看来很平常的事，在施密特看来却是值得大发议论的。他看见施密特的脸上显露出真正的疑惑。西方文化有它的局限性，很多情况下，我们能够理解他们的文化，可是他们却无法理解我们的。

杜，请告诉我，那人是谁？施密特急切地问。

那人是谁，对于我并不重要。可是对于雕塑家，每一个人都非常重要，都可能成为她的创作对象，包括你和我，还有别的很多人，每一个人都可能成为她内心深处的人，又都可能不是。

嗯。施密特听着，不住地点着头。我十分赞赏你这样深刻地理解你的夫人。不过，我还是认为，这样一件作品所透露的，绝不只是一个一般的创作对象，而是另有深意，比如说，她年轻时曾经有过的一个恋人、情人……

这样浪漫的想象对于艺术家是必要的，因为他们需要在平淡的生活中找到有可能成为创作素材的东西。而对于天文学家，那并不重要，因为我们总是在黑暗中搜索最暗淡的光斑——

你是说，作为台长，你现在还亲自从事观测工作？施密特惊讶地瞪大了眼睛。

杜克成点点头。

施密特忽然觉得内心深处有什么东西被轻轻触动了一下，因为在很多情况下，像他这样的资深教授，又是担任领导工作的人，已经很少从事观测工作了，重要的观测工作都由助手或者课题组的其他成员承担了。

可是，老朋友不远万里而来，你也舍不得放弃这样一个夜晚的观测吗？

这，这是因为——

施密特用一个手势打断了他。如果换了我，我会形影不离地陪着你。

那是因为我有一个十分重要的观测，真的很重要。

什么观测？

我发现了一个可疑的暗淡的光点，它在移动……

噢——施密特敏锐地点点头。也许那真的是一次重要的观测，但是，这样的一个暗淡的光斑，你大可不必对它寄予多大的希望，它可能只是一块碎片，充其量也不过是柯伊伯带的一个小天体而已。施密特轻描淡写地说。

我也是这样想。不过，对于我们的太阳系巡天计划来说，任何一个移动的天体都非常重要，无论它是小行星、彗星，还是柯伊伯带天体，哪怕是一块碎片。杜克成很认真地说。

是啊，无论如何，发现一个柯伊伯带天体在天文学上也算是一件事，只不过有人认为这样的天体有几十万个，一个人如果有十辈子，也是找不完的。

可是我认为，它的重要性在于，我们要研究太阳系，如果不能深入地了解太阳系的边缘，那么，我们对它的认识就是不完整的。

嗯，不过，我还是劝你不要太认真，因为，因为……如果你有发现一颗行星那样的运气，我倒是要祝你好运。施密特冷嘲热讽地说。

行星？如果它存在，也是要人去发现的。杜克成仍然很认真地说。

哦……我们在说些什么呀？我不知不觉地又被你扯到这样的问题上了，我几乎忘了我最想说的，就是关于Fish……施密特突然像醒悟过来一样，故作惊讶地看着杜克成。上帝啊，她太迷人了——

我以为，昨天晚上你们一定谈得很好——

当然啦，不要低估我的魅力，尤其是对Fish这样自恃高傲的女人——施密特故意凑到杜克成的面前，我是最出色的……

你作为客人，我和我夫人理应以礼相待，但是作为男人，也应该保持君子风度。中国有句古话……

哈哈哈……你看，你被我引到关于男人和女人的话题上来了，我胜利了。

杜台长——门口传来了秘书丁岚清脆的声音。

丁岚，过来吧。杜克成说。

对不起，打扰了，施密特先生。丁岚充满歉意的脸有点儿红。她来到杜克成面前，轻声问，杜台长，您还没吃早饭，要我去给你准备一点吗?

杜克成点点头说，谢谢，简单一点就行。当回过头来，他看见施密特注视着丁岚走出去的背影，丁岚是那种面容不用任何化妆品都漂亮的人，白皙的皮肤，黑黑的眼睛，加上文雅的气质，谁都会看到一种脱俗的美丽。她颀长的身材也是穿什么都好看的，今天一身淡雅的职业装更让她显得清新大方。怪不得施密特的目光回不来了。杜克成想笑他，可又想起一个话题，便对施密特说，我们有一个年轻学者的培训计划，准备花三年左右的时间，通过台际交流或者校际交流，让他们到国外著名的天文台或者大学的天文专业进修，慕尼黑天文台也在我们的考虑之中。

你当然要把它放在首选的，首要的位置，并且，你知道应该派谁去。施密特大声说。

谁去谁不去，不仅要看他们选择的研究方向，还要根据本人的意愿，这样进修才能产生预期的效果。杜克成说。

至于交流嘛，我不敢保证我们那里有没有人愿意到这里来。施密特不想退让。

有人愿意，已经有人跟我们表达意向了。

谁？施密特警觉起来。

伊琳娜·克劳德。

杜克成看见施密特脸上的表情突然变了，不过他还是装出一副无所谓的样子。

噢，原来你比我更有魅力。杜，那可是我们台里最漂亮的一个啊。

不只是她一个人，还有好几位希望来这里作短期研究。

什么？没想到你居然悄无声息地要把我吃掉——

杜台长，您的早餐。丁岚端着一个盘子走过来，把它放在露台的一个小桌上。

我要吃掉的是这个。杜克成看看施密特，说。你用过早餐了吗？

施密特凑过来看了一眼，一杯酸奶，几片面包，还有一点榨菜。他的嘴角露出一点不屑的讥诮。

我还是很怀念慕尼黑的小圆面包，刚刚从烤炉里出来的那种，又香又软，特别是那种带果仁的。杜克成一边吃一边说。再加上一杯纯正的浓咖啡，那味道真是让人胃口大开。我一口气儿能吃五六个小圆面包，有时还要抹上花生酱或者草莓酱，或者苹果酱……我那时候真希望自己长两个肚子。

你是把赶早班车的德国人的早点当成美味佳肴了，我倒是喜欢这里的大米粥，这才是真正的美味。

那好啊，我们两个可以换个地方……

施密特耸了耸肩，没有说话。

你犹豫了？我看，你还是到我们这儿来吧，带着你的亲爱的一块儿来，我们一起工作，怎么样？

施密特脸上露出了苦笑。

谈判时间到了，人们陆陆续续地走进了会议室。

好吧，老朋友，看来我们应该回到会议室，讨论一下我们的合作协议了。施密特说完，朝会议室走去。

不，施密特先生，请等一下……褒曼突然出现在露台上，阻止了他。

杜克成和施密特都有点意外地看着她。

我希望这是一个真正互利互惠的合作协议。杜先生——褒曼这时转向杜克成，说，也就是说，不是单方面的，而是双方都有贡献，又都受益的合作。

杜克成立刻就想到了，她这是在要价。他就说，当然，我十分赞赏你的意见，褒曼女士，九峰山天文台和慕尼黑天文台要进行的合作，肯定会使我们双方在资源共享和数据共享方面做到最全面、最充分的互通有无，共同受益。

那就好。但是我认为，我们的合作不应该仅限于资源和数据共享，还应该有更广泛的内容，比方说，人员的交流……褒曼的脸上露出一种狡黠的神情。

她的眼睛可真漂亮，像晶莹的星星，又像皎洁的月光。杜克成看着褒曼在想。这时候他已经猜到褒曼的心思了，但是对于九峰山天文台，能与国际上知名的天文台进行更广泛的合作，当然是一件让他高兴的事，只不过这种合作不要附加什么让人无法接受的条件。

这时褒曼说，杜先生，你刚才已经和施密特先生谈到，希望慕尼黑天文台年轻的人才到九峰山进行短期研究，我认为，这种单方面的人才流动是不令人满意的。

杜克成说，噢，吸引国外优秀的科学家到九峰山天文台工作，是我们的一贯做法，也是国际上通行的做法，我们也鼓励这里的青年学者到国外进修、深造，这是保持天文学工作有长久生命力的一种有远见的交往。

施密特和褒曼一边听着，一边交换着眼色。

褒曼又说，看来杜先生在这方面比我想得更远。不过，据我所知，中国派往国外从事访问研究的学者，有的是因为在国内不太受欢迎，个人前途不太光明的人，也就是说，他们想到国外去找出路，或者增加点什么研究背景。而真正有才华的、顶尖的科学家，尤其是年轻科学家，你们是不会放走的……

杜克成回头看看施密特，他笑起来，然后大声说，看来，我当年到慕尼黑天文台去，也是个前途不太光明，或是想去你那里找出路的人。施密特先生，是这样吗？

施密特有点儿尴尬地笑了笑，说，褒曼女士显然不是这个意思，依我看，真正能够得到国际资助，到国外进修的访问学者，大都有自己的研究课题，在某个专门领域有一定的造诣，就像当年的你。当然喽，凡是在慕尼黑天文台工作过的国外科学家，回到国内都成为他们学科的主要力量，或是领导者，就如同你现在这样。杜，我当然欢迎你再去，现在就去。施密特意味深长地拍拍杜克成的肩膀。

谈判进行了一半的时候，大家出来休息，到露台上看风景。德方第一次到九峰山来的人着迷地看着不远处的教堂，在一片绿荫中，红色钟楼上的尖塔耸立着，给这里的山色增添了一种异国情调。

杜克成看见褒曼和周轶军也来到露台上。他们来到一个角落，褒曼对周轶军说着什么，忽然她笑了，红红的嘴唇，洁白的牙齿，那笑容就像一缕阳光般的明媚。接着褒曼把一只手放在周轶军的肩头，看着他的脸。周轶军不住地在点头。露台上好像没有人注意到褒曼的举动，可是杜克成却在想，褒曼在对周轶军说什么呢？他又想起周轶军那本书，究竟是不是抄袭一定要查清楚，而现在要紧的就是自己推导的那几个公式，虽然推导出来，下一步还要到计算机上进行编程、验算，只有验算正确才能真正投入数据处理。他自己虽说在计算机数据处理方面有一定的知识，但毕竟比不上周轶军这样的年轻人……想到这儿，杜克成有点担心，也许施密特想挖九峰山天文台的墙脚。所谓的双赢，在实践中是不太可能的……

这时候，邓向辉来到杜克成身边，有点神秘地说，杜台长，你看，褒曼和周轶军就像一对谈情说爱的人……

杜克成沉默了一会儿，说，我们接着谈吧。

大家回到会议室，谈判一直持续到中午。杜克成刚想作一个谈判总结和感谢致辞，褒曼却说还要宣读慕尼黑天文台的一个文件，她很有礼貌地请杜克成允许她宣读。杜克成做了一个优雅的手势，请她开始。褒曼读的是慕尼黑天文台准备与九峰山天文台签署人员交流与合作培养协议。她刚宣读完，会议室就响起一阵热烈的掌声。杜克成有点不快，但他很快就回过神来，谁不想去具有国际先进水平的天文台进修学习呢？连他自己都想去。可是现在台里一个人恨不得顶两个人用，就连资深的研究员、教授也都经常加班，没白没黑地干……不过话又说回来，要是不让年轻人出去学习，九峰山天文台怎么能有先进的理念呢？施密特这只老狐狸，他也许正是看准了我们的弱点才这么做的……

这时候，九峰山天文台的年轻人把目光一齐投向杜克成，邓向辉靠到他身边，悄声说，杜台长，对年轻人来说，能到德国去交流可是提高自己的机会啊。杜克成点点头，然后大声说，我同意签署这样一个协议，但还要加上三条。第一，培养费用由各对方天文台负担;第二，修业期满，必须回原天文台服务至少五年;第三，协议十年不变，协议双方任何一方如有违约，协议自行终止。

他的话音未落，会议室里又响起更热烈的掌声，只有施密特和褒曼面面相觑，有点不知所措。等掌声停下来，施密特走到杜克成身边，眯起蓝灰色的眼睛说，杜，你赢了。

不，是双赢。杜克成说，大家都笑了。杜克成走出会议室的时候，心里还是沉甸甸的，因为周轶军的那本《太阳耀斑和地磁暴观测研究概论》还像一颗沉重的石头一样压在他的心上。

35 小木屋

孤独是什么？每一个人都会给出不同的答案。对于身处拥挤和嘈杂的人，孤独是一种享受；对于居住在沙漠的人，孤独是一种可怕的精神困境；对于为了事业宁愿忍受孤独的人，孤独既是困境，也是希望。

晚上，在台灯下，朱丽宁在整理白天的实验记录稿。辞去所长的职务之后，她有充足的时间做实验了。一天实验下来，各种各样的数据要记一大本，虽然有了计算机，可她还是十分重视原始记录，每天晚上把记录带回家，一个人在静得能听见自己呼吸声的屋子里整理。这样的整理是最能够发现问题的，也能找到新的实验的线索。几个月之后，她终于从像大海一般的实验数据中滤出一条最能影响黑叶猴生育能力的线索：近亲繁育。由于目前国内黑叶猴主要分布在贵州和重庆交界处的乌江支流芙蓉江两岸的山区，数量稀少，而且这稀少的数量还分成两个不同的分支，相貌上也有区别，两个分支之间各个种群相互隔绝。特别是因为近年来芙蓉江上游的开发，造成黑叶猴的栖息地进一步萎缩，各个种群之间的距离越来越远，远亲繁育的可能性几乎没有了。这样下去，终有一天要灭绝的，但是这不是自然选择的结果，而是人为地阻绝了黑叶猴繁衍和进化的道路。朱丽宁想，有什么办法呢？有没有可能通过基因改良恢复黑叶猴的生育能力，也就是把近亲变成远亲呢？想想那些在崇山峻岭中孤独地发出最后的哀鸣的黑叶猴吧，那将是生命进化史上一个多么大的悲剧！进化或者灭绝，难道任何生命真的只有这两种选择？她决定现在就着手开始，这将是一项艰巨的工作，而且，无法肯定最终会有什么结果。因此，经费从何而来？没有经费，有谁愿意跟你合作去做这种不会有什么结果的工作？她想到了野生动物保护基金会、自然科学基金会，甚至还想到了银行贷款……想着想着，她不由得笑了，她想到了这意味着要去跟很多很多的人说这如何如何重要、如何如何困难，而且，不知道能不能产生预期的结果……然后是人们冰冷的面孔、诧异的目光、悄声的议论，这个人怎么不去做点正事儿？她是不是……

现在，我也成了一个孤独的人了吗？多年前，自己好像这样说过曾在平：你总是离开家，离开得那么远，你不觉得孤独吗？那时候曾在平只是轻轻地笑笑，从不回答，也不说话。见他沉默，她就生气，她多么希望他能和自己多说点儿话，哪怕是没用的废话呢，就像别人家里的那些家常话。她常常听见办公室里的女同事给自己的丈夫打电话，安排或是嘱咐一些琐碎事，比如，家里的洗衣粉没了，你去买吧，记住还要那种牌子。再比如，今天是周末，不做饭了，晚上我们带孩子去外面吃饭吧。可是自己的生活中几乎没有这些内容。有一次她追问正在看书的曾在平，你为什么不说话？这里是你的家，不是你的草地和沼泽，也不是黄河的源头……曾在平却没有理会她的气恼，他好像自言自语，为什么要说那么多？现在的人说得太多了，语言已经多得泛滥了。一个搞研究的人不用说那么多话……那一天，她真的生气了，从早晨到晚上都没说一句话,她很想试试,看他能忍多久。后来还是曾在平先说话了,他说,丽宁,别生气,等我老了,你也老了,我一定每天都和你说话……不久,曾在平又走了好几个月,他在来信中写道:

在这里让我有一种说不出的孤独,远离尘嚣并不是所有的人都能做到的。不过孤独却会让人产生更多的想象,这是生活在喧嚣之中的人所不能体会的。因为灯红酒绿破坏了原本的宁静,人们有了太多的欲望,欲望太多又会产生不满足感。一个人的欲望得不到满足,内心就会浮躁,他的目的就是怎样去获取。而我想要的很简单,我只希望回到家里,把你拥抱在我的胸前,闻着你柔软蓬松的头发。我总是回忆你的头发那种淡淡的幽香,我不知道那是什么花香的味道,可只要想起你,那花香就会随时飘散在我的面前,于是我就会加倍地想念你。你知道我怀想得最多的却是我们的少年时代,很多事越遥远就觉得越珍贵,一去不复返的日子也就更让人留恋。我在这里想着你那时的模样依然感到无比幸福。你是多么美啊!此刻,我觉得自己说这句话的时候很笨拙,我从来都不知道怎么形容你,我这样一个人也没有更多的文学词汇,那么你或许是我心里的一片明丽的春光。我见过春天的河流,高原上春天的河是纯净的,远远看那青山的倒影,仿佛仙境一般,有一种惬人的魅力。我有时在这里会想,这也许就是人生的幸福。因为你可以感受如此的美丽景色,让你无边无际地想象,甚至追溯到人类的太初……

我有时候累了,走不动了,或是因为腿疼,就坐在一个什么地方。当我放下手里的记录本,我的脑海里出现的依然是你。有一次，我想了你很久，直到我被太阳晒得流汗，我才想起我是从早晨就开始想你的，像我这个年龄你是否觉得够痴情的呢？我想到了将来的生活，也就是当我们都老了的时候，我不会再离开你了。让我帮你造一座房子吧，用松木搭建起来，找一处幽静的地方，最好是在一个湖边。我在这里的一个村里见过人们盖房子。他们用松木搭起架子，又钉上厚实的松木板，屋顶盖了草垫子。进了那样的小屋，四处溢散着淳朴的清香。我希望我们有一处这样的小木屋，我会在房前屋后栽种你喜欢的花草，我要扎上篱笆，养一条小狗，还有一群小鸡。而我们就坐在屋前的木桌旁喝茶，你喜欢的清茶。想到这些，我总是愉快的，也就更盼望尽快回家，因为我已经闻到你的茶香了。理想主义者是痛苦的，他们给自己设计了最美好的前景，在这一过程中，所有的工作辛劳都会变得微不足道了，我就是这样过了很多年。现在我依然对这里不舍不弃，一个人孤独地走，有时候还要不断重复地走，只有浑黄的河水在身边哗啦啦地震响……

她给他回了信，寄到了一个遥远的牧区管理站，那里有一座小木屋，还有一个用白色栏杆围起来的院子。那里的景色就像最美丽的油画一样，碧蓝的天空，洁白的云朵，还有像云朵一样洁白的羊群……曾在平说，那小木屋平时只有一对藏族的中年夫妻，他们每次都会把远方的来信郑重地交到他的手上。因为在此之前，他们的小木屋从没有人写信来，所以每当收到一封信，他们都会觉得很神圣。可是他们并不知道信里写的是什么。曾在平说，丽宁，你知道吗？有一次，我把你的信读给那对夫妇听了，你对我的思念和牵挂，还有语句中表露出的绵长的爱意，竟让他们感动得流了眼泪。朱丽宁想起自己那次写给曾在平的信，不由得笑了，她在信里说，你的信让我感动，谢谢小木屋的主人，我觉得这是我愿意你留在那里的理由。我想，能有这么善良的人和你在一起，你就不会孤独了。不过，你的描述倒让我想起了美国作家梭罗的那本宁静的《瓦尔登湖》。只不过，梭罗去那里是为了独处，而你是为了你的黄河……

这时，电话铃响起来，朱丽宁的思绪被打断了，她拿起床头橱上的电话，喂，谁呀？

一个男人的声音。是我，丽宁。

克成啊！朱丽宁高兴起来。克成，你怎么样，忙吗？她问。

杜克成说，还是那样，哦，丽宁，我听说你辞职了，为什么？

克成，这不是一句话两句话能说清楚的……你怎么知道的？朱丽宁又问。

我是听邓教授说的，他爱人不是在你所里吗？

对啊，孟繁英……

前几天，我本来想给许建文打电话问问这些情况的……

朱丽宁连忙打断杜克成的话，克成，有时间我仔细告诉你，你不用给许建文打电话。哎，你找我就是说这事儿吗？

杜克成说，不是，我有件别的事情想和你谈谈。

朱丽宁说，什么事？你说吧。

杜克成稍稍停了一下说，丽宁是这样，我想当面和你谈，你什么时候方便，能到我这里来一趟吗？

克成，在电话里说不行吗？

杜克成说，不行，我想和你当面谈谈，明天怎么样？

朱丽宁说，明天我有一个实验，要做一天，后天好吗？

那好吧。

朱丽宁又问道，我们在哪里见呢？

后天下午三点半，你到教堂门口等我吧。杜克成说。

朱丽宁挂了电话，心里满是疑惑，杜克成还没有这么严肃地对她说过话。她觉得他有点儿过于严肃，还有点儿……什么呢？是有点儿沉闷，这是怎么回事啊？杜克成要说什么呢？

36 阿波罗

理想，多么美好的向往；爱情，多么微妙的情感；事业，多么崇高的追求。可是当它们遭遇黑暗和幻灭呢？

施密特走后，余锦菲的心里一直在想，世界上也有这么潇洒的天文台长，有时间和女士侃侃而谈，也有时间表现浪漫和情调，更有时间欣赏艺术；全不用像杜克成那样把两只眼睛一天到晚粘在屏幕上，一年三百六十五天也不变个样子，就像天上的星星一样，一辈子也没看见它们挪动个地方。可是施密特不一样是天文台台长吗？为什么他可以离开观测台，到中国来，这么悠闲，这么轻松，谈吐举止全不像杜克成这样成天战战兢兢，好像离了他，整个天文台就塌了天似的。天塌了也好，至少可以解放他的眼睛。唉，他的视力越来越不行了，还在那里……看看施密特，怎么他的眼睛好好的呢？还有天文台里其他的人，也没听说眼睛坏得像他这样，还要一天到晚，不是一天到晚，而是一夜到天亮地盯着屏幕……可是，眼睛要是真的失明了，那可怎么办呢？不能再这样下去了，不行！不管怎么样，一定要改变他！可是，怎么改变呢？

余锦菲整个夜里都在为这件事忧虑。认识杜克成，就是从认识他这双眼睛开始的，差不多快三十年了，从他戴着眼镜看书也要把书贴到鼻子尖的那种样子，自己就一直没有放下心来。现在倒好，鼻子尖快要贴到屏幕上了……哎呀，当妻子，当母亲，命中注定就是要这样操心的吗？生活中不知道什么时候就会出现一件小事，触发了你头脑里的不知道哪条神经，让你本来就不平静的内心又波澜起伏，偏偏又彻夜睡不着觉。可能爱操心的人就该有折磨自己心灵的理由。她在想，其实，我本质上和他有什么区别呢？只不过他的天文台是禁锢他的心灵的理由，而我自己呢？我的家，我的丈夫，我的时光和星儿，不一样紧紧地拽着我的心吗？原以为星儿最不用我操心了，因为星儿是一个最善于自我解放的人，什么也不用担忧，什么也不必计较，什么也不需要权衡，跟她父亲和哥哥最大的不同，就是不会一条路走到头。艺术的目的是改变人，可是我为什么这么多年也没有改变他呢？不仅没有改变他，反而让儿子循着他的思维方式走了下去，走到了今天不知道在天上在地下，让我的心悬在了半空里……看来艺术的感染力是有限的，甚至是苍白无力的。你连自己的丈夫和儿子都改变不了，你还能改变谁？也许应该这么说，艺术能够感染的，是有艺术灵感的人，比如，像施密特这样的人，从他看得那样仔细、认真，可以看出他懂得艺术，至少，他喜欢艺术。可是杜克成呢，这么多年，我也没有看见他认真仔细地看过我的作品。缺乏艺术灵感的人，也许认为欣赏艺术是很乏味的。真是可悲。其实那些可悲的人们不知道，艺术是真正能够解放人的心灵的，只要你热爱它。无论什么艺术，你只要尝试着去欣赏，去做，你就可以改变自己。你的心田会因为有了艺术的滋润而葱茏茂盛，你的血液也会因为有了艺术的营养而健康，你的眼睛会因为有了艺术的烛照而明亮，艺术会让你焕发青春的朝气，艺术也会让学究和书呆子不至于迂腐透顶……

余锦菲想到这儿，不由得为自己脑子里经常出现这样的奇思异想而感到好笑，谁让你有杜克成这样的丈夫，还有杜时光这样的儿子呢？这样的人根本不懂得什么叫生活，甚至可以说他们是没有艺术思维的人。

男人们为什么都成了这样？他们两个在本质上和曾在平一样，只不过变换了不同的方式，以不同的面目出现而已。那完全是因为他们的职业不同，否则，他们的表现会完全一样，已经够一样的了。一个在充满了诗情画意的黄河边上枯竭了自己的艺术源泉，而另一个，不过是徒劳地在想象和幻影的废墟上搭建自己的数据天梯……还有我的儿子，时光，你知道吗？当科学披上艺术想象的外衣，吸引着你去冒险的时候，你应该知道，你不是阿波罗神，你也不是宙斯，你没有宇宙主宰的庇佑……星儿也真是，你像谁呢？你选择了心理学……天哪，你整天分析我，我的内心几乎被你洞穿。那天你说，妈妈，无论你是不是承认，我都要说一个事实，你曾经爱过一个人，而他并不是我的父亲。他在你心里，他并不属于你，你为此感到痛苦，你常常无法排解自己，你的作品有他的影子。但同时你依然爱着我的父亲，你没有理由割舍他，你无法从他那里得到你想象中的爱，那种依然像你们初恋时的激情。我想，作为艺术家你的激情已经转移了，你的一件件作品就是你的激情的表达，你的想象力的立体模型。而我的父亲是一个天文学家，他有着另一种思维，它是混合的，理性的，哲学的，超凡脱俗的，他的工作好像是不食人间烟火的那一种。父亲有时候已经不在乎世俗的感情了，只要你还存在就够了，只要你还存在，那么爱情就还存在，根本不用再费口舌说"我爱你"这样的俗话！星儿啊，听你说这些我的心跳都加快了，我差点就坚持不住，差点就对你说出我内心的秘密……

余锦菲终于感到有点困了，她迷迷糊糊地退出了她的长篇心灵演说，慢慢进入了梦境。在梦中，她乘飞机去了西部，当飞机飞越黄河，她从舷窗里俯瞰着，她突然感到心里一阵战栗，是不是大自然这伟大的艺术杰作把曾在平和他的灵魂和肉体都融化在这儿了？此刻，他也许正在哪个村落里接受美丽的藏族姑娘献上的哈达，可是，他为什么没有想一想，他因此而窒息了另一个女人一生的欲望和梦想？他为什么？男人和女人，无论常常相隔天涯，还是时刻近在咫尺，为什么总是无法真正理解，不知道彼此到底在想些什么？为什么人生要有这么多的问号？人到底在追索什么？

飞机降落在一个荒凉得她无法想象的地方，四周都是戈壁和沙漠，她走下飞机，飞机飞走了，她一个人孤零零地站在一片无边无垠的黄昏之中。她走啊走啊，天渐渐黑了，她看见远处有一点灯光，她向灯光奔去，她跑啊跑啊，可是灯光永远离她很远。渐渐地，这样的灯光越来越多，她抬头一看，原来是满天的繁星，仿佛都在向她眨着眼睛。她几乎要绝望了，忽然，她看见了一顶帐篷，于是她问，杜时光在哪儿？帐篷里的人说，在训练。他在哪里训练？在大沙漠。那个人说。大沙漠，离这儿有多远？那个人向西边指了指，很远。她离开帐篷，向那个人指的方向走去，她走啊，走啊，走啊，走啊，翻过一座比一座高的沙丘，高得仿佛可以摸到天上的星星了，可是，她还是没有看到儿子。杜时光，你在哪儿？我的儿子，你在哪儿？你为什么不说话？她头晕目眩，极度干渴，两条腿再也迈不动了，她想扶着什么，可是周围除了沙丘，什么也没有。她的两只脚陷进了沙子里，慢慢地，她周围的沙子开始流动，一点一点地侵蚀着她。我会不会被沙子埋在这儿？几千年以后成为一具木乃伊？她想把自己的腿拔出来，可是她身边的沙子却像海水一样向她涌来，她觉得自己越陷越深了，就像一个不会游泳的人就要被大海吞没。人是有高度智慧的生物，绝不会被这无生命的沙子吞噬！她用尽全身的力量奋力地一跃，突然，她觉得自己飘了起来，轻轻袅袅，像一缕烟，在茫茫的沙海上升起来，向着太空飞翔……我是阿波罗。她想。儿子，我是阿波罗，我要到宇宙间去俯瞰你，寻找你，照耀你。太空真美啊，跟我以前想的不一样，美丽的星辰，缥缈的银河，还有流星和彗星匆匆来去，就像悠远的梦。怪不得你爸爸一年到头眼睛就像长在了屏幕上一样，一眨不眨地窥视着星空，原来，他一年到头天天在欣赏这太空的梦境……还有你，比你爸爸走得更远，竟然想到这太空的梦境里遨游，还想到别的星球上建立自己的梦幻城堡……可是，你们知道吗？我在这里感到多么孤单，我孤零零的一个人，形单影只，有时，我觉得自己简直就像一个幽灵，在太空，我就是一个幽灵，一个来自人间的精灵……这里浩渺无垠，任何雄心壮志，伟大抱负，在这里都是渺小的，微不足道的……哎呀，我太孤独了，我要回去，哪怕重新回到沙漠里，我也不要在这里，冰冷、孤寂、黑暗，没有一丝可以听得见的音乐，甚至连耳边也没有呼呼的风声，我感到奇怪，为什么这里还会成为很多人魂牵梦萦的地方？难道就因为它是一个梦？一个太空的梦？

余锦菲醒来的时候，已经快到中午了，她第一次睡过了头，心里有点说不出的紧张。她起床后的第一件事就是到杜克成的房间里去看看，他的房间整洁、明亮，一看就知道已经好几天没有人睡过觉了。她轻轻叹了一口气，下意识地拿起电话，拨了电话号码，耳机里传来清晰的振铃的声音，好长时间没有人接，电话自动断了。她又拨了观测室，还是没有人接。她又拨了他的手机，手机关机了。杜克成总是不接电话，手机对他来说就像没有一样。她有点愤怒。她回到自己的房间，在盥洗间里梳洗了一下，出来后给自己倒了一杯茶，然后在写字台前坐下来。这几天脑子里乱糟糟的，她端起茶杯慢慢地啜饮着，茶香让她的心静下来。她在想，艺术并非都出于激情，沉静的思考，让心像深山里的湖泊那样宁静，有时候比热血沸腾更重要。在深深的思考中，你滤去了漂浮在水面上的杂质，让水底经受了时间磨砺的珍奇显露出来，这需要有舍弃一切的勇气。可见，真正的艺术，也像其他任何事业一样，属于勇敢的人。余锦菲感激清茶给她带来这样新鲜的想法，顿时觉得呼吸也舒畅多了，思路变得特别清晰。她打开电脑，点击邮箱，一封封电子邮件像流水一样涌了进来，信的附件里都是学生们写的论文，有本科生的，也有研究生的。她先打开了潘洁的论文，这是一篇讨论秦兵马俑的雕塑艺术在中国雕塑史上的地位的论文，论证的焦点是，为什么秦代在难以承受的空前暴政和民力负担之下，还会产生如此辉煌的雕塑艺术成就。这确实是一个值得深思的问题。余锦菲边看边想。为什么秦以后，再也没有产生过如此宏大的、堪称史诗般的雕塑艺术？这个问题更值得思考。她喜欢潘洁这样的研究生，观察细致，视角敏锐独特，善于提出别人没有提出过的问题，并且能够进行深入的分析，论证有力，很有历史感。历史感是一种文化的继承性，雕塑艺术如果失去了历史感，那就像飘浮在天上的云一样，或者像在水面上的浮萍那样，或者像那些不知道从哪儿抄来的东西那样，成为没有思想内涵和审美视角的文化垃圾。她把这一段文字作为批注，用红字插在了潘洁的论文中。她继续看下去：中华民族伟大的文化创造力，爆发于秦统一中国之后，在极短的时间内，在中华文化的历史上迸射出光耀千秋的绚烂光华，这是因为国家的统一形成了空前的民族凝聚力和民族自信心，在各方面极大地推动了生产力和文化的发展，也使中国的雕塑艺术实现了从原始质朴的装饰艺术向最初的现实主义艺术的历史跨越……

余锦菲激动得连握着鼠标的左手都在颤抖。这个女孩子，我原先以为她不过是个伶俐人儿，想不到竟然有这样惊世骇俗的见解！雕塑艺术是和整个民族的兴衰紧密联系在一起的，创造兵马俑的艺术家和工匠们，在难以想象的简陋条件下，创造出这样伟大的艺术作品，那一个个武士的神态表情，难道不就是那些艺术创造者们的神态和表情吗？那一份份气定神闲，安然从容，把威武豪情隐藏于镇静微笑之中，把严整强盛遮掩于纵横队列之内，体现的是何等的自信和自豪！如果说真有天才的话，那些艺术创造者是真正的天才，他们破天荒在中华民族的雕塑史上运用了现实主义的创造手法，完整地再现了时代的进步带来的那种意气风发、乐观自信的精神风貌。这是中华民族屹立于世界东方的历史必然。她又一次用红字把这些话插进了潘洁的论文里。

妈妈——身后传来了杜星儿带着责备语气的声音。几点了，你还不去吃饭？星儿双手放在她的肩膀上，轻轻摇晃着她。

我在看论文呢，你们先吃吧。余锦菲轻声说。

谁先吃呀？星儿的声音听起来就像是噘着嘴。

你爸爸还没回来吗？余锦菲问。

没有，我电话都打遍了，就是找不到他。

跟你哥哥一样，神出鬼没的。余锦菲说着，轻轻叹息了一声。

杜星儿知道每当母亲嗔怪哥哥的时候，其实就是想念他。她过来搂着母亲的肩头，把脸凑到她的脸旁边，看着屏幕上的红字，问道，妈妈，这是你写上去的啊？这文字怎么不像我妈妈了？

怎么啦？余锦菲有点奇怪。

妈妈，想不到你原来是个政治家，真让我大开眼界——

这篇论文写得好，很多年都没有看到这么漂亮的文章了。我想女生也应该目光远大一点，有点历史感。搞雕塑，研究医学，其实都一样，不光要吸取西方的东西，更要学习前人的东西……

行啦，妈妈，快去吃饭吧。这些道理谁不懂啊，上中学的时候我耳朵都听得像堵住了一样。杜星儿说着，挽起母亲的胳膊，先吃饭吧。

等会儿，我还没写完呢。你先去吧，我这就写完。余锦菲赖在椅子上不起来，一边歪过头去推星儿的胳膊。

杜星儿忽然咯咯地笑起来，余锦菲看看屋里并没有什么可笑的事，她转过脸来看着星儿问道，你傻笑什么？

妈妈，现在我总算明白了……杜星儿一边笑一边说，其实啊，你比爸爸有过之而无不及，你跟爸爸两个人真是天生的一对，以前我听别人说过，要是结婚时间长了，夫妻两个就会互相影响，无论是模样，还是性格都会同化，到最后甚至会变得一模一样。过去我还不信呢，不过现在看到你和爸爸的生活我信了，妈妈，你不觉得吗，你已经被爸爸同化了，也许爸爸被你同化了。反正我这辈子才不跟人家厮守到头，免得将来变得和他分不清谁是谁……

余锦菲笑了，你啊，到时候有了心上人再发议论吧。你还是像潘洁一样，写出有个性、有深度的文章，医学也要有个性和深度。写完了，发给我看看。余锦菲忽然觉得，自己好像第一次用这么严肃的口吻同星儿说话，而且，还是第一次在星儿面前赞赏一个与她年龄相仿的女孩子，话一说出来，她自己都有点紧张。

可是，杜星儿却又咯咯地笑了，说，妈妈，因为我知道你总觉得自己的学生比谁都好，所以我就不在乎。

余锦菲忽然觉得对星儿有点歉意，于是连忙起来，和她一起去吃饭。吃过饭，杜星儿就回学校了。余锦菲看着星儿出了门，觉得自己特别疲惫，有一种心力交瘁的感觉，她双手托着下巴，就这样趴在桌子上休息了一会儿。当她放下胳膊时，右手的胳膊肘却压住了电脑键盘的一个键，屏幕上立刻出现了一条滚动的粗线，正在飞快而且无限地延续下去。她不知道自己这样支撑了多长时间，但她慢慢地觉得有点缓过劲儿来了，她觉得很奇怪，怎么自己变得这么快，从前自己工作起来常常通宵达旦，从来也不觉得累，更没有像今天这样身心疲惫得仿佛要瘫倒一样，难道真的会有一种看不见的力量在企图撕裂我的意志，疲惫我的思维，让我从此一蹶不振？不，不可能，不会有的，即使有，我也不会让它轻易得逞。想到这儿，她抬起头来，却惊讶地发现眼前的屏幕还在快速地滚动，计算机正在删除文件！她哎呀了一声，身体向后退了一下，右手离开了键盘，屏幕停止了滚动。等她重新开机的时候，她在潘洁论文里加的那些批注都丢失了，她懊丧地靠在了椅背上，她想了一下，决定晚上让潘洁到家里来，跟她当面谈谈。

37 萤火虫

有机界和无机界，生命和非生命，这里有可以截然分开的界限吗？幼芽从泥土中萌发，茁壮成长，开花结果，然后枯萎凋零。这就是生命。可是，风霜雨雪，江河奔流，火山喷发，熔岩滚滚，沧桑巨变，无机界生命的演化多么宏大壮阔，岂是小草花木所能比拟的？更何况星系的诞生和毁灭，正发生在宇宙未知的深处……

　　施密特一行回国了，悬挂在天文台大门上的醒目的欢迎横幅也卸了下来，天文台恢复了往日的宁静。夜里，杜克成又坐在观测室的计算机屏幕前，继续追踪那个神秘的暗淡的小光点，那只小狐狸。可是，那只小狐狸真的十分狡猾，总是躲躲闪闪，就像蒙着一层撩不开的隐晦的面纱，让人见不到一线真实的面貌。就这样很多个夜晚又逝去了。一个在黑暗中工作的人，他总是企盼有一天那个小光点会突然明亮地出现在自己的视野里，让他能忘乎所以地大声呼喊，我看见了，我看见它了……可是他眼前的星空却好像越来越暗了，而且越来越暗淡……你是不是太悲观了？他不由得对自己说，别丧气，杜克成，也许你注定就是在黑暗中工作的人，你的使命就是要在黑暗中寻找那一点点微弱的光。所以，你不能惧怕黑暗，更不能惧怕阴影，那些暗淡的光点可能就躲藏在阴影里，等待着你去发现它们。宇宙从来就是有阴影的，否则，就不会有那些暗淡的光点了，天文学家也就不用每天执着地观测了！

天亮的时候，杜克成觉得眼前出现了像雾霾一样的东西，浓重而深厚。他眨了眨眼睛，想让雾霾散去，却突然看见那个小光点又一次出现了，它在飘飘忽忽地晃动。他知道这是错觉，或者是幻影，因为白昼来临，小光点不会出现，只有在浓重的黑夜里它才会悄悄地来，而且，一定是躲在哪一颗明亮的星星后面，让人很难发现它。他想，现在我们已经有数据了，任何一个小精灵也不会逃过望远镜的数据记录软件。总有一天，我的数据处理公式会让你原形毕露……

他摘下眼镜，揉揉眼睛，看到眼前飞起一群彩色的飞虫，他用手不停地驱赶，可是飞虫却好像越聚越多。他靠在椅子上，闭上眼睛，有点困乏，他恍惚看见那些飘忽的斑斓色彩忽而窜上无限的虚幻的太空，忽而又坠入深不可测的深渊。在他心灵的图景上，不知是宇宙幽深的背景，还是平面上二维的招贴画，无数星光组成的图案，旋涡状的、羽毛状的、球状的、带状的，一瞬间统统汇拢在一起，渐渐地凝聚，凝聚，凝聚成一个微小得几乎看不见的光点。看不见了——他在心里对自己说，是的，看不见了——就像它一样，那个奇怪的不速之客，暗淡得像夏天里湖畔芦苇丛中刚刚熄灭的萤火虫，那时候和鱼儿在芦苇丛边恋爱，看着萤火虫明明灭灭，像天空中的星光，忽然，她轻轻叫起来，你看，你快看，这两个小家伙！你让我看什么呢？你看，这儿——她指着我的肩膀上面。我说没有啊，我什么也看不见。怎么看不见，它们就在这儿嘛。她真的急了。我说，我真的看不见。我是真的看不见，因为那天没有月光。她突然说，瞎子！你是瞎子。我是瞎子吗？我真的是瞎子吗？我那时候，二十多岁的时候，就已经是瞎子了吗？也许是，也许真的是，怪不得几年前有一次在慕尼黑大学的图书馆，我去借书的时候，那个年轻的图书管理员彬彬有礼地对我说，对不起，先生，这本书没有盲文版的。天哪，原来那个时候我已经是个瞎子了，人们，只要是不带偏见或者有认知障碍的人，就像那个我素昧平生的图书管理员，就已经把我当作盲人了。盲人！这是现在对残疾人的叫法，可是二十多年前，人们还叫盲人是瞎子。可能瞎子这个词用得还算亲切一点，因为毕竟它是个老百姓用语，比如说，过去有个著名的音乐家就叫瞎子阿炳，如果叫他盲人阿炳，听起来就不那么顺耳，或者，人们就不会想到是那个音乐家阿炳了。其实，人们并不知道，阿炳不仅是个音乐家，而且还是个懂天文的人。想想吧，二泉映月，多么美妙，简直可以说是人的精神境界的最高状态。尤其是对于一个天文学家，两个清澈如深泉的眸子里映出了一轮圆圆的明月，那是什么样的意境！想想吧！对于阿炳，我是个真正的知音、知己，感同身受，可惜我无缘成为他的化身，他是我不可企及的。我要是阿炳该多好！前些时鱼儿总是说，要是再这样下去，你的眼睛就会出问题！尽管她是在气头上说的，可是鱼儿真的说准了，我的眼睛好像出问题了，我怎么会看不见了？鱼儿你有一对那么清澈的眼睛，那是一双能够洞悉人的心灵和灵魂的眼睛，可惜你从来都不愿意抬头看一眼天上的星光，否则，你也许是一个天才的天文学家。你只消仰头朝夜空里这么看上一眼，维纳斯的所有美丽就会一览无余，小到她手上皮肤那些细密的纹路，都会清清楚楚，更不用说裙边的一道细细的褶皱……

杜克成站起来走到窗前，向外望去，他看见教堂那高高的尖塔正在晨光中闪着光。现在越来越多的人来到这里，把种种痛苦、失落、困惑、愤懑、恐惧、欲望、迷茫，都归结于某种神秘力量的支配，越来越多的人到这里来寻求庇佑、安慰、纾解、忏悔。人们果真得到他们期待的东西了吗？从他第一次站在那里的露台上，用敬畏的眼光看着这里的天文台，到今天站在这里向那里的教堂眺望，他不由得想，时间过得多么快啊！那一天，他和许建文朱丽宁站在教堂的露台上，向四下里眺望，夕阳里的天文台是多么美丽，又是多么神秘，他那时从不知道这里也会有无奈……

杜克成忽然想起应该核对一下周轶军的那本书上的数据，给亚利桑那天文台的卡特一个明确的回复，毕竟出现抄袭剽窃是一件非常不光彩的事。要是真有这事儿，九峰山天文台的名声就会受到影响。而现在数字化太阳系的研究又需要很多国外同行的支持，谁会与一个剽窃了别人成果的天文台合作呢？他打开计算机，从抽屉里拿出周轶军的《太阳耀斑和地磁暴观测研究概论》，翻到书中的那些数据部分，一边看书，一边看屏幕，把那些数据和国外几个天文台发来的数据进行对比，他一页页仔细翻看着，觉得头脑中的血管好像一根根地鼓胀起来，太阳穴也开始突突跳。他发现那些数据的确有大量的抄袭，不但有卡特的数据，也有欧洲的一些天文台的数据。多么愚蠢的抄袭者！杜克成这时候的心情只能用愤恨来形容。周轶军，即使你抄的是最前沿的东西，这本书也只是对你自己有点用处，而对于天文学这完全是一堆废纸！你污损的不仅是天文学的精神，还有你自己的灵魂，如果你还有灵魂的话……突然间，他的眼前好像发生了爆炸，冒出了五颜六色的光彩，这是从前从未见过的怪异的光彩，接着又是一片黑暗，他什么也看不见了。我的眼睛！这突如其来的恐惧让他几乎要从心底里发出一声叫喊，我的眼睛——

后来他听见人们慌乱的脚步声，他在想，究竟发生了什么事啊……

38　苹果汁

火星上到底有没有生命？金星从前曾经是什么样子？地球，这人类的家园将来会怎样？这些问题已经不仅仅萦绕在天文学家的头脑中，无论是谁，只要从天文望远镜里看一看，就难免会扪心自问。

杜时光再一次进入沙漠的时候，他是铁了心要在沙漠里等待沙尘暴过去，在实际的航天活动中，遇到危险，哪有直升机来接你？只有你一个人，顶多两个人，最有可能的还是一个人，自己战胜所有的困难。别说沙尘暴，就是天塌地陷，也要一个人坚持。这一次的沙尘暴与前几次相比，是同样的猛烈，它让已经变得面目全非的鬼城又一次改变了面貌，高的地方变低了，低的地方变得更低。那一个个雅丹丘也仿佛瘦了身，变得苗条了许多。杜时光用前几次训练中学到的经验抵抗着，听着风尖利的呼啸和砂石冲击的爆裂声，让时间一分钟又一分钟，一个小时又一个小时地过去。

风终于有了要变小的迹象，它不再像一把巨大无比的铁扫帚那样把所经之处的一切都扫荡得干干净净，让它们消失在不知什么地方，而是悄无声息地把从遥远的地方裹挟来的砂石，堆积在所有能够阻挡它们的地方，等待着下一次猛烈的沙暴再把它们席卷而去，抛向空中，形成暗无天日的沙尘暴。

经过一昼夜的搏斗，杜时光已经疲惫不堪，他的两双眼皮不停地打架，他察看四周，发现身边已经聚集起一些小块的石头和比较粗的砂砾。根据情况判断，风力正在减弱，沙尘暴可能在几个小时内逐渐停止，应该趁这个时间好好休息一下，恢复体力，在这种情况下，睡一觉是最好的休息。他向指挥部作了汇报，得到批准，他闭上了眼睛。

杜时光睡着了。

他突然感到一股巨大的压力轰的一下压到了他的身上，他本能地想一跃而起，可是他的大半个身体已经不能活动，他马上意识到自己被石头压住了。他睁开眼睛，发现这一次的避风洞也像上一次一样塌了下来，把他压住了。坍塌，被风刮走，再坍塌，这就是雅丹地貌的形成法则。

他一边想，一边用手扒掉自己胸前的砂石，这时他看清了，压在他身上的石头有断成几截的蘑菇顶板，也有很多很多小石头，也许得有几百斤吧。他想这些小石头一定是减弱的风搬运来的。自己钻进来的时候明明看见这些小石头了，可是没有引起注意，这是一个教训。幸好有这身训练服，不然自己说不定早就被压扁了。

他不停地抠着，大量的石头压在身上，让他感到身上的血流不畅，他的右腿已经开始麻木，天哪，左腿也麻了，他的呼吸变得急促起来，好像被人掐着脖子。没关系，没关系……马上就好了。他这样安慰自己，比起在离心机里快速旋转的滋味儿，这点压力算什么？

他忽然意识到，他的无线电信号又一次中断了。糟了！指挥部收不到我的无线电信号，不知道他们会急成什么样呢？可能会冒险冲进鬼城，这样做可太危险了，直升机会因为沙尘而坠毁，越野车也会被狂风掀翻，说不定会造成严重的伤亡……

他从胸口的背包里拔出匕首，一刀一刀拼命地向压在腿上的石头猛击，由于经过了不知多少年的风化，石头已经很疏松，一刀凿下去，碎石会噼里啪啦地掉下来。可是，他的呼吸也越来越急促，他感到手臂和身体的麻木也一点一点在向上发展。他咬紧牙关，拼命地凿，凿几下，喘几口气，再凿……大石块开始碎裂了，然后松动了，他稍稍停息一会儿，然后两只手一起用力，把石块掀开。

他狠狠地喘着粗气，他试了一下无线电话，它已经损坏，他的头脑里发出嗡的一声响，全身的血液就像要凝固了一样。这可怎么办？无线电话只有一个，没有备份。这意味着自己与指挥部失去了联系。他搜寻着身上所有的电子设备：卫星定位仪，它只能接收，而不能发出信号；数字地图仪，也不能发送信号；只有手枪和六发子弹了。可是，相隔几百公里，枪声有什么用呢？只有到特别紧急的时候才能用，现在还不是特别紧急的时候。要冷静。他想。下一次演习，一定要有备份的无线电设备，这一定要写进本次演习的总结里去。

他想站起来，却发现自己的两条腿不仅是麻木和僵硬，而是好像已经受伤了，他不断地安慰自己，可能是压的时间太长，等一会儿血液重新回流会好的。他试着用手去搬动腿，他感到了剧烈的疼痛。可能是肌腱严重挫伤了。不要紧，只要没断骨头，还是可以恢复的。他决定待在原地，耐心地等着。在紧急情况下，耐心是第一位的，然后才是勇气。耐心是毅力的表现，也是智慧的适当发挥，人类智慧是可以超越一切困难的，这点沙尘暴算得了什么？如果将来登陆火星呢？那还不知道会遇到什么样的沙尘暴。据说火星上的沙暴有时会绵延数千公里，那也跟现在的情况差不多，地球上的沙尘暴有时会越过太平洋，到达美洲大陆呢。如果这一次不是降落在沙漠里，而是降落在青藏高原的冰川地带，那会怎么样？那儿的风也不是闹着玩的，当然那完全是另一种情况，就是严寒，零下三十度、四十度，还能更低吗？没有克服不了的困难，是人总会想出办法来。不是有帐篷和睡袋吗？对了，有办法了！他一阵惊喜，忽地一下要翻身跃起，可是两条腿一阵剧痛，把他拉回到地上。

他不断地看时间，可是越看越觉得时间过得慢，心里就好像有火在燃烧。杜时光用力拍拍自己的头，有时候，一个小小的失误就会酿成大错……应该活动活动自己的腿，让血液快一点回流，等战友们来了，还可以自己站起来走，要不就会被人抬回去，那太丢人了！作为航天训练员，丢人现眼还不是最要紧的，万一以后不让我再训练了怎么办？所以，一定要尽快恢复，自己站起来，自己走！这么想着，他开始用双手搬动自己的腿，他忍住剧痛，让一条腿先慢慢地曲起来，然后再一点点伸开，曲起来，再伸开……他忽然想起久远的事，那时候在外面疯玩，每次腿上摔得乌青回来，都是母亲用冰块给他敷上，或是用她温暖的手给他揉揉。无论多么疼，只要母亲的手轻轻一揉，疼痛好像很快就消失了……杜时光不知多少次想起过母亲。在这个仿佛远离人间的地方，母亲，这是一个多么亲切的称呼！他像一个孩子那样在心里默默地喊着，心里有一股很温暖的东西在慢慢地涌上来，让他搓揉自己双腿的手不知不觉地有了更大的力量，他觉得自己的手心在发热，眼睛里也好像有点湿润的感觉。小时候，放学回家，一进家门，母亲总是说，快去洗洗手吧，洗完手过来吃苹果。母亲总是在家里放着苹果，他伸着两只手总是马马虎虎地在水龙头上做做样子，然后迫不及待地冲过去，抓起一个苹果狠狠地咬上一口，吱的一声，甜甜的汁就顺着嘴角流下来。母亲看到就快乐地笑起来，然后就把他拥到胸前，亲吻着他毛茸茸的头顶，叫着，我亲爱的宝贝儿……

　　他正想着，发觉不远处有几个晃动的影子。那是什么？是流动的沙丘吗？那黑乎乎的影子分明在移动，静静的，仿佛无声无息。难道是沙尘暴的信使吗？忽然，他听见一声响亮的喷嚏。啊，原来是骆驼！他不由得向它们高喊，可是，骆驼们没有理会他，仿佛他根本就不存在，它们依然那么从容地走着。杜时光很想问问它们，骆驼啊，你们究竟从哪里来？又要到哪里去呢？

39　咖啡馆

当美好的愿望在严峻的事实面前破灭的时候，客观、冷静和理智是最重要的，而情感和冲动会变成最危险的东西。世间万千事物，其实都是有条件地存在的，而且，常常是无法预测的。

　　杜星儿开车去天文台，一路上想着，今天是星期六，见到父亲，一定要把他从办公室里拉出来，他就是再说加班，就是再说他要跟踪那个神秘天体，也要把他请出来。这是母亲给她下的命令。其实，这也是她自己很长时间以来就想做的。这段时间，父亲的眼睛总是布满血丝，有时结膜上还凝着血块。母亲的老同学何慧琳阿姨已经不止一遍地嘱咐过母亲：你可要"监督"杜克成，不能再这么下去，不然就会有危险。杜星儿不知道，也无法想象，父亲这样一个天文学家万一眼睛出问题，不能观测宇宙的时候，即使给他做心理分析和治疗，能平复他内心的焦虑吗？

　　现在父亲所有的焦虑都是因为他那个什么数字化太阳系，都是因为那个据说正向地球飞来的一个不明物质。神秘的天体啊，你究竟是什么？你用什么力量吸引着我的父亲呢？神秘的天体啊，你真的正向地球飞来吗？你真的想撞击地球吗？那可是危险的，你会和地球同归于尽！我更愿意朝好处想——在茫茫宇宙间，也许你太孤独了，你的飞行只是和像我父亲一样的天文学家开个玩笑，你只不过是想吓唬他们一下。你知道天文学家的神经是脆弱的，他们是一群整天为地球生存还是毁灭担忧的人。在生活中，我没见过因为地球将被不明天体撞击的假设而忧心忡忡的人。也许父亲他们认为会有这样的潜在危险，可是地球已经活了四十多亿岁了，却还在活着，每天依然是太阳升起，月亮落下，或是月亮升起，太阳落下。在街道、广场、商店、公园，还有菜市场，人们表情安闲地走着、逛着，还有的在和菜贩子讨价还价，他们根本也不关心那些不明的天外来客，天地大冲撞只是美国的商业大片中的情形……

　　杜星儿想，她要带父亲去一个咖啡馆，跟他好好谈谈，解除他的焦虑情绪。不管他是否愿意，她都要这么做。母亲的话让她十分担心，也有些自责——平时对父亲太不关心了，他愿意工作到几点就到几点。父亲在工作时她从不去打扰，这是小时候养成的习惯。那时母亲总是嘱咐她和哥哥：记住啊，爸爸工作时不要到他屋里去。多少年的习惯，竟然让父亲成了一个工作狂！工作狂可不好，除了工作就没有别的快乐，她发现即使让父亲休息一会儿，让他听听音乐，他也是那么心不在焉。父亲已经成了工作狂，不会珍惜爱情，什么也没有他的观测重要。家里的阳台上还要加一个望远镜。小时候她曾经觉得夜晚仰望星空很有趣，父亲让她认识了很多星星。可是后来她就觉得没有意思了，因为那些星星永远停留在那里，一动也不动，也许它们一万年也不动一动呢。只有阴天下雨星星们才会躲起来。枯燥，多么枯燥啊！怪不得母亲近年来总是喜欢抱怨，说自己的生活越来越没有意义，因为父亲爱的是天空，已经不再爱她。想到这里，杜星儿笑了。母亲也真是的，自己除了那一群雕像和两手泥巴，那些锤子凿子，还有叮叮当当的雕凿声，生活也很枯燥啊。不能光是埋怨父亲，母亲也太固执了。唉，人到中年就是这样，对生活依然说不清道不明……

她想起父亲曾经给他说过的时间的概念：现在就是将来，将来就是昨天和今天还有明天。在人类没有发现时间规律，没有发明刻度计数的时候，这个世界上本是没有时间的。时间只是物体运动规律的想象和总结。白昼和黑夜只是一种宇宙的生长规律，就如同一棵大树，一天天一年年长大，后来就老了，古树会衰老得像一个白发苍苍的老人。人也能够看见自己的衰老，衰老是不可抗拒的。人的衰老很明显，是因为人的生命太短促，只有几十年，上百年的也有，可是极少。在自然界，人的生命只是一瞬间，就令人惋惜地飞逝了。我们每个人生命的最后，分离了就意味着永世的分离，我们就再也没有时间了，所有的一切既短暂又永恒……

父亲既然懂得时间永不复返的道理，懂得分离了就意味着永世的分离，为什么不珍惜和母亲在一起的时光呢？母亲看起来是有些痛苦，不仅仅是创作思考的痛苦，而且是一种精神的痛苦。她是个浪漫的人，是个艺术家，她内心的激情一定要喷发出来，精神才能得到释放，但是她缺少情爱。有时她很想引起父亲的注意，穿漂亮的衣服，喷新买的香水，父亲却丝毫不感兴趣，母亲让他看看自己的新雕塑，他也只是敷衍几句。于是母亲就会不高兴，就会和父亲吵架，甚至会痛哭一场，她总是说，没意思，我跟你在一起真是没有意思……她也想过母亲到底想要什么，她也明白母亲想要的一切，可是自己能够给予她的实在太少了。她知道只有父亲能做到，可他却不去做……其实父亲也一样是个痛苦的人，他被很多学术困惑包围缠绕，无法挣脱。可父亲是心甘情愿被包围缠绕的，挣脱的过程才是他的快乐，为此他都不惜伤害自己的眼睛！

这一对痛苦的人啊！杜星儿想起看过的一部电影，是关于罗丹和他的情人克洛岱尔的，雕塑家真是痛苦！艺术家常常分不清现实和虚构的情景，分不清真实的和虚构的人物，他们总是做白日梦，所以一旦清醒就会更加痛苦……

汽车开出市区，杜星儿不时扫一眼路旁的景色，很久没到这里来过了，道路拓宽了，路旁还种上了美丽的花草树木。这里的车很少，比市里安静多了。对，就带父亲到新开的一家叫HAIDILAND的咖啡馆去。那里很适合聊天，是法国风格的咖啡店，里面很雅静，一进门就会听见若隐若现的音乐。绝对纯净的音乐，没有一丝嘈杂。一个女人的歌总在播放，有点百听不厌的感觉，是法语歌。她是谁？那略带沙哑的嗓音总有几分伤感，却让人留恋……嗯，在这种音乐中跟父亲聊天他应该感到放松和快乐。从那高大的落地窗向外望去，是一片碧绿的湖水，水面上永远荡漾着微微的涟漪。在这样的环境里很适合给父亲做做心理催眠，应该让他缓解一下压力，还有，要让他多给母亲一点爱，母亲这两年开始感到孤独了……

人啊，还是不要结婚的好。她想起母亲曾经这样说，为什么？但是母亲说要有孩子，孩子是最可爱的。尽管这样说，母亲还是不断地问她是否有了男朋友，希望请他到家里来做客。不，我可不要，还是不要……杜星儿想到这里摇摇头，她没有看到父母有过真正的幸福，他们只在人们面前装作幸福的样子。一位天文学家，一位雕塑家，在别人看来也许很值得羡慕，可只有这个家庭的成员才知道，天文学家和雕塑家真是风马牛不相及……两个孤独的人！这样想着的时候。杜星儿的车驶进一个隧道，车里的光线顿时暗了一些。她继续想着父亲母亲和自己，还有被她一直拒绝的人，那人是谁并不重要，重要的是她不想知道他是谁，也许他并不存在呢。实习的时候在心理疾病诊疗中心见到那么多眉头紧锁，唉声叹气或是哭哭啼啼，要死要活的女人，真是替她们难过，不就是婚姻家庭吗？不要……她又一次告诉自己，不好，结婚不好，世界上没有真正幸福的婚姻，今后所谓幸福的婚姻会更少。人们希望得到的太多，而所能得到的却很少，这就是事实。父亲说，现在的地球仿佛人为地加速转动了，这是人们急切想得到一切造成的。

我就做一个独身主义者，遗世独立，当一个心理医生，去探究人们精神的黑洞……

杜星儿思绪游荡着，穿出隧道，很快就看见远处的九峰山天文台了。车上了山路，路两边是遮天蔽日的高大树木，山风阵阵，林涛声声，穿出浓荫，前面是一片宽阔的空地和天文台的办公楼，另一边是白色的圆顶观测台。杜星儿下了车，来到天文台的门口，大门关着，旁边的小门也只开着一道缝，里面静悄悄的。倒是很清静的地方，仿佛与世隔绝了。父亲在这样一个没有声音，大门紧闭的地方工作久了，真会有精神症状，比如忧郁症……杜星儿走过去轻轻推开小门，门卫从传达室里探出个脑袋，打量了她一下，说，请问，你是来参观的吗？对不起，已经下班了。

啊，不是，我来找人。杜星儿说。

找谁？门卫问。

我找杜台长。

他……请问你和杜台长约好了吗？

他是我父亲。

噢，杜台长他……他上午就去医院了。听说杜台长眼睛忽然看不见了。

啊——眼睛看不见了？杜星儿一听吓了一跳，赶忙问，去什么医院了？

我，我不知道，是……我给你问一问。他一边说，一边要去打电话。

我自己去问吧。杜星儿回身拉开车门，拿出手机，想给母亲打电话，可是又一想，应该先问清楚再给她打。她连忙跑到办公室，才知道父亲去了省眼科医院。

杜星儿开车就朝省眼科医院赶去。一路上她的心跳得很厉害，设想着各种可怕的可能性。父亲的眼睛一直不好，可也不至于发展到这么严重，也许是台里的人大惊小怪。不过要不是真的严重到了非上医院不可，父亲是不会上医院的。母亲总是担心父亲的眼睛，这回真的被她说中了……她几次想把手机的呼叫键按下去，几次又松开了手指。还是先不让母亲知道，她一着急还不知道会出什么事呢？突然，杜星儿听到嘭的一声响，只觉得车身猛地跳了一下，紧接着向左侧斜了过去，安全气囊呼的一下把她紧紧地顶在了座位上，然后是碎玻璃稀里哗啦落地的声音。她好不容易才转过神来——车速太快，撞车了。真是祸不单行！她赶快放掉了气囊里的气，转身去拉车门，车门已经变了形，她使出了全身的力气也没有拉开，这时一个高大的男人来到她破裂的车窗前。她转身去开右边的车门，门开了，她钻出汽车，高个男人一步跨过来，两眼狠狠地瞪着她，你……你不要命啦？怎么往车上撞啊！他刚发出一声咆哮，警察走了过来。

怎么回事啊？警察脸色阴沉，声音不紧不慢。

哦，是这样，我父亲病了，我去医院，心里着急，车开得快了……请把你的驾驶证交出来吧。警察向她伸出手。

杜星儿回身从车里取出了自己的驾驶证和行驶证，递给了他。

嗯——嗯？警察抬起头来仔细看了看她，说，这样吧，我必须把你的车拖走，请你留下电话号码。明天你先去保险公司办理手续，再接受处理吧。

　　杜星儿无奈，给被撞的车主道了歉，转身又叫了一辆出租车。她决定先去找母亲，再去医院。

40 黑暗

当一个人用眼睛扫描世界的时候，可能从没有想到，所有美丽
或丑陋、光明或黑暗的镜像，会在一刹那消失。生命没有了眼
睛，就如同跌进了万丈深渊，那是没有人能够抵达的地方，黑暗、
迷蒙、阴森、恐惧，一个人最剧烈的战栗就发生在那一片绝望
的黑暗之中……

　　杜克成醒了，睁开眼睛，却不由得全身一阵发冷，他觉得
自己好像睡了一整夜，天应该亮了，可现在眼前居然还是一片
黑暗！我真的什么也看不见了吗？我成了一个盲人！他在想。这
不可能，因为这黑暗只是在一瞬间降临的，这只是因为眼睛过
度疲劳造成的，一种暂时的失明。我宁愿这样相信，真的没什
么，关键是要有好医生。何慧琳不是最好的医生吗？怎么身边
没有人？我听不见任何喘息，听不见任何走动的声音，也许你
们是为我好，让我安静地休息，然后我的眼睛就会好起来，当
我摘掉蒙着的纱布时，就会重新看到一片光明……其实我真的
想睡觉，那么，我就闭上眼啦。但愿再睁开眼睛的时候，会有
奇迹发生，就像天空中突然发现一颗新星，一个小光点。从
古至今，宇宙间已经发生了不计其数的奇迹，比如一颗又一颗

的发现，或是陨落。不过据说，医学史上却很少有奇迹发生，人类面对疾病总要用生命为代价，去换取诊断经验和治疗方法，患病的人就会有各种各样的遗憾……想到这里，他多少感到有点恐惧，这是生命给人的恐惧感，它让你意识到它的存在，还有它给你的威胁——存在并不都是美好的！

他的眼前现在真正是一片黑暗，绝对的黑暗。何慧琳告诉他，他的眼睛失明是因为视网膜的出血性病变，还有角膜炎症造成的，可能要做手术。要是治疗恰当，视力也得过几个月之后才能恢复。当然，也有失明的可能，并且失明将是永久的。失明，对于一个天文工作者，意味着职业生命的终结。黑暗对于他，曾经是多么熟悉，多么亲切，多么珍贵啊！每天，每当夕阳西下，暮色渐渐将天文台四周的美景小心地遮掩起来的时候，杜克成的心中就升起一种敬畏的感觉。无论白天有没有时间美美地睡上一会儿，无论白天有多少杂七杂八的行政工作搅得他心烦意乱，头脑里一片混沌，每当到了这个时候，他的精神状态就会突然一下子变个样子，因疲劳而酸痛的筋骨会突然像充了电一样重新获得力量，因琐事而稀里糊涂的思维会像经过重新排序一样清晰整齐，井井有条。每当他走进观测室的大门的时候，他都有一种神圣感，一切烦恼、琐碎，统统抛到不知什么地方……

他忽然想到国外出版的一本《天文学简史》上讲的一个故事，说上古的时候，两个负责观察星相的中国官员因为贪杯，没有预报日食的发生，结果被皇帝下令杀头……他情不自禁地笑了起来，西方人在讲述有关中国的故事时，总是把本来很复杂的事情，改编成讲给幼儿园的孩子们听的故事，既简单又可笑。古代的天文学家们，凭着一双肉眼，孜孜不倦地守望着星空，创建了历法，编写了星表，记录了彗星、日食，还有超新星的爆发，甚至还动手制作了最初的天文仪器，使天文学从无到有，从简单到复杂，冲破迷信和恐惧的重重束缚，发展到今天，这是多么了不起的成就！想想人类历史上最早的历法吧，那是人类从原始向前跨出走向文明的一大步……天文学是真正的实证科学，简单地说，就是眼见为实。这是天文学颠扑不破的真理。人们可以有纵横驰骋、渺无边际的想象和猜想，让世界和宇宙充满神奇瑰丽的色彩和令人眼花缭乱的图景，可是在冷酷的观测数据面前，一切美好的幻想和愿望都破灭了，这就是天文学，这就是自从天文望远镜发明以来的现代天文学。

杜克成觉得自己的思绪就像黑色天幕上一闪而过的流星，有时如明亮的火炬，有时犹如闪烁的萤火。随着人类的进步，天文学从神秘变得平常，从玄奥变得浅显，从深不可测变得清晰明了。今天，谁只要有一架放大几十倍的望远镜，就可以对奇妙无穷的宇宙星空进行观测。可是，作为职业的天文学工作者，绝不仅仅是为了观看万花筒般的宇宙图景，而是要深入探究一个变化中的宇宙，特别是我们身在其中的太阳系，尽可能详细地描述它的全貌，深入探讨它的每一个成员的成因，它的过去、现状和未来可能的变化，这是多么艰巨的任务！这是从古到今一代代天文学工作者做过的，也是现代的天文学家们正在做的，它也是今后地球上的天文学家们代代相传的任务。数字化太阳系，这是一项前无古人的开创性的工作，我们已经迈出了一大步，这是绝不可以后退的！资金困难，设备陈旧，人员不足，施密特走了，留下一个没有多少人真正愿意实行的协议……他仅仅是为了挣得一点优势地位，一个主导者的地位？他的优势地位根本用不着去争，他在设施、技术、资金和科研环境上，远远超过我们，他的困难在于他没有在国际上有影响力的重大课题，而我们的困难恰恰是因为我们在太阳系数字化巡天计划中抢了先机！所谓的双赢只不过是挖走我们的人才，而周轶军，竟是这样一个只顾自己个人利益的人，轻视学术道德的人。一个青年科学工作者的职业生命，难道就这么短暂吗？而我自己，认真工作了这么多年，怎么会带出这样的博士研究生来呢？我在什么地方出了差错？是我平时学术作风不够严谨吗？是我对学术水平的评价不够客观吗？还是我对人的判断不够准确？还是我的视力问题……假如周轶军所做的这件事情是真的，我应该怎么办呢？真是见鬼！这个没出息的家伙，什么博士，什么青年专家，现在的人头顶的光环越来越多，可是心却越来越浮躁！周轶军，你让我说什么，不，不是我要说什么，而是你自己怎么解释，你的那本书到底是怎么回事？你头脑也太简单啦。你还给我暗示，说起朱丽宁，我真为你的厚脸皮感到羞耻！你要知道朱丽宁是一个多么优秀的科学家，还有她的丈夫……他忽然想到雪雁，不由得就更加愤怒了。周轶军，你……你怎么面对雪雁呢？还有鱼儿，你真的不应该操心这样的事，女人真是奇怪，自己就是再忙也喜欢给别人做红娘，无论是老百姓，还是高级知识分子都会给别人做媒，这就是中国女人……你心思费了不少，又是介绍认识，又是安排见面，可是你能想到他是一个什么样的人吗？他想起那一阵，只要周轶军到家里来，余锦菲就问他有女朋友了吗？想找一个什么样的女朋友？杜克成想到这里摇摇头，那时候他还以为余锦菲要周轶军和星儿做朋友呢。可星儿是个有自己主意的人，别人给她介绍的朋友，她一个也不见。星儿说，谁也不要对我说这种事，我要等待戈多！真是不可救药，什么戈多，戏剧是戏剧，现实是现实……后来有一天，余锦菲告诉他，今晚有人来吃饭。谁？他问。雪雁和周轶军。余锦菲有点得意地说。他不知道余锦菲怎么能把千里之外的雪雁请来吃饭。他除了惊讶就是奇怪。余锦菲说，雪雁回来休假，让他们见见面嘛，雪雁漂亮，是军队记者，你的周轶军也不错，文质彬彬的，还是天文学博士，我看无论哪方面都很般配。他想想觉得也有道理，周轶军在天文台工作很少和外面接触，从他的年龄来说早该谈朋友了。那天，他甚至还有点歉疚感，自己对周轶军也许真的关心不够，怎么就没想到他的终身大事呢？唉……谁知道今天这倒成了一件棘手的事：第一，自己怎么跟朱丽宁交代，对她隐瞒吗？这怎么可能？这会对不起雪雁，特别是曾在平，他是一个对学问那么严谨的人……第二，就是实话实说，一定要尽快告诉朱丽宁，让她看看怎么办，怎么对雪雁说呢？原来说好，要约朱丽宁今天下午在教堂见面，可是却不能去了，还是打个电话吧。杜克成摸到手机给朱丽宁拨通了电话，可是刚振了一声铃，他又把手机关上了。他觉得还是先和余锦菲商量一下再做决定。

他又想起刚刚起步的巡天计划，现在真是困难重重，望远镜的口径小了一点儿，这需要一大笔钱，不是几十万、几百万解决得了的，还有各种外接设备，也需要几百万，甚至几千万……不，不要想这些了，不想，我不去想它们，不想，我不想！我的眼睛，我只想我的眼睛！我的鱼儿，以后你怎么办呢？你真的要有一个看不见东西的丈夫了，我看不见！看不见了！什么都模糊了！盲文版！几年前，我就已经是看不清了，只不过自己不肯承认，盲人杜克成，盲人丈夫，人家会笑话的，九峰山天文台的台长是一个盲人，简直是天下奇闻！天哪，什么叫天意？做了几十年天文工作，今天才知道原来天还有意志，要惩治我这个敢于偷窥它的奥秘的人，所以它才让我看见一个模模糊糊的光斑，飘飘闪闪，就像透明的蝴蝶，它不让我知道那是什么……太阳系，你隐藏了多少奥秘？几千年前人们就开始观测你，研究你，但是直到今天，人们对你仍然知道得很少，而很多很多人已经为此付出了生命！生命，生命相对于视力，一个天文工作者的视力，那就是他的生命。没有了视力，即使他有最发达的大脑、最强健的体格、最充沛的精力，还有最渊博的知识，那又有什么用？难道我真的要被天文学史传为一个笑柄？不，这不可能。这绝对不行！可是我能做什么呢？我该做什么呢？我能达到什么样的目标？我不知道。我不是个音乐家，我没有阿炳那样幸运，失明的双目让他有了无限遐想的空间。他可以回忆和复述他的过去，倾诉他的所感所想，在黑暗中，他把这地球的卫星美化、神化，从中得到了自我的升华和解脱。我却不能，因为我要把一切诗性的、神性的东西破解成无数亿亿万亿最枯燥无味的数字，破解成关于过去的爆发和凝聚、今天的速度和引力、明天的无法证实的关于生存和毁灭的计算和推理……谁能从中找到诗意？谁能向一个自己无从解析的未知倾诉？谁能期待从中找到自己理想的升华和自我的超越？很少有人能这样。

只有音乐才是永恒的。二泉映月，那永不黑暗的双眸中有着怎样的光明？当修长的手指在纤细的琴弦上轻揉的时候，一个个音符就像深山中的清泉一样跳荡、流淌，那是多么美妙的音乐啊！有时候电视里传来音乐的时候，连沉醉般埋头雕塑的余锦菲也会站起身，走过来，欣赏那美妙的乐音。她那么长时间地站在那里，仿佛在聆听天籁，那样入迷。我每次看到她那样的神情，甚至担心她会羽化登仙而去。嘿嘿，真有意思，现在想想，她那时一定是在音乐声中构思某件雕塑作品，比如那件《听音乐的少女》。要用泥土来表现这样一个主题，我原以为是根本不可能的。在欧洲那么多国家里，我见过那么多的雕塑作品，没有一件像余锦菲的这件作品那样让我感动。我那时想，那是因为音乐的力量，可惜宇宙还没有成熟到能够产生音乐，一百多亿年来，它一直在生生灭灭，在诞生和毁灭、黑暗和光明的不断交替中，消耗着、成长着……它有着让人心潮激荡的无比光焰，例如太阳；也有着让人冥思沉想的深邃的幽暗。它有着星辰的幽幽邈远、彗星的长发飘飘，也有黑洞那样吞噬一切的狂暴、暗物质那样神秘莫测的诡异……可是，它没有音乐。从来没有人说他听见过宇宙的音乐，只有偶尔的陨石划过天际传来的刺耳的噪音……

千百年来，人们不甘于这无边无际、永远不可抵达的宇宙的疏远、空洞和陌生，给她取了多少美妙的名字——太阳，它意味着光明和温暖，它是生命之源；月亮，温柔、皎洁，如水一般让人浮想联翩；银河，坦荡、邈远，诱发了多少传颂千古的神话？就连那些看上去毫不相干，彼此远隔成百数千光年的星星，也被人们赋予了种种人间的美好形象，大熊星座、小熊星座、猎户座、室女座、船帆座、天秤座、天琴座……天琴座！谁说宇宙没有音乐？它分明有一把巨大无比的天琴，赫然耸立在浩浩天宇之上，只差一双神奇的宇宙之手，去拨动它的琴弦——天哪，那将是怎样的音乐？天籁，不，用天籁已经不足以形容它，比喻它，它将是宇宙之声，宇宙的音乐，现在只差一双宇宙之手了！可是，何时才会有这样一双手呢？天文学者没有这一双手，他们只有一双双眼睛，有这样一双手的，只有宇航员。可是，现代的宇航员离那架天琴还很远很远，他们仅仅在月球上留下了自己不多的几个脚印。什么时候，人类的指尖才能够触及那宇宙之琴的琴弦呢？杜时光，我亲爱的儿子，虽然你一次次在沙漠训练，可是，你却有可能为人类有一天抚弄宇宙之琴铺上一小截天梯，你应该感到自豪……

人有时候是需要胡思乱想的，尤其是做天文工作的人，因为宇宙太大了，你根本不知道它到底是什么，用数据、无限的数据也无法填满它，你甚至连它到底有什么都不知道，因为除了看得见的，你只能胡思乱想。人类在猜想中、幻想中度过了几千年，为什么不能继续猜想、幻想下去？

就像我这样，在黑暗中闭着眼睛，让思想冲破公式和规则，冲破迄今为止人类所知道的一切条条框框，去想，去猜，去梦想，幻想，玄想……除此之外，我还能做什么？

人有时候是需要休息的，就像我这样，几天几夜不睡觉，拼命地写啊、算啊、观测啊、开会啊、争论啊，然后，闭上眼睛，让一切成为过去……也许，等我一觉醒来，新的一天又开始了，早晨明媚的阳光从窗外的树叶间透进来，让我眼前倏然明亮，我又可以精神抖擞地去上班了。或者，当晚霞把观测台的穹顶染成金色的时候，我又健步跨进天文台的大门，然后到办公室整理好我的观测记录，走进观测室，等待明亮的金星又一次升起在地平线上……

我的眼睛也许就像那闪过夜空的流星一样，无论它在那短暂的一瞬间多么明亮、耀眼，引得目睹它的人发出一声惊呼，可是，它终究是永远地消失了。也许我太悲观了，现代医学完全能够治好我的眼睛，也许这完全是由于我自己的过错，但也可能这里面隐藏着某种未知的东西，比如命运的法则、宇宙的法则、天文学的法则、疲劳的法则。疲劳就是过度的劳累，然后就要休息，尽管你现在已经分不清白天黑夜，尽管你还不肯善罢甘休，但终究已经声嘶力竭，注定要坠入无穷的黑暗……

41 失约

生活中总有什么会突如其来，不期而至，带给人惊喜、悲哀、迷惑，或者晕厥……尤其是当信息传递方式的革命性变革决定性地挑战人们的心理承受能力的时候。天天要出门的人，在最晴朗的日子里，是否也应该为突然降临的雷阵雨准备好一把伞呢？

　　杜克成感到有一只手在轻轻抚摸自己的手背，很温柔，也很细致，是一只女人的手。他迷迷糊糊地觉得很幸福，很久很久没有这样被抚摸的感觉了。我这是在哪儿？可是太累了，太困了，脸上包裹着厚厚的纱布。他不知道自己在哪儿，他只知道自己的眼睛很疼，火辣辣的，特别是右眼，就像喷进了辣椒水，他想用手去摸眼睛，却被那只手拦住了。他知道自己身边有人，是这个人的手在轻柔地抚摸他的手。可他不知道这个人是谁，甚至觉得就像做梦一样，反正这只手很温暖，在它轻轻的抚摸中，他很想沉沉地睡去，睡到不知道什么时候。时间对他来说现在已经没有什么意义了，他又要很沉重地睡着了。

　　他就这样被人轻轻地抚摸着手背，又睡着了，可是并不是沉沉地睡着，而是仍然迷迷糊糊的，好像心里总有什么仍然悬着，一直悬到嗓子里，想说出来，可是不知道为什么说不出来。他记不清自己有什么要紧的事忘记了，还是粗心大意弄丢了，还是什么别的原因，反正是想说却说不出来。这让他睡得很不踏实，很不平稳，很不安静，即使有一双温柔的手在抚摸着他，甚至于像哄摇篮里的孩子那样哄着他，可是他还在迷乱中，仿佛头脑里有两种力量在互相撕扯着。一种力量是困，极度的困，几天几夜没有睡觉的困，要狠狠地把他拖进深深的睡眠之中，另一种力量是有什么事情非要说出来，就是不让他睡过去，而是要他清醒，要把心里的事情说清楚。于是他的头脑就被扯乱了，四分五裂，各种各样的杂七杂八的念头都在迷乱混沌之中涌出来，施密特的狡黠、卡特先生的来信、黑暗中的神秘的小光斑，还有眼底出血和失明……渐渐地，这一切变成一种剧烈的疼痛，又转变成一些光怪陆离的画面，好像从未见过的特别耀眼的星空忽然开始运动起来，变换成忽而让人战栗惊叫，忽而让人赏心悦目的图景。然后，不知从什么地方，有一个声音在告诉他，不用害怕，这是你的幻觉，嘿嘿嘿嘿……是幻觉，是幻觉，施密特是幻觉，抄袭也是幻觉，失明也是幻觉……一切都是幻觉，只有杜时光不是幻觉，他要去月球，去火星，去更远的，更远的……因为宇宙不是幻觉，是我亲眼看见的，那里有一个光斑，它在移动，它不是幻觉，我看见它了，我真的看见它了，我的眼睛这不是好好的吗？我看见它了……我要给它编号，NGC××××，不不不，错了，它不是恒星，它是……小行星？彗星？柯伊伯带天体？近地小行星……不知道。不知道它是什么，不管它是什么，反正不能给它编号，关于它目前还什么也不知道，我不能给它编号……你们不要蒙住我的眼睛，不要，不要，我能看见，我没有失明，我没有……

他就在这样的状态下睡了不知多长时间，忽然醒了，真的醒了。他的心立刻就怦的一跳，因为他感觉到抚摸着他的那只手不是余锦菲的手，虽然这手像余锦菲的手一样柔软、温暖、亲切，他仍然断定这不是他的鱼儿。鱼儿的手既柔软，又有点粗糙，他早已经熟悉了她的手。这也不是丁岚的手，她的手只有在递给他什么东西的时候，才会偶尔触碰到，那应该是一双年轻的手……而此刻……啊，他能觉出来，这分明是另一个女人的手，这手有一种成熟的风韵，还有一种坚毅。他慌乱地要把手抽回来。你……你是谁？他的嗓音都发抖了。

克成，我是丽宁。朱丽宁的声音轻轻的，很平静。

丽宁，怎么是你啊！杜克成简直无法相信。

克成，你觉得好些了吗？朱丽宁握紧了杜克成的手。

啊，我怎么看不见了呢？他有点沮丧。

听我说，你千万不要着急，会好起来。朱丽宁就像在对一个孩子说话，话语仿佛轻轻的风一样温柔。

杜克成嗫嚅地说着，你看，我们约好在教堂见面的，可我的眼睛突然就……

克成，你的病情我已经仔细问过慧琳了，有她给你治疗，你应该放心。朱丽宁说。

没想到我成了慧琳的病人，杜克成皱起眉头说，可是治疗了这么多天我怎么还看不见呢？

恢复总要有一个过程，既来之，则安之吧。听医生的，你说呢？

杜克成点点头，丽宁，我觉得真遗憾，我能看见你的时候，却没有时间见面，现在倒好，我有时间了，却又看不见你了。

朱丽宁故意把话题引开，没关系，等你好了，我们再去教堂顶上看看。我已经很多年没去那里了。哎，你还记得我们上中学的时候一起去教堂的事儿吗？

杜克成说，当然记得，那次我们三个人爬到钟楼上，直到太阳落山才回家，我和你，还有许建文……今后我也许再也看不见那里的风景了。

朱丽宁说，别悲观啊，我来就是想告诉你，一定要有信心，我知道你是个英雄好汉。

好吧，我听你的。杜克成说。

朱丽宁忍不住笑了，杜克成虽然比自己年长一岁，可是在性情上却还像个孩子一样单纯，到了中年性格也没变。她给杜克成剥了一个橘子，一瓣一瓣地送到他的嘴里。

丽宁，雪雁还……还好吗？杜克成嘴角流着果汁问道。

雪雁越来越像在平，最近她一直在部队采访。朱丽宁忽然想起什么，问道，克成，你那天让我到教堂去，你想跟我谈什么？现在有时间啦。

杜克成停下咀嚼，好像收音机忽然断了电源，没有声音了。

朱丽宁拿着最后一片橘子的手，停在杜克成的唇边。克成，你干吗不说了？你不是让我来找你吗？

丽宁，这段时间我有些……我从来没有这么烦恼……杜克成说。

朱丽宁有点惊异，她还是第一次听见杜克成说烦恼这两个字。她说，你们天文学家应该是心胸宽广的人，你们看到的可是广阔的宇宙，不像我只能看到显微镜下的微观视野！好啦，你还是把你的工作放下，彻底放下，不要把自己悬在空中，甚至像飘在宇宙太空里一样。先把病养好，什么事情都等到眼睛好了以后再说，好吗？

丽宁，你知道，我们数字化太阳系的课题研究进入了关键时刻。我原本要在第六次太阳观测国际研讨会上宣读论文，我刚刚写完《太阳系数字化巡天观测数据处理公式的推导和应用》，还没来得及做进一步的修改……还有，我一直在观测一个向地球靠近的不明天体，可是……

杜克成，你是鬼迷心窍了吧？我不是让你安心养病吗？朱丽宁故意逗他。

不是鬼迷心窍，而是一种期盼。我们的计划很宏大，我的眼睛就是因为推导那些公式累的。不知道今后我还能不能做天文工作。我有时候想，其实世界上真正引诱着人去追求的，是人看不见、摸不着的……

不是看不见和摸不着，而是不了解和不熟悉，年轻人都有一种去探索和发现的热情，不是我们才有过。朱丽宁说。

不是热情，现在看来是幻想，我现在好像才刚刚开始认识到，要认识未知是非常困难的，因为你甚至不知道它究竟是否存在。当古代的人们第一次抬头仰望星空的时候，人就注定要世世代代把想象和探索继承下去……我成了其中的一个继承者。

朱丽宁用毛巾擦了手，伏在床边看着杜克成，她想起中学的时候，杜克成就喜欢滔滔不绝地演说，她把他的演说当成了一种科学梦呓，不管怎么样，这种滔滔不绝总比曾在平在家时的沉默要好得多。

杜克成说，我现在想想，真是无法遏制内心的激动，那些以树叶和兽皮为衣的人，怎样在穴居的岩洞壁上刻下他们对天地、对日月星辰的朦胧意识？他们怎样把岩洞中不灭的篝火、最初的星星点点的想象力点燃成智慧的火焰？现在我相信，是因为太阳，它无穷无尽的光焰穿透了他们眼前黑暗的屏障。太阳东升西落，日复一日，仿佛永无休止，亘古不变，它成为古人心目中崇敬和畏惧的神。太阳神，一个多么美妙的名字，古人的想象力也许远远超出我们这些自视高傲的今人。还有皎洁的月亮，璀璨的星河，激起人们多么瑰丽的遐想！可是，智慧的眼睛总要透过那些华丽和璀璨，那些让人望而生畏的现象，看到它们细微得不易察觉的变化，以及它们之间的相互联系。我认为，人类最初的科学意识必定属于那些最早定居并且从事田间耕作的民族……

不一定。朱丽宁说，游牧民族对于季节的敏感，他们的天文和地理知识，不会比农耕的人逊色。

也有可能。杜克成停了一下，和刚才比，他好像已经忘了自己的烦恼。他继续说，经过了不知多少世纪，终于有人发现，丰收和饥荒与日月星辰的变化有着某种神秘的联系，于是，最古老的天文学注定要在迷信和宗教的重重包围中诞生。所以，揭开宇宙之谜就成为永远也无法完成的使命。古埃及人、迦勒底人、古代中国人，还有后来的古希腊人，我们现在已经无法知道，他们为了探索和发现，度过了多少个苦苦思考的夜晚，很多人为科学付出了生命……

杜克成好像突然意识到了什么，过了好长时间他才说，后来的人们，很多人已经没有了前人的那种虔诚和敬畏，名利成为一些人追求的目标，可是天文事业还要继承下去，需要人们用一个又一个疑问，去叩开一个又一个未知的领域。天文学始终是在不断地反抗权威、诘问历史，并且与迷信和宗教、与陈腐偏见的斗争中迎接新的夜晚和黎明的。他停了一会儿，轻声说，可是越来越难啦——

朱丽宁轻轻叹息了一声，克成，我比你想得开，我现在辞了职，可以全心全意做研究。我倒是想，与其追求一个无法抵达的目标，不如退到起点，重新开始。

可是有时候退不回去。杜克成轻声说，

所以有的人就不能获得解放，他们被一种自己铸造的观念的镣铐所束缚，就像在平那样。一个人要逆风前行，需要非凡的勇气，而退却更要有无比的胆略，要是不敢从悬崖上纵身跳下去，是不能说退却这两个字的。朱丽宁想，可是她不能对杜克成说这样的话。他说的也许是对的，也许又不对，因为并不是所有的人都会被年龄和职业所改变。他是被自己的理想改变的，可是，从根本上说，理想其实是一种无止境的想象，一种无法捉摸的幻象。正如他自己所说的，你甚至都不知道未知是否存在。因此，把探索未知作为理想只能是一种冲动，一种热情和激情的驱动。那么我呢？我又在干什么？我难道不是在探索未知？生命难道不是一种未知？一种无法准确认定的存在吗？假如不是，那又是什么？就像曾在平研究黄河一样。黄河，它处在永无休止的变动之中，谁又能说这种变动是可知的呢？可是，它确实存在着，却是一个无法确知的存在，如同杜克成的宇宙、太阳系……还有，我的……细胞、基因、生命……

　　这时候，杜克成说，丽宁，有件事我一直想告诉你，可是……可是话一出口，他又有点犹豫了。

　　克成，你怎么神神秘秘的？朱丽宁问道，你约我到教堂到底干什么？

　　最终，杜克成说，我是想告诉你关于周轶军的事……

42　进化论

科技的进步已经让人们看见了最精细的结构，发现了最遥远的星系，无论多少谜团、微观和宏观，总能被人们破解。可是，人却无法破解自己的心灵，即使有人声称，已经了解了每一个神经细胞的结构和功能……

一个外表朴实的年轻人，镜片后面是平静的目光，他怎么会剽窃呢？杜克成说得很严肃，这事一点也不用怀疑了，外表并不代表内心。可是朱丽宁却想不通，周轶军本身是一个博士，靠自己的研究完全有希望出成果，成名是时间的问题，可剽窃别人的东西是会身败名裂的，他难道连这个都不懂吗？其实这也难怪，今天，学术剽窃已经不是什么让人大惊小怪的事了，很多人对剽窃抄袭行为只是睁一只眼闭一只眼。她想起自己曾去参加过的一些大学硕士和博士论文答辩，有一些论文很明显就是抄袭的，可是那些答辩委员会的成员却视而不见。有一次在生命科学学院的硕士论文答辩会上，她实在忍不住了，指出论文有几处明显的抄袭，答辩的气氛顿时凝重起来，人们的脸上是尴尬的表情。当然从那一次以后，她就再也没有被邀请去参加论文答辩……无法容忍，无论怎样，自己也无法容忍这样的事，这种有悖学术道德的行为绝对不能在这个家里出现！朱丽宁急匆匆地走着，心里愤愤的。她在想，重要的是怎么把这件事告诉雪雁，她知道了会怎样呢？这可是女儿第一次谈恋爱。真是想不到，这个周轶军，竟是这样一个不老实的人……但是无论如何也要告诉雪雁，可是应该怎么说出来呢？

进了家门，朱丽宁没有去做饭，这会儿她的心里只是说不出的郁闷。她来到窗前，窗外是曾在平每次出发时走的那条马路，马路依旧，可是汽车却多了很多，来来往往，显得那样拥挤、堵塞，像春天被冰凌壅塞的黄河河道那样，乱糟糟的，让人心烦。她随手从窗边的书架上取下一本书，封面上用很粗的字体印着《黄河流域的水土保持工程》。她翻开几页，里面印得很粗糙，再浏览一下目录，讲的是七十年代到八十年代初的黄河流域水土保持工程，再往后翻翻，有些照片很像曾在平以前拍的，因为她熟悉那些地名。每次曾在平考察回来，他的小本子上都记着很多地名，那些地名都是地图上没有的，因为太小了，一道沟、一道梁、一个塬，都有名字，在他的记录中，村名都算是大地名了。看看这本书上的地名，有很多都是以前曾在平给她看过和讲过的。今天有谁知道书中有多少数据、图片、描述和分析，是出自曾在平那一步一步的跋涉之中呢？而他的汗水和艰辛换来的，却只是书的结尾提了一句：曾在平同志为本书的编写做了很多工作，在此一并致谢。她又叹了一口气，把书放回了原处。

忽然她想到厨房去，做一碗好吃的面条，那种曾在平给她做过的炸酱面。自从曾在平失踪以后，她就再也没有吃过那种面。厨房里变得很简单，只有两样东西是她惯用的了，一个微波炉和一只小小的钢精锅，她早已习惯了把面包、香肠之类的东西放进微波炉里去烤一烤，或者把菜和肉，还有佐料一起放进锅里炖一炖。可是进了厨房，她又觉得一点儿做饭的心思也没有了，虽然肚子里咕咕叫。她的眼睛在厨房里扫了扫，所有能吃的东西都是干巴巴的……

她就这样倚在厨房的门框边站一会儿，又走到窗前向外面的大街上看一会儿。她不知道自己到底要做什么、不要做什么。为什么一个研究生命的人却对生命的本质产生了困惑？构成生命本质的到底是些什么？肉体的生命和精神的生命之间究竟是一种什么关系？

她就这样看着街上的行人呆立着，漫无边际地想，又漫无边际地自问自答。你不是哲学家，为什么要去思考这样一些玄奥的哲学问题，这些自有文字以来古今中外的哲学家们争论不休、又没有任何令人信服的结论的问题？你根本不可能回答这些问题。也许只有死亡才能回答这些问题，而死亡是肉体的生命的消亡，也是精神生命的终结，除非它真的给人类历史留下过精神的遗产。但是，这是真实的吗？精神的生命是不是一个真实的存在呢？如果它存在，维持这个精神生命的力量从何而来？它是精神的，还是物质的？还是两者都是，或者两者都不是？

朱丽宁觉得自己想到了一些很怪的问题。今天怎么啦？为什么会想到这样的事？你还说杜克成鬼迷心窍，你自己才是鬼迷心窍了呢。可能是因为这个家里的环境，它是和遗失、失落这样的词紧紧联系在一起的，而你又太长久地蛰居在这里，孤独地蛰居，像一只会思想的穴居动物。怪不得雪雁每次来电话都说：妈妈你不要总是自己在家里，你要出去走走。可能我真的应该出去走走，可是我今天刚刚从外面回来呀？外面和家里，到底有什么区别呢？好吧，也许真的应该多出去走走，也算是改变一下环境，就像动物适应环境的变化，或者叫进化。动物对环境的适应到底是进化，还是变化呢？比如黑叶猴，它已经被列入了国际濒危动物保护"红皮书"，它为什么在生态环境的一步步的恶化中不断退缩，而不是逐步适应，或者像人们所说的那样"进化"呢？这实际上是一个涉及进化的定义和本质的问题，现在国际上都热衷于谈论动物进化的速度远远超过人们的想象，很多报道把进化描绘成十年二十年几十年内发生的事情。但是单纯从报道上看，还缺乏有力的证据，仅凭短期的观察来作结论，恐怕是有问题的。更多的是变化，比如，生活习性的变化、食物的变化、气候的变化、栖居地的变化……只有变化是每天都在发生的。我是不是也应该变化变化？应该。事实上，我已经改变了很多。辞职就是一次改变，但是变得还不够，看来我还得继续变下去，直到变得面目全非。只有到那时候，我才能说，我已经进化了，也可以说退化了、倒退了，退回到猿人时代……猿人时代？那是什么样的时代？现在的人们都用洪荒、蛮荒来形容那个时代，那是不确切的。那时候的人已经有智慧，有思想，有情感，一万年前的洞穴上的壁画，它们说明了什么？说明那时候的人已经有了最初的审美，艺术已经萌芽，更说明他们头脑的发育已经达到了一个很高的高度，已经达到了现在十岁孩子的水平。对比一下他们的画作之间的差异，不就一目了然了吗？啊，现在十岁左右喜欢画画的孩子，他们的艺术水准相当于一万年前在洞壁上作画的人，这是一个多么有意思的对比！能不能从观察现在的孩子，从婴儿到少年的成长过程，他们的行为能力和智商水平，来模拟和复现人类漫长的进化史呢？至少，可以从中看到一条相对清晰的脉络？不行，因为环境不同，婴儿生下来就在父母的哺育和教育下，而且受到社会环境的极大影响，比如玩具、幼儿读物、音乐、电视以及其他信息媒介的广泛而深刻的影响，这就是所谓文明时代和蛮荒时代的区别。所以，进化在加速？有确切的证据吗？一万年前的人与今天的人，他们之间的脑容量差别究竟有多大？脑容量的大小能说明进化的全部吗？哎呀，我想到哪儿去啦？我研究的是动物，我思考人的进化干什么？人与动物的进化一样吗？从本质上，从生命体构成的变化上，是一样的，都是从低级到高级，从不适应到适应，可是人的进化的本质是从能够创造开始的，又通过创造的不断丰富使自身趋于完善，这是一个永无止境的过程。而动物呢？正由于人的无限扩张，正陷入逐渐灭绝的境地，只有少量在变化。比如原来生活在森林、湖泊和山区的鸟类，有很多逐步适应了城市的环境，在充满了烟尘、噪声、强光，而缺乏水、树木和昆虫的水泥森林中生活下来，它们营巢栖居和觅食的习性都有了改变。鱼类中也有很多不得不逐步适应在充满污染物质的水中生存……相比在蛮荒时代，它们的身体结构也许没有明显的变化，但是它们抵御有害物质的能力，转化摄入的有害饵食的能力，却大大增强了。这说明它们在微观结构上一定发生了某种变化。如果能够从基因、从分子生物学的层面上进行研究，一定能找到突破口。

这不仅需要观察，也需要用实验来验证，更要有说服力的论证。科学界总是有人企图用新的所谓发现来否定进化论，那可能是因为一个人一生的时间太短了，人在自己的一生中看不到显著的进化过程，或者，人片面地把动物外形的改变当成了进化的唯一标志，现在迫切需要阐明的是进化在动物微观形态上引起的变化。对，就是这样！就从这条路上开始，走下去！

想到这里，朱丽宁忽然有点激动，她很久都没有这种感觉了，就像年轻时作出了一个对自己的人生有重大意义的决定一样激动，她甚至很想欢呼几声。可是在这个清静的小居室里，她不能这样，因为那样会引起邻居的不安，以为这个孤独的女人是不是疯了。她平静地坐下来，坐在书桌前，铺开稿纸，用一支黑色的圆珠笔写下第一行字：《现代生态环境下动物进化和变化的微观形态研究》。她的思绪像潮水一样涌流，她觉得圆珠笔的笔尖十分滞涩，写下的字远远落后于她的思想，她扔掉圆珠笔，从笔筒里抽出一支蓝色的水笔，她的思想就像从笔尖流出的墨水那样流畅。她多少年来坚持不懈地观察、记录、实验、分析、思考的一切，在这个时刻变成了墨水的流动，变成了文字在稿纸上飞快的书写。她写了一页又一页，思想像永不枯竭的源泉，她的手酸了，背也麻木了，可是她坚持写着，她的手和她的思想一样，停不下来。也不知道过了多长时间，也许是几个小时，也许是几天，她始终没有停下来。她觉得自己像个从事专业创作的作家一样，当文思如涌的时候，会把自己关在小屋子里疯狂地写作。是的，疯狂地写，写到这几十年来积聚在脑海里的思想都变成文字为止。

她终于写累了，歪靠在书桌旁，觉得心里无比的放松，好像又经过了一次长时间的生命的孕育，终于娩出了一个心爱的婴儿，一个可以表达自己全部的智慧、情感、理性，一个可以表达自己全部的生理的和精神的创造力的生命体。它会呼吸，会诉说，会歌唱，会笑，它甚至比一个纯粹肉体的生命还要可爱，还要珍贵。因为它可以用语言和文字，把对生命的最细微结构，染色体、基因、核糖核酸等等最精妙的解读、分析和研究，与生命的外在形态的全部表现之间的一切联系，以及在环境的影响下可能发生的变化，作出了她认为完美的描绘和诠释。

她很想去睡一觉，可是刚站起来，又坐下了，她连走路的力气都没有了，她索性就躺在书桌旁的地板上，像小时候跟母亲要赖那样，顺势就躺下了，仰面朝上地躺着。她想起了很久很久以前，回到了自己的幼儿时期。那时候只要我这样一躺，母亲就拿我没办法，就答应我这个，答应我那个。我虽然是母亲的女儿，可我也是女儿的母亲，现在是一个人的世界，一个我自己尽了责任的世界，我为这个世界又增添了一个婴儿。愿意生孩子的母亲都是好母亲，虽然孩子不一定听话，比如我，那时候总是惹母亲生气，就这样躺在地上，嘴里还不停地嘟哝，让母亲无可奈何。啊……生命就是这样，人会高兴，也会不高兴，有欢乐，也会有悲哀，还会感到孤单、思念、怀恋……还会偷偷地暗恋上一个人，可是嘴上却不说，或者，有顾忌，不敢说，不能说。只会趁人家眼睛看不见的时候，偷偷地抚摸人家的手。有了生命，就会有妒忌，有虚荣，也有心怀叵测，还会有无奈、忧愁……各种各样的词语在生命的不同存在形态中产生了，被人们编成一本又一本厚厚的词典，可是，它们表达全面了吗？天知道还需要多少词汇，才能恰当地表达生命的存在形态和处境。一些生命消失了，另一些生命又诞生了，渐变和嬗变，兴盛和灭绝，在不断交替着，就像昼夜的交替一样。

朱丽宁这么躺着，忽然想起一望无际的绿色大草原，看着天上的白云随风飘去。有一次去西北看女儿，雪雁开着车，带她到大戈壁，大沙漠，去看野骆驼、野山羊、野马，去看大漠的日出和日落，看天多么蓝，多么高，地多么辽阔，多么苍莽，去感受大沙漠早晨和夜晚飕飕的冷风，还有中午灼人的热浪……然后她们精疲力竭地回到住处，一头倒在床上就不想起来了。可是心里是那么舒畅，舒畅得就像站在空漠无边的戈壁上，或者像草原上的大海子，坦荡无垠，没有一丝波折和起伏，任思想像蓝天上悠悠的白云，缥缈轻盈，随风游荡。晚上，她们一起在布置得很雅致，散发着淡淡的郁金香味的小旅店里，在温暖的灯光下，喝着原汁原味的哈密瓜汁、葡萄汁或者沙漠特有的水果汁，轻声细语地聊着，话语像绿洲里潺潺流动的清泉，像胡杨林沙沙飘动的树叶，她们常常一直聊到深夜，直到两个人都睁不开眼睛，才关灯睡觉。

在那个仿佛远离尘世的地方，在那个远离了一切人群的喧嚣、思维的纷乱和名利的争夺的地方，她度过了愉快难忘的时光。可是那种心情此时突然不见了踪影。职业习惯，或者说职业病，就像曾在平那样，非要在一条路上头也不回地走下去，然后消失在不知道什么地方……我会消失在什么地方呢？消失在螺旋形的上升之中吗？消失在一个无法知道的高度？生命科学是一门实证和分析的科学，它需要的是观察、解剖、实验……最终是数据。这是一个数据的时代。数据时代的生命也都数据化了吗？失去了想象力，失去了美感，失去了情调，失去了悠闲和雅致，被汪洋大海般的数据围困着。我新生的婴儿难道也非要变成一个数据的婴儿吗？数据跟高度有什么关系呢？一级一级的台阶，就像一组组数据，它们螺旋式地向上攀升，没有尽头……这就是高度。这就是生命世界的未来。从不知道来自何处的原始有机分子、氨基酸，到蛋白质、细胞再到高级的生命形态，经历过怎样的诞生与毁灭？生命正是在数不尽的诞生和毁灭之中进化的。诞生与毁灭，这是进化的真正推动力，只不过有文字记载的历史还太短，无法见证和记录它，只能根据化石推断。所以我才要生下我的这个婴儿，也许，不知道多少年以后，当又一次诞生和毁灭发生的时候，它将是新的进化和变化的最有力的参照，只要它没有被一起毁灭。无论后来的人们赞颂也好，诅咒也好，它们是我思想的闪光，是我灵魂中最精华的东西。

她从地上爬起来，把这些想法写在纸上，并且在前面写上了"序言"两个字。

43　电话

明亮的眼睛所看见的，一定都是真实的吗？自然界太奇妙了，不知什么时候，它就会捉弄一下人们的自信心。事实上，假象时刻伴随着人们，更有幻觉，常常让人们不知自己身在何处。

　　屋里只有蒙蒙的一点光，因为拉着窗帘，朱丽宁微微眍了一下眼睛，一时竟忘了现在是几号，也不知道是几点，甚至连白天黑夜也不知道了。自从辞职以后，她已经开始从过去那种极其有规律的、严格守时的工作和起居方式转变到完全自由的、随心所欲的工作和生活混合的方式中，不知道时间，不知道饥饿，也不知道困倦，更不知道上班下班。为什么要上班下班呢？在家里，在实验室里，反正都一样，自然界里昼夜交替的规律并不支配一切，它只支配刻板甚至僵化的人，对于自由人，有自由意志的人，它没有什么意义。她会在实验室里不停地做实验，直到把一项实验做完，得出数据，而原本那样一项实验要好几天才能做完。她也会在书桌前不停地写，直到写得头昏眼花，然后一头倒在床上睡去，醒来时不知道是早晨还是傍晚。反正是一个人，早晚都一样，天亮了关灯，天黑了开灯，只要有光亮就行，就能工作，做实验，做记录、计算、分析、写……

她好像要把工作以外的一切都忘记了，忘记了她的动物世界，她的黑叶猴以外的存在，仿佛除此以外的那些东西都一天天离她远去，越来越远，就像宇宙星空一样遥远。她可以完全不去理会，不去思考，甚至都不去瞥上一眼，对窗外传来的汽车的嘈杂、人们的熙攘、宠物狗的吠叫，还有晨练的人们每天一遍又一遍播放得走了调的音乐，她都充耳不闻。

这个小小的世界上，渐渐地只剩下她一个人，还有她的黑叶猴、基因……就在她这种不知道是清醒还是睡梦般的生活中，她在她的周围悄悄地拉起了一层看不见的帷幕，让她那双善于观察蛛丝马迹般的细微变化的眼睛仿佛蒙上了一层云翳，也让她那副对轻微的呼吸都十分灵敏的耳朵变得迟钝。她伏在桌上，听见电话铃响了，她抓起了枕边的无绳电话。

妈妈，是我，你好吗？电话里传来女儿的声音。

雪雁，你怎么这么早来电话。朱丽宁的声音有点沙哑。

妈妈，现在不是早晨，是晚上十一点啦!

是吗? 我怎么觉得像早晨似的。

啊，你怎么糊涂了? 妈妈，你一定是太累了……

朱丽宁抬起胳膊，看看手表，不由得笑了，真的呢，我有点累了。她说。

妈妈，你知道我刚才在干什么吗？

隔几千里，我可看不见你。

告诉你吧，我一直看你在网上发的书稿，妈妈，我必须夸奖你，这本书我都觉得好看! 曾雪雁笑嘻嘻地说。

你说什么? 我的书还没出版呢，怎么会在网上呢?

那你自己看看吧，就在生物科技网，已经有很多评论了。曾雪雁说。

朱丽宁连忙坐直了身体，打开电脑，屏幕亮了，她点击生物科技网，一行醒目的大字标题出现在她眼前的屏幕上——中国生物学家向传统进化论提出挑战。朱丽宁只觉得头脑里嗡的一声，电话里，曾雪雁在问，妈妈，你找到了吗？

朱丽宁扯高了嗓门，大声喊，我从没有允许他们发表啊，我是让他们看看，这书稿我还要修改呢！她想起前些时，许建文听说她完成了书稿，就说要看看，还说邀请国内生物学界的专家看看，然后先在学校的《生命科学学报》上发表，再开一个研讨会。她就把稿子给了许建文，但她反对开研讨会。现在这样的会实在太多了，会上的发言充斥着恭维逢迎之词，缺少严肃的学术批评和学术争论的气氛。许建文满口答应，并且说尊重她的意见。可是书稿竟然先在网上发表了！他怎么会这样，真可恨，我根本不同意发表！朱丽宁又大声说。

妈妈，你别着急啊……电话那头曾雪雁说，有价值的东西谁都会抢着发表，现在这样的事情在新闻界也是司空见惯的。妈妈，你要是不同意就先请他们把书稿撤下来，什么时候书出来再……

好吧，我知道了。

第二天早上，朱丽宁第一件事就是给许建文打电话。建文，我有事找你。她说。

哦，丽宁啊，你能给我电话我真荣幸啊！什么事，说吧。许建文一副很豪爽的语调说。

建文，你怎么把我的书稿发在网上了？我只是让你看看，提意见。啊，是这么回事啊！许建文说，丽宁，我正想告诉你，你的大作在网上一发表，就在学术界引起不小的轰动，我看网上好评如潮啊！建文，你快让他们把书稿撤下来！

为什么要撤下来？这是学校的学术成果啊，它说明我们学校在生物进化领域的研究已经跻身国际先进行列，是值得庆贺的事！丽宁……

朱丽宁有点急了，她打断了许建文，你一定要把网上的书稿撤掉，把书稿还给我……

许建文也认真了，他说，丽宁，已经生下来的婴儿还能让它再回到娘肚子里去吗？这是我看了稿子之后让他们发表的，说实话我看过之后，很是震惊。丽宁，你不要总是这么固执，我们都是生物专业的，对你，我是最熟悉的，我有发言权。在网上发表无非是两种情况，一是完全否定，你挑战进化论，岂不是异端？二是望而生畏，不敢提任何意见。为什么？因为他们没有涉足你研究的这个领域，怕自己露馅啊……所以我认为，你应该当机立断，马上把稿子给科技出版社，正式出版，这样我马上就给你申请科研成果奖，追加经费……

朱丽宁却很坚决地说，不行，我觉得有些地方还不充分，还要继续论证……

丽宁，科学是无止境的。许建文有点不耐烦了，他说，你怎么连这个道理都不懂呢？科学研究永远不会充分，永远需要继续论证，这是颠扑不破的真理。这么好的科研成果不发表，放在家里干什么？在这件事情上，你一定要听我的，你千万不要学曾在平，把十多年积攒的资料白白放在家里攒灰尘，结果呢？在平他……今天那些资料还有什么用？真让人心痛啊！丽宁，作为生物学领域的重大成果，现在你把它发表出来，将来也可以再作修订嘛。你的研究当然还要继续搞，至于经费，我帮你去申请，看在老同学老朋友老同事的面子上，啊，说句心里话，我当初是反对你辞职的，你应该官复原职，继续领导动物所，丽宁……

朱丽宁没等许建文说完，就挂断了电话，她决定自己给生物科技网站打电话，撤下书稿。在按电话键的时候，她的手都有点发抖，她只好停了一会儿，心里想，我可不做那种欺世盗名的人，把还没有严格论证的作品拿出去。虽然眼前名噪一时，将来也许就会被传为笑柄，我可不干那样的蠢事。她想到许建文说起曾在平就更气愤了，真是混蛋！别人不了解曾在平，许建文，你作为老同学也不了解他吗？曾在平失踪前每年都要去考察，常常一去就是几个月，经费短缺他也去，那些年他几乎没有发表过论文。今天看来，他是对的。

朱丽宁想起，曾在平出门前的一天，他坐在她的对面。她让他喝着刚冲泡的一杯绿茶，她对他说，又要评职称了，也许你应该先发表几篇论文，而不是再去黄河源头，评审是有时间限制的，黄河源头却随时可以去。曾在平淡淡地笑着，长久地沉默不语。后来他说，将来吧，到那时候我要写很多篇论文，还要写专著。可现在不是时候，科学考察的路是一步一步走的，科学的结果是一个一个脚印论证的，这需要时间，几年，十几年，甚至几十年，科考要经得起检验，而不是仅仅为了自己发表几篇论文……那天，也许曾在平看见她不高兴，就指着书橱说，那里面有我多年的记录，总有一天你会觉得有价值……泪水从朱丽宁脸上悄无声息地流下来，她忍不住又在心里呼唤他，在平，你在哪里？你快回来……十年间，她不知道已经这样呼唤过他多少次了。现在她忽然想到了一件事——是成果就不会白费，在平，我一定要把你的书整理出来……

44 陨石

白色的墙，白色的床，白色的隔离衣，白色的一切……它们似乎象征着洁净与健康，而在病人的心中，白色也许意味着单调、沉闷、孤独、恐惧，可是，当一束美丽鲜艳的花在床头散发出淡淡的幽香的时候……

杜克成觉得眼前仿佛出现了各种各样奇奇怪怪的景象，火星突然偏离了自己的轨道，像一团巨大无比的火球，冲向地球的轨道。两只眼睛正目不转睛地盯着望远镜的他惊呆了，他张大了嘴，想喊叫，可是什么声音也发不出来，仿佛窒息了一般。火球越来越近，突然，火球爆炸了，他的眼前无比明亮地一闪，紧接着一团漆黑，什么也看不见了，他的身体开始飘飘悠悠地向下坠落，像一颗流星。这颗流星不发光，黑乎乎的，像一团黑色的云，从四面八方包裹着他，窒息着他。他无论怎样拼命地挣扎，张开嘴，也发不出一点声音，也呼不出一点空气。黑云包裹得越来越紧，把他压缩、压缩……就像在黑洞里一样。黑洞……他仅有的一点点思维在盘旋着几个字，黑洞、公式、资料……就在他要被彻底吞没的最后时刻，紧紧缠绕他的黑云突然被撕开了一道口子，他被堵塞的喉咙终于吸进了一口气，他开始剧烈地咳嗽、喘息，他的眼前现在金星迸射，黑云却变淡了。他喘着气，像一条被扔在沙漠里的鱼，两腮一鼓一鼓的。现在好了，有水喝了，有人在给他喝水，他忽然感受到一种温馨的气息，女人的气息……一个女人在给他水喝，他舒舒服服地躺在一个女人的怀里，他被浸没在温暖、柔软而富有弹性、散发着郁金香气息的怀抱里。他重新看见了光明，太阳在远处很明亮地照耀着，湖面上清风拂来，微波荡漾，鱼群偎依在他的身边，喃喃地说着话，小鸟悄悄地在湖面上掠过，好像要偷偷地瞥上一眼……他又听见了说话的声音，由远而近，细细柔柔的声音，谁的声音这么好听啊？女人的声音，这一点是肯定的，过去怎么从来没有听到这么甜美的声音呢？宇宙间可没有这么好听的声音，夜晚，在天文望远镜里，只能看到无限的深蓝，发出银光的星星。可那里是静悄悄的，没有一丝声响，即使有流星划过也没有任何响动，一切都是那么遥远，一切都是那么冰冷，那里没有女人怀抱，也没有温馨的芳香……别离开我，就让我这样紧紧拥抱着你，不管你是谁，我从宇宙回来了……

杜台长，杜台长……杜克成听到有人在叫他，这是真实的，近在眼前，不是那种虚无缥缈的声音，这声音和他身边的那种温馨的气息都是令人愉快的。过去从不用辨别，他就能听出是谁在说话，可是现在无论是听觉，还是视觉，他都要进行辨别了……这是熟悉的声音，是一个女人，原来身边有一个女人，哦，她不是鱼儿，因为鱼儿的声音总是有点急躁，好像还有点节奏。过去他曾经笑她说话有节奏，是那种一阵快一阵慢的节奏，就如同用凿子敲击石头发出的叮叮的声响。而这个近在眼前的说话声却是十分柔和的，就像一朵美丽的花悄悄绽放，发出细微的声音。又是朱丽宁吗？他辨别着，不是，这不是……朱丽宁是那种沉静的女中音，如同她那像湖水一样沉静的目光。杜台长……这一声呼唤，杜克成听清了，是丁岚，你怎么会在这里，在这无边的黑暗中，为什么你会在我身边，要知道两个人在黑暗中……不，要注意影响，我从来都是这样……你想对我说什么？他听见丁岚在说。医生已经做了治疗，要你安心治病，不要动眼睛上的纱布……他答应着，却又恼怒了，原来只有我在黑暗中啊！难道一切都完了吗？我将从此生活在黑暗之中吗？他说，丁岚，你快回去，我不要人陪着！他烦躁地大声说，你回去！他心里想的是，我倒要试试我还能不能在黑暗中看到星星……他的一只手在半空里摇摆，十分固执地命令丁岚离开，他也不希望别人守在他的床前。丁岚拗不过，只好把呼叫护士的按钮放在他的枕边，又倒了一杯水，插上吸管，放在床头柜上。然后，她拿着杜克成的一只手，让他摸水杯，杜克成重复这个动作的时候，却碰倒了花瓶，一束花一下扑到他的脸上，丁岚赶忙把花收拾起来。淡淡的幽香弥漫在杜克成的面前。可是杜克成却更加严厉地命令她离开。杜台长，那我走啦。丁岚说完，转身出了门。可她并没有离开病房，而是透过门上的玻璃，看着杜克成……

　　病房里很安静，很空落，杜克成突然觉得自己像一颗孤悬在空中的星，或者，根本就不是什么星，而是一块石头，由于万有引力，它很快就要坠落；或者，根本就不是什么孤悬的星或者石头，它原本就在急剧地坠落，只是碰到了什么，把它从半空中托住了，才没有落得个粉身碎骨的下场；或者掉到海洋里、沙漠里、深山里、沼泽里，不见踪影。丁岚走了，是我叫她走的，可是为什么非要让她离开呢？真是固执得不可救药，也不是为了别的，就是因为不能在黑暗中和她在一起！不对，这是错觉，只是我自己在黑暗中，别人依然在光明之中……现在怎么办？鱼儿，你为什么还不来？你难道真的要等到我坠落下去，不见踪影，或者根本掉不到底，而是在大气层中就化成一缕青烟。那会成为新闻——

看啊，九峰山天文台的台长杜克成化成一缕青烟消散了。天哪，人们总是说，袅袅青烟，直上九霄。要是我真的能上九霄，看看太阳、行星、彗星、小行星，还有数不清的恒星，那倒也好，也值得了。只可惜我们没有更大的望远镜啊，一点二米的，施密特瞧不起九峰山天文台，留下一纸所谓协议，走了。现在这里空空荡荡，像太空一样空空荡荡，什么也没有，只有一个蒙着眼睛、什么也看不见、头痛得像炸开来一样的天文台台长，像个傻瓜一样躺在这里。是的，是个傻瓜，当初谈恋爱的时候，鱼儿就说你是傻瓜，现在看来是真的。除了是傻瓜，你还能是什么呢？他使劲儿撑起身体，想坐起来，可是在黑暗中却失去平衡，他就要向一边歪倒了。就在这一瞬间，丁岚冲进来，她的双臂紧紧地抱住他，她丰满而坚实的胸脯挤压着他，杜克成的双手不由自主地用力抱住了她，把头完完全全地埋进了丁岚的身体最富有弹性、最有力量的部分。他说不清自己这一刻身在何处，也说不清自己想做什么，又觉得自己很想像一头狮子那样凶猛地吼叫！他感到一双手在轻轻抚摸着他的后背、他的脖颈。他觉得有眼泪啪哒啪哒地滴落在他的头发上，他听见丁岚轻轻地抽泣着……他什么也不想说了，只想同样紧紧地拥抱着这个年轻的身体。他在想，杜克成，看见了吗？你只是个凡人，你不是神，你是个有血肉、有欲望的凡夫俗子，而你平时却让自己高悬在空中，把自己当成一颗恒星，自以为光芒四射，拒人于千里之外。其实，你是多么孤寂落寞，你的心始终在空中游荡，无所归宿，终于，你在青春魅力的诱惑面前，在欲望的驱使下，无声无息地坠落了，变成了一颗微不足道的陨石。陨石啊，当你重归人间的时候，你千万不要让别人为你付出青春和名誉的代价……

门好像轻轻地开了，随后又轻轻地关上了，可丁岚的手却一点儿没有松开。过了好一会儿，她才松开手。杜克成觉得自己就像突然失去了一切，轰的一声坠到地上，要不是丁岚在他的背后放了枕头，他一定会坠落到深谷里。他觉得自己很丑陋、很可耻地倒下了。

杜台长……他听见丁岚用很小的声音说，一切都会好的，你一定要坚持啊。她就像什么也没有发生过一样的平静，杜克成感到更加惭愧了。他的整个的心和思维、所有的信念和意志力，如果还有的话，已经全部乱了，像一个崩溃中的星系，没有了引力，一切都在肆意冲撞。他不知道自己刚才到底做了什么，现在应该怎么办，他甚至想到了天空轰然坍塌，把自己砸到地底下的念头。他一动不动地躺着，仿佛一切都无所谓了，反正自己已经看不见了，一切都完了，就像和平号空间站一样，终于有一天也在太空中燃烧，消失殆尽……丁岚给他盖上薄被的时候，对他说，台长，我走了，你好好休息，刚才余老师来了……

杜克成想到了刚才的开门的声音，他终于坠落了，一颗陨石，是星星注定有一天要成为陨石，在天空中很耀眼地闪过一下之后，砰的一声砸进一个土坑，从此被岁月的尘土覆盖……

45   记录本

万籁俱寂的时候，孤灯下，一支笔在粗糙的纸上，沙沙地，写
下一个人的心。寒冷中最值得回忆的，是温暖；孤单中最值得
思念的，是伴侣；默默无语的时候最值得回味的，是两个人的
悄悄话……

　　朱丽宁轻轻拧动书橱门上的钥匙，锁已经有点生锈了，她
拧了几下，那锁咯噔咯噔响了几下，书橱门开了。她拉开门，从
里边取出一本曾在平自己装订的记录本，牛皮纸的封面上用黑
色墨水写着：一九八六年黄河中游（大柳树至河口镇）水土流
失状况调查。她翻开一页，里面是一个一个的表格，表格里密
密麻麻地填满了数据，除了表格，还有各种曲线图，以及附在
后面的文字，这些文字是对前面那些数据和图表的说明和分
析。能不能把这些编辑在一起，让它们成为一本书呢？哪怕是
一本资料集也好，因为它毕竟是历史的记录，是实地考察的记录；
而且，所有的数据都是真实可靠的，也是不可能重复的。哦，就
这么办！她就像作出了一个什么重大的决定那样兴奋，把那些
记录本从书橱里拿出来，堆在桌子上，一摞又一摞，整个书桌
都被排满了。她先按时间顺序把它们排好，然后再把里面的内

容按照曾在平原先的分类，编了一份目录。她没有想到，光是目录就编了十多页。她把目录从头到尾看了一遍，她终于明白了，原来这十多年曾在平是在做一项黄河全流域的水土流失状况的调查和分析。这是一个人完成得了的吗？朱丽宁拿着目录的手在颤抖，她的眼泪在颤动，光是黄土高原，就有几十万平方公里，沿着黄河两岸，有无数大大小小的支流、湖泊、沟壑，它们生生灭灭，变化不断，可是，在黄河的全流域中，黄土高原仅仅是其中的一部分。这是只有上帝才能做到的事情！在平啊，你知道你在干什么吗？你是想用你的一双手和两只脚，来做到遥感卫星和航拍航测飞机也无法做到的事情。朱丽宁试着把一张表格里的数据重新计算一遍，所有的计算结果都准确无误。他就是这样一个人，她第一次在少年科技活动站里认识他，他就是一个认真的人，这是他的天性决定的，天性决定了他的一切，他的出现和消失……我为什么到现在才真正知道？为什么？他的天性来自何处？假如我早知道，我就会知道他将会到哪里去。这么多年，难道我一直没有真正了解他？不，不是，哪怕我知道所有的一切，他还是会自行其是，他不会因此而有所改变，相反，那样只会驱使他走得更远……

朱丽宁无法再想下去，她只能把自己的思想深深地埋进工作之中，她又重新开始了，不过，这一次不是关于生命科学的，但是它对于维护生命的尊严至关重要。想想那被洪水吞没的无数生命吧，那在滚滚的泥浆中最后的挣扎，是怎样的绝望和痛苦？为了生命，我必须开始。她想。

她原本想把曾在平的这些材料送到印务公司去，可是，当她把这几十个本子包好，走出门去的时候，她才发现，外面夜深人静，只有送牛奶和报纸的人蹬着三轮车或者开着摩托车孤单单地在街上走过。回到屋里的时候，她改了主意。万一丢失，哪怕只是其中的几页，那也是不可再生的。她决定自己来做这件事。她又坐到电脑前，打开，进入图文编辑程序。她像一个打字员那样，在屏幕上画好表格、编号、写上表格名称，把曾在平的表格上的数据一组一组地输入，然后核对、存档。她学会了绘制复杂的曲线图，还要绘制地形图，再标注上稀奇古怪的地名、高程、降雨量、径流量、泥沙量……最后还有文字。她渐渐熟悉了那些水文地质方面的术语，知道了越来越多的关于黄河的专有名词，也知道了黄河有文字记载的第一次决口发生在公元前六〇二年……

我啊，我在一个虚拟的世界里行走，重新走着他在现实世界里曾经走过的每一步，我不知道这是不是我应该走的，可我不应该放弃，应该走下去……朱丽宁想。她感到枯燥，就像尝了一块明矾一样苦涩和乏味。时间长了，两只眼睛看东西就像隔着水汽一样雾蒙蒙的。她坚持着。慢慢地，一组一组的数字像一堆堆的蠕虫，在她的眼前变得乱七八糟，她只能狠狠地眨眨眼睛，或者干脆把眼睛闭一会儿，再睁开，直到能够看清那些蠕动的虫子。可是，它们很快又蠕动起来，她只能离开屏幕，到屋子的另一个角落里待一会儿，喝几口冰凉的浓茶，让迟钝的大脑受到浓茶的刺激，恢复它的运转。仅仅是输入这些数据，人就会变成这样，何况测量和记录这些数据！而且还是在风吹日晒，或者雨雪风霜之下的荒野深山之中。人为什么要这样？为什么？朱丽宁无法排解心中的愤怒。什么是科学？当科学变成了数据，科学就变成了把人改造成机器的工具。曾在平在很多年以前就已经完成了这种改造，而且是自觉自愿的、主动的改造，他变成了制造数据的工具。他为什么要这样？

朱丽宁的双手在键盘上不停地敲着，可是她的脑子里却乱成一团，各种各样稀奇古怪的念头在不断地冒出来，她甚至克制不住自己了。人在愤怒的时候就是这样，动物的很多反常行为，也许就和我现在的状况相似，或者一样。忽然，她觉得好像有什么地方出了差错，她的手停下来，仔细地看着屏幕，屏幕好像忽然变得奇怪起来，怎么还闪着异样的光？她又一次离开屏幕，到水龙头那里去洗洗脸，才感觉清醒了一些，她忽然觉得肚子很饿。我什么时候吃的饭？现在什么时候了？到吃饭的时候了吗？她竟然忘了电脑右下角就有时间的显示，她只是习惯性地想看看表，可是她在屋子转了一圈，也没有找到表的位置。屋子里怎么这么暗呀？现在是半夜里吗？她走到窗前，轻轻掀起窗帘的一角，强烈的阳光霎时刺激着她的眼睛，让她的眼前一阵发黑。她用双手紧紧捂住眼睛，好一会儿，她把眼睛睁开一点，从手指缝里往外看，原来外面是大白天，好像还是上午，只是不知道是几号，也不知道是星期几。我像原始森林里的猩猩一样不知道时间了。她想。可是猩猩也许还分得清白天黑夜，作为高等智能生物的人居然连最起码的白天黑夜都不知道，真可笑！她决定出去买点菜，她觉得非常饿，好像几天没吃饭了。她穿上一件外衣走出门去，在楼门口，她像往常一样，跟见面的人们打招呼，可是有的人一看见她，就好像触了电一样，赶紧走开了。她那双善于发现细节的眼睛也让自己的内心像触电一样战栗，可是她的脚步仍然止不住地往前走，直到她走进脸上看不到异样表情的人流中。

46 阴霾

心灵是最复杂、最不可思议的一个存在。曾经烟波浩渺的湖泊干涸了，沙漠越过了高山、吞没了城市，让世界变得荒凉和寂寞，可是在心灵的深处却永远有一片水草丰茂的绿洲……

　　余锦菲从来没有想到有一天杜克成会倒下，倒在病床上。她也从没想到他会突然就看不见了，虽然她曾经担心他的眼睛，可也没想到会有这么严重的后果。我亲爱的人，你明明是睁着眼睛啊，你看看我，看看我，就像过去一样看着我的眼睛……她把一只颤抖的手伸在他的眼前，不停地晃动着，又用同样颤抖的声音对他说，你看着我的手，你不要装着看不见，你不要吓我……她想忍住眼泪，不让它流下来，可是泪水并不听话，一颗颗滴落在他的前额上，滴在他的面颊上，也滴进他的嘴里。后来她亲吻他，不停地抚摸着他的脸颊，轻轻揉捏着他的手。那一会儿，杜克成就像一个在沙漠中忍受了极度的饥渴，终于找到亲人的人一样，尽情地感受着她的爱抚。他紧紧抓着她的肩头，喉咙里发出呜呜噜噜的声音，鱼儿，我的鱼儿，你……你不要怕，我……我是装的，我是故意吓唬你的……他一遍又一遍地说。她抽泣着问他，你看见我的手了吗？这是几个？你说，你说……他说，你说几个就是几个……

她曾以为杜克成会像过去一样，那时候他的眼睛也出过毛病，每当结束一个长时间的观测，或是几天几夜的工作，他就会两眼通红，角膜充血。她强迫他休息之后那充血就会消退。可是，这一次和以前不一样，何慧琳说，从检查结果来看，由于视网膜中央动脉有阻塞，即使经过治疗，也不一定能恢复到以前的视力，或者，根本就没有治愈的可能。自从杜克成做了手术，她就一直期盼着会有奇迹发生，她希望有一天早上当他睁开眼睛的时候，会眨眨眼睛，对她说，嗨，今天的太阳真好啊！就像过去的生活中时常说的话，那些话听起来一点都不新鲜，她甚至觉得那都是一些最世俗的话。今天的太阳真好啊！要是他对她说了这样的话，她就会像没听见一样，或者就像耳旁风，任它在空气中消失，她自己该干什么还是干什么。天哪，想想那时候在干什么呢？在欣赏自己的雕塑？在看画册？修改学生的论文？也许是坐在沙发里，一边喝茶，一边看电视……今天的太阳真好啊！杜克成好像总是没话找话说。嗯，有时候她就这么应付他一句，顶多会再多说一个字，是啊！可那时候怎么能料到他看不见了呢？自从他住进医院，她在他的耳边已经说过无数次这句很世俗的话——今天的太阳很好呢！她拉开窗帘，让那金色的光芒照进来，让他感受阳光的温暖，她看到他的睫毛在眨动，然后眼睛就眯起来，分明是看见阳光的样子……她看着泪水就又忍不住了，她在心里问他，你啊，你还要装多久呢？

她想尽一切办法不让他去想自己的病，不去想天文台，不让他听见"失明"这样的字眼。何慧琳告诉她，病人在患病的初期一般都会比较听话，因为他们怀着治愈的希望，心情也会比较平静。但是时间长了，疗效不明显，就会出现焦虑、烦闷，甚至狂躁，这段时间可能会比较长，这是最需要亲人抚慰的时期。然后，再经过一段时间，病情稳定下来，病人也迫不得已接受了患病的现实，他们才会渐渐平静，并设法克服困难继续生活……这三阶段是那些读过很多书的人们最常用的分析方法，仿佛世界上任何事物，包括病人的表现，也可以分为这么三种不同的情况。也许太简单了吧，即使它对于别人是正确的，可是对于杜克成，将会是什么呢？

　　杜克成总的来说情绪比较稳定，他听话地咽下各种颜色的药片，也很配合护士给他静脉注射。那一天，他还像个逞能的孩子似的，在手术室门口和大家告别。他以为只要从手术室出来，眼前就又会一片光明了……很多天过去了，一天早晨他起床的时候，他开始烦躁不安，她很耐心地问他想穿哪件衣服，还柔声细语地问他想要吃什么，是否到外面的花园里去散步，想不想听听音乐……什么都不想，永远也不想！他突然这样说。一连几天，她不停地劝他吃饭，安抚他睡觉，可他一会儿坐在床边，一会儿又摸索着坐到椅子上，然后又摸摸索索地走到窗边，面对着窗外发呆……她在想，杜克成是一个把生活的全部意义寄托在黑暗中那些暗淡光点上的人，眼睛出问题也许只是早晚的事。可现在她担心的已经不是他的视力，而是他的内心。他会不会垮掉？像他这样逞英雄的人，仿佛自己是天上唯一闪闪发光的星星的人，总有一天会悄然熄灭，变成一颗暗星，变成一颗不用高倍望远镜根本看不见的星。现在他终于可以离开他的望远镜、他的黑夜了，甚至，他可以回到自己的身边，享受自己的爱和体贴，当然还有她的吻。可是她却没有想到，他不仅要变成一颗暗星，而且，他正在从空中急剧地坠落……她能想象到他的痛苦，她愿意分担他的不幸，可是她却脸色苍白，两腿发软，歪倒在地上。何慧琳说，她已经疲劳过度，必须休息。为此，临时代替杜克成的邓向辉特别安排丁岚来帮助照顾杜克成。

第二天，当她匆匆忙忙从家里赶回来，轻轻推开病房的门的时候，她急促的脚步竟像急刹车一样停住了，她怎么也没有想到自己会看到这样一幕——丁岚拥抱着杜克成，而杜克成也紧紧抱着丁岚，发出像疯牛一样的哞叫，而丁岚则轻轻地和他耳语，好像还吻了他一下……天哪，无论他们谁拥抱谁，都是她不能容忍的！就在开门的那一瞬间，看到这两个紧紧拥抱在一起的人，她的头脑里发出一声轰响，几乎要昏过去。丑恶！这是她想喊出的第一句话。更令她气愤的是，丁岚听见门响，回过头来的时候，已经看见她了，却居然一动也不动，依然拥抱着杜克成！她真切地看到丁岚的脸颊贴着杜克成的头发。肮脏的人！你们太过分了，真是太过分了！她感到全身发抖，一股血液就要冲破头顶，向上喷涌。她真想猛扑过去，抓住丁岚，像电影里的泼妇，揪她的头发，扇她的耳光，还要用最尖厉的声音痛骂她！可是她像僵住了一样，她怔怔地站着看了他们几秒钟，脚步终于向后退去，关上了门，然后猛一转身，快步跑到阳台上。她觉得自己全身都在颤抖，她倚靠着阳台的栏杆让自己冷静下来，毕竟自己是一个有教养的人，一个艺术家，应该有所克制，何况杜克成是自己的丈夫，她不想因为这样的事弄得满城风雨。今天的这个时代是制造和散播绯闻的时代，满街的小报成天充斥着各种明星的绯闻。小报就是靠那些东西生存的，有些小报记者像狗一样到处嗅着绯闻的气息……一定要克制，她对自己说，她还没有听到过天文学家的绯闻呢。杜克成，你倒好，你竟然不顾一切制造绯闻，你不怕人们都知道吗？你怎么啦？你为什么会这样？你难道不知道丁岚是谁吗？你们是不是已经不是第一次了？除了这一次，你们之间还有过什么？还是你们已经陷得太深，难以自拔……余锦菲的脑子里，准备责问杜克成的问题一个接着一个地冒出来，她的左手用力地握着右手，不让自己颤抖得太厉害。她站在走廊尽头的阳台上，让楼外面的风吹着自己，冷却自己快要发热的头脑，她的眼睛牢牢地盯着远处病房的那扇门。门开了，一个美丽的形体从里面走了出来，从头到脚，那样完美，无可挑剔，她转过身，脚步轻盈地向走廊的另一头走去，好像什么也没有发生过。天哪！小精灵，她有着天使般的相貌和形体。有一次，她见过丁岚，第一眼看见丁岚，她的心里就有一丝丝说不出的嫉妒，她太漂亮了，在这座城市她还很少见过这么出众的人。她是用雕塑家的眼光来打量丁岚的，她的没有修饰的脸庞光滑细腻，显示着青春的魅力；她的眼神可真是迷人，女人都会忍不住想捕捉那种温婉的神情；她微笑的时候露出洁白细密的牙齿，让人仿佛感到一种馨香的气息。她的衣着朴素得体，普通的牛仔裤和素花衬衣在她身上更显出脱俗的清纯。还有那一头乌亮松散的头发，让人想到清晨眼睛惺忪的少女……真正美丽的女孩子原来隐在远离尘嚣的天文台啊，她不由从心底发出感慨。可是她为什么亲吻他？是可怜他，还是爱上了他？有人说过，年轻的女人往往会爱慕年长的男人……

丁岚的身影在楼梯口消失了，余锦菲从走廊尽头的阳台上走回来，经过长长的走廊，她长长地吁出一口气，好让心中的火焰渐渐熄灭。而她轻轻推开病房的门的时候，却很想对着杜克成大叫一声，她觉得一团怒火还在胸腔里燃烧，难以熄灭。当她走到杜克成病床前的时候，却又忍不住流出了眼泪，她看见在他汗涔涔的脸上写满了焦躁、失落、愧疚、良心的谴责，隐隐约约还有一些无耻。她愤怒，她要严厉地追问他，可是她还是克制住了自己。杜克成先是惶恐，继而又愧疚地敷衍她的时候，她忽然意识到，她需要的不仅是讨伐，而且还要冷静，在这个家里，在这个表面上富裕、平静、充满荣誉感的家庭里，原本就隐伏着危机，现在终于有了突发事件，她第一次遇到了挑战。她需要镇静，需要她过去从未设想过的应付挑战的智慧。她平静了自己，还是像过去一样对他说着安慰的话……

现在他的一只手怯懦地捏着她的手，他正用他那双什么也看不见的眼睛乞求她的帮助。可是他需要的不是帮助，对她来说，他需要的是忏悔和宽恕。今天，无论你有意无意，只要你从一条街道上走过，只要你细心，你总能从人们脸上的表情，瞥见人们婚姻的失败、家庭的破裂，或者人们在虚情假意中浑浑噩噩，自欺欺人。这是因为人们被利益和欲望所驱使，不由自主地从一个泥潭跨进另一个陷阱。即使人们原本并不想这样，或者根本就是带着非常美好的愿望，身不由己地这样做，可是，她从来没有设想过这种挑战会在她毫无防备的时候出现在面前，让她的手在举起刻刀的时候突然间停在空中，或者，失控落在自己的手上……此时此刻，她倒是需要扪心自问，爱到底是什么？

你是想冲个淋浴，还是想……

她不知道怎么了，突然问了他这么一句话，这好像是丁岚走了以后她对他说的第一句话，此前，她就这么默默地给他喂饭，整理床铺、衣服，把从家里拿来的东西一样一样放在他床边的小柜子里。他好像也没有说话，因为她不记得他说了什么，或者，他可能嘀嘀咕咕说了很多，可是她一句也没有听进去。她在想，要是护士或者医生看见他们这样沉默着，一定会觉得奇怪，为什么这两个人一句话也不说呢？更应该奇怪的是我，或许还有他，是的，要在别的时候，我也许会无所顾忌地痛哭，可是现在，却只能把眼泪留到以后了。

那好吧，我……我去洗澡。他嗫嚅着说。一个男人心虚的时候才会这样小声说话。

她扶他站起来，把床边的拖鞋套在他的脚上，她牵着他的手，把他一步步引到浴室里，让他在淋浴器下面站好。然后她帮他脱衣服，先脱下了他的套头T恤衫，又脱去了他的裤子和内衣。现在他赤条条地站在她面前，她从头到脚仔细地看了看他，心里竟然一点欲望也没有，就像在看自己的一座雕像，没有一点情欲的冲动。可那时候……仿佛是很久以前的事了，在那个公园里，他从湖里爬上来，在小树林里赤裸着身体换衣服，她是那么渴望他的拥抱……余锦菲忽然觉得有一种说不出的失望。她拧开水龙头，温水哗哗地从莲蓬头里落到杜克成的头上、肩膀上，也溅湿了她的头发、她的脸。她用沐浴露给他抹着，从耳根，到脖子，到胸脯……直到他的腿。她像个护士照料病人一样，一边为他抹着沐浴露，一边应付着和他说话，而不像渴望和他做爱的妻子。她曾经是多么渴望他，她曾抓住每一次机会，付出自己所有的爱，可是现在，即使她的手在他最敏感的部位，也没有激起他的情欲的企图。

好了，你总算干净了。她一边用浴巾为他擦着身上的水，一边说。不过她心里却在想，水能洗掉你身上的汗，可是能洗掉你对另一个女人的感觉吗？当她把他在床上安顿好，穿好衣服，重新倚着摇起的床头坐好，然后转身去打开冰箱。冰箱塞得满满的，里面什么都有，饮料、面包、水果，都摆放得整整齐齐。丁岚，这个表面上天使般的女孩子，可笑！杜克成，你一个看似了不起的男人，在突如其来的疾病面前却是这样脆弱，这样经不起挫折，竟然会倒在丁岚的怀抱里！她呆呆地朝冰箱里这些五颜六色的东西看了一分钟，然后拿出一瓶打开的橙汁，拧开，倒进杯子里，放进一根吸管，关上冰箱的门。她来到床边，把杯子递在杜克成的手上，又把吸管塞进他嘴里。喝点橙汁吧。她说。她尽量用一种很平常的语气说话，好像什么都已经过去了，甚至什么也没有发生过，好让那短暂的记忆渐渐从他的头脑里消失。她到卫生间用毛巾擦干了头发，等她出来的时候，看见杜克成双手捧着空杯子，眼睛直直地对着一个不存在的地方发愣。她的泪水忽然涌出来，她觉得他是这样让人怜悯，就像一个迷路的孩子。她想到何慧琳对她说过，一个人突然经受失明，他内心的脆弱是局外人无法想象的，要是眼睛治不好，也许还会患上忧郁症这样的精神疾患。是啊，一个天文学家失去了眼睛，就意味着失去了生存的意义……余锦菲从杜克成手里拿过杯子，一下把他拥在胸前。她对他说，你不用怕，有我在……不要再想那件事了，你要听我的话，人为什么要这样？难道人生来就是为了要自寻烦恼，要后悔，要愧疚吗？

杜克成这时候什么也说不出来了，他的内心正在经历什么，余锦菲是无法想象的，她唯一能想到的，就是要让他快点好起来……

47　相遇

浓雾弥漫开了，把四周的光亮一点一点吞噬掉，景物被融入一团浓浓的白色之中，头顶，脚下，前方，后方，一切都陷入沉重的、密不透风的白色之中，连自己也看不见了。在这个时候，最好闭上眼睛，让世界在脑海中重新出现，也许它比任何时候都更加美丽。

　　晚自习结束了，航天集训队的队员们都回到宿舍，再有十分钟就要吹熄灯号了。同宿舍一个叫郭千里的家伙悄悄凑到杜时光跟前，有点神秘兮兮地问，时光，你演习回来，见到首长了吗？

　　见到啦。咱们每次演习回来都要向首长报到，这还用问吗？杜时光奇怪地看着他。

　　首长问你什么啦？郭千里问。

　　杜时光笑了，说，首长只问我，你还有多少水啊？

　　郭千里有点不相信。就问了这么一句？

　　杜时光点点头，说，就这么一句。

　　那你是怎么回答的？

　　我说，还有一袋，五百毫升。

首长还说什么了？郭千里继续追问。

什么也没说。

哦——自称消息灵通的郭千里似乎略有所悟地说，嗯，看样子你差不多。

什么啊？

你还不知道啊？郭千里紧凑到杜时光耳朵上，悄声说，正选拔呢。

杜时光知道，这家伙所说的选拔，就是从集训队员中选拔优秀队员到俄罗斯的宇航员训练中心训练，上一批选拔的标准是看平时训练和专项演习的总体表现，外加专业课程的考核成绩，综合评判。

我够格了吗？杜时光暗自问自己。从个人素质、意志力，还有顽强精神这些主观因素上，也许是够格了，可是从别的因素上呢？比如说，家庭背景、个人状况、性格特点，等等，还真不敢说。

熄灯号响了，灯一灭，杜时光像机器人一样闭上眼睛。要在平时，他五分钟之内准能入睡，可今天，觉得都有半小时了，才开始感到有一点迷糊。这时，旁边床上有人捅了他一下，他不看也知道，还是郭千里。嗨，你干吗不睡？他不耐烦地问。

郭千里说，时光，我说话你可别生气，我觉得要去俄罗斯训练中心，你有一条过不了关。

什么？哪一条？杜时光一下睁大眼睛，刚才的困劲儿顿时烟消云散。

郭千里在黑暗中笑了，说，据说这次选拔集训队员不要光棍汉！

啊？真的！

杜时光就像被人猛拍了一下的皮球似的弹了起来。是啊，正式航天员大队的人都是有老婆孩子的，没一个单身汉！他立刻像泄了气的皮球一样，躺下了。这下完了，别的都可以努力，可是女朋友、老婆，可不是努力想有就能有的……他想起雪雁，自己为什么那样对待她呢？他不是不期待，而是……而是真的为雪雁好，当年知道雪雁的父亲失踪后，他曾经为她着急，为她悲伤，为那个家庭感到悲痛。那天，他陪父母去看望安慰雪雁的妈妈，雪雁就坐在她母亲的床边，她和她的母亲一样，脸色惨白……从那天起，他就决定把雪雁当作自己的妹妹。在最初的日子里，对雪雁的同情占了上风，他不忍心去想别的。每次回家，他都是那么急切地想见到她，可是见到雪雁，又觉得什么也说不出来，只觉得心里被一种说不清的复杂搅得理不清头绪。他因此断定自己是爱上雪雁了。可是人就是这么奇怪，明明是爱，却说不出来，而且还要装着不爱，装着没有私心，同时心里又痛苦万分。最终，他还是选择了永远不对雪雁说这件事，他清楚自己选择了航天，就是选择了牺牲一切，包括生命。雪雁失去了父亲，不能再让她失去爱情。作为航天员，你不能在飞往太空的途中给你心爱的人打电话，要是那么做，是给她安慰，还是让她更揪心呢？反正会让她吃不下饭，睡不着觉……然而，他还是想起雪雁，她那双忧伤的眼睛好像总在什么地方看着他……

想到这些，杜时光几乎就要失眠了，也许是多年的训练起了作用，当他听到同宿舍的队友们发出轻轻的鼾声，他也闭上眼睛，睡着了。

第二天一早，集训队员被一个个叫到办公大楼的政治部谈话。

轮到杜时光了，他大步走进办公室，立正敬礼。

报告首长，集训队员杜时光前来报到。

首长问了一大串问题，最后又问，杜时光，你的个人问题解决了没有？

报告首长，没有。

嗯，那——你回去吧。首长说。

是！

杜时光敬过礼，转身走出门。他有些沮丧，低头向大门走去，真是没想到啊，这么快就结束了，可这个结果能怪谁呢？来到门口，他听见几个队员正在兴奋地议论什么，不过不是议论选拔的事。

嘿，真是一个美女！

哈，好个杜时光，这家伙还保密呢！

看我中午到餐厅怎么收拾他！

对，让他如实招来！

杜时光一出现，一伙人就把他团团地围住了。杜时光，女朋友来了还不告诉我们，实在不够意思啊。说着战友们就开始起哄，快请我们喝喜酒吧！杜时光不由得一头雾水，什么？什么女朋友？他问别人也是问自己，谁的女朋友？大伙一听，立刻又拥上来，这个捣他一拳，那个拍他一下，又一起大声说，别装了！嗨，人家都来了，还在这里装不知道啊！杜时光简直糊涂了，只是问一句话，什么呀？什么呀？在嘻嘻哈哈的喧闹声里，他说什么大伙也听不见了。这时候郭千里高声说，那你说，她是谁？杜时光顺着他指的方向，朝大门口望去。只见一个学生模样的女孩子正站在那里。这是谁？好像在哪儿见过？

战友们继续跟他起哄，可他却越发觉得奇怪了。他朝门口走过去，只听见那个女孩子冲他叫了一声，杜时光！

杜时光能感到所有的目光一刹那全向他射来，他的脸唰地一下红了。啊！来人竟是潘洁……杜时光简直惊呆了，他心里突突地跳着。潘洁，你……你怎么来了？

身边的战友们发出一阵哄笑。

杜时光，我来看你。潘洁说着，就向他走过来。

潘洁——，说着，他和潘洁的手已经握在了一起。你怎么会知道我在这儿的？杜时光突然又觉得奇怪。

大概是外面热闹的声音惊动了首长，首长从大楼里出来，看到潘洁，不由得笑了。他对杜时光说，你刚才不是还说没有女朋友吗？

报告首长，她不是……杜时光满脸通红，他不知道怎么解释这件事。首长，潘洁是我母亲的研究生……

哦？研究生，那就更好啦！首长响亮地大笑起来。

我……杜时光的头脑完全蒙了，他感到从没有过的窘迫，身边的战友更热闹地起哄，首长看着潘洁满意地点点头，潘洁却很大方地对大家微笑，露出美丽洁白的牙齿。她眨动长长的睫毛，看看他，又看看周围的人，一点也没有羞涩的样子。杜时光不由得想，潘洁啊潘洁，你怎么偏偏这时候来？你为什么到这里来？他觉得全身火辣辣，每个毛孔都在冒烟似的，当现实和梦境产生巨大差距的时候，心里的别扭只有自己才知道……

这时候首长说话了，杜时光，你还站在那里干吗？去向你们大队长请一天假吧。

人们都离开了，门前只剩下杜时光和潘洁两个人。在潘洁面前，杜时光就像变了一个人，他几乎不知道再说什么，完全不像在兵马俑展览馆那么开朗了。他在潘洁的眼里看出了一丝失望……

潘洁明亮的眼睛看着他，稍稍歪着头说，杜时光，我是来和你告别的，我就要去莫斯科大学艺术学院雕塑系攻读博士学位了……

是……是吗？那太好了，祝贺你！杜时光甚至不敢抬眼看潘洁了。他不知道接下来再对她说什么，一切都和想象的不一样，他此刻说不出自己心里是什么感觉，绝对说不清楚的感觉。当大伙起哄的时候，他还以为是雪雁来了。他想，在这遥远的地方只有雪雁会飞来……可是现在站在眼前的却是他做梦都没想到的潘洁，他说不出自己是高兴还是失望……他在想，潘洁，美丽的姑娘……我……

这时候，潘洁弯起嘴角笑了，杜时光觉得她的目光就像一束强光，一下就照到了他的心底，在这束光的探照下，那里所有的秘密都暴露了。杜时光觉得他已经无法掩饰自己的一切。

时光，我这次来，是想再画一些兵马俑的速写和素描。潘洁也许看出他的不自然，连忙说，余老师知道我来，就让我给你带来一些东西。说着，她指指地上的一个纸箱子。

杜时光感到全身紧张的肌肉顿时松弛下来。

晚上，在餐厅里，一群人围在杜时光的桌子边，又开始起哄。郭千里说，嗨，时光，你还真行，你和女朋友是什么时候认识的，是怎么认识的啊？杜时光咬了一口馒头，故意慢腾腾地说，不是女朋友，人家是我妈妈的研究生，记得吧？我床头贴的那张兵马俑的速写就是潘洁画的……

48 背叛

人啊，最大的痛苦不是肉体承受什么，肉体的痛苦仅仅是痛觉而已，痛觉是可以被阻断的。当这种疼痛消失的时候，人们对疼痛的记忆也就随之消失了。而精神的疼痛是没有治疗方法的，随着时间的消逝，心灵依然会时时隐痛，直到生命终结……

朱丽宁又在电脑前不知道坐了多长时间，她的手一直不停地在键盘上敲打着，经过好几个日日夜夜的努力，曾在平那一大摞记录本慢慢地都被她输入了计算机里她专门设置的一个数据库。现在放在她眼前的一本是最后一本，从日期看，是曾在平最后一次回家时带回来的。她有一种想流泪的感觉，毕竟快要完成了，尘封十年的珍贵数据终将重见天日，成为那个年代里最完整、最细致、最真实的实地考察数据。一个男人为了它十多年艰苦备尝，而一个女人为了它同样历经日夜煎熬、无法言说的艰辛，它是弥足珍贵的啊！十年了，整理出这些资料也许是对他最好的纪念……

忽然，朱丽宁正在打字的手停止了，像僵硬了一样，她的眼睛直直地盯在记录本的最下方，在曾在平画得整整齐齐、记录得工工整整的数据表的下方，也就是通常他加注释和备注的空白边，有几行小字。她的眼睛停留在那几行小字上，久久没有离开，她的手还停留在键盘的上方没有落下来。

> 你走了，带着我的留恋，我目送着你的火车离去，在这个黄土高原的小站上，亲爱的，这是我要永远永远记住的一个小站。人一生会到过很多很多地方，我也到过黄河边的很多小车站，而只有这一个我永远记住了，这是因为你，因为你的爱，你的体温，还有你的眼泪和话语……

天哪！她是谁？这不是自己，而是另一个女人，是一个……因为她没有在一个小站上乘火车，曾在平也从来没有在那里的车站送过她。朱丽宁觉得仿佛有一颗地雷轰然在身边炸响，四周顿时腾起一片烟雾。她飞快地翻开了一页、又一页、三页、四页……在后面几乎每一页的页边上都写满了字，纸的背面也写满了，密密麻麻，有的十分潦草很难辨认。其中有一段写道：

> ……我不知道怎么想念你，就从那一瞬间，我知道你将永远在我心里了，是你们，你与她是一样的，她与你也是一样的，这一刻我真的不能清楚地区分我心里更想念你们哪一个。但我希望有一天，当我再也不用到这儿来，再也不用跋山涉水的时候，啊，也就是我老了的时候，我能有很长时间和你、和她坐在一起，我想那时候我就会区分友爱和情爱了。在这无边的荒野，缺少的就是实质性的爱，我触摸不到你们，听不见你们的呼吸。我在这里仿佛回到了遥远的荒蛮时代，这么大的地方

只有我孤零零的一个人。这种时候，特别是天光暗淡下来，我就格外想念城市的街灯，想念家里那柔和的灯光，想念灯光下那温存的人儿。我想念你，也想念她……这完全是孤独造成的。很多人都不会想到这里还有人迹，此前怕是没有。当人们在晚宴明亮的灯光下举杯畅饮时，谁也不会想到我在这里吃着变得硬邦邦的馍，咬起来会发出咯吱咯吱的声音，也许你会想起我，你说过，无论什么时候都会想起我……

朱丽宁觉得心慌，前额和鼻尖上沁出了冷汗，她的手也控制不了地颤抖起来。她确信曾在平是在写另一个女人。就从那一瞬间，我知道你将永远在我心里了……那一瞬间发生了什么？在哪里？那一定是刻骨铭心的！不然怎么会写下这样的东西，人只有动了真感情才会忍不住写下什么，只有热恋中的人才会有这样的表达。我想念你，也想念她……朱丽宁觉得这个"你"就是那另一个女人，这个"她"才是自己。一股很热的大潮汹涌地冲上来，挤压着她的心脏，让她几乎喘不过气来。这一切太突然了，她没有任何思想准备，真的是猝不及防。不，不可能，也许……她想找出一个理由让自己平静下来，再找一个理由否定这些文字中"你"的存在。她要找一个理由，让自己相信"你"只是他心里的一个幻影。这么想着，她就好了一点。不要吓唬自己，让自己虚惊一场，也许他在那里太孤独，就出现了精神症状。她记起曾经读过一本动物学的专著，其中说，人长久地处在封闭孤独的地方，精神就会出现幻觉，动物也是如此，甚至会像人一样，出现忧郁症……那本书还举例说，有一位长期独自在野外工作的人就患了精神分裂症，他实在太孤独了……想到这里，朱丽宁觉得又平静了一点，她低下头继续看本子上的字：

你的手是多么温柔啊，可是却有点粗糙，或许是因为你也

和泥巴打交道，像我一样，可女人的手应该是细腻光滑的啊……

这是谁的手？肯定不是我的手！朱丽宁觉得这一段话足以证明在她和曾在平的生活中出现了另一个女人。粗糙的手……也和泥巴打交道……像我一样……这个满手泥巴的女人是谁？难道曾在平和她一起工作吗？有时候他去考察，研究所会有几个人和他一起去，临出发之前曾在平还会请同去的考察队员到家里来吃顿饭。她也会嘱咐同去的人关照曾在平，毕竟他有神经痛和关节炎……可是同去的人中没有女的。那么就是曾在平在考察的地方认识的人，比如她也是一个人去那儿，孤零零的，就像当初自己去松潘草地一样，一路上就是自己一个人，还差点陷到了沼泽里……也许就是在那种情景下他们相遇了，然后……

背叛！朱丽宁不愿再想下去，憋了半天，嘴里只进出两个字：无耻！她继续恶狠狠地发泄，伪君子、骗子……她抬起来的手重重地落下来，狠狠地砸在键盘上，嘴里继续吐出她几乎从来也没有用过的字眼，无耻之尤、卑鄙的女人、可耻的第三者——她喘息着，她觉得自己眼前有一个幻影在舞动，在一列慢腾腾地行驶的列车上，在一个卧铺车厢里，有两只动物在疯狂地互相舔舐，灼热污秽的液体在它们的体内涌动……然后是嚎叫、厮打、歇斯底里地发作……

你们混蛋！混蛋！！

她暴怒地把键盘扔出去，键盘的连接线在空中抖动了几下，断了，砰的一声，它击碎了不知哪个角落里的一个物体，随即是稀里哗啦的碎片散落的声音。她忽然感到兴奋，多好听的声音啊，就像他们在车厢里狂

欢的时候，把茶几上的玻璃杯、盘子等等碰到地上，乒乒乓乓地乱响。她大声叫着，好吧，你们这两个骗子，我让你们痛快！砰，她把鼠标也掷了出去，哗啦，准是什么镜框被打碎了。她又喊着，好，我命中目标！我打中了你们，不要脸，骗我，十年了，你们就这样骗我……她有点想哭，又想狂笑，更想歇斯底里地大喊大叫，曾在平你骗了我，你，你骗我……你是个什么男人，你为什么不回家，为什么？！你到底去了哪儿？你这个无情无义的骗子……原来你们在外面寻欢作乐，让我在这里傻等……朱丽宁猛地扑到桌上哭起来，她就趴在电脑的屏幕前，趴在曾在平的记录本上，不顾一切地号哭，她的眼泪就像黄土高原上的两条小河沟流淌着，不断不绝。她不知道现在是白天还是黑夜，也不知道外面是刮风还是下雨，只是又气又恨地哭，嘟嘟哝哝地骂……骗子、流氓、第三者……这些天自己没日没夜地整理打字，不知道吃过几顿饭，睡过几次觉，十个手指和两只手腕都累肿了，还有腰背也很疼痛。这样也好，自己不受罪了，我要和过去彻底决裂！曾在平，你为你的愚蠢付出了代价，付出了愚蠢的代价！愚不可及……

这时候电话铃响了。是女儿的电话。她不用看显示屏上的电话号码，就知道是女儿的电话，因为现在除了雪雁，不会有人打电话给她。她不接电话，一任它去响。电话铃停了，接着又响了，又停了，又响了。想到女儿，朱丽宁更难过了，她吼着，你不想我的感受，就不想想女儿吗？女儿十年没有父亲的爱，你知道她多难过吗？你太没良心了……后来她累了，骂的声音也越来越微弱，她在想，什么都过去了，都过去了，一切都结束了，都……她把原来压在胳膊下面、沾满泪水的记录本抓起来，狠狠地扔了出去，哗啦——她听见有什么东西响了一下，好像还有水的声音。结束了！她站起来，跟跟跄跄地走了几步，然后扑倒在床上，她就这样脸贴着枕头，趴在那里，一动也不动。电话铃却又响起来，是床头橱上的话机，她不耐烦地拨了一下，想把话机扔到地上，话筒掉在一旁，耳边立刻有一个声音在焦急地喊，妈妈，妈妈——你怎么啦？妈妈，我是雪雁啊！可是她没有接电话。

妈妈，你病了吗？她听见话筒里有呜呜的呼啸声，像风在旷野上吹过。妈妈……你到底怎么啦？朱丽宁只是抽泣着，一句话也说不出来。过去她从没有这样，甚至很少在女儿面前流泪。心里即使再难过，进家门之前，或是女儿回来，她都会把阴霾扫拂掉，十年了，就是这样……

妈妈，到底出什么事啦？还是雪雁焦急的声音。妈妈，我刚到部队采访完，正在路上，一会儿回去我就请假，回来看你……

朱丽宁不忍心了，连忙镇静了自己，抓起话筒说，雪雁，我没事……

不，我听出来了，妈妈！

我真的没事，只是有点不舒服。

我马上回来看你。

不要，雪雁，你千万不要请假，我只是想起一些事……

朱丽宁心里又一阵难过，她忍着抽泣，可泪水却流过面颊。她不知道怎么对女儿说这件事，她的声音却瞒不过女儿。

电话那一头，是曾雪雁含着泪水的声音。妈妈，我知道这些年你多么不容易，你一直是坚强的，你的痛苦不是一般人能够承受的。妈妈你不要难过，你要好好的，这样我才放心，爸爸也才能放心……曾雪雁的声音哽咽了。

雪雁，你是妈妈的好女儿，我不应该这样……

妈妈，你有事应该告诉我，我是你最亲的人啊。也许说出来你就会好一些，妈妈，你不愿对别人说的事一定要跟我说呀，有我在呢。

朱丽宁这会儿流下的是感动的泪水了。

电话里的风一阵阵地呼呼响，曾雪雁又说，妈妈，还有什么能比失去亲人更痛苦的呢？这几天我在采访一个牺牲的战士，他开车到山上去的时候，遇到了塌方……他的父母都来了，他们也像你一样坚强。妈妈，你不但忍受了痛苦，还那么努力地工作，你是我的骄傲。

朱丽宁已经泣不成声，要是女儿在身边，她一定要紧紧拥抱着女儿，女儿才是自己的骄傲啊！

最后，朱丽宁答应雪雁，等自己平静下来再告诉她一切。

49　钟摆

形而上的婚姻超越了肉体的愉悦，超越了世俗的一切，如同苏梅克—列维9号彗星在轨道上运行，悄无声息。可是不知不觉中，它却被一股巨大的力量俘获、撕扯，偏离了自己的轨道，碎裂了，无可奈何地冲向木星……

　　杜克成睡着了。余锦菲坐在他的床边没有关灯，而是把床头灯拧得很小，灯光弱下去，只是朦胧的一团。余锦菲觉得这幽暗的橘黄的光倒像是古典油画里营造的那种氛围。她默默地看着杜克成，听着他均匀的呼吸，心里有一种很多天没有过的宁静感。她的两只胳膊肘撑在杜克成的枕边，双手托着自己的下巴，默默地看着他。她已经很多年没有这样看过他了，这是个多么英俊的男人啊。他的稍稍突出的眉骨，贴敷着浓黑的眉毛；他的目光从来都是坚毅的，如同他挺直的鼻梁；他的抿得很紧的嘴唇，即使从雕塑创作的角度来说，也几乎是完美的。还有他匀称的体形也是天意塑造的，只是……只是近几年来，他的背有点驼了，脖子也有点向前倾，这都是他长久地坐在计算机前造成的，他的视力也随之被破坏了。她想起多年前，她曾经为他做了一个半身塑像，她想做一尊天文学家的雕像，表现一种仰望宇宙星空的姿态，可是她没有完成那个作品，现在那个泥坯也许早已经变成了尘埃。她发现自己塑造出的只是他的形态，却没有能力塑造他的内心世界，他的精神的内核。虽然经过一次次修改，可是那雕像的目光还是越来越暗淡，就像杜克成现在看到的周围的一切……

多年来，她的心里只有一个精神影像存在，她知道那是情感，不是婚姻，可是那个影像就是艺术家的生活吗？也许是她自己把艺术与生活截然分开了，在平常的日子里，她忽视了丈夫杜克成的存在。这是真实的生活吗？不停地雕凿，无尽的疲惫，几乎让她熄灭了情欲的火焰。可这才是生命最本质的东西，没有这一切美好的感受和体味，生命的意义又是什么呢？我还爱他吗？他的存在对于我有着什么样的意义呢？她想，自己的爱其实是形而上的，很多年以来几乎没有婚姻实质的内容了。可是人最美的感受是什么呢？无数雕塑展示着各种形体、姿势和表情，而那无一不是人对美的向往，对美感的渴求，甚至是癫狂。那些肌肉健硕的男子雕像显示着人的雄性的力量，以及征服一切的可能性，还有必胜的暗示。那些女性雕像呢？那朦胧暧昧的眼神，微微开启的嘴唇，仿佛是渴望，或是一种挑逗。渐渐地，很多年过去了，自己却生活在时间飞逝的速度中，青春已不再，对肉欲的渴望早已被创造的欲望替代了，对艺术之美的困惑让她终日内心不得安宁，对雕塑强烈的好奇感逼迫着她不停地寻找着，那种节奏就像一只钟摆不会停歇……

余锦菲整夜坐在他的身边，她觉得自己的体温在通过某种方式传递给他，可是对他身上散发出来的那种气息，她却感到很陌生。她问自己，这些年来，是我对他的关心太少了吗？不……她否定了自己，她对自己说，我总是在寻找一切机会，只要有机会，我为爱的付出从来都是彻底的。是他的秉性，他的天文台，是他的数字化太阳系在疏远我，让我总是在期盼，在等待，在寻找……而他，却在这疏远中使自己变得越来越冷漠。当他突然发现自己的这种缺失的时候，却不顾一切地倒在另一个女人的怀抱里！她又想，其实女人就是这样，最不能容忍的就是丈夫的背叛，也许她自己心里会存在着另一个人的影子，可是，这丝毫不能消除她对丈夫的戒心，还有对另一个女人的警惕和嫉妒……余锦菲长长地嘘了一口气，她感到自己就要瘫软下去。不管怎么说，不论有什么结果，也只能等到黑夜过去。她想对他说，我亲爱的人啊，这时候才知道我其实是爱你的，只不过爱你已经成了平淡的习惯……

　　泪水悄无声息地顺着腮边流下来。余锦菲在想，现在最重要的就是让他从最初的平静之后的烦躁和焦虑中解脱出来，让他度过何慧琳说的第二阶段，这样，他才有可能在最后接受现实，接受可能变成一个盲人的现实。不能哄骗他。星儿说，善意的哄骗也许后来会造成更坏的结果，一定要让他学会接受这个不幸，即使在黑暗中也要。不过，这也许太难了，一个天文学家不能再看望远镜，不能再看太阳喷发的耀斑、月亮上的环形山，还有那些数不清的小行星、彗星，更多的恒星、天体……她轻柔地握着他的手，他的手有点僵硬，就像挛缩在一起。她知道这是他内心紧张造成的。她在心底对他说，亲爱的，听我说，你一点儿也不用担心，慧琳说他们会想办法，用最好的治疗，用最好的药物，你应该相信慧琳，对吗？她的手不断轻轻地抚摸着他的脸颊，她的手向他传达着她最细腻最温馨的情感，就像他们刚刚恋爱那时候一样。杜克成开始有了反应，他的呼吸好像稍稍有了一点点缓和，她又靠近他，吻他的脸颊，吻他的脖颈、他起伏不定的胸脯。她不管他有什么反应，只是吻着他。她的一只手伸到他的脖颈下面，搂住，深深地吻着他，尽管不像年轻时那么疯狂，那么无所顾忌，那样热血沸腾，却依然是火一般的炽热。这个时候，也许只有爱才能把他从急剧的坠落中拯救出来。她的嘴唇离开了他，可是她的手没有离开，她还在他的耳边喃喃地说着话。你啊，别这么垂头丧气的，说不定你很快就能回到天文台，去看你的望远镜，还有你想看到的一切……

夜很安静，偶尔有护士在走廊里走动的声音从门外传来。病房里光线很暗，从窗帘的边缘漏过来一点点光亮，在这宁静的气氛中，她的话语听起来有一种特别的感觉，像母亲在哄一个孩子。她的手慢慢地从他的脖子后面抽出来，抚摸着他的手，他的胸脯的起伏在渐渐地平缓下去。

晨光从窗帘后面透进来，余锦菲从床边站起，她看看杜克成，他好像还在睡着，于是蹑手蹑脚地走进浴室，拿了毛巾和刷牙用的东西，走出病房，到公用盥洗室里梳洗一下，她不想让水声把他吵醒。梳洗回来，她又到杜克成的床边看了看，他的脸色很难看，好像正紧皱眉头在想什么事。要不要叫他起来？她迟疑了一下，稍稍放松一下自己的紧张情绪，伸手轻轻地拍了拍他的脸颊。亲爱的，醒醒吧，该起床了。她柔声说。

他支吾了一声，但是没有要起床的意思。

她又在他的床边坐下，手伸进被子里捏着他的手，她感觉不出他的手传达的是什么信息，也不知道自己的鼓励和关切能不能被他理解和接受，于是，她俯下身子，用嘴唇试了一下他的额头。他的体温是正常的。

起来吧，今天好多医生要来给你会诊。她的声音还是那样，温柔得像水一样。

他还是沉默着。

她松开他的手，把手伸到他的背后，摩挲着他的背。是不是睡得太累了？我给你揉一揉，放松一下就好了。她就这样一边揉一边跟他说着话。

他突然翻了个身，脸朝着她，好像两只眼睛正看着她。

我还能不能好？他很生硬地问。

我想，你能不能好全在于你自己。只要和医生配合治疗，保持情绪稳定，睡眠充足，经过一段时间是可以恢复的。余锦菲的声音还是那样柔软，还带着早晨特有的温馨气息。

他将信将疑，但是已经有点要起床的意思了。

好了，来吧，我拉你起来。余锦菲握着他的双手，把他拉了起来，然后把一件干净的淡蓝色的T恤衫套在他头上，帮他穿好，又帮他套上裤子。等他穿好衣服，又拉着他的手，把他引到浴室里，先帮他拧开水龙头，再给他递上毛巾香皂，然后又给他挤好牙膏，再把牙刷和倒好水的杯子递到他手上，一边还莺声燕语地和他说着话……

50 暴风雨

城市的夜，妩媚，奢靡，甜蜜，充满着五光十色的诱惑，心灵的夜，孤寂，空漠，寒冷，充斥着数不清的幻影和谜团。疲惫的人啊，怎么才能找到安宁的栖息……

一连几天，朱丽宁心里天昏地暗，狂风呼啸。有时候，她索性趴在写字台上哭泣，哭累了，又把家里的东西摔得到处都是，然后倒在床上，用被子蒙住自己，让眼泪浸湿自己的两鬓。她不出门，不接电话，也不做饭，饥饿使她昏昏欲睡，睡梦中，她暂时忘记了自己的委屈和愤怒。几天过去，她总算慢慢平静下来，当她在镜子里看到自己的样子，蓬头垢面，眼睛也红肿了，她又差一点笑出来。她从没见过自己这样一副模样，她从来都是整洁清秀的。这个镜子里的人不是她，不是一个动物学家，不是一个美丽的女人，而像一个与别人吵架，破口大骂、撒泼撒疯的女人。不，那不是我！她赶紧冲了一个淋浴，让温暖的水洗去自己身上的污垢和心里的哀怨，然后她又用洁面乳仔细地洗脸，再认真地用护肤霜一遍又一遍地搓揉面部，又轻轻按摩眼睛。她梳理了头发，又用吹风机吹干，这才又看见一点自己以往的模样。这样收拾了一下，她觉得心情又平静了许多。

她不想睡觉，她知道自己肯定睡不着。她收拾了杂乱的屋子，让一切物归原位。不过有的东西要买新的了，电脑键盘、鼠标，还有茶杯……她来到写字台前坐下，眼前还是曾在平的记录本，她把它们推到一边，不想再看到它们。她看到女儿在镜框里对她微笑，女儿穿着军装，齐耳的头发被风吹起，睫毛长长的眼睛深情地看着她。这是雪雁考上军事学院时照的，就要离开家了，她把这个相框摆到写字台上。她说，妈妈，我会在这里陪着你，就像没有离开家，你要是累了就看看我，不高兴了也看看我……朱丽宁拿过相框，擦去灰尘，女儿的一对大眼睛好像眨动了，她不禁把相框贴在胸前。雪雁，好女儿……我真的对不起你，让你担心……十年了，也许我对你做得不够，我的心里压抑，你也一定是这样，只不过你太懂事了……

朱丽宁恍惚又看见了很多年以前的雪雁，那个正在上小学的女儿。有一天，雪雁放学回家就把自己关在屋里，吃饭的时候也不开门。她好不容易才叫开门，看到雪雁的眼圈红红的，却什么也不说。那天晚上她决定和女儿谈谈。当她们面对面坐下的时候，雪雁流泪了。妈妈，我同学说我没有爸爸……雪雁说。听到这话，她有点吃惊，好一会儿没有说话。她知道，曾在平长时间不在家，不仅自己，女儿也同样承受着压力。可女儿是坚强的，只要她内心里还能承受，是不会说出来的。她安慰女儿说，那是因为同学们不了解，你可以不把它当回事，也可以明确地告诉他们，我有爸爸，我爸爸是河流学家，他经常要到外面去进行科学考察，所以很少在家。

我都说过好多遍了，可他们不相信。

那你就说，等爸爸考察回来，请他们到家里来玩儿。

我也说过，可他们问，你爸爸什么时候回来啊？我说我不知道，他们就说我撒谎。

那时的女儿多么天真啊！她常常把对父亲的想念变成一串串关于黄河的问题。

妈妈，我们家离黄河那么远，为什么爸爸要到那里去啊……

我们不能只关心自己家门口的事。科学研究是没有界限的，比如西藏、南极，都要有人去考察、去研究。她说。

妈妈，爸爸到底什么时候才能考察完呀？

他没有说过，他只说黄河历史上经常改道……

什么叫改道？

改道就是……黄河离开原来的河道，流到别的地方去。过去黄河好多次改道，有的时候流入渤海，也有的时候流进黄海。

黄河现在还会这样吗？

不知道，这是你爸爸想回答的问题。

黄河为什么会那样呢，妈妈？

因为黄河离开黄土高原以后，进入了华北平原，这样大量的泥沙就沉积下来，泥沙越积越厚，形成了地上河。那是非常危险的，你想想，黄河的河水比两边的地面还要高出几米、十几米，如果黄河的水冲出来，平原上无遮无拦的，没有地方躲，那会造成什么样的灾难？

那肯定会淹死很多人吧？

不是很多人，而是多得数不清——

所以，爸爸这么多年都在研究黄河的水土流失，是吗，妈妈？

是的，你爸爸，他是那种……那种……她那时竟找不到一个适当的词来形容曾在平。

妈妈，爸爸是不是献身科学的那种人？

她点点头没有说话。

上中学的雪雁亭亭玉立又浮现在眼前。雪雁喜欢历史和地理，喜欢松赞干布和文成公主的故事，还有洛神的传说……有一次雪雁在书上看到，黄河上游的扎陵湖边有一个城镇叫鄂陵，而鄂陵湖边有一个城镇叫扎陵。这让雪雁很奇怪。而一般的女孩子也许不会对这样的事情感兴趣。妈妈，你说这是为什么呢？朱丽宁仿佛听见雪雁在问。

她解释说，那是因为人们原来把扎陵湖和鄂陵湖的位置弄颠倒了，应该是扎陵湖在上游，鄂陵湖在下游，前几年在重新勘察黄河上游的时候已经把它改正了，可是已经错了的地名却不能改了，因为人们已经习惯了。

雪雁又问，妈妈，你说黄河的发源地到底在什么地方？书上说，黄河发源在青藏高原的巴颜喀拉山。

她回答，其实黄河发源在巴颜喀拉山北麓的约古宗列盆地，约古宗列在藏语里的意思是炒青稞的锅……

妈妈，你怎么会知道这么多黄河的事啊？雪雁问。

我也是听你爸爸说的。其实每次你爸爸一出门，我就在家里看地图，看他的考察路线。有时候我拿着地图，从黄河的入海口一直追踪到它的源头，一条河一道沟地查，他到一个地方我就给他做一个记号……

黄河为什么会每天都变化呢？

因为黄河特殊的地理条件，最主要的是因为它发源于青藏高原，又流经黄土高原，巨大的落差，曲折的河道，特别是黄土高原的水土流失严重，使黄河不断地淤积，又不断地改道，夏秋季节洪水集中，到了冬天又要封冻，春天又会发生大规模的冰凌灾害，这些都是改变黄河的巨大力量，所以黄河每天都在变化。

雪雁笑了，说，怪不得古希腊的哲学家说，人不能两次踏进同一条河流呢。

她也笑了，那么说，你爸爸不仅是河流专家，还是一个实践哲学家……

雪雁的声音远了，她也不再说话……

不知道过了多长时间，朱丽宁醒了，天已经亮了。她希望忘掉昨天发生的一切，一切都过去了，那些事一文不值，就像垃圾一样，或是就像黄河的泥沙一样，东流而去，一去不回。过去的就过去吧，灭绝了，现存的还在变化、在进化，也在灭绝，这是无法改变的，人、动物、植物、有机界，哦，还有黑叶猴都是这样，只要有生命就会这样。只是自己认识得太晚了。她漫无边际地想着没有逻辑的一切，我总是不甘心，总是心存侥幸，总是怀着一丝希望，对眼前的变化，总是装着没有看见。我要正视它，从现在起，我要正视它过去的存在和现在的灭绝。它已经灭绝了，不存在了，过去了，消失了，只是不知道怎么重新开始，或者，根本就没有重新开始，只有灭绝。灭绝了的东西是不会重新开始的，它不会像日出和日落那样重新开始，它是一次性的、永远的……可是你们的耻辱已经永远烙在了我的心上，直到我死去，可是你们知道我对爱情的忠诚吗？一个对丈夫不忠的女人，引诱了一个对妻子不忠的男人……黄河，但愿你不要用你浑黄的河水掩盖他们留给你的污浊，为了保持你清白的名声，你要用你的激流把它们冲刷干净！

她站起来，走到窗前去拉开窗帘，映入眼帘的是一片新的景象，这是一个新的早晨。在蒙蒙的细雨中，那条旧马路不知道从哪天开始已经拓宽了，人行道边种了新修剪过的梧桐树，光秃秃的枝条上正滴着水。路两边的建筑物因为拆迁变得七零八落，围上了绿色防护网的地方，有几个大吊车矗立在那里。原来的公共汽车站已经往远处挪了，增加了遮雨棚和广告牌，站牌也改成不锈钢的了。再往远处看，一座座建设中的高楼笼罩在雾蒙蒙的烟雨中……世界变了，世界已经变成一个建筑物的世界，生命已经被排挤到它的边缘，有机界正在或者已经在经历前所未有的灭绝。那些不甘灭绝的生物在寻找新的生存方式中不得不改变自己，从习惯啃吃草茎和树叶，变成不得不食用人类丢弃的残羹剩饭，从习惯捕食野生动物，变成偷偷掠走人们温顺的宠物，从习惯在崇山峻岭和森林沼泽纵横驰骋，变成在城市的车水马龙中怡然逡巡……生物界的变化多么大啊，这还不包括我们的肉眼看不见的微生物。当人类开始出现，这个世界注定也经历翻天覆地的变化时，有机界的变化就是不可避免的，不能适应这种变化的已经或正在灭绝，而现存的，它们的变异和进化只能加速，因为世界的变化，因为人类活动的日益剧烈而不断加速……

朱丽宁忽然想到，她应该对自己的著作做一些重要的补充，她需要对微生物的变化作一些更深入细致的观察和分析，可是，这超出了她的职业范围。不要紧。她安慰自己。有机界是一个统一的整体，谁能用学科分类把它们截然分开呢？她决定去实验室。

像每一个早晨一样，她在浴室里认真地梳理打扮，眼圈的红肿已经消退了。没有人会知道昨晚发生了什么。什么也没发生……没有……这样想着，她找出自己最喜欢的一身驼色的套装。在卧室的穿衣镜里，她又看到一个整洁的自己。

正要出门的时候，她的脚踩到了一样东西，她弯腰捡起来，是她昨晚扔的那个记录本，因为在花池里沾了水，封面的牛皮纸已经变软，里面也湿了，她随手把它放在门口平时放雨伞和提包的小柜子上。打开门，外面下着雨，她撑开伞，走了。

51　迷乱

有人说，梦是现实生活中某些情境在睡眠中的再现。如果是那样，人们为什么还要说梦想不是现实呢？也有人说，梦是现实生活中受到压抑的精神现象。如果是这样，多做一点梦有什么不好呢？

　　很多年以来，杜克成从没有像现在一样，在这么安静的夜晚，一个人直挺挺地躺在床上，睁着眼睛，心里尽是困惑。几点了？自从眼睛看不见以后，他每天都要无数次地问，问余锦菲，也问护士。现在八点了，九点了，快十点了……她们每个人都会很耐心地告诉他。他却想知道更多，又不停地问，十点了？是十点整吗？不对，好像已经十点半了……她们其中的一个就会说，不，还不到十点十分呢。于是他就想攥紧拳头朝什么地方狠狠砸去。他骂道，时间你真是个混蛋，你竟敢和我感觉的不一样！听着，我说几点就是几点，你要听我的，你是人发明的，你不是与生俱来的，你本来什么也没有，你就是一片透明，一片暗蓝，其实在没有钟表之前你什么也不是！现在你居然敢要弄我，让我不知道几点几分几秒，你想悄悄地溜掉吗？休想！我可是要对你不客气，我要用我的数学对付你！从即刻起，六十秒，六十分……你是逃不掉的，即使到天涯海角你也逃不掉，因为到处都有数的无穷大。什么公元前那一天的十点？你啊，放聪明些，你就是回到古代我也能把你找回来……杜克成开始数数：一、二、三、四……不知道数了多久，他觉得天黑了，一定是天黑了，窗外的风有些凉了，没有晒过太阳的风才是凉森森的。

一定是深夜了，以前这时候，他都会坐在他那个了不起的天文台的显示屏前记录观测到的每一个数据，现在用懊丧这两个字来形容他的心情已经远远不够了。刚刚做完手术的那些天，他还很有耐心，每天在想象中的纸张上用无形笔继续推导他的公式，虽然无法证明正确与否，却是一种自我安慰。可现在他有点儿失望了，眼前依然是无尽的黑暗，只有一些发亮的东西仿佛不停地飘飘闪闪，像暗淡衰弱的星光，又像夏日夜晚的萤火虫，忽然他看到有几个有点像眼睛的光点。他追随着那几个光点，好像是丁岚的眼睛，他感到一阵迷乱。这是一双清澈明亮的眼睛，男人遇到这样的眼睛是很容易迷乱、很容易无所适从的。这就是美吗？他问自己。过去他几乎没有注意过丁岚的眼睛，当他陷在一大堆数据里的时候，当他在望远镜里长时间追踪某个光点的时候，他已经忘了世界上还有美这个字。是啊，美与我有什么干系呢？可是美却是存在的，它存在于哲学家的头脑里。美是什么呢？是一个人的面容吗？冬去春来，花开花落，美就消失了，只有星光才是永恒的美，万古千年，天荒地老，星光却依然灿烂……可是想起丁岚，他的脑子里还是乱了套，他不愿去想那一天。就在昨天，苏教授告诉他，丁岚已经走了，就像一颗偏离轨道的小行星，不见了踪影……

他在想，要是这会儿坐在显示屏前，自己绝不会陷入这么心烦意乱的境地，要是现在不是在病房里，而是在别的地方，他一定会痛快地大骂自己一顿：混蛋，你混蛋——余锦菲什么都看见了，他觉得自己的一点点伪装在她面前已经暴露无遗。他几乎想说出来：杜克成啊，你即使是颗陨石，你也一定要在半空中烧毁，然后无声无息地消失，你千万不要落到地上，砸进土坑，然后某一天被人们不经意地挖出来。当人们吹掉上面的灰土，认出原来是你，原来你是这么个东西——天哪，那是何等的耻辱！耻辱？什么是耻辱？如果你原本是块金子，挖出来仍然是金子；如果你原本就是一块石头，那么，直到你被岁月变成沙土之前，你永远是块石头。真正的耻辱就是，你以为自己是金子，可实际上你却是块石头。

有逻辑思维的人就是这样，对于自己提出的任何假设，总会有自己的逻辑思维加以初步的设问和审查。我敢不敢正视自己？杜克成问。我到底做了什么？我那时候心里到底是怎么想的？我为什么要那样做？这里面究竟有没有对和错？感情啊，你太复杂了，不是我这样的数据头脑能够解释的，我不知道感情和冲动是怎么回事，更不知道它们之间的不同，反正我是冲动了。它起源于什么样的心路历程，怎样的意念，还是欲望，我说不清楚。因为仅有我的欲望，我的冲动是不够的，还有她，丁岚。丁岚啊，当我狂躁不堪的时候，你为什么要对我那么温情？你是可怜我？还是……嗨，你那时真应该狠狠地扇我一个耳光，你应该骂我是个笨蛋，或者你愿意骂什么就骂什么，只要你愿意……我猜不出你是怎么想的，但是我猜得出鱼儿知道这件事的反应，她是在诱导我走出去，让我自己得到救赎。我知道她是好心，她怕我经不起，她会以为一个数据的头脑会在感情面前发昏，尤其是我。一年三百六十五天，每天我至少有十几个小时在天文台，只有几个小时在家里睡觉。无止无休的观测、计算……感情的缺失无法用数字来计算。我每天这样，无形之中我做了什么？当初为什么要提出搞数字化太阳系？为什么？是因为我逞能吗？我好大喜功，不自量力吗？九峰山天文台究竟有多大的能力，要搞一个几代人才能完成的大工程？数字化太阳系，是要把太阳系里所有的一切，包括太阳，每一个行星和它们的卫星，每一个小行星、彗星、柯伊伯带天体、碎片，还有别的现在根本不知道的什么天体，都用数据标注出来，它们的大小、质量、密度、轨道，自转和公转的周期，它们的形态、成分、光谱，它们的外壳和内核……这是一项前无古人的事业啊！我们已经开始了，我们已经迈出了第一步，那就是我们已经开始了太阳系巡天观测，通过观测积累数据，然后通过公式分析和计算这些数据，再把它们储存起来，当数据积累到一定的时候，不管它要多长的时间，我们就可以开始绘制一张太阳系的数字地图———一张巨大无比的地图，那就是太阳系的全家福。到那时候，我们可以，不，人类才可以说，我们已经知道我们居住的家园是个什么样子了……忽然，他又想起自己曾经用多少个日夜推导出的那几个公式。它们已经验算正确了吗？如果经过计算机验算，证明公式是正确的，那它们应该已经投入运算和数据处理了吧？结果怎么样呢？

　　杜克成想到这些，心里就无法平静下来，只有当他想到天文台，想到太阳系巡天观测，他才会忘记一切，包括眼前的黑暗。人们总是用惯常的思维来解释他的行为，医生也总是用教科书上的知识来告诉人们，他现在如何如何，他应该如何如何，可他不是一个用一般的常识可以理解的人。至于他自己，他知道自己是一个诚实的人，是一个对爱情忠诚的人，他不能欺骗自己的感情，不能让自己为这种行为后悔。现在他知道自己已经不能瞒住他的鱼儿，他感到后悔和说不出的难过。要是早知道会发生那样的事情，他一定不会让丁岚留在这里。可是为什么会那样呢？

　　他在想，按照逻辑，造成感情缺失的是我自己。真的都是我的错吗？这么多年，我都错了吗？我的一生都错了吗？那么我的冲动呢？我不知道。冲动到底是什么？是真的一时冲动，还是蓄谋已久，伺机出击？不是，我以前没有想过，真的没有想过，鱼儿，你应该相信我，我从来没有对我的同事想入非非，我更不是好色之徒。鱼儿，如果我是，那么，那一次在小树林里，当你换衣服的时候，我就会像狼一样向你扑过去……那时候你还是一个青春少女，你的裸体对于我，用今天的话来说，叫视觉冲击。我自信是一个懂得自制的人，年轻时我是这样的，你可以为我做证。可是到了这个年纪，到了孔夫子说的知天命的年纪，怎么竟然不能自制？眼睛看不见的时候，头脑也会失去方向。我不知道我到底怎么了，怎么会这样。我在想，我是不是应该有一个什么也不看、闭着眼睛深思熟虑的时候——

杜克成被他自己内心这些无休无止的设问折磨着，他几乎已经无法忍受了，他真想爬起来冲出去，在这寂静的城市的夜里，对着天空，对着马路，对着灯火璀璨的城市的夜，发出大声的怒吼才痛快……这一刻，他忽然很想让余锦菲坐在身边，虽然这些天他看不到她的脸庞，看不见她的眼睛，可他能感受到她的温馨的气息。她的气息都是高雅的，如同她在家里喜欢摆放的花儿一样。那一天，他对她说，鱼儿，我让你担心了。他抚摸着余锦菲放在他脸颊上的手，这是一双他很长时间没有抚摸过的手了，记不清有多长时间没有抚摸了，好像自从当了天文台的台长，他就渐渐淡忘了。这曾经是一双多么让他喜欢的手啊，光滑细腻的皮肤、纤长的手指、温润的手掌，还有圆滑的手腕，但是很有力，特别有力。抚摸着这一双手，他感觉到她的温馨、体贴、爱，在他们之间不多的风暴般的爱的记忆中，当这双手抚过他的脸庞、肩膀、胸脯和脊背，当他们的身体紧紧地结合在一起，他们的心激烈地跳动，血液就像要喷涌出来一样，都是这双手作了爱的先导……可是，现在这双手已经不像记忆中的手了，皮肤已经有点粗糙，手指的关节也有点粗大，它们是那样陌生，仿佛那根本就不是他的鱼儿的手。但是它们仍然是那样有力，很有力，在表达爱情上毫不逊色，仍然传递着她内心的爱。他双手握住她的手，把它们紧紧地贴在自己的嘴唇上，他多想补偿他失去的爱啊……

走廊里偶尔响起脚步声，但都不是往这个方向来的，或者，朝这个方向来了以后，就在要走近门口的时候，又返回去了。眼睛看不见的时候，耳朵就充当了最主要的信息接收者。杜克成在寂静中听着走廊里出现的每一声响动，觉得时间仿佛走得特别慢。现在是几点了？已经是深夜了吗？他在想象，哦，天文台的天窗早就一扇扇地打开了，望远镜的镜头指向了要观测的天区，计算机的屏幕也一个接着一个地亮起来，观测数据会像流水一样不停地进入数据库储存起来……可是……自己却在远离那一片黑暗的黑暗之中。这是无边的黑暗，没有一丝光亮，眼前没有月亮，也没有星光。现在才知道什么叫无奈，什么叫希望和绝望，希望和绝望其实只有一字之差，可是它们差得太远了啊……

这一天，邓向辉来了，他就要去智利参加第六次太阳观测国际研讨会。杜克成请邓向辉坐在自己的对面，他听见邓向辉拉开公文夹的拉链，听见他翻动一页页的纸张。邓向辉说这是他为这一次会议作的文字准备。在此之前，主办方已经邀请杜克成去宣读关于《太阳系数字化巡天观测数据处理公式的推导和应用》的论文。现在他的眼睛出了问题，可论文没有问题，这些天他摸索着把论文又改了好几遍。他摸索着，把最后的修改稿递给邓向辉，很有期待地说，向辉，这次就请你代表我宣读论文吧。我想主办方知道我的情况，一定会谅解。这是几年才召开一次的会议，对九峰山天文台意义重大。也许宣读这篇论文还能找到有共识者，或者还能找到合作伙伴……

52　微生物

在遥远的白垩纪，恐龙为什么突然就消失了？为什么那一天，一个不速之客突然在通古斯上空爆炸了？没有人亲眼目睹那一切。恐龙的时代还没有人类。世界留下了无数个为什么。后来就出现了科学家，也许他们就是上帝派到人间来解谜的使者……

朱丽宁在雨中走进了她已经好多天没有来过的动物所大门，她感到有点陌生，好像很冷清。她走进大楼，路过那曾经属于她的所长办公室，办公室锁着门。过去她在这里的时候，是从来不锁门的，即使她在实验室里，她的办公室也不锁门。走过了办公室以后，她才想起来应该去收发室看一下有没有信件，她转回身，走进大楼门口的收发室。让她诧异的是，收发室里竟然有几个女人在热闹地聊天，看见她走进门，她们好像吓了一跳，都往后退了一下。她因为一心想看看有没有自己的信，并没有注意到她们的表情，她习惯地走到放信件的那一排柜子前，拉开了写着"朱丽宁"的抽屉，里面有一大摞信件。她取出来拿在手上，关好抽屉，刚要转身，却有人哎了一声。

这——这是你的信吗？其中一个人问。朱丽宁这才发现，原来聊天的那几个女人好像不认识她，她也没见过她们。

是我的。你们是谁呀？朱丽宁有点奇怪。

你是……一个人有点疑惑地看着她。

我原来是这里的所长。朱丽宁说。

哦，原来你就是……说话的人被旁边的人扯了一下，她们几个人交换了一下眼色，不说话了。

朱丽宁走出收发室，沿着走廊向实验室走去，她听到从里面传出来一阵低低的说话声。

她就是原来的所长，天哪，她可真漂亮……

那么优雅！

女科学家嘛。

就是她的丈夫失踪了吗？

真不幸！后来就一直没有消息吗？

嘘——

朱丽宁走进实验室，像往常一样，换上隔离衣，在工作台前坐下，开始工作。今天她要开始一项新的研究，她要观察微生物在现代污染环境中发生的变异或变化，由此来佐证她关于进化的那些新观点。但这是迄今为止她从未涉及的一个全新的领域，甚至在别人看来已经超出了她的职业范围，因为她是研究动物的，研究黑叶猴，而不是研究微生物。可是，不研究微生物在污染环境中的变异或变化，就无法全面地阐明有机界在现代条件下的变异或变化不是个别的、特殊的现象，而是一种普遍现象。她提笔草拟了一份研究计划，制定了实验步骤，初步计算了所需要的时间、设备、材料，可是，当她要在最后一行写下经费两个字的时候，她的手握着笔停留了好一会儿。这是不可能的。她想。动物所，人们有充分的理由告诉你没有这笔经费，不过，也许可以去试一试，说不定……我能不能说服他们？她犹豫了好长时间，笔还是落下了，她写上了经费，但是她很快又划掉了。不要去碰钉子啦，不必要，没有时间去和他们费口舌，或者，我根本就说不清楚，反而被人嘲笑，不是吗？自己已经被人嘲笑过好几次了。

她放下纸笔就开始工作，可是她立刻就明白了，这是一个她几乎不可能完成的计划。地球上的微生物有多少万种？现在还没有人能说清楚，即使你有了在污染环境中的微生物的形态等等的数据，如果不与原生纯净环境中的微生物的形态数据相比较，又怎么能知道它们的变异或变化？她陷入了困境。但她还是开始了第一步，她选择了一百种常见微生物作为研究对象，然后她离开实验室，到污染物集中的地方去采样，下水道、排污口、污水处理厂、垃圾堆……取样回来，她的两只眼睛就盯在了显微镜上，然后是测试分析，蛋白质、酶、基因……成千上万个数据出现在她的课题数据库里，每天都要打印和储存成堆的数据，她几乎要被数据淹没了。

当数据积累到十几张光盘的时候，意味着她已经走出了第一步。喘口气吧，虽然只是初步的成功。她想，应该给女儿打个电话。

妈妈，你终于来电话了，你最近好吗？雪雁问。

你认为我不好吗？朱丽宁问道。

她的话让雪雁猝不及防，她赶快说，不是，妈妈，我是问你心情怎么样？你不要总是这样跟自己过不去。

她没有说话。

妈妈，你最近在做什么呢？怎么电话也不接了？你就不怕我着急吗？雪雁用有点撒娇的口吻问道。

哦，我正在写一本关于微生物的书。朱丽宁说。

妈妈，你写累了吧？那你到我这儿来看看吧，我们这儿有戈壁、沙漠，也有绿洲、冰川，基本是原始状态的……

冰川！原始状态！朱丽宁心里隐隐地动了动，可是那意味着……那意味着她要成为第二个曾在平！她犹豫了。

你也来看看这儿的动物，跟你们所里的可不一样了——

好吧，我再想想。她说。

几天后，朱丽宁带了一架便携式显微镜，几个保存样品的容器，还有一把冰凿，就上了火车。中途换车的时候，她决定换乘汽车。汽车经过那片她曾经到过的草地，从车窗里看出去，她惊呆了，辽阔的草原有的地方已经被黄沙覆盖，有的地方甚至已经出现了连片的沙丘，几座村寨也处在沙地的包围之中。难道这就是险些把自己吞没的沼泽吗？那无边无际的鲜花和水草到哪里去了呢？还有那牛羊、马群，都去了哪儿？怎么会变得这么快？难道真的就像他说的那样，天天都在变吗？可那是黄河，它是流动的，这里并不流动。也许他说的是对的，永无休止的变动，如果不是亲眼看见，我也许永远不会相信，这举世闻名的草原和沼泽，竟然会在短短的十年里出现荒漠化的迹象。人啊，你到底在干什么？

当她再一次跨过那条河，越过那座山的时候，她已经不再感到惊心动魄了。无论是自然的变迁，还是人为的改变，都已经不能让她感叹。欠债，迟早是要偿还的。只不过那个账本已经没有人继续写下去了，而旧的账本……她想起了那本被她愤怒地扔掉，并随手放在了门口小柜子上的"账本"。随它去吧，就像峡谷里的黄河水，从天上来，到海里去，一去不复回。

妈妈，你不是说今天就来吗，怎么还没到啊？雪雁在电话里问，她的声音有些着急。

我还在车上呢。你不用着急，到了我会告诉你的。朱丽宁说。

你不是答应我坐飞机吗，怎么又改啦？妈妈，你……是不是去爸爸那儿啦？雪雁好像忽然想起来了什么，她小声问。

朱丽宁想起了那堆灰烬，她轻轻叹息了一声，没有回答。

妈妈，你现在到哪儿啦？

过黄河了。

啊，快啦，那你到了兰州就坐火车，我去火车站接你。雪雁的电话挂上了。

火车进了河西走廊，祁连山的雪峰在阳光下熠熠生辉。雪雁说的冰川，是不是就在这儿？她打听了一下，得到肯定的回答后，她决定下车。她在车站办理了签票，作了简单的准备，然后赶到祁连山脚下，沿着一条河向祁连山走去。在河的上游必然会有冰川，即使没有冰川，至少也会有积雪。如果能在那里找到原生的微生物，就一定能找到微生物在现代条件下是否发生变异的证据。

她沿着河边的山坡走着，山上林木森森，没有路，乱石隐藏在杂草中，一不小心踩在石头上，就有滚下山坡、掉进河里的危险。在这个荒无人烟的地方，掉进冰雪融成的河里可不是闹着玩的。走累了，她在山坡上坐下来休息。我来这里干什么？我是不是第二个曾在平？这一来再也回不去了，让女儿……不，我不是曾在平，我不是，我不会像他那么傻。她休息了一会儿，站起来继续往山上走。山越来越陡峭，潺潺流淌的小河已经变成一条小溪，树木也稀疏起来，可是她还没有见到冰川的影子。冰川呢？曾经有报道说，祁连山的冰川正以惊人的速度融化、退缩，看来是真的。还能找到原生的微生物吗？她犹豫起来，但她的两只脚还在往上走。天快黑了，在祁连山的北坡天黑得很早。看来要与野兽为伴了，野兽可不是动物所里那些娇生惯养的家伙，捕食是野兽的本能和天性。不过不要紧，我知道它们的底细，就那么几下子，连野兽也对付不了，那还叫动物学家吗？

她找了个三面是石壁的地方坐下来，四周光秃秃的，视野很开阔，什么都可以看得一清二楚，这样夜里可以安全一点儿。她心里盘算着怎样过夜。这段时间在家里，生活习惯已经完全打乱了，饮食起居完全没有规律，有时甚至连白天黑夜都分不清。可是精神却特别亢奋，她觉得自己像个刚刚离开家的青春少女，想干什么就干什么。此时，在这个寂静得只有自己的心跳和呼吸声的祁连山上，几乎与世隔绝，她的心却突然平静下来，她开始考虑怎么在祁连山上度过这一夜。她拿出带来的饼干、香肠和水，吃了一顿晚餐，然后在地上铺开一块隔潮气的塑料布，坐在上面，又找出一件厚衣服盖在身上，她就这样靠着石壁，头枕着一块石头，伸开双腿，躺下了。她忽然觉得应该让脚放松一下，走了这么多路，脚都累肿了，还有腿也肿了。于是她又爬起来，解开鞋带，把鞋脱下。她看到两只脚已经起了泡，她轻轻地揉着。要是有点热水烫一烫，那该多好！明天还要指望这一双脚呢。揉了一会儿，她觉得脚舒服多了，她用一条毛巾把两只脚裹住，躺下去，闭上眼睛。凉意和睡意一起涌上来，她裹紧身上盖的厚衣服，迷迷糊糊地刚要入睡，忽然闻到一股不同寻常的气味，狼！我的气味吸引了它。她一下子坐起来，扯掉脚上的毛巾，飞快地套上鞋，系好鞋带。狼已经来了，但是没有继续靠近，而是站在离她几米远的地方，两只绿色的眼睛一眨不眨地看着她。她仔细观察着它。这是一只普通的灰狼，大约有三岁，从它的身体状况看，营养不良，从体型看，是一只母狼，很有可能还要喂养小狼崽，所以才出来觅食。她坐在那里看了它一会儿。在动物所里都是珍贵的或者稀有的动物，狼是进不了动物所的。能在深山里看见狼，是一个机会，可惜是夜里，很多细节看不清楚，比如从它的腹部可以看出它是不是正在哺乳。狼开始在她的周围转来转去，用鼻子嗅着气味。她想起自己刚刚吃过的香肠。可能香肠的气味比我更吸引它。她从身边的背包里掏出一根扔了过去，果然，狼叼起来飞快地跑了。

它还会再来的，因为它有小狼崽要喂养，不知道它有几只狼崽，它们的爸爸在哪儿？在这个生态环境日益恶化的祁连山，它们存活的概率有多大？这里的狼是捕食野生动物为生，还是捕食羊等家畜？环境的恶化对它们的习性会有什么样的影响？它们也在进化吗……要是能到它的狼窝里去看一看就好了，很多问题就会得到解答，不过那是要冒很大的风险的，母狼会跟我拼命。算了吧，明天再说。她又掏出一根香肠，扔到远处，然后裹紧衣服躺下，睡着了。

53　狮子

当爱情遭遇理性，智慧的光芒被淹没在激情的华丽之中，当欲望的冲动被阻挡在理智的护城河之外，爱情中的人们也许并不知道，那森森的壁垒，那激荡的心潮，最终都是为了更多的爱……

　　余锦菲重新布置了家里的一切。她用好几个晚上画了一张又一张图纸——客厅、餐厅、卧室，还有厨房和卫生间，她都全部重新设计。她像一个室内装饰设计师一样，用电脑绘制出了平面图和三维立体图，在图纸上，她把所有的家具都放在靠墙的地方，客厅里沙发靠墙摆成一排，转角沙发也靠在那一排上，原来的茶几不见了，她的几尊雕塑作品也不见了，放进了工作室。家里一切都是无障碍的，即使闭着眼睛走路，脚下也不会有磕绊。她又花了几天时间，和研究生们一起按照图纸搬家具，收拾每一个房间。屋里的花盆搬到了院子里，所有容易碰碎的东西放进了储藏室，阳台的门全部上了锁，浴室里使用的清洁剂和漂白剂也都锁进柜子，一切可能发生湿滑的地方全都铺上了地毯……她希望杜克成能够慢慢适应在黑暗中的生活，她想尽可能地让他感觉不到四周的障碍和危险。但是她知道，家里的布置只是减少了他身边的障碍，并不能消除他心理的障碍。

　　杜克成出院回到家里仅仅安静了几天，就开始像一头被困在笼子里的狮子，每天狂躁不安，甚至发出可怕的咆哮。眼前的黑暗让他不能辨别白昼和黑夜，所以他总是不分时候地从卧室出来，摸索着到书房去，又从书房摸索着楼梯到楼下的客厅去。他挣开余锦菲搀扶他的手，挣开星儿的手，挣开梅娟的手，他吼叫着不让任何人帮助，硬要自己不停地摸索着从楼上到楼下，又从楼下到楼上。他总是磕磕绊绊，不时碰倒什么，或者自己被什么绊倒。要是被绊倒，他就会用尽力气把那个障碍物踢得远远的，让它摔得粉身碎骨，发出可怕的脆响。有一天早晨，或者说天才刚刚有一丝亮光，杜克成猛地爬起来。余锦菲被惊醒了，你要干什么？她问。她的声音有点嘶哑，这段时间她总是不能安稳地睡觉，每天都要和梅娟盯着杜克成，生怕他上楼下楼有什么闪失。她的精神从没这么紧张，现在她是那么疲惫，觉得自己就像一尊没有做好的泥塑雕像，正在失去支撑，随时有垮塌的危险。我要去书房！杜克成摸索着自己的衣服，嘟哝着，那声音就像在跟谁赌气。余锦菲赶忙起来，抓住他的胳膊，把头靠在他的肩上说，天还早呢……她尽量用一种最温柔的声音对他说，她还记得刚结婚的时候，杜克成曾经说，我喜欢你困了的声音……现在她真的很困倦，她几乎睁不开眼睛。

　　我要去书房！杜克成很坚决地说。在这之前，余锦菲很少听到他用这么固执的口气说话。杜克成并不理会她，他穿好衣服，蹬上拖鞋，然后不由分说，就摸着衣橱和墙边向门口挪去。余锦菲并没有下床追他，而是曲起双腿，把脸埋在膝头，头发向四周披散开。这会儿她想哭，却掉不出一滴眼泪。她想喊，心里却软弱得发不出一丝声音！哦，这个天文学家失去了自己的天空，那里的太阳月亮和星星全都在一瞬间，从他的眼前坠落了。他要疯了，就像那个患了精神分裂症的美国数学家纳什一样，他不认识自己了，可是纳什却从未间断地想克制自己，寻找那个原来的自己。那是一个数学天才，在看那部获得奥斯卡金像奖的电影时，她曾经感到一种微微的心悸，纳什的那种执着她并不感到奇怪和陌生，因为她自己身边就是一个对事业痴迷得几乎忘掉一切的人。他是天文学家，同时也是数学家，他对一些数学公式的推导曾被认为是无懈可击的，也有人称他是天才。余锦菲不由从心底发出感叹：天才啊，你们有时伟大又渺小，你们有时渺小又伟大。她想起星儿对她说过，天才往往和精神病只有一步之遥！星儿还给她列举了一大串精神出现问题的名字，他们都是她熟悉的：尼采、荷尔德林、斯宾诺莎、凡·高、列维坦、拉赫玛尼诺夫、海明威、川端康成、茨威格……那些天才啊，哲学家、艺术家、诗人、音乐家，他们都有无穷的创造力，可另一方面心灵又是如此的脆弱……难道杜克成也要疯了吗？他真的像疯了一样，不分白天黑夜地折腾！

忽然，她心里就像有一座活火山刹那间找到了突破口，一股炽热的岩浆向着灰暗的天空喷射而出。余锦菲猛地跳下床，杜克成已经出了卧室门，她大声喊，杜克成，你回来，你为什么要折磨我！她的叫喊就像深夜里的狼嚎一样，她自己都被这撕心裂肺的嚎叫吓了一跳。她全身颤抖着出门一看，四周并没有杜克成的影子，楼梯上也没有。她扑到杜克成的书房门上。门紧闭着，里面传来几声动静，有几声还很响，也许杜克成碰在了什么东西上，椅子？写字台？还有唰唰的撕纸的声音！开门，你在干吗？开门啊！余锦菲不顾一切地砰砰敲门。屋里却没有反应。杜克成，你开门！她开始用脚使劲儿踢门，一下、两下、三下……天哪，过去这个家里什么时候出现过这种暴力的动静啊！现在一切都乱套了，一切都毁灭了！

砰！什么东西重重地砸在门上，余锦菲吓了一跳。她喊着，你到底要干什么啊？你凭什么这样对我？你还要我怎么对你啊！今天我才明白，你表面上是献身科学的人，可实际上你……呸……我不想用那些坏字眼来形容你，但我可以毫不客气叫你傻瓜、懦夫……她哭了，扑在门上，不顾一切地放声号哭起来……

屋里好像仍然僵持着一种状态，或者一种姿势，余锦菲猜不出是一种什么状态，或者什么姿势，反正杜克成不是坐在椅子上。忽然响起玻璃碎落的声音，砰、哗啦啦……糟了！是不是他砸碎了落地窗的玻璃，想从那里跳出去！余锦菲猛地一惊，连忙让自己镇静下来。她在想，这时候千万不能刺激他，一定要让他也镇静下来。

她擦干眼泪，装作心情好一点儿了。唉，这就是女人，即使她是一个很有声望的教授，又是著名的雕塑家，可她也是一个女人。她有着女人的一切，美丽、温柔、善良。她也有很多女人没有的品格，坚韧、顽强、耐心，只要在限度以内，她就默默地忍受着一切。超出了限度，眼泪才是她作为自我解脱的最后方式，这是不自主的、本能的，有时候不是用意识能控制的。这会儿她决定改变主意。她开始用温和的声音对他说话：亲爱的，你开门吧，刚才是我错了，我不应该对你发脾气，请你原谅我。这是我第一次对你发脾气，结婚这么多年来还是第一次，第一次总是可以原谅的。我也可以原谅你。你开开门，你一定渴了，我去给你端水来。亲爱的，你一定是渴了，要喝水，是吗？亲爱的，我现在多么想看见你啊，看见你生气的样子，我从来没有看见你生气，真的，过去我总是看见你在看书，在计算，从来没有看见你生气，这一次都怪我不好，是我错了，你是我的亲爱的，等你的眼睛好了，我们一起去看儿子……

屋里传出来一些奇怪的声音。

亲爱的，我们的儿子多好啊，他那么勇敢，不怕孤独，一次次经受沙漠里的考验，我们的时光总有一天会飞向太空，他会替你看得更远……他会飞到月亮上，会飞到火星上，亲爱的，我现在就给儿子打电话，告诉他你的痛苦……

门响了，门把手开始活动。余锦菲继续说，亲爱的，你是碰着了吗？不要紧，你眼睛一定能好，慧琳不是说了吗？只要你……只要我们……余锦菲又要哭出来了，但她还是忍住了，克成，只要有耐心，你一定能回天文台，说不定有一天，你还能在望远镜里看到儿子上太空呢……

她拧了拧门把手，门开了，杜克成站在她面前。她看到他的鼻梁上架着眼镜，屋里是一地的碎纸，还有砸碎的窗玻璃。她扑上去，紧紧地抱住他……

54　狼群

生命科学正在向生命所关联的所有领域展开研究：DNA、基因、碱基对……科学家们殚精竭虑，试图找到与疾病有关的基因。可是，科学家们能找到与爱有关的基因吗？

朱丽宁朦朦胧胧地听见手机在响，她掏出来一看，是女儿打来的。妈妈，你到哪儿啦？我在车站等你半天了，你怎么还不来呀？雪雁的语气虽然平静，可是听得出心里很急。我……我在山里边。朱丽宁嗓音含混不清地说。

妈妈，你跑到山里去干什么呀？雪雁的声音都快要哭出来了。深更半夜的，你一个人在山里边，你不怕吗？要是遇到狼怎么办呀？

我没事儿，我不是研究动物的吗，还能怕狼？你别在车站等着了，快回去吧，我自己能找到你的地方。朱丽宁的嗓音稍微清楚了一点儿。

狼可不管你是谁呀！妈妈，我去找你！

别瞎说了，你知道我在哪儿？我自己也不知道这是哪儿。朱丽宁这时听见旁边有嘎吱嘎吱撕咬的声音。

那要是遇到危险可怎么办呢？我现在只有妈妈了……雪雁

说着就哭了。

天哪，在车站大庭广众的，你怎么还哭呀？别人该笑话你了。

这时撕咬的声音更响了，好像还有争抢的声音。

妈妈，你一个人在荒山野岭，我能不担心吗？雪雁说。

别担心，我明天一大早就下山，啊，别哭了。朱丽宁一听雪雁真哭了，语气也变得柔和了一点。

那好吧，我等着你。雪雁的心情稍稍好了一些。

别等啦，到了我给你打电话。说完，朱丽宁关上电话，她回头一看，刚才那只狼正带着几只小狼在撕咬自己的背包，背包已经被撕破了，几只狼正在争夺吃的东西。糟了，咬坏仪器！她一翻身坐起来，抓起身上盖的衣服就抽打过去，母狼冲过来咬住她手里的衣服，她想站起来，可是她的脚被毛巾包着，站不起来，她手一松，衣服被母狼叼走了。她伸手扯掉脚上的毛巾，站起来，扯破嗓子大吼一声，朝狼冲了过去。几只小狼忽地一下逃了，只有母狼还在远处看着她。她翻了翻自己的背包，仪器因为有包装，都完好无损，只有吃的东西全被狼咬烂了，她气得抓起被它们撕烂的塑料袋，哗啦哗啦地抖了几下，被咬掉半截的香肠和碎饼干、面包撒了一地，几只小狼在两三米远的地方，吱吱地叫着，想靠上来，又不敢，它们全都伸着舌头，流着口水看着地上吃的东西。她索性不睡了，收拾起自己的东西，然后走过去捡起衣服和破塑料袋，统统塞进背包，离开那个石壁下的地方。

月亮升起来了，山谷的阴暗对比越来越强烈，明亮的地方，可以清晰地看到每一棵草，每一块石头，暗的地方仿佛都是万丈深渊，深不可测。朱丽宁一边小心翼翼地沿着山谷上的坡往上走，一边留心四周有没有反光。因为有反光，就说明有水或者冰。刚才被狼扰乱了一阵，现在一点睡意也没有。这儿的山势都比较平缓,她走得很快,天快亮的时候,她已经快走到山谷的尽头了。前面是一个不太高的山峰,她在山坡上坐下来,观察着四周,这里连一点冰川的影子都没有,雾气倒慢慢升起来了。她有些泄气,只觉得这会儿又饿又累,她把背包解下来放在膝盖上,趴在上面打了个盹。当清晨的风把山谷里的雾气渐渐吹散,也把她吹醒了,当看清周围的一切时,她彻底失望了。晨光下,山谷里到处都是冰川的遗留物,大大小小的冰砾布满整个山谷,可是冰川已经完全融化。这都是因为气候变暖,祁连山的冰川真的在消融。她只好下山。

当她精疲力竭,摇摇晃晃地回到山脚下的时候,回头看看,祁连山的雪峰一座连着一座,在阳光下闪着强烈的光。奇怪了,这是怎么回事儿?大自然怎么这么会捉弄人?到了山上怎么看不见呢?她气馁地走向公路,公路边广阔的草甸上,水草丰美,有牧人正在放牧。她走上前去问,放牧的人告诉他,祁连山太大了,现在也不是看冰川的季节,应该在冬天来。要是真的想找冰川,最好有越野车,开到深山里去,或者骑着牦牛,走上五六天,到很深的山谷里,或者很高的悬崖下面,才能找到冰川。一个人去是找不到的,也太危险了,有的探险队去了,没有好的向导都出不来,别说你一个女人。

她泄气地坐在公路边上,阳光照着她,更显出她与周围环境的反差。她的身边是葱绿的草甸,片片水面在阳光下泛着明亮的光;她呢,蓬乱的头发,衣衫褴褛,还有破旧的背包,疲惫不堪的面容。可是她顾不上这些,自己做的这个课题,在所里根本不可能得到支持,因此也没有经费,这次来完全是自费的,哪儿有钱去租越野车,雇司机、向导?用牦牛也要向导,来回十几天的行程,没有经费是根本不可思议的。难怪曾在平要一次一次地来,磨破一双又一双鞋到那里去。我原以为来一次就能解决问题，至少能解决问题的一个方面，现在看来根本不是这样。

就是找到了冰川，也未必就能找到原生微生物，谁知道它们隐藏在哪一条冰川里？隐藏在哪一块冰块里呢？我想得太简单了，我完全没有想过这实际上意味着要一条冰川一条冰川、一块冰一块冰地去找，就像曾在平一条沟一条沟地去测量、记录……真是殊途同归，我不知不觉地和他走上了同一条道路，也是一条没有尽头的路。也难怪人们要一次一次地去南极，用钻机钻透那几十万年、几百万年的冰层，去寻找原生的微生物。我能像那些发达国家的科考队，用钻机去一条一条地钻透祁连山的冰川吗？这不可能。但是，我为什么不用他们的资料和数据呢？朱丽宁忽然眼前一亮，她想站起来，可是她立刻又坐下了。这同样意味着钱，甚至是大笔大笔的钱，这样的资料和数据，人家是不会让你免费共享的。多么可悲！由于国界的原因，世界上的科学工作者一次一次重复做着别人已经做过的事，浪费了多少资源和时间！我是不是应该到国外去做研究？一个念头终于浮上她的脑海。

妈妈——

她突然听到旷野里传来女儿熟悉的声音，她惊奇地站起来朝四周张望，可是四周什么也没有。我听错了？是幻听？我幻听了？她有点不可思议地看看自己的周围，什么也没有。

妈妈——

声音由远而近。她向声音传来的方向看去，公路上有一辆越野车，正向这里驶来，车窗里有一个人正向她拼命地挥手。

天哪！我的雪雁——

她迎着汽车跑去，泪水止不住地流过她憔悴的脸。

越野车到了跟前戛然停下，雪雁从车上跳下来，扑过来抱住她。妈妈，吓死我了——

你怎么知道我在这儿？朱丽宁拥抱着女儿，泪流满面地亲了她一下，奇怪地问。

我给你打手机的时候，让电信公司用卫星定位仪给你做了定位，然后我就来了。雪雁脸上露出了笑容。

那你昨天夜里开了一夜的车呀？朱丽宁不由得睁大了眼睛。

是啊，谁让我妈妈这么顽固呢！雪雁点点头。

我的天，以后可别这样。朱丽宁松了一口气，觉得自己的身体都要瘫软下去。

爸爸那时候要有这样的设备就好了，我就能找到爸爸……

我的好女儿——朱丽宁再一次抱住雪雁，手在她的背后轻轻地拍着。

妈妈，你在家里干什么呢？神神秘秘的？雪雁问。

我呀，我在整理你爸爸的资料，将来如果能出版，就是一本记录黄河水土流失情况的珍贵资料。

爸爸的资料？真的啊！

嗯，就是你爸爸留下的那些记录本。朱丽宁说，这些天我一直在打字，眼睛都累花了，而且我的那本书还要修改……

妈妈，那你就把爸爸的资料给我吧，我来整理。

我整理了一些，输入那些数据和表格是很细致的工作，不能出一点差错。

妈妈，你放心，尽管交给我，电脑的输入和各种表格的制作我都熟悉。再说，我愿意，也希望为爸爸做些什么……她的声音有些哽咽了。

朱丽宁看着女儿的眼睛，这是一双结合了曾在平和自己的一切优点的眼睛，明亮、纯洁、无私、美丽。她想着最近的事，心里不由得一阵难过，但她决定还是不把曾在平的那些隐私告诉雪雁，在女儿心中，他是一个好父亲，那么就让他是一个永远的好父亲吧。

妈妈，你就放心吧。雪雁又一次恳请着。

朱丽宁抹去眼角的泪水说，那好，我回家就用特快专递给你寄来。妈妈，太好了，我保证完成任务。雪雁说着，夸张地给母亲行了一个军礼。那我们走吧。朱丽宁松开手的时候，雪雁说。

去哪儿？

去我那儿啊！雪雁惊讶地看着母亲。

我哪儿也不去。我已经见到你了，哪儿也不用去了。见到你，我就什么也不想了。我也不能让你再开几个小时的汽车，那太危险了。朱丽宁看着雪雁的脸，可是雪雁什么也不说。她连忙提议，我们就在这儿坐一会儿吧，多美啊！天苍苍，野茫茫……

风吹草低见牛羊……雪雁跟母亲一起背诵着。

雪雁一双大眼睛凝视着母亲，一个献身科学二十多年的科学家怎么会不喜欢实验室，却喜欢上了这偏僻的祁连山下的大草甸，这里是多么苍凉寂寞，母亲的心灵深处，究竟隐藏着怎样的沧桑与忧患？

妈妈，那我们就在这儿野餐吧。雪雁说。我车上给你带来很多好吃的，我去拿。雪雁回来的时候拎了一袋各种罐头和速食品，还拿来一床军用毛毯。朱丽宁帮雪雁把毯子铺在地上，她们坐下，把吃的东西一样样打开。她闻着罐头的香味儿欢呼起来，啊，野餐喽——

雪雁第一次看见母亲这么高兴，像个孩子似的，高举着双手，居然跳起来。在这水草茂盛、鲜花簇簇、牛羊成群的大草甸上，在远处祁连山的雪峰映照下，在河西走廊特有的清风中，她们在欢呼、在旋转……

太阳暖暖地照耀着，草地和鲜花散发着清香，牛羊在不远处悠闲地吃着草，母女俩就坐在公路边的草地上，海阔天空地聊啊，笑啊，好像世界上只有她们两个人，其他的一切，实验室、基因、进化、黑叶猴、训练基地、采访报道，都已经不存在了，过去和未来也都没有了，只有此时此刻，和煦的风、柔软的草、蓝蓝的天、高高的云、天地和人已经融为一体，任何诗歌，任何语言，任何想象，都已经变得多余。雪雁忍不住躺在了草地上，还拉着母亲躺在了草地上，两个人手拉着手，像两个疯玩的孩子，玩累了，躺在地上咯咯地笑。

朱丽宁忽然沉默了，好一会儿都不说话，她只是扭头看着雪雁。

雪雁发现母亲的表情有点异样。妈妈，你怎么了？她觉得也许母亲想起了父亲，就搂住母亲的肩头。

朱丽宁说，雪雁，我有件事情一定要告诉你——

什么事，妈妈？

朱丽宁又有好一会儿没有说出话来，她只有两只眼睛深情地看着女儿。

妈妈，到底怎么啦？你刚才不是很高兴的吗？可是从母亲的表情，雪雁还是看出这绝不是一般的沉默，母亲一定是有什么话非说不可，但是又不能或者不忍心说。妈妈——

朱丽宁还是沉默着，作为母亲，她突然觉得她不应该在这个时候把最不好的事情告诉女儿，可是，她又有多少机会可以和女儿一起分享快乐、分担痛苦呢？

妈妈——

雪雁也许已经猜到了什么，她独自一个人躺在地上，用两只手捂住自己的眼睛，也沉默了。

多么高远的蓝天哪，多么广阔的草原啊，它们几乎是无限的，可以包容一切，却容不下一件小小的心事。对于天和地，它是微不足道的，但是对于期待着爱情、幸福和未来的女儿，它却和天地一样大……

前几天杜台长告诉我，周轶军在他的一本书里抄袭了别人的数据……她不忍心再说下去了。

雪雁好一会儿都没有说话，朱丽宁忽然有点担心，她不知道再说什么好。

妈妈，其实我已经发现了周轶军的一点问题……雪雁说，只是我不想让你分心，所以有些事就不想告诉你。

这会儿朱丽宁更感到吃惊了，雪雁，你是说……

妈妈，有很多东西都是我的感觉，我能感觉到我们在对待生活和事物上的差别，我有自己的判断力。应该说我对这件事情陷得并不深，所以你不用为我担心。

雪雁的回答有些出乎朱丽宁的意料，但她还是听出雪雁的声音有点伤感。草原上的风轻轻吹过，带走了它们，像天上的云。朱丽宁轻轻抚着雪雁的头发说，我知道你最珍惜什么，你最珍惜的也是妈妈最珍惜的，你也知道什么是真正的爱，它需要寻找，也要能舍弃，你不会把自己的爱和幸福托付给一个不诚实的人……

我从来也没有把自己的爱和幸福托付给任何人，妈妈，我只是想，如果有一个我真正能够信赖的人，我可以和他一起分享。雪雁抬起眼睛看着母亲又说，妈妈，真的别为我担心，我知道应该怎么做。我只想对你说，妈妈，你是真正幸福的，因为你曾经拥有爸爸这样的人……

朱丽宁已经忍不住泪水的奔流了，她的声音哽咽，是的，我是幸福的……还因为有你这样的女儿。

太阳渐渐地向西沉下去，风也慢慢地有点凉了，雪雁坐了起来，她觉得应该带母亲离开这儿，到一个可以平安地栖息的地方，这里再好，毕竟是野外。

妈妈，我们走吧。雪雁轻声说，眼睛看着还躺在草地上的母亲。

朱丽宁说，你回去吧。

雪雁吃惊地看着母亲，母亲的眼神那么平静，就好像在家里一样，好像她还是个上学的孩子，周末回家来待了一天，又该回学校了。

妈妈，你还要去哪儿？雪雁问。

我还要进山去找找冰川。朱丽宁平淡地说。

雪雁真的惊呆了。妈妈，你为什么？

我要找到我想找的东西——

像我爸爸一样吗？

是的。

雪雁说，妈妈，我陪着你去。她说着，站起来，向吉普车走去。

等她打开车门，坐进驾驶室，发动起汽车，再从车窗里探出身来的时候，却看见母亲已经把背包背在身上，正在向她挥手告别。她跳下车，向母亲冲过去，张开双臂把她紧紧地抱住。

妈妈——

走吧，好女儿，我自己能去，你放心回去吧。朱丽宁一只手轻轻拍着雪雁的背，脸颊也轻轻贴在雪雁的脸颊上。

雪雁紧紧拥抱着母亲，泪水在她的眼眶里转动，可是她使劲儿忍住，没有让它们流出来。

我很快就回去，回到家就给你打电话，发邮件，朱丽宁说。她松开雪雁的手，让雪雁快上车。汽车开走了，在祁连山下的广阔草甸上，在夕阳的余晖里，一个有点瘦弱的身影，背着一个不大的背包，正向远去的汽车招手……

55 兵马俑

一支军队威风凛凛，整装出征，于是烽烟滚滚，刀光剑影……
战争创造的历史，湮没在岁月的尘土之中，而战争创造的艺术，却
透过历史的尘雾，依然光芒万丈。

在黑暗的帐篷里，杜时光不知道已经待了多久，听着外面
的风声，即使知道是几点也没有意义。这种时候只要出来就有
被沙尘暴埋没的可能。他能够做的就是蜷缩在这里，等待沙尘
暴过去。在黑暗之中，等待显得格外漫长。他迫使自己想一些
有光亮的事。他想起了潘洁注视他的眼睛。自从见到潘洁，这
双眼睛就不断游弋在他心里的某个地方，就像一只带眼睛的蝴
蝶，飘忽不定地在眼前起起落落。那一天，他正站在兵马俑坑
的护栏边上，看着那些兵马俑。只要到那座城市，他就会去看
兵马俑。两千多年前的艺术家和工匠们，他们是凭着怎样的创
造力和虔诚之心，在这个巨大的艺术宫殿里发挥着自己非凡的
想象和无与伦比的精湛技艺，创作出这一个个空前绝后的艺术
作品。整齐的队列、宏伟的气势，仿佛这是一支真正的军队，即
将开赴前线。而它们的精致和细腻也同样让人望尘莫及，每一
个雕像的发式，每一件不起眼的装饰物都各不相同……母亲的

话始终萦绕在他的耳边，中国的雕塑是历史和时代的一面镜子，每一个时代所产生的有代表性的雕塑作品，都是那个时代的精神映像，如商周的青铜器、魏晋的石刻造像，还有敦煌雕塑……可是只有秦兵马俑是中华民族在完成巨大历史转折之后产生的艺术……

那一次，就在秦兵马俑一号坑的护栏边，他发现了身旁的画板和笔，一个女孩子在画速写，她的笔在纸上飞快地划过，一个个秦代武士就浮现出来。他们的威武中透出镇定和从容，微笑中带着必胜的信心和前无古人的英雄气概。女孩子画了一张又一张，她的身边游人如织，一点点磕磕碰碰她根本就没有注意到，她好像不是在临摹一个宏大的场景，而是自己就在这宏大的场景之中。画得真棒、很生动……听到耳边有人在悄声议论，她只是微微一笑，继续头也不抬地画着。后来，他忍不住也说了一句，你让这支军队复活了。她回头看了他一眼，撩开了垂在眼睛边的一缕头发，她对他轻轻一笑。他看到了一双眼睛，是一双仿佛在梦中出现过的眼睛，是一双为他的梦而生的眼睛，清澈明亮、温柔宁静，即使有什么让心里轻轻一颤，也还是像秋天的湖水一样平静。后来，女孩子继续唰唰地在纸上画着，她画了一个眼前的人——黑黑的短发，额头有点突出，英俊的脸庞，鼻梁挺直，一对眼睛特别明亮，潜藏着沉静和智慧。画中人身体健壮得就像那些几千年前的古代武士……当他要离开的时候，她把那幅速写送给他，他记住了她的签名，还有她明朗的微笑……杜时光不由得在心里问自己，潘洁，一个仿佛从遥远的梦中走来的影子，我还会见到你吗？

风终于渐渐变弱了，曾经像浓雾一样弥漫在天地间的沙尘也终于失去了悬浮在空气中的支撑力，悠悠荡荡地散开去，天空逐渐明亮，远处的沙丘和雅丹丘也露出了它们或优美或怪异的轮廓。杜时光钻出帐篷，只见原来昏黄一片的天空豁然开朗，历经两天两夜沙尘暴肆虐的大戈壁和大沙漠仿佛经受了洗礼一样变得壮美宏大，气势磅礴。在他的前方，一座连着一座的沙丘像大海的波涛绵延起伏，把最美丽最流畅最不可思议的曲线展露在蓝天下，延伸到大地的边缘。在他的背后，一座座雅丹丘有的面目狰狞，有的姿态优雅，像拱卫着大沙漠的一队队士兵，阻挡着来自北方的入侵者。他张开嘴畅快地呼吸，连空气也仿佛被淘洗过一样，不再有那么浓重的沙尘味。他用力地拍打自己身上的尘土，然后使劲儿松动自己的肢体。这两天一直蜷缩在避风洞和帐篷里，身体像被挤压过一样变得僵硬和麻木，所有的关节都像上了锁，肌肉硬邦邦的，跟冻肉似的。他把两臂狠狠地后甩，上举，扩胸，然后踢腿，再扭动自己的腰，他甚至在周围的沙地上小跑了几圈，不一会儿，他就汗涔涔的，肚子里也空空荡荡。他打开背包，取出食品和水，数了数自己的家当，准备七十二小时的给养，在六十多个小时过去之后，还有两袋五百毫升的水和三袋食品。他咕咚咕咚地喝下去一袋水，又吃下去一袋高热量的食品，顿时觉得神清气爽，全身像重新充了电的电池，蓄积了一股力量，脑子也好像好用多了。他决定离开这里，他观察四周，惊奇地发现，由于这一场空前猛烈的沙尘暴，沙漠的边缘线参差不齐地向南移动了数百米，拉开了与雅丹地貌区之间的距离，中间出现了大片新的戈壁。这就是大自然的力量，杜时光想。大自然在不断地改造着自己，新的出现了，原有的消失了，沙漠和戈壁就这样在扩大，在吞噬越来越多的土地。会不会有一天，狂风把整个地球都变成沙漠，就像火星那样呢？这广袤的青藏高原是长江和黄河的发源地，它对这两条生命之河有着举足轻重的影响，特别是黄河，流经生态脆弱的黄土高原，怪不得雪雁的父亲要十几年如一日地在黄河的源头和下游之间来回奔波，直到自己最终消失在那里。这次回去，一定要向上级详细报告这里发生的变化，可是眼下最要紧的是尽快返回训练基地。

杜时光觉得，要是能与指挥部保持通讯联系，待在原地肯定是最好的办法，这样，无论地面和空中，队友们一定能很快找到他。但现在他与指挥部的一切联系都已经中断，假如待在原地，而队友们又找不到他，那就有可能导致整个演习失败！说不定自己将会变成一具白骨，和此前曾经看见过的遗骸没有什么两样……而父亲和母亲，所有熟悉的人，他们将会怎样呢？杜时光脑子里一个问号覆盖了另一个问号，他最终决定，采取主动行动。

他重新整理了自己的背包，把所有的东西，包括睡袋和帐篷，空的水瓶和食品袋，统统装了进去，拉好拉链，甩到背后，系好背带扣。根据卫星定位仪，确定远处最高的一座雅丹丘作为自己的第一个目的地。到达那里以后，再根据方位确定下一个目的地。这样不会迷路，也最节省体力和时间。他想。

56　守夜人

现代信息技术在一瞬间把铁一般的事实摆在人们面前，使迷雾顿时消散，也让梦想化为乌有。多么冷酷！现代之所以为现代，是因为它已经把欺世盗名、虚情假意，驱赶到旧时代的边缘。

　　杜克成喊了一声，鱼儿……没有回答，他又喊了一声。屋里依然静静的。他没有爬起来，而是继续躺在那里，心里失望又疑惑：鱼儿，你不管我了吗？你要离我而去了吗？如果不是这样，为什么你不在呢？你要让我一个人独自忍受这迷迷糊糊、混混沌沌的一片，就像大爆炸之前的那一刻？你是在怂恿我去做那开天辟地的英雄，让我一个人孤单单地一斧一斧地劈开混沌。你去哪儿了，你真的不管我了吗？做梦！我会惩罚你，可我怎么惩罚你呢？等着瞧吧，你叫我做什么，我就偏不做，我要和你对着干，除非你……不，我不能这么不通人情，把我的痛苦转嫁到别人身上，让别人也跟着忍受这种精神折磨。不过，这些天他觉得自己的忍耐力已经到了极限，中断了研究，还有什么能比这更痛苦的呢？特别是秦文平来看他，带来了这样的消息。秦教授说，周轶军已经走了很多天，临走时甚至没有再到台里来告别！秦文平还给他带来了一封施密特的来信。杜克成让秦文平把施密特的信读给他听。施密特写道：

亲爱的杜先生：

你好！

在这封信里，我首先要感谢你同意周轶军先生到慕尼黑天文台工作。周轶军先生来到之后，我们马上制定了第一阶段的工作计划。我发现周轶军先生在地磁暴数字化研究方面的确有非常独特的见解，这正是我们急需的人才，或者说，我们很需要他这样的年轻人。我还要感谢周轶军先生带来的有关九峰山天文台太阳系观测资料，这些资料也正是我们天文台近期研究所需要的。我一直认为，假如一个天文台把研究太阳系的数据资料当作私有财产，那是目光短浅的行为。我相信您一定会赞同我的想法。

另外，我还要告诉你一个令人高兴的消息。前几天，邓向辉先生在智利举行的第六次太阳观测国际学术会议上宣读的论文赢得了与会者的高度赞扬，我们对他的论文《太阳系数字化巡天观测数据处理公式的推导和应用》抱有极大的兴趣。在会议期间，我和邓先生就我们双方之间的合作达成了很好的共识。我们同意慕尼黑天文台和九峰山天文台将作为平等的合作伙伴，共同进行太阳系巡天观测和研究。当然，由于慕尼黑天文台具有先进的设施和雄厚的资金，所以，我们作为这个项目的主导者具有更多的优势。杜先生，我相信你一定能够理解我的心情，毕竟我们都希望太阳系数字化巡天观测能够有新的进展。

我真诚地欢迎你再次来慕尼黑，那样，我们就可以进一步探讨有关数据共享等事宜。当然，我更希望与你个人合作。

　　最后，请问候你美丽的夫人。假如夫人愿意到德国来举办雕塑展，我将十分乐意帮忙。

你忠实的　弗里德里希·施密特

　　周轶军拿走了什么？杜克成责怪自己在对待周轶军剽窃亚利桑那大学天文台数据的问题上有点优柔寡断，自己总觉得周轶军是学生，对周轶军放松了应有的监督。唉，我怎么就没有看清楚周轶军是这样一个人呢？他把台里积累的成果奉送给施密特，作为换取出国进修的条件，这是窃取我们的数据，我要起诉他！我要报警——可是，现在他在慕尼黑，在这里报警有什么用？不过，我想告诉施密特，让他不要高兴得太早，他也是上当受骗者，到头来说不定会输得更惨！杜克成在心里狠狠地骂周轶军，你匆匆地走了，还没等我彻底查清你抄袭和剽窃的问题。也许你是故意躲避我，或许还会想，幸好杜台长的眼睛看不见了……真是混蛋！

　　都走了，谁也不在了，四周可真安静。杜克成默默地想着，其实我喜欢一个人和黑暗、和一丝一缕的光亮、和迷迷糊糊的世界为伴，这样好，这样清净。这样可以愿意想什么就想什么，哪怕想象太阳绕着地球转也没关系，也没人说不对。哥白尼你错了，对于眼睛看不见的人，谁绕着谁转都没关系，都没关系……嗨，你们为什么不让我陪着你们？你们嫌我是瞎子吗？告诉你们，瞎子也是很厉害的，哼，只怪你们学识浅薄，我不屑于告诉你们。你们知道荷马吗？不是非洲热带的河马，是荷马，就是古罗马的，不，对不起我说错了，是古希腊的荷马，他也是个盲人！你们知道伊利亚特吗？嗯，那是千古传诵的著作、史诗，再过一千年、一万年也要传诵！还有赫歇耳，他发现了天王星；还有哈勃，他提出了宇宙大爆炸理论。还有霍金，他比我还不如呢，虽然他的眼皮还能眨一眨，可他不会说话，他提出了黑洞辐射理论，然后又几乎把它完全推翻……可我呢？我提出了伟大的失明理论，那就是一点点迷离混沌的影子，就像宇宙初始状态时那样。这就是我的成就，然后我又彻底地把它推翻，我绝不像霍金那样缩手缩脚，我要一举推翻这个举世无双的失明理论——这一理论失明了！

鱼儿，慧琳不是说还是有希望的，是吗？关于她，你是最熟悉的，慧琳可是真正的眼科专家，我不相信她还相信谁呢？可是我究竟什么时候才有希望，哪怕像从前一样，戴上一副度数深而又深的近视眼镜，只要我还能工作，还能去天文台。你知道吗？每当我从办公室的窗口看见那座教堂，我就问自己，宇宙到底从何而来？如果宇宙真的是起源于大爆炸，那里为什么到今天还有一座教堂？它的存在究竟是在告诉我们什么？也许它什么也没告诉我们，它只是暗暗地在揶揄我们，我在这里，让你们去编造吧，什么大爆炸，什么《宇宙最初的三分钟》和《宇宙最后的三分钟》，什么黑洞，你们能自圆其说吗？如果你们不能，那么，低下你们高贵的头……让我低下高贵的头，这可做不到！只有我自己知道心里有多么焦急。有时候我真恨不得顿足捶胸，跳起来怒吼一声，我要砸碎你这黑暗的一切！也许宇宙间真的有一种力量，暗物质一般神秘的力量，当我试图去窥探它的奥秘时，它让我——不，也许根本就没有什么神秘的力量，是人类还缺乏认识的力量，只有懦夫才相信天有命，这都是人为的。而我所遭遇的麻烦正像何慧琳所说的，只是用眼过度，用脑过度造成了器质性损伤。科学不像迷信那样给人以虚假的安慰和欺骗，科学是无情的，科学无情地宣告了我的失明。何慧琳，还有别的医生都说我还有希望，他们也许是哄骗我，哄骗我这个眼科学的盲人。也许是真的，真的有希望，可是他们没说有多大希望，他们只是用"有希望"这样模糊的字眼来搪塞我，多么美妙的谎言啊！他们给一个只有模糊视力的人一个模糊的未来！

杜克成胡乱想着，坐起来，摸到衣服刚想穿上，却又团成一团丢在一边。他重新躺下，拿起一个枕头压在脑袋上。他在想，闭上眼睛，管它是子丑寅卯呢？他真希望再睡着，因为在梦里，还会有光明，有望远镜，有显示屏，有资料，还有同事间的讨论，面红耳赤的争论，甚至争吵……即使那是梦境也比看不到一切的现实好！他从枕头下面发出一声重重的叹息，不知从哪里冒出来的思想就像一根根毒蛇不停地缠绕着他，逼迫他走向黑暗的绝境。这会儿他在这么想：这样活着，就这样，我……哦，迟早有一天，我要进精神病院！人啊，为什么越是探究就越是痛苦呢？假如不去探知……不去探知也就不知道更多痛苦的种类了，可是为什么却还是一次次放不下，为什么这么固执，为什么要知道那些很遥远的事物，也许太阳系的一些变化再过一万年都影响不到地球。你的，我的，还有他的执迷不悟多么荒唐啊！真是荒唐，看吧，眼睛坏了吧？这下什么都看不见了，我安心了，可我真能安心吗？我啊……这是深夜了吧？一点，两点，也许是三点，因为我睡不着。一些研究宇宙星空的人都是夜里不睡觉的，不像教堂里的牧师，他们只在白天上班，晚上教堂的门是关着的，因为上帝也要睡觉，而我的天文台碰巧挨着教堂，我是替上帝守夜的。我习惯了夜晚不睡觉。所以，每当我白天睡眼惺忪地回家，余锦菲总是用那种无可奈何的目光看着我……鱼儿，我不怪你，你也不要怪我，因为，那也许是上帝刻意安排的，谁知道呢？

57　书稿

没有比文字的发明更神奇的了，当看不见的高级神经活动变成文字的时候，精神与物质之间的界限暂时消失了，精神活动变得可见了，也变得可以保存，可以传播，可以复制，可以转变成巨大的物质力量。

　　火车在长时间沉闷的节奏中行进着，夕阳正在落下去，车厢的灯还没有打开，四周一片淡灰色的朦胧。当火车在只有星星点点灯火的旷野上行驶的时候，朱丽宁的眼前出现了幻觉。她看见曾在平就坐在自己的对面，他们长久地沉默着，谁也没有说话。曾在平深邃的目光静静地凝视着她，就像刚开始谈恋爱的时候，他们面对面坐在一起，也总是互相静静地凝望。他的眼里好像有一丝温柔的光，在那一丝光亮的照耀中，她觉得全身轻飘飘的。那一天，在长久地凝视之后，他轻轻握起她的手，丽宁，我爱你，永远爱你，无论我到什么地方，我都不会离开你……朱丽宁猛地睁大眼睛，却什么也听不见了，只有车轮行驶发出的哐当哐当的声响。在平，你不是说永远都不离开我吗？在那漫长的漆黑的雨夜，在那废弃的窑洞里，你在想些什么？一个不能在孤独中入眠的人，难怪你每次回到家里，总是像孩子般地激动……

回到家里，朱丽宁立刻把曾在平所有的记录本打成一个包，把自己整理好的那些数据表刻了一张光盘，用特快专递寄给女儿，只是她忘记了那个被她愤怒地扔出去的记录本，它现在正静静地躺在角落里，等待着有一天被重新发现。每天，她都在实验室的显微镜前，拍照片、绘图谱、测数据。几天以后，她终于绘制出了祁连山冰川中微生物的图谱，下一步，就可以和她从城市污染物中获取的微生物样本和图谱进行比较了。她感到松了一口气，可是当她从网上搜索国外关于从冰川中获取的微生物相关信息时，却发现自己有一个严重的疏忽。虽然冰川中采集的微生物是用高度纯净的试管带回来的，但由于她没有保温设备，采集的冰块已经都化成水了，也就是说，冰块的原生状态已经消失了，因此，已经无法向人们证明，她采集到的冰块是原生态的，也说不出它们是哪个地质年代的！这样做出来的结果，在国际上能够获得承认吗？她问自己。难怪曾在平每次回来，都要背一大包各式各样的黄土、石块，原来是为了测定它们的地质年代！冰川也有地质年代，可是我无法测定它们。

接下来的几天，她还是专心致志地投入冰川微生物和城市污染微生物的分析比较中。她发现，像微生物这样的低级生命形式，尽管随着环境的变化自身在不断地改变，但是，改变并不意味着进化，因为它们没有从低级的生命形式向较高级的生命形式转变，而只是自身不断地做着适应新环境的变化。变化并不意味着进化！她终于作出了一个重要的结论。在书的序言中提出了自己全新的见解，并且，以"微生物在变化的环境中发生的形态改变并不是进化"有力地佐证了自己的观点。

重新修订后的书稿一页一页地打印出来，朱丽宁坐在写字台前，对着自己的书稿发愣。一百多页A4纸打印的书稿中，有丰富详实的观察记录，有完整严密的叙述和论证，还有很多彩色的照片和图片，她自己绘制的图谱，加上完整的数据。这已经形成一本科学著作了吗？她心里默默地问自己。书稿叠放得整整齐齐，每一句话，每一个术语，每一段叙述，都经过反复的思考，字斟句酌，每一张图片都清晰到几乎逼真，每一个数据都反复核对，还有文字说明，每一条都符合学术专著的严格规范……这就够了吗？它经得起批评家们的批评和时间的检验吗？在这个人们热衷于研究基因的时代，我的结论在基因水平上能够成立吗？因为进化也同时显现在基因表达上……她有些犹豫不决，她一次次地问自己，但又一次次地被自己驳回，答案是无懈可击的，即使人们提出不同意见，那么，让时间去检验，没有一个科学工作者可以指望自己的理论或论点在一百年以后不遭到任何质疑……

58　烈焰

巍峨的山峰耸入云霄，浩瀚的大海辽阔无垠，宇宙星空啊，无
限遥远……但是，什么也不可能成为阻挡人类开阔视野和发现
未知的障碍，即使路途艰辛，前景未卜……

屋子里很安静，一点声音也没有，连墙上的挂钟走动的声
音也没有，余锦菲不知是什么时候，也不知为什么把那只老式
的挂钟换成了无声的石英钟。也许她想让我忘记时间，杜克成
想。他正端坐在他的写字台前，面对着墙壁。他挺直了腰，头
微微仰起，目不转睛地看着一个地方，仿佛他现在正在观测室
里，对着望远镜的目镜，向着太阳系的边界窥视。可是他什么
也看不见，何慧琳告诉过他，他的眼睛想要恢复到生病以前的
视力，至少要半年或是更长的时间。这将是多么漫长的时间！所
以余锦菲换掉了那种咔嗒咔嗒、会报时的老式挂钟，换成了一
只一点声音也没有、可有可无的石英钟。不是可有可无，它根
本就是无用的，一点用处也没有，他觉得余锦菲这样做只会增
加他对时间的恐惧和忧虑。他想对她说，鱼儿，你不知道，时
间对于宇宙，对于太阳系是多么重要啊！太阳一秒钟要向太空
喷射多少亿吨的物质，地球一秒钟要在它的公转轨道上运行

二十九点七三千米，还有流星，那明亮耀眼的一闪，平均时间都不超过一秒钟……一秒钟，对于天文工作者，也许是关系到他们一生有没有重大发现的时间……

杜克成长时间地坐在写字台前，几乎一动也不动。作为一个天文学家，耐心和毅力是最要紧的。他想起自己曾经一天又一天，一年又一年地这样守在望远镜下面，等待着，等待着一个不速之客出现在视野里。多少个夜晚过去了，仍一无所获。突然有一天，它出现了，自己紧张得屏住了呼吸，眼睛一眨也不眨地盯着它，一秒钟，两秒钟，三秒钟……打开照相机，把它拍摄下来，然后是复杂的计算、分析、核对，紧接着又是多少个夜晚的守候，它却再也没有出现。直到有一天，国际上某个大型天文台宣布了一个惊人的消息：他们发现了一个新的星体——在那种时候，自己也不能垂头丧气，或者大叫大嚷地说：我先发现的——你发现了什么？我没有发现，我只看见了一个小光点，我不知道它是什么……正像施密特所说的，如果你有运气……小光点啊，你在哪里？你为什么要故意捉弄我？现在，你一定是在嘲笑我，嘲笑我的眼睛看不见了，什么也看不见了，现在你可以大摇大摆地，趾高气扬地在太阳系里巡游了。反正，杜克成看不见我了。我是什么？是小行星？是彗星？是柯伊伯带天体，还是一块小碎片？让他去猜吧，他会猜到的，不过，到那时候我已经远走高飞了。可怜的杜克成，如果他知道我是太阳系里一个匆匆的过客，他也许就不会那么认真啦——哈哈——再见吧，三百年后再见！

三百年以后，会有人抓住你的，你这只小狐狸！别说三百年，就是三千年以后，也会有人认出你来，总有一天，你会在望远镜里，会在九峰山天文台的计算机屏幕上，原形毕露！哈哈，我抓住你了——杜克成的一只手紧紧地抓着自己的另一只手。小光点啊，我就给你取个名字叫小狐狸吧，等我的眼睛好了，我一定要抓住你这只小狐狸，只要你的狐狸尾巴再露出来，我就绝不会叫你跑掉！可是眼下……杜克成低下了头。人有时候总要低下自己的头，向时间屈服，向没有声音的钟表屈服，因为地球总是在转动。小狐狸也总是在寻找机会，趁着我看不见的时候，突然向地球的轨道冲过来……它冲过来了，冲过来了，看，它真的冲过来了，越来越近了，一百万公里，五十万公里，二十万公里……天哪，它已经进入了地球和月球之间的轨道，眼看就要撞过来了，直冲着地球的赤道……快看！越来越近了，十万公里，八万公里，七万九千公里，七万八千公里……哎，怎么突然拐弯了？真是奇怪……哦，我看见了，是月球，月球的引力牢牢地拽住了它，迫使它偏离了地球……月球也是我们地球的忠实卫士，在关键时刻要一显身手，拯救人类！看来，人类能够在地球上生存下来，还要和月球加强友谊啊！我要好好计算一下，月球的引力起了多大的作用？除了引力之外，还有没有其他的因素在起作用？其他未知的因素？还有更重要的，它偏离我们以后，会向哪里去？它还会不会再回来？这只小狐狸，可不能对它掉以轻心！说不定哪一天它又悄悄地溜回来了，趁我们不备，趁我们以为万事大吉了……面对着这样的小狐狸，还有彗星那样的大狐狸，可不能掉以轻心，眼睛更要瞪得大大的，盯得紧一点，再紧一点。最最关键的当然还是数据，现代天文学是数据决定一切，唉，那几个公式不知道到底验证得怎么样了？处理的结果怎么样？有了精确的数据，无论是大狐狸还是小狐狸，就一个也跑不掉了……

苏英恺来看望杜克成，他带来了一份从智利天文网下载的第六次太阳观测国际研讨会论文，是杜克成写的《太阳系数字化巡天观测数据处理公式的推导和应用》。邓向辉在会上宣读的就是这篇论文，可是邓向辉却把论文第一作者变成了自己的名字！苏英恺把论文递到杜克成手上，有些愤愤然地说，杜台长，这是贪天之功为己有，现在有些人真是太不知廉耻了！

杜克成很久都没有说话。苏英恺走了，杜克成轻轻抚摸着一页页纸张，他仿佛能看见纸页上的每一个数字、字母和公式……想起一遍一遍推导和演算的日日夜夜，他心里忽然涌起一种说不出的伤感，他几乎是用一种教徒式的虔诚推导这些公式的，可是自己的身边却有对科学不忠诚的人，周轶军年纪轻轻的就敢抄袭他人的数据，作为副台长的邓向辉居然也干这种偷天换日的事……还有什么？还有什么是今天的人不敢做的呢？真想不到，探究宇宙秘密的人，心里却也有足以遮蔽光明的阴影！

杜克成使劲儿把论文扔出去，他听见一片哗啦啦的声音，那一张张纸一定像雪花一样飘落下来，洁白是可以遮掩一切肮脏的，一切都会重新开始。这样想着，他沉重的心绪就轻松了许多。他在想，太阳啊，你可以用你的光焰灼伤我的眼睛，你却无法灼伤我的思维。你知道吗？人的大脑是可以塑造一切的，包括你！亿万个脑细胞组成的最精微的结构，可以把你构思成一个模型、一个同样精细的结构，再加上太阳系、银河系中各种力量对你的影响，再加上数据……观测数据，计算，分析，仿真……只要公式是正确的，数据是精确的，那么，这个模型就可以原原本本地把你复现出来，到那时候，你纵然有几千度、几万度的高温，我也可以透过你的熊熊烈焰，看见你的内部……

杜克成站起来，他要去天文台，要去观测室！他摸索着朝前走。为了不让他被磕绊，余锦菲已经把他房间里一切可能阻挡他的东西都搬走了，只留下了床、写字台和椅子。他摸到门边，又摸到了门把手，拧了一下，门把手没有动，门被锁上了。他的手又向上摸去，上面是玻璃和门帘，他知道这是阳台的门。他向后转过身去，向相反的方向摸去，终于到了房门边，开了门。他站在门边仔细听了听屋子里的声音，好像没有人注意到他，他小心翼翼地摸索到楼梯边，抓着楼梯扶手，两只脚交替探着楼梯的台阶，一步一步走下去。可是下到最后一阶楼梯，他却失去了方向，脑子里像被雾笼罩了一样，不知道该往哪里走。他壮着胆子往前跨了一步，头却在一个廊柱上碰了一下，碰得很疼。他在原地站了一会儿，转了个方向，又向前走。现在，他没有了任何依托，双手离开了可以扶持的东西，他完全孤立了。他觉得自己成了一个在浓浓大雾里迷路的人。

他忽然想起孤立无援这个词，这是真正的孤立无援，就像悬在空中，无所依托，不知所措，就像一颗孤星。真的是孤星吗？宇宙中没有真正的孤星，所有的星体都受到万有引力的作用，被限制在一定的轨道上，或者，被邻近轨道上的星体强大的引力所俘获，扯进它的势力范围。只有我是真正孤立的。杜克成觉得自己的腿开始颤抖，他觉得自己就是走在悬崖边上，一失足就会坠入万丈深渊。他站住了，企图辨别方向，却辨别不清。他天生没有闭着眼睛辨别方向的能力。他甚至都不知道现在站在哪儿，是在沙发边上？还是在钢琴边上？客厅被布置成什么样子了？他只记得原来楼梯边放着几座雕塑，还有……他感到气愤，这样一搬弄，他连门也找不到了。他想起何慧琳的嘱咐说，这段时间应该静养。他想，要真正想安静，最好到教堂去，坐在那些长凳上，低着头，俯下身子，闭上眼睛，聆听神的教诲。那样也许可以真正静下心来。不过也不一定，说不定神会嘲弄我，杜克成啊，这下你明白了吧，什么叫神的意志？神不会把自己的意愿直接传达给你，因为你没有聆听神的教诲的耳朵，但是神可以通过医生的嘴，别人的嘴，把神的意愿转告你。真正静下心来聆听吧，放弃一切私心杂念和狂妄自大的所谓计划，一切所谓的宏伟抱负在神看来都是幼稚可笑的，天真至极。就凭你们那个小小的望远镜，就想窥破宇宙的秘密，还有它那亿万年设计创建的、永不可破解的结构吗？嘿嘿，告诉你吧，一万年之后，宇宙也仍然是神秘的，它有一层层无比巨大的帷幕遮挡着，你永远也不可能拉开所有的帷幕，因为在帷幕的后面，还是帷幕……你自以为看见得越多，其实你只不过是给自己的脑子里填充了一些让你眼花缭乱，头晕目眩的假象。宇宙的秘密就像宇宙本身那样，无边无际，永无尽头……

杜克成呆呆地站着，他并不知道此时他离门口只是咫尺之遥，甚至他只要正确地向前伸出手去，就可以摸到门把手了。可他却掉转了方向，他挪出几步之后，一只脚踢倒了余锦菲原来放雕塑的一个小架子，架子上的一个雕塑头像砰的一声掉到地上，发出可怕的回响，碎片飞散开来。梅娟连忙从厨房里跑出来。杜克成惊呆了，一动不动地站着。梅娟把他扶到沙发上坐下，拿来了簸箕，打扫那一堆乱七八糟的碎片。

这时候，余锦菲拿着一个信封进了客厅，看到地上的碎片，看到沙发上脸色铁青的杜克成，她没有问什么。她来到沙发旁，坐到杜克成的身边，把信封放在自己的膝盖上，两手握住杜克成的一只手，他的手还在因为愤怒而微微发抖。我以为你还要再睡一会儿，就去浇花了……杜克成抽回自己的手，双手捂在眼睛上，很久才说，我把你的雕塑打碎了。余锦菲连忙说，没关系，真的没什么……那个头像我并不满意，即使你不打碎，我也会……她的嗓音有些沙哑了，她看到杜克成抬起头的时候，眼睛里有两颗闪亮的东西在颤动……她不想让他感到自责，于是说，亲爱的，刚才邮递员送来一封信，是你们天文台的。杜克成听到天文台三个字，一下把头扭向她。鱼儿，是天文台的信吗？是的，要我为你打开吗？余锦菲问。杜克成的眉头微微蹙了一下，像是自言自语，天文台谁会来信呢？好吧，打开！余锦菲撕开信封，把洁白的信纸展开，立刻有点儿吃惊地说，是丁岚的信！她说着就把信塞到杜克成手里。杜克成摸了摸信纸，脸上的表情更加疑惑了。鱼儿，丁岚写了什么？余锦菲展开信纸，轻声读起来：

尊敬的杜台长：

您好！

我想，当您收到这封信的时候，眼睛一定好多了。我每天都在热切地期待您早日康复，天文台也在等待您，数字化太阳系研究在等待您。我为自己曾经参与这项工作而感到骄傲。

杜台长，尽管我很喜欢天文台的工作，但在这里，我还是要向您暂时告别，请您不要因为我在这个时候离去而责怪我。我知道台里现在正需要人，哪怕是普通工作人员都显得不可缺少，可我还是要对您说再见，明天我就要去北京读博士了。这是我的理想，也是您对我的期望。

杜台长，我原想当面向您告别，可又担心我不能准确地表达自己的想法，也怕给余老师造成更多的误解。还是让我的笔来告诉您我这段时间的心情。当我知道您的眼睛看不见的时候，我和很多同事一样，焦急的心情无法形容。我能想象您有多么痛苦，一个人瞬间坠入黑暗，这是多么沉重的打击啊！在医院陪护您的那一天，您痛苦得要发狂的时候，我不知道怎么安慰您，当我拥抱您的时候，泪水早已涌出来。我只是想让您安静下来……您真的安静下来了，我感到了一丝安慰。在我的心目中，您是值得尊敬的天文学家，在您身边工作的几年里，您对事业的执着给了我非常深刻的影响。我知道，今天外面的生活充满了诱惑，天文台也不再是我理想中的净土了，这里也有名利地位之争，也有弄虚作假，我有时也会发出无奈的感慨，甚至感到失望。但每当见到您的身影，我又会振作自己，在您身上我仿佛看到蓝色的海面上还有一幅升起的白帆……

假如我给您的生活带来过烦恼，那么，请您和我同样尊敬的余老师原谅。请你们相信我的心是透明而洁净的。

尊敬的杜台长，最后，我要请您好好保重自己，相信不久的将来，您一定能重新回到九峰山天文台，也许到那一天您会有意外的惊喜……

您永远的学生　丁岚

余锦菲读信的时候，杜克成已经从刚才的愤怒中冷静下来，现在他的眉头舒展开了，可泪水却忍不住流下来。过了一会儿，杜克成问道，鱼儿，丁岚说的意外的惊喜是什么？我还能有什么意外的惊喜呢？余锦菲温婉地笑了，她说，我想啊，你能回到天文台对大家就是意外的惊喜。她拉起杜克成的手说，好了，别想那么多了，我们现在去医院吧，别忘了，慧琳说今天还要用一种新方法给你做治疗呢。

59　纤夫

有各种各样的疼痛。有突发的针刺般的，如雷电一闪而过；也
有缓慢的，侵蚀般的，一点一点地进入，仿佛躯体正被一种销
蚀剂浸泡着，逐渐溶化；也有碾压式的，犹如巨大的车轮把骨
骼和脏器慢慢碾碎，直到张着嘴，却发不出什么清晰的声音。当
疼痛袭来，只能用心灵把疼痛碾碎……

　　书稿打印出来，朱丽宁忽然觉得像少了什么一样心里空荡
荡的，她一时弄不清楚这是一种什么感觉。她在屋子里东看看
西看看，在不大的屋子转了几圈。她突然明白了，就像当年雪
雁大学毕业要离开家到西北去工作一样，心里有一种空落得仿
佛什么也没有了的感觉。她在椅子上坐下，歪靠在桌子上，闭
上眼睛，脑子里什么也不想，可是总觉得好像还有什么事。她
又站起来，走进厨房。厨房里空空的，什么也没有。应该去买
点菜什么的，好好做一顿晚饭。她拿起提包，走到门口的时
候，忽然看见了那天随手扔在柜子上的那个记录本。本子已经
干透了，不仅干了，上面还落了灰尘。她不由自主地拿起来，拍
拍上面的灰尘，翻开看看。那些纸页被水浸过，又自然变干，已
经皱巴巴的了，有几页甚至粘在了一起。她把提包放在柜子上，拿

着记录本，又回到书桌旁。她拧亮台灯，小心地把那些粘连的纸页揭开，一页、两页……她发现在那几页纸的背面也都有长短不等的文字，那些圆珠笔字迹被水泡过，有点模糊不清了，她凑到灯底下看起来：

我的腿又开始疼了，每当这种疼痛袭来，我能做的就是忍耐，再忍耐。而这时候也就会格外想家，假如在你的身边，疼痛一定就会减轻一点。你会让我吃药，止痛剂，或是别的什么舒筋活血的药。疼痛时，我真的就像个孩子，这是近几年感觉到的，因为有你的照顾，疼痛就仿佛会减轻一些。也许这是心理作用？在这方面你是专家，你懂得疼痛的原理，其实我也懂得通则不痛的道理，就如同河流被淤塞了也会出现各种症状，也会让人头痛一样。为了大自然血脉的疏通，我这种医生也是需要的。只是我的医院离你太远了，所以我只能让思绪每天越过千山万水，回到你的身边。

……浓浓的雾在山沟里弥漫开来，眼前一片白茫茫的，膝关节的疼痛就像这浓雾一样从关节部位向四周蔓延，关节开始变得僵硬，我在一片白茫茫中等待……在丰水季节，常有这样的浓雾，由于两边高地的阻拦，不容易扩散，因此就长久地弥漫在山沟里，特别是夏季的夜晚，我常常被浓雾困在山沟里，忍受这种疼痛的扩散……

朱丽宁又翻过去一页，那一页的背面也有文字，这些文字都写在纸的边上，字写得也很小。她猜想也许曾在平害怕背面写字的印痕会盖住正面的数据，所以才写到边上。她继续读下去：

    ……今天遇到了一次险情，我正在一条沟里测流量，突然水量猛涨，水位一下子涨了上来，因为我的双腿跨在沟的两边，我被冲了下去，衣服全都湿透了，爬上水沟，结果沾了一身泥浆。幸亏把记录本放在坡上，否则不堪设想！后来下大雨了，我把记录本包在雨衣里，可是无论我多么仔细地保护它，雨水还是渗进雨衣里。回到住处看到本子已经潮湿，有些数据看不清了，只好等雨停了再重新去测量。不过有时候要等好几天——黄土高原的雨，不下则已，下起来真要命……

朱丽宁一页一页地翻过去，几乎每一页的背面都有一小段文字，有的稍长一点，由于水的浸泡，有的地方完全看不清了。这时朱丽宁明白了，这些文字其实是曾在平在考察中的工作日志。白天在外面奔波，时时遇到危险，晚上回到住的地方，还要做表格、写日志，有时回不去了，就在荒野地里过夜……简直是个科学的拾荒者，把数据看得比自己的生命还重要！

    今天独自坐在一条河边，河水可真清澈，这是雪山融化的水，没有一点杂质。水是淡绿色的，静静地向不知什么地方流淌，或许就汇入宽阔的大河，向我的家奔去。忽然远处什么地方传来了歌声，是那种悠远古老的吟唱，那是羌族寨子里的男人唱的酒歌……此前我们曾经去过那个寨子，那里的男人让我们喝过他们自己酿的酒，喝了那种酒心里就会有一种说不清的思念的怅惘。人啊，不知道为什么，到了外面就想家，想啊想啊，温馨的话语，饭香茶浓……可在家里却又想着这里，黄河的水啊，你牵着我的心，不舍昼夜……

　　亲爱的丽宁，我不难想象你会有多少抱怨，任何一个女人要是有我这样的丈夫也都会抱怨的，就连我自己也会常常谴责自己对家庭有点不负责任。可是一来到这河滩沼泽，我的困惑又会豁然消解。我敢说，我是一个负责任的男人。有的人舍不得大城市，我舍得；有的人舍不得家，我舍得；还有的人舍不得自己的地位，我也舍得。这与你当初爱上我，对我的印象是一致的。我说过，我也许会为了我希望求解的事而不顾一切。我真的不顾一切了……现在周围的人们已经悄然地发生了变化，我知道我的做法不是每个人都能赞同的。我的工作也许近期看不到效益，科学研究需要时间的检验，需要细致的考察。有的人怀疑我常年的考察是否有意义，可我心里很清楚，河流考察对未来多么重要……

　　朱丽宁一页页翻看着，她的视线模糊了，有什么湿湿的东西滚落到手背上。在平，你还要让我为你流多少泪啊……这是别人体会不到的感情，只有她心里最清楚。因为只有她长久地处在感情的悬崖上，自从脑海里出现了那节火车车厢，她觉得自己就像一片被秋风吹落的枯叶，飘飘忽忽，蜷缩成一团。她常常在睡梦中和曾在平说话，她不知道对他是爱，还是恨……她放下记录本，把视线转向别处，眼前是一片朦胧的灯光。她擦擦眼睛站起来，脱去外套，她不想再去买菜了。她来到厨房，从冰箱里找出一个面包和一瓶饮料，靠在煤气灶上边吃边喝，吃完后又回到书桌前。打开电脑，她要把这最后一个记录本上的数据补充到曾在平的数据库里。她把那些模糊不清的印迹放在灯底下，用放大镜一个数字一个数字地看，总算看清了一些。等她把最后几页的表格整理完，有几张表格还是出现了空白，主要是几条水沟的名字。第二天早晨，她把本子拿到屋子外面，对着阳光再看，改正了几个错误的数字。她觉得心里稍微轻松了一点儿，还好，数据总算没有受到太大的损失，可是那几条水沟的名字却实在没有办法看清了。

就让它们空着吧，只要不影响内行的人使用这些数据就行。她想。可是几十年以后，几百年以后呢？这些水沟的名字不就成为一个个谜团了吗？也许会成为一个永久的、无法填补的空白。说不定将来还会有人考证说，这是曾在平遗漏的，或者说他的考察不够严谨，是他留下了这些空白，甚至于，人们会因为这些空白怀疑数据的真实性……不，我要把它们找回来，在平，我一定要帮你找回来！

朱丽宁知道这是自己不可能完成的。她费了很大的劲儿，在地下室的几个纸箱子里翻找出一摞曾在平用过的地图册，用放大镜一条沟一条沟地找，从黄河的源头找到黄河的中游，再找到出海口，还是没有找到曾在平那些表格栏目中缺失的地名。她叹了口气，也许那几个地方太小了，地图上根本就没有标出来。她又到网上去搜索，也没有结果。后来，她想到了一个地方，她打电话给水利委员会，答复是那个年代的黄土高原与今天相比已经有较大改变，几条小水沟的名字肯定是查不到了，即使查到，也无关紧要。

无关紧要！看看这些人对科学工作的态度，就知道黄河为什么治不好了！朱丽宁被激怒了。看看这些人，就可以想象为什么会有一个沿着黄河一步一步拉纤的曾在平了！可是，只有一个曾在平，黄河只有一个曾在平！更何况这十年里，就连这一个也不知道去了哪儿！黄河还在流淌，还在变化，黄土高原，松潘草地，约古宗列盆地，也在变化……黄河啊，你失去了一个朝朝暮暮用脚为你丈量的纤夫，你再也听不见那沉重但是坚定的脚步声了，你也听不见那一声声喘息，那一声声汗珠落地的声音……

朱丽宁有些颓丧地坐在书桌前，她后悔自己打了那样的电话，得到了让她愤怒的答复。她又一次感到了真正的无奈，就像那一次在许建文的办公室里一样。世界就是这样，它存在着。黄土高原就是这样，它也存在着。微生物就是这样，它们也存在着。还有进化，也……电话铃响了，朱丽宁扭过头看了看号码，是女儿打来的。妈妈，是我！你还好吗？电话里传来雪雁一贯热情的声音。

朱丽宁并没有从沮丧的心情中恢复过来，只是简单地哦了一声。

妈妈，你知道，这些天我有多么感动吗？雪雁并没有在意母亲的淡然，她继续热烈地说，我为爸爸感动！我一直在整理爸爸的资料，妈妈你知道吗。我发现了一个秘密……

什么秘密？朱丽宁心里一惊，她猛然想到了那个记录本，难道自己把那个本子也寄出去了吗？你发现了什么？她追问道。

妈妈，爸爸的资料就是一部完整的学术著作！

哦……朱丽宁松了一口气。

雪雁继续说，妈妈，爸爸的资料正面是表格，背面是正文，我整理打印后竟有二十万字呢！

真的？朱丽宁有点吃惊了，她说，我……我还真的没发现呢。

妈妈，有一件事还要你帮助……

什么事？

我觉得爸爸的记录本好像还不全,还有缺失的地方,所以你再找找,越快越好!

该给你的我都寄给你了。朱丽宁竟然有点结巴起来,她又一次想到了那个被她狠狠扔出去的本子……

妈妈,你再找找吧,肯定能找到,我发现还缺少最后的几章,从爸爸的书稿上看,应该是已经写完了,因为爸爸在序言和前面的几章里提到过后面要说的内容……

那好吧。朱丽宁说,女儿提到的就是那个记录本,现在它已经皱巴巴的,有好几页已经卷曲,装订的地方也已经开裂了,边角翘了起来。她现在不知道应该怎么办,天底下不会有人因为这样一个破旧的记录本而束手无策,可她却偏偏是这样一个人,不把它交给女儿,她怎么忍心呢?因为它毕竟已经成为一部学术著作的一部分,对于曾在平这样一个科学家,她无论如何都不能以任何理由毁掉他用生命写成的著作。可是,假如把它交给女儿,那受到伤害的,就不仅仅是她自己了……

那我再找找吧。她说。这是她第一次对自己的女儿撒谎。

好吧,妈妈。晚安。雪雁在电话里轻声说。

60　破窑洞

夜深了，疲惫把城市的喧嚣紧张、追名逐利都驱赶到形形色色的梦境之中，而黄土高原上的一个窑洞里还亮着一盏灯，洞壁上滴下的水，像钟表一样，滴答、滴答……

　　曾雪雁像一只孤独的羊，在光秃秃的黄土高原上的沟沟坎坎里奔走，寻觅几棵青草。她是在收到母亲寄来的最后一本记录本后来到这儿的，她根据父亲的记录本上还能看得清的地名判断，那几个空白栏目里的水沟应该在沙砣沟到河边村这一区段。一连几天，她翻过一道又一道梁，爬上一个又一个塬，黄土高原特有的那种冲刷地形让她整天爬上爬下，分不清东西南北。几天的奔波，除去见识了黄土高原上千姿百态的地形之外，几乎是一无所获。这样下去可不是办法。她想，自己可以找到无数条沟，但是却不知道沟的名字，沟可不是城里的马路，没有人在它的边上竖一块牌子，上面写上某某沟。可父亲怎么会知道沟的名字呢？他一定是问人家的，当地的老乡应该对这里的沟沟坎坎的名字了如指掌。于是，她见到人就问，可是几乎所有的人都告诉她，十几年来这一带的变化很大，有些沟被洪水冲成了河，也有的被泥沙淤平，变成了庄稼地或者果园，要弄清楚哪条沟叫什么名字，恐怕不容易了。

　　下雨了，她卷起裤腿，打开红色的雨伞，站在一条小沟边上。她听见雨点打在黄土地上的扑扑声和黄土吸水的嘶嘶声，慢慢地，她看见清澈的雨水从四面八方汇集到这条小沟里。没有泥沙呀？她正在奇怪，原先清澈的水不一会儿就变了，变得浑浊，并且越来越浑浊。雨下大了，渐渐地，沟边的黄土被水冲刷着，一点一点扑扑簌簌地从土壁上脱落，融进水里，水更浑浊了，一股一股细小的水流在它们流经的地方冲出一条条浅浅的水沟，浑黄的水从她的脚边，她的面前，她的身后，从所有各个方向汇涌到她眼前的这条沟里，浑水携着泥沙，又借着泥沙的重力，借着水沟的坡度产生的动能，哗哗地冲下去。曾雪雁顺着沟往下走，经过几道曲曲弯弯之后，她听见了更响的水声，小水沟正与另一条水沟汇合，变成一股更大的水流。她跳过那股汇合的水流，继续往下走，她看见了令她惊讶的一幕：水流到了一个黄土断崖上，水从断崖上飞泻而下，形成一道浑黄的水瀑，在它下方的水潭里，泥沙正翻滚着往下冲，把它两边更多的泥沙冲刷下去。她想，也许这就是父亲最最关注的水土流失，黄土高原的泥土就是这样不断地被水冲刷下去，变成泥沙，从无数条沟壑、河道里汇入黄河，淤积在下游的河底，使黄河变成一条越来越高、潜伏着巨大危险的地上河……她看得出神，忽然听见头顶上有人在高喊，来水啦，来水啦——她抬起头，看见坡上一个头上扎着白羊肚手巾的年轻人正扑打着双手冲她高喊，快跑——来水啦——还没等她回过头，一股强大的水流从她身后的坡上涌过来，一下子把她推了出去，冲到下面的水潭里。她呼的一下从水里钻出来，嘴里吐出几口黄水。她一只手举起帆布包，一只手想抓住潭边的泥土，不让自己再被水冲下去，可是黄土滑溜溜的，根本抓不住。这时，那个年轻人纵身从上面的土坡滑到水潭里，他伸出双手，用力把她从水里拉了上来，又推到水潭边。他们刚爬上来，一股更大的水瀑便裹挟着浑黄的泥土倾泻而下。

曾雪雁全身都湿透了，她跪在地上，惊魂未定，泥沙呛得她不停地咳嗽。她想站起来，可是两条腿却不停地打战，她只好坐在地上，继续咳嗽。她的头发上往下滴着水，军装上衣，还有随身的帆布挎包也滴着水。大姐，你没事吧？年轻人问道。看着曾雪雁有点警惕的目光，他连忙告诉她，自己是附近村里的牧羊人，正在找一只丢失的羊。见曾雪雁露出笑容，他又说，大姐，走，我带你上我家去，让我奶奶和我媳妇给你换换衣裳。

不，不用，谢……谢……一阵咳嗽让曾雪雁说不出话来。

大姐，下这么大的雨，路不好走，我家里近，翻过这个梁就到了。大姐，你去换换衣裳，要不就冻坏身子咧。牧羊人坚持着，伸手把曾雪雁搀扶起来。曾雪雁本来还想再继续往下走，可是身上的湿衣服让她冷得发抖，她决定跟牧羊的小伙子回家。下过雨的山坡又湿又滑，牧羊人搀扶着曾雪雁好不容易翻过了一道梁，立刻就看到他的家了。牧羊人的家在山坡上，虽然是新窑洞，屋子里却没有几件像样的家具，唯一让人眼前一亮的是木窗子上贴的一对红色窗花，窗花上有一对鸳鸯，还有一对喜字。不用说，这家有个新媳妇。牧羊人说，他从小就没了爹和娘，是奶奶把他带大的。那奶奶一见来了一个女军人，便十分热情地把曾雪雁迎进屋。新媳妇赶快打来水让她洗头发擦澡，还拿出自己干净的衣裳让她换上。接着，牧羊人的奶奶让曾雪雁坐到炕上，给她倒上一碗热乎乎的枣茶。她喝茶的时候，发现那个新媳妇把她的湿衣服洗了，晾在灶火旁。多好的老乡啊！曾雪雁心里忽然涌起一股热流。这时，牧羊人的奶奶问她，闺女，你大老远地到我们这穷山沟沟里干啥呀？

奶奶，我是来打听一件事的。曾雪雁捋着湿漉漉的头发说。

那你是北京来的，还是省上来的？奶奶又问。

奶奶，我是部队上的记者，来看看黄河，找几条沟……

哦，你是为黄河的事情来的啊！奶奶眯起眼睛问道，那你要找哪条沟沟啊？

我是来问问这几条沟叫什么名字。曾雪雁说着，从湿乎乎的帆布包里取出一个塑料文件袋，里面是父亲的记录本，幸好它没有被水浸湿。她翻到其中的一页，问道，奶奶，我想知道挨着枣花沟的叫什么，挨着槐树沟叫什么……

我年纪大记不清咧。奶奶说着扭头对着外屋问道，哎，火娃啊，你这位大姐问我们这里的沟叫个啥名字，你知道吧？奶奶问她的孙子。

牧羊人过来看看记录本，摇摇头说，我也说不清咧，村里人光说东沟西沟，没有人说过叫什么沟。

那你们这个村叫什么名啊？曾雪雁问。

叫沙窝头村。牧羊人说。

一直都叫这个名字吗？

是的，老辈子就叫沙窝头村，这个我记得清，从打我嫁到这里就叫这个名。奶奶说。

那挨着村里的那条沟是不是就叫沙窝头沟呢？曾雪雁翻看着记录本，又问牧羊人。咱们来时那条流到黄河里的沟叫什么名字呢？

那沟沟没名字，要是这么多沟都有名字，那谁也记不过来。牧羊人说着，咧开嘴巴憨憨地笑了。

这时候奶奶忽然说，我想起来咧，以前有个研究黄河的专家到这里来过，他给好些沟沟取过名字，他已经好多年不来了……

哦，哪儿来的专家？姓什么？曾雪雁问。

想不起来了。奶奶摇摇头，又说，那个专家真是个好人，来过好多次，每次来了，叫他到家里住他都不肯，就住在村边的破窑洞里，就在那边。奶奶指了指窑洞外很远的地方。他一个人住在那里，有时候住好长时间。奶奶说。

曾雪雁的眼眶里忽然一热，她觉得也许那就是她熟悉和深爱的人。爸爸，那是你吗？

奶奶继续说，那个专家住在那里，我有时去看他，给他送点热汤、馍馍，我问他，你在这儿想家吧？他说，想，想我的老婆，想我的女儿……

爸爸，那一定是你，我敢说那个住在破窑洞里的人就是你！曾雪雁的泪水终于忍不住了，啪哒啪哒地流下来，滴落在刚刚换的衣服上。

闺女，你咋掉泪蛋蛋哩？你认识那个专家？奶奶问。

曾雪雁点点头，是的，我……我认识……她有点哽咽地说。

奶奶连忙说，那你见了他就给他带个好，就说我们想他……让他再到我们这穷山沟里来。那个专家真是个好人，那些年，他差不多年年来，刮风下雨也出去跑，我们这附近的一队、二队的人都认识他，大人娃儿都认识他……后来，到现在有八九年了，他不来了。从那以后再也没有专家来过。奶奶絮絮叨叨地说着。

这时候牧羊人的媳妇端着饭菜过来了，笑盈盈地说，奶奶，大姐，咱们先吃饭吧。

曾雪雁连忙擦去泪水，坐到炕上和牧羊人一家吃饭。小炕桌上摆了好几个盘子，有嫩黄的炒鸡蛋，炸油糕，油泼辣椒，还有热气腾腾的羊肉泡馍。奶奶给她倒上醋，还舀了一勺红辣子浇在她碗里，羊肉泡馍又酸又辣，她的鼻子尖上不一会儿就汗涔涔的，汗水也顺着鬓边流下来。

他们又说起了这里夏天的一场大雨，那是好多年不见的大雨，那雨水冲下的泥土差点儿都把窑洞门给堵上。年轻的牧羊人说，在我们这个黄土高原啊，脚底下随时随地都要当心，说不定什么时候就塌下去一块，连人带羊都没喽……

不下雨也这样吗？曾雪雁有点不解地问。

不下雨也塌，黄土太松啦——

夏天下大雨，我们夜里都不敢睡觉。牧羊人的媳妇接着说。过去是怕窑洞塌，现在有了新窑洞，又怕地基塌下去。

曾雪雁怔住了，她曾经在这一带，看见牧羊人赶着羊群在悠闲地放牧，看见背着书包的孩子连蹦带跳地过沟过坎去上学。可是没有想到，这广阔的黄土高原，既是这里的人们世代繁衍生息、寄托梦想和希望的所在，也是他们常常在睡梦中惊醒的原因。闺女啊，你吃，你多吃些。这时候奶奶说，你淋了雨，出点汗就好了。前些年那位专家在这里，经常来找我要辣子，他说吃了祛寒。他有关节炎。有一次我上他窑洞去，看见他用红辣子擦膝盖，膝盖都肿了，走路一瘸一拐的……从那以后，那专家再也没来。可是我心里老惦记着他，是不是腿坏了，走不了路了？奶奶低着头，好像在自言自语，现在这样的人没了……

娘，别这么说，人家有时间说不定就来呢。牧羊人的媳妇打断了奶奶的话。

曾雪雁只是任泪水一次次流淌下来。

第二天早晨曾雪雁走的时候，一家人都出门来送行。曾雪雁不断地回头向他们挥手，直到他们消失在那起伏不平的峁梁后面。走出老远，曾雪雁忽然停住了脚步。我就这样走了吗？自己什么时候还能回到这儿呢？她又转身返了回去，不过，她没有回到村里，而是去找奶奶说的那个破窑洞。她走过杂草丛生的土路，来到窑洞门口，门框已经很破旧了，两扇门也烂了，有一扇倒在门口的泥地上。她进了窑洞，窑洞很低，一大半已经塌了，塌下来的泥土堆积在不大的地面上，也压住了一个看起来好像是炕一样的土台子。洞壁上还滴答滴答地滴着水，水洇湿了地面，也洇湿了土堆和土炕。几张很大的蜘蛛网上已经积了厚厚的尘土。在昏暗中，她久久地站着，无声地问，爸爸，你是否真的来过这里？你是否曾经住在这里？与蜘蛛和蚊子，还有别的小虫子为伴？和门洞里照进来的月光和星光为伴？那么多静静的夜里，你是怎么度过来的？爸爸，你知道我和妈妈都在想念你吗？你知道我们为你度过了多少个思念的夜晚吗？我不知道你那时能不能吃上热饭，有没有热水喝，有没有干净的地方睡觉，腿疼了有没有火烤一烤……我和妈妈想你的时候，也许你正在这个离家千里之外的窑洞里……爸爸，我的亲爱的爸爸，我会给你找到那些河沟，可你一定要答应回家看妈妈……曾雪雁终于忍不住了，她放声哭起来，让泪水尽情地流淌，滴落在这低矮阴暗的窑洞里。

61 遗骸

探索者跋涉着，向着一个未知的神秘所在。渴了喝口水，累了歇歇脚，前面的路还很长……可是探索者突然发现，前面立着一块牌子，上面写着：到此为止！

　　杜时光在训练基地的教室里，趴在桌上写这一阶段沙漠生存训练的总结，外面操场上队员们打球的欢呼声和喊叫声不断地灌进耳朵里。他真想扔掉手里的笔，冲出去和队员们一起争抢、传球、投篮、碰撞、喊叫，拼个满头大汗，痛快淋漓。在这差不多长达一年的生存训练中，陪伴他的只有严寒、酷热、饥渴，还有极度的、无法用语言形容的孤独。回到训练基地，他做的第一件事就是给父亲和母亲打了个电话。那天父亲不在家，母亲接到他的电话很激动，我亲爱的儿子啊！她还是像他小时候一样，这样叫着他。母亲说父亲不在家，他一直在跟踪观测那个神秘的小天体，也许那真是个有很大危险性的近地小天体……母亲说，父亲很忙，也很累，最好先不要给他打电话，让他分心。杜时光最理解母亲的心，别看她和父亲每天都在忙自己的工作，平时说话的机会都很少，可是母亲对父亲的体贴真是细致入微。只是父亲数学和天文学的脑子里常常感受不到那种关爱。杜时光不禁想，自己将来要是有个老婆，说不定她也会感到无奈，比如说，要是自己去月球，那她将怎么担心，又将多么期待他的归来啊！

　　眼下最要紧的还是把这次训练的总结写好，特别是训练中暴露出来的问题。首先是通信问题，这应该是最重要的，一定要有备用的无线电话，这是发生紧急情况时最有效的联络方式。第二个就是克服孤独的问题，沙漠中收听不到广播，也不能收看电视节目，但是可以带个随身听，听听音乐，也可以带一个笔记本，把重要的活动记下来。有空的时候，还可以写信、记笔记。当然，也可以带一本喜欢的书，书里最好夹一至两张女朋友的照片。不过，这一条也许仅仅对我个人有效，因为这里的集训队员当中没有老婆孩子的已经不多了。没有老婆孩子倒也好，可以无牵无挂，可是真的无牵无挂了吗？那父亲母亲和星儿呢？还有首长和队友呢？写着写着，他又想起在沙漠里看到的那两具遗骸……

　　那一天，太阳炙烤着，他从背包里取出毛巾，把头和脸严严实实地包裹起来，只露出眼睛和鼻孔，这样可以减少水分的蒸发。他脚下踩的，已经不是软绵绵的滑动的沙子，而是被大风从不知什么地方刮来的大大小小的石块，他被石块绊得踉踉跄跄，有好几次被绊倒在地上，但他咬紧牙，一步步走得更加沉着。汗水又在他的靴子里面叽里咕噜地响起来，他一步一步地走着，摔倒了，爬起来，再走。生命有时候是脆弱的，沙漠和戈壁上有时见到的白骨就是证明。那些能够闯到这儿来的人一定不是等闲之辈，更不是冒失鬼，一定有丰富的经验，充足的给养，可还是被严酷的自然夺去了生命。但生命有时又是顽强的，就像我现在这样，只要一步一步走，就一定能走出去，跟队友们会合。

　　当他终于到达第一个目的地的近处，才发现这是一道长约几百米、高二三十米的雅丹土丘。他想在原地休息一下，可又一想，土丘会遮挡直升机驾驶员的视线。他决定到一个比较开阔的地方休息，他绕过土丘，走到一个比较平坦的地方，竟然看见不远处停着一辆越野车。他向汽车跑去。可是到了跟前，他惊呆了，汽车已经被沙石打得面目全非，所有的玻璃都碎了，车身上也被砸得坑坑洼洼。他的心陡地沉了下去。这是谁的汽车？为什么到这儿来？他打开车门，用袖子扫掉座位上的碎玻璃，爬上车。他转动车钥匙，再试试油门，一点反应也没有。一定是油耗尽了。他从车上下来，仔细看看四周，没有一个人影。他有点疑惑，车主人到哪儿去了？他开始在汽车周围几百米的范围内仔细搜索，终于在另外一道土丘背风的一侧发现了两个人的遗体。杜时光默默地过去，跪在地上，双手用力扒掉他们身上的石块，又把他们身上的沙尘清理掉。他看清楚了，这是两个闯戈壁的人，他们身上的衣服已经被狂烈的沙尘暴撕成了碎片，面部也几乎无法辨认了。杜时光呆呆地站了一会儿，心里一阵难过，这会儿他们的亲人该多么着急啊！可是他们再也不能走出沙漠了。他断定，这两个人一定是在沙尘暴最猛烈的时候，因为弃车而遇险的。在沙漠里，这种事情时有发生。他们为什么不在汽车里等待沙尘暴过去呢？像他们这样没有任何防护设备，在猛烈的沙尘暴中，是不可能生存的。这就是沙漠，这就是沙尘暴，在自然的力量面前，如果不考虑到一切可能的后果，不做一切最坏的打算，那就意味着失败，意味着生命的逝去。

忽然，他发现在前方不足二百米的地方好像有一些物体在移动，他立刻警觉起来，那是什么？他迅速隐蔽到一座土丘后面，大气也不出地仔细观察。渐渐地，那些物体近了，他听见一种发闷的脚步声，那是体积高大的动物踩踏的声音。他看清了，是几头骆驼。他不知道这是曾经见过的那几头，还是另外的几头。它们悠然自得地走着，任何时候都是这么不紧不慢，它们偶尔会发出咻咻的叫声，或是打个响鼻儿，有时候一边走还一边咀嚼着什么。它们大多数时候总是结伴而行，或者三三两两，或者三五成群，在辽阔无垠的沙漠和戈壁上漫游，这里就像它们的天堂……可是，发生沙尘暴的时候骆驼到哪儿去了？沙漠里还有它们隐秘的藏身之地吗？也许，它们根本就用不着什么隐身之地，它们天生就是与沙尘暴、与酷热和严寒、与无法想象的干渴相伴的。骆驼啊，有谁能想到，在这茫茫的沙漠里还会有你们这样的生命存在！你们坚韧，镇定，安详，自信。骆驼啊，有你们的陪伴，沙漠中的人就不会孤独，也不会畏惧。夕阳西下，看见你们在沙丘上投下的影子，我心里就会有一种想写诗的冲动。骆驼啊，我想知道，在火星上也有你们的伙伴吗？

红红的落日渐渐从那些越来越怪异的沙丘后面沉降下去，戈壁被一条条越来越长的阴影覆盖了，天空也变暗了，他正想怎么在这里过夜。却听到天空中传来直升机的隆隆声。他从背包里取出手电，向天空打着光束，可直升机的声音并没有越来越近，而是好像在远处的某个地域上空盘旋。必须为他们指示目标！他回到汽车旁，把帐篷撕成条条，然后用打火机点着了火。空旷的戈壁上顿时出现了一条火龙，他把睡袋也扔进了火里，明亮的火焰映照着昏暗的戈壁的上空。几分钟以后，他听见隆隆的声音向自己靠近了，他把手电的光柱照向夜空，转动手腕让光柱在天空中画着圆圈，终于，他看见了直升机上闪烁的灯光，他向着天空不顾一切地高喊，我在这儿……

62 鸟巢

枯枝、草叶、泥土和唾液，筑起了阻挡风霜雨雪和烈日酷暑的居所。尽管它简陋低矮，朴实无华，却珍藏着心灵中最美好的夙愿。翱翔万里的飞鸟，借着漂浮天空的云，吹过大地的风，寄托着对家的眷恋……

曾雪雁背着放着书稿和记录本的沉甸甸的背包，踏着林荫道上细碎的阳光，快步向家里走去。自从军校毕业，离开家已经两年多了，城市的变化真大呀，可是家的周围变化却并不大，马路两边还是那种有水泥护栏的花坛，里面种着冬青、月季，还有海棠、枇杷。枇杷黄澄澄的果子正挂在枝头上，风轻轻吹着，枝头也轻轻摆动，好像在向她点头致意。

快到家了，还是那栋淡黄色的三层楼房，已经有点旧了，可是一看到它，曾雪雁就有一种特别亲切的感觉。家，是一个人的出发地，也是归宿。鸟儿飞得再远，也要归巢，这个巢就是家。

曾雪雁跨进楼门，踏上几个台阶，走近家门，掏出早已握在手里的钥匙伸进锁孔，轻轻拧了一下，她感到了一种滞涩和迟钝，仿佛是锁生了锈。她又用力拧了一下，门吱的一声开了，她期待着熟悉的家的气息，清净、安宁、整洁如洗……可是她无法相信眼前的事实，屋子里黑乎乎的。当她的眼睛适应了屋子里的黑暗，她惊呆了，一切都凌乱不堪，放得乱七八糟的桌子和椅子，上面积着厚厚的尘土，脏兮兮的破旧的窗帘，还有一股异味。再走到母亲的卧室，床上是随手掀在一边的被子，衣柜上堆着乱糟糟的衣服，还有厨房、浴室……她几次要把身上的背包拿下来，可是觉得实在没有地方放，于是又重新背在了背上。

这就是我日夜想念的家吗？怎么会这样？妈妈这是怎么啦？她是怎么变成这样的？曾雪雁的脑子里是一连串的疑问，可是她没有多想，立刻挽起袖子，收拾起家来。她涮了抹布，用力地擦拭家具上的尘土，桌子、椅子，都还是父亲在家的时候就有的，虽然已经很旧了，可是母亲还是把它们细心地保留着。父亲的书橱，还放在原来的地方，雪雁轻轻擦去上面的灰尘。每次父亲回家都要把它打开，放进去新的记录本，然后再锁好。父亲不在家的时候，母亲总是要把上面的灰尘擦得干干净净，即使上面根本没有灰，每天也要擦一遍。还有父亲的写字台，还放在书橱的旁边，上面的墨水瓶、笔筒，还像以前一样。曾雪雁把抹布涮得很干净，轻轻擦着，像从前母亲做的那样。在父亲写字台上方的墙上，还挂着那个镜框，照片是父亲在黄河源头拍的一张工作照。这是父亲的最后一张照片，已经有点发黄了。父亲穿着一身褪了色的灯芯绒外套，背着一个很大的工作包，手里拿着一个简易的流量计，脚上还是那双穿了好多年的翻毛皮鞋。父亲黝黑的脸上露着微笑，明亮深邃的目光注视着前方，那里是一片青草稀疏的草地，几条小水沟在草地上蜿蜒流过。这就是黄河的源头。曾雪雁站到一把椅子上，把镜框拿下来，细心地擦去灰尘。木制的镜框是棕色的，很简单，上面没有什么雕刻和花纹。曾经有人建议母亲给这张照片镶上一个黑框，母亲拒绝了。曾雪雁把镜框擦干净，又把镜框背面用来固定衬底的铁片压紧，把它挂回原处。

她又一遍一遍地拖地，直到地面显出原来的颜色，然后又把窗帘卸下来塞进洗衣机，再到母亲的卧室，换下了床单和被套，这时她看见母亲的枕边有一个笔记本，旧的蓝色硬纸面的封面，已经磨得没有了边角。翻开笔记本，里面夹着几页很旧的信纸，那是父亲很多年以前写给母亲的信。在一页纸上有一首诗，好像是叶赛宁的，是父母亲他们那一代人喜欢的：

我记得／亲爱的／记得／你那柔发的闪光／命运使我离开了你／我的心沉重而悲伤／我记得那些秋夜／白桦树叶簌簌响／愿白昼变得短暂／愿月光照的时间更长……

那时候他们的恋爱多么浪漫，多么充满诗意，即使自己不会写诗，也要抄录自己喜欢的名句赠给心爱的人，作为表达自己心意的最好语言……虽然结婚后的生活并没有多少诗意，反倒是无数个辗转反侧的思念的夜晚，不正是应了那句诗吗？"命运使我离开了你，我的心沉重而悲伤……"父亲失踪以后，母亲一次一次地去黄河的源头和松潘草地寻找，好多次濒临险境，可是母亲从来也没有放弃，母亲对父亲的爱，该是怎样地刻骨铭心啊！

离开母亲的卧室，曾雪雁又走进厨房，厨房好像已经很多天没有做饭了，既没有菜，也没有米，只有几包方便面，打开冰箱，里面也是空空如也，只有一个塑料袋里还有几片面包。曾雪雁忽然觉得心底涌起一股热流，鼻子也酸酸的。母亲这样一个研究生命科学的人，竟然连最低的生活条件都顾不上了，母亲的心都用在哪儿了？

等她累得满头大汗，坐下来擦汗的时候，她好像又闻到了从前的家的味道，只是耳边没有母亲喃喃的话语。她突然觉得心里特别失落，千里迢迢回到家，仍然是形单影只。她抬头看看墙上父亲的照片，他仍然在微笑，照相机把父亲定格在十年前的一瞬间，这就是父亲，在离开家千里万里的地方，微笑着面对一切。十年前，父亲回到家的时候，特意把这张照片放大了挂在家里，是为了让我记住他永远的微笑……永远微笑着面对一切，即使你不知道你将要遇到什么，即使你身边没有一个亲人……

她终于可以把背上的背包拿下来了，她把背包放在桌子上，打开，取出里面的两个大信封和记录本，再把书稿从一个大信封里拿出来，整整齐齐地放在桌子上。二百多页A4纸打印的稿子，其中有二十多万字的正文，一共有二十一章，第一页上写着：《黄河流域水土流失研究》曾在平著。另一个信封里是一百多页的附录，也就是父亲测算的数据，再加上几十张实拍照片，是母亲整理的。这是父亲用自己的一生写成的，所有与黄河的水土流失有关的一切都记述得那么充分，论证得那么透彻，条理清晰。黄河源头的草原退化，上游生态环境的改变，还有黄土高原北部的荒漠化对黄河的影响……一组一组的数据，都是实地测量和计算的。每一行描述和论证，都是在黄土高原的窑洞里，在黄河岸边的山沟斜坡，用墨水写成的。父亲把自己的一生倾注在上面，这本书就是他生命的全部，不管它能不能流传下去，至少，它记录了那个时代的一条活的黄河。父亲在书里预言，如果不加紧治理，黄土高原的水土流失会因为北部荒漠化的逐步扩大而日益严重。现在看来，父亲的预言是正确的。这就是父亲，当他把科学事业当成自己的全部生命的时候，他就注定有一天要离开我们。爸爸，你生命的全部不只是事业，你还有我，还有妈妈，我们为你分担，你回来看看我给你整理的书稿，你会满意的，你一定会满意的。亲爱的爸爸，你回来，爸爸，你回来吧……

泪水滴落在父亲的书稿上，曾雪雁赶紧用纸巾把泪滴擦去，把它们重新装进两个大信封，放在父亲的书桌上，又把记录本按时间顺序叠好，重新放进父亲的书橱，再把书橱的门锁好。泪水还在顺着她的脸颊流下来，她转身走进浴室，擦干眼泪，看见浴室的架子上摆着染发剂。她心里突地一跳，妈妈——在自己心中永远是那么年轻美丽的妈妈，竟然已经开始染发了！怪不得上次在祁连山看见母亲，总觉得母亲好像有什么地方不大对劲，原来是她的头发！当时她的头发乱蓬蓬的，没有看出来。亲爱的妈妈，为了爸爸，你曾经度过了多少个不眠之夜？你在杳无人迹的黄河源头寻找，在黄河蜿蜒的峡谷中呼唤，妈妈，我多么不愿意离开你啊！我很小的时候就发誓，要终身陪伴着你，可是你却让我考了军校，让我去了西北。妈妈，我知道你为什么要这样，你是为了锻炼我的坚强和自立，为了让我有一份自己的事业。原来，在内心深处，你和爸爸是完全一样的！

天渐渐黑了，屋子里的光线又暗下来，曾雪雁决定出去买点东西，给母亲做一顿像样的晚餐。她怕母亲回家的时候误认为自己已经走了，就在母亲的写字台前坐下来写了一张纸条。这时候她才看见在母亲的书桌上也有一个大信封，她把它打开，里面竟然也是一部书稿，有一百多页，封面上写着：《现代生态环境下动物进化和变化的微观形态研究》朱丽宁著。啊，原来母亲也在做一件大事，怪不得她变得这样！她翻开稿子，打印得清晰规整的稿子上，几乎每一页上都密密麻麻地作了很多修改。十年了，母亲一点儿也没有被命运压垮，相反，她似乎已经完全认识了生命的本质，并且要用自己的研究向世界揭示生命的本质意义，来抚慰那些至今对生命心存恐惧和迷惑的人们。她每天在电子显微镜下观测那些极端精微的结构和形态，自己的生命却在一点一点地消耗着。头发渐渐花白了，可是母亲的心依然年轻，也许在母亲看来，生命，只有当它转变成一种知识和理论的时候才实现了它的最大化。父亲和母亲，他们不都是这样的吗？

曾雪雁把纸条放在母亲的书桌上，转身走出门，楼外面的林荫道上，街灯闪着淡淡的光……

63　秘密

黑暗中有一双眼睛，正追寻着一颗穿行在浩渺银河中的星。大部分时间，它都游荡在她的视线之外，只偶尔步履沉重地回到她的身边，然后又匆匆离去。她在想，在银河的那一边，是不是有一位美丽的少女……

差不多是春天的时候，杜克成重新回到了九峰山天文台。现在想来，那段失明的日子已经是去年的事情了。恢复视觉的那些天，他觉得眼前就像揭开了一层层纱幔，四周的景象一天比一天清楚。那天来上班的时候，他望着车窗外，一切仿佛既熟悉又陌生。九峰山的景色是这样迷人！山路上是一片新绿，敞开的车窗会吹进无比清新的气息，是树叶，还是什么花香，过去他很少留意。人啊，就是这样，常常会对眼前的一切视而不见，甚至对美丽的风景也顾不上多看几眼。可是，有一天眼前突然变成一片黑暗，才会对过去的一切无限留恋，哪怕是一个萤火虫般的光亮都是值得珍惜的。

他的办公室依然整洁，却有一点霉味，他来到窗前，打开窗子，顿时山上特有的树林的清香飘进来。他在窗口做了一下深呼吸，然后就坐到办公桌前。他按下电脑的开关，屏幕亮了，他打开桌面，先把鼠标指向电子邮件，一封封电子邮件像流水一样不断地涌进来，但是一会儿就中断了，屏幕显示，邮箱已满，请删掉部分内容。他只好先打开一些邮件，根据内容作了保存和删除。有一些是参加国际天文学年会的邀请函，他注意到其中一封是关于第六次太阳观测国际研讨会的邀请函，就是邓向辉去智利参加的那个研讨会。他把自己当作第一作者就让他当去吧，只要九峰山天文台的太阳系数字化巡天观测课题被国际天文学界了解，那就比什么都好。眼下最要紧的还是了解一下台里巡天观测工作的进展情况。他站起来，刚想喊一声丁岚——却又立刻停住了。他问自己，丁岚早就走了，你不是知道了吗？这一刻他有点说不出的感觉，也许是失落，也许是难过。这时，他听见有人敲门。

请进。他振作自己，用响亮的声音说。

Hello，杜先生！一个女人的声音出现在门口。

杜克成抬头一看，是一个金发碧眼的女士，他一眼就认出，这是德国慕尼黑天文台的伊琳娜·克劳德。他站起来，走过去握住她的手。这个蓝灰色眼睛的姑娘看着他，露出洁白的牙齿。伊琳娜，你能到九峰山来，我很高兴！杜克成说着，就请伊琳娜坐到沙发上。他知道伊琳娜是一个很出色的天文学家，曾在好几个国家的天文台工作。

伊琳娜说，她要在九峰山天文台进行为期半年的工作访问，现在做秦教授的助手。要是我能为这项研究做点什么，我将会感到很荣幸。她说。

杜克成有点激动，伊琳娜这时候来九峰山是非常及时的，他们的研究缺少的就是伊琳娜这样的人才。他说，伊琳娜，我不知道怎么对你说感谢的话，你知道因为我的眼睛出问题，还有别的原因，这段时间我们的工作进展并不顺利。

伊琳娜忽闪着金色的睫毛，认真听他的话，然后就笑了。她说，杜先生，我能来九峰山，你也许应该感谢丁岚。上次我随施密特先生来九峰山访问的时候，就已经决定离开慕尼黑天文台了，因为此前我在工作中总是和施密特先生产生认识上的矛盾，那让我很疲惫。那时候我已经打算去美国亚利桑那大学天文台了。在这里的几天，丁岚让我知道了你们的研究方向，并且希望我能选择九峰山而不是亚利桑那。你知道，杜先生，我喜欢挑战……

杜克成心里忽然一热，他想起丁岚在信的末尾曾说，当他回到天文台时也许会有一个意外的惊喜。丁岚，这就是你给我的意外的惊喜吗？应该说伊琳娜到这里来还有更深一层的意义。这会儿，他很想对施密特说，嗨，我们在人才交流方面就算打一个平局吧。

伊琳娜走了以后，杜克成忽然想起了卡特，心里猛地咯噔了一下。周轶军已经走了，可是他的事情并没有弄清楚，应该把这件事查清楚，给卡特一个明确的答复。他立刻站起来，去资料室，找到周轶军临走时交出的二〇〇三年的太阳耀斑和地磁暴观测数据。回到办公室，他翻到周轶军的那本《太阳耀斑和地磁暴观测研究概论》的数据部分，又找出美国《天体物理学季刊》二〇〇四年第二期，把三种数据放在一起，仔细地核对起来。他终于发现，周轶军并没有像他说的那样用了台里的数据，而是真的抄袭了美国亚利桑那大学天文台的数据。他愤怒得眼睛都要冒出火来，可是周轶军已经走了，他已经无法让周轶军为这件事承担责任，作为台长，他只有自己负起这个责任。他从一个文件夹里取出卡特的那封信，找到了他的电子邮件地址，当他把手伸向鼠标的时候，却觉得发电子邮件不太郑重，应该给卡特写一封信，郑重其事地写一封信。他找出了信纸，在桌子上铺开，拿起一支钢笔，在信纸上写起来：

尊敬的卡特先生：

　　你好！

　　几个月前看到你的来信，我非常震惊。周轶军曾是我的学生，后来在九峰山天文台任副研究员并担任太阳耀斑和地磁暴课题组副组长。获悉他在自己的著作中有抄袭行为，我深感责任重大，立即十分慎重和细致地进行调查，但由于工作繁重和严重的眼疾（几乎双目失明），调查工作被耽搁。现在，经过认真的核对，可以确定周轶军在他的著作中抄袭了你们台的数据。我想这种违背职业道德的行为在任何一个学术单位都应当受到严厉的谴责。虽然周轶军已经离开九峰山天文台，但我还是认为应以适当的方式公开披露这件事。作为他曾经的导师，我对你和亚利桑那大学天文台因此而蒙受的损失表示深深的歉意。

　　卡特先生，你已经好几年没有来九峰山天文台了，我还是十分想念你这位老朋友，希望你有时间来访。目前九峰山天文台正在开展太阳系数字化巡天观测，这是一个包括多个子项目的大工程，目的是为将来绘制太阳系的数字地图做准备。这也许是一项几代人才能完成的宏伟事业，为此我们愿意尽最大的努力进行工作。同时，真诚地希望世界各国的天文学同行能够与我们合作，也十分迫切地希望得到资金和先进设备的支持。要知道，我们现在用的还是比较落后的设备啊！

　　顺致最衷心的祝愿！

你的真诚的　杜克成

杜克成写完信，折起来要放进信封的时候，忽然想到应该先把信传真给卡特。于是他把叠好的信纸展开，然后拿着信纸，下意识地朝旁边看了一眼，丁岚的办公桌依然在离他不远的地方，她的椅子是空的，传真机还放在桌子上。他站起来，走到传真机旁，把信纸放进传真机，拨通了卡特的传真号，一会儿，信在传真机轻轻的嗡嗡声中发送着。他顺手把椅子从桌子下面拉出来，坐下，心里突然有了一种特别的感觉，坐在这把椅子上的曾经是一个多么熟悉的身影啊！每当他走进这间办公室，那个美丽的身影就会从这把椅子上站起，微笑着向他走来，然后是轻声的问候。当他在办公桌后面坐下来，总会有一杯香茶递到自己的面前，接下来是他需要的材料、资料、文件、书籍……然后那身影又脚步轻盈地回到那把椅子上，随即就可以听到灵巧的手指敲击键盘的声音……丁岚……杜克成听到自己轻轻说出了这两个字，他的眼眶有点发热，他真的怀念丁岚亲切的话语，爽朗的笑声，温馨的气息，还有不论什么时间，从无怨言的工作……也许她不会回来了，不会……杜克成觉得已经无法面对这把空空的椅子，他转过身，走到窗前，窗外树木翠绿，层层叠叠，在山风中尽情展现着春天的风情，清新而温暖。以前每当这时候，丁岚总会催促他，杜台长，你看看多美啊！是啊。真的是太美了，可是，我怎么到今天才发现呢？

　　这天下午，他就收到了卡特先生的回信，这一封信里有他怎么也意想不到的消息：

亲爱的杜先生：

你好！

我十分高兴收到你的来信，知道你的眼睛恢复了视力，我感到十分欣慰！此前，丁岚女士已经和我通信多次，在了解了你的病情，特别是了解到你为太阳系巡天计划所做的一切努力之后，应该说，我被深深地感动了。丁岚女士希望不要将我和她通信的事告诉你，所以几个月来，我和她一起共同保守着这个秘密。

周轶军先生抄袭的事情已经查清，我感到高兴，也使我对你的严谨和正直有了更深的了解，你献身天文事业这一人类共同的伟大事业的执着和坚韧令我感动。我想，我们应该具有共同的职业道德理念和推动天文事业发展的共同理想，这为我们今后的合作奠定了信念的基础。

我早已在媒体和网络上得知九峰山天文台正在进行的太阳系巡天观测计划和数字化太阳系的宏伟设想，前不久我在智利的太阳观测国际研讨会上聆听了邓先生宣读的论文，我为九峰山天文台有这样创造性的构想和不畏艰难、严谨细致的工作所惊叹。当代天文学早已超出了国界，成为人类共同的事业，数字化太阳系这样的巨大工程，没有广泛的国际合作是不可想象的。亚利桑那大学天文台早有与九峰山天文台合作的愿望，只是抄袭数据的事使我们的计划有所改变——亚利桑那大学天文台决不会与对天文事业不忠诚的人合作。现在这件事已经过去，我们的顾虑也烟消云散了。

在此，我有一个设想，在当代高速数据传输已经十分便捷的情况下，我们为什么不把全球多个天文台的望远镜用数据传输网络连接起来，实现数据共享呢？我想，我们可以建立一个全球数字化太阳系巡天观测网络，实现二十四小时不间断的观测，这样对于空间天气预报、卫星通信和导航等就具有不同寻常的意义，同时也会得到更多的资金支持。当然，作为这一项目的创始者，九峰山天文台理应享有主导这一网络的优先权。为此，我们愿意以租赁的形式为九峰山天文台提供最先进的观测设备，相信你会感到高兴，希望尽快得到你的答复。

　　顺致最美好的祝愿！

你忠实的　劳伦斯·卡特

　　杜克成觉得自己的眼泪滴落在传真纸上，这么多年他还很少流过泪。丁岚，感谢你做的这一切，天文学从来就是人类共同的事业，当一个天文工作者把望远镜对准天空的时候，他是把自己作为一个地球人，正在向宇宙发出人类的呼唤。探索宇宙是人类共同的事业，就应该有更多人来参与，并为这一探索一起努力……他忽然想，丁岚，也许这才是你给我的意外惊喜啊……

64　远行者

帷幕正在悄悄地开启，巨大的闪光正待从它的后面迸射而出，让世界发出惊呼！只有一个人站在舞台的下面，正用生命化成的火种，去点燃这一璀璨的时刻。

　　余锦菲坐在梳妆台前，从大镜子里仔细地端详自己的面容，又拿了一个小化妆镜查看脸上细微处的瑕疵。其实，她知道自己有一种天然的美，这是一种不会随着年龄而褪色的真正天赐的美丽：标准好看的脸型，细长的眼睛很有风情，让人看一眼就忘不了。长长的眉毛是不粗不细的那一种，显得智慧而温柔。高鼻梁很有雕塑感，给她一种女人少有的坚毅感。她笑起来更是有一种无法形容的美，牙齿洁白得有点透明，就像某种玉一样好看。过去很多年，她很少用护肤品，她的皮肤白皙平滑，不用特别护理也很有光彩。尽管有时会因为彻夜工作眼圈发黑，可只要睡一觉就能恢复。何慧琳不止一次地说，你啊，真是美丽得让同龄的女人嫉妒！可是现在她从镜子里发现，自己的脸上已经有了明显的皱纹，特别是眼角的皱纹几乎细密地重合起来。脸颊两旁还有了一些浅褐色的斑，过去她从没注意过。我是老了吗？她问自己，心里略微有点伤感涌上来，眼泪也开始在眼眶里盈盈闪动。自从杜克成的眼睛出了问题，她仿佛觉得自己的生命也蒙上了一层无形的灰色，淡淡的，却又挥之不去。她甚至很多天情绪都好像跌进了无底的深谷，没有绝处逢生的希望了……她让自己振奋起来，可是那种心理暗示却一点也没有用。女儿说，这是因为一种失落造成的精神忧郁。她还说，妈妈，你之所以会这样，是因为你太爱你的雕塑了，你是从心底爱你的塑像，你的作品胜过了你对自己生命的珍视……

余锦菲觉得也许星儿说得对，这些年，自己在雕塑工作室里度过了多少寂寞的时光啊！面对着一大堆泥土，或者是一大块大理石，默默地构思、雕琢……她做过很多人体雕塑，其中有青春勃发的少女，有丰满成熟的女性，也有满脸皱纹、身形佝偻的老妇人。可是自己呢？此刻她看着脸上的一块浅褐色的斑，第一次感受到了一种生命流逝的怅惘。也许一个艺术家就是这样，他把自己的血液输给了自己创造的人物，后来人物活了，而艺术家却苍白了……哦，再过几天雕塑展就要开幕了，想到这件事，她有点激动，看到镜子里自己的脸颊也变得绯红了。这是她第一次举办个人雕塑作品展览，对于一个雕塑家这是梦寐以求的，因为展览将全面展示雕塑家的创作能力、创作成就和艺术思想，也是自己的人文情怀和艺术精神接受公众检阅的典礼。所以她希望不管是作品，还是她本人的出场都要尽可能的完美。

她打开一管管一瓶瓶面膜、磨砂膏、按摩乳、紧肤水、护肤霜，按照说明书在脸上一遍遍地涂抹又洗掉，洗掉又涂抹。不知过了多久，当她再次坐到梳妆台前的时候，几乎要发出一声惊叫了，天哪，她觉得自己就像年轻了十岁！

余锦菲感到一阵轻松，她站起来，推开阳台的门，来到阳台上，早晨阳光洒在她身上，她的栗棕色的卷发和洁白的睡衣都变成金色。她眺望着远处的美术馆，那别具一格的建筑坐落在一片秀丽的风景之中，那是一个真正的艺术殿堂。她曾经很多次去过那里，去看别人的展览，或者带着学生去观摩。而这回那里将要举行她自己的展览了。那些作品有几十件，其中有一整面墙那么巨大的瓷浮雕，有大大小小的人物雕塑，也有叙事风格的组雕……她忽然想起，杜克成躺在病床上的时候曾经对她说过，鱼儿，假如有一天我的眼睛还能恢复视力，我一定要参加你的雕塑展……可是现在她并不抱太大的希望了，因为杜克成又回到了天文台，失明的日子好像从来就没有发生过。天文台，那几个巨大的白色的半球形的圆顶，孤零零地立在九峰山的山顶上。很久以前它们就立在那儿了，在大多数人看来，它是一个神秘的存在，能够出入那里的人就意味着知识、权威，甚至崇高和神秘。可是，对于她，与其说那个天文台是一个探索宇宙星空奥秘的科研基地，倒不如说是一个埋葬人的青春、爱情和生命的坟墓。在那座山的山腰上和山脚下，浓浓的绿荫之中，隐隐约约有几排平房，她和他，还有孩子们曾经在那里住过好多年。那是一种什么生活啊！狭小的房子，阴暗潮湿……唯一让她留恋的是一家人拥挤在狭小的屋子里那种浓浓的亲情。即使她和杜克成没有时间耳鬓厮磨，至少偶尔还有时间在一起做饭吃饭，一起为孩子们辅导功课，当然，还有争吵。因为他几乎天天晚上都要到天文台去。尽管家就在半山腰，他却好像在天外的某个地方、某个神秘的存在、某个她无法进入的存在。每到夜晚，家里就只有她和两个孩子，孩子们要做功课，她自己也要画素描，给学生看作业。要是他早晨回来得早，她在上班以前还能和他碰个头，说几句有关孩子的话。可是自从到了这儿——在这个新的家，宽敞舒适、令人羡慕的家，在每个人有了自己的空间之后，宁静和疏落代替了亲密和热烈。自从他有了自己的书房，他就在里面摆上了一张床和一

64 远行者　　405

张写字台，然后就在里面没完没了地写啊算啊，没有了白天和黑夜，也没有了春夏秋冬。家里也好像只剩下了她一个人，不，仿佛这个世界上只有她一个人……其实，现在家里除了梅娟，真的就只剩下她一个人了，星儿去当医生了，儿子去了俄罗斯学习。前几天，儿子来信说，亲爱的妈妈，我不能参加你的雕塑展的开幕式，这是我最遗憾的事情。可是我去了这里的新圣女公墓，看到了你对我说过的那些雕像，那一座座各种姿态的人物塑像让我的心灵受到了强烈的震撼。妈妈，我在这里的飞行员公墓还看到了另一种雕塑，那是一座座白色的石碑，上面镌刻着一些英雄的名字，他们都是为航空航天事业献身的人……

　　余锦菲下楼，来到客厅，扫了一眼偌大的一个空间，现在这里已经恢复了原样，客厅的一角是一架很大的三角钢琴，另一旁摆放着她已经完成的雕像，这是她精雕细刻而成的《远行者》。她走到雕像前，注视着他。几年前，当这块大理石矗立在她面前的时候，她突然产生了一种从未有过的冲动，仿佛眼前不是一块普通的雕塑材料，而是一块有生命、有灵魂的石头。她负有使命，要把这个生命和灵魂从大理石中呼唤出来。她举起锤子和钢凿，一下、一下……深夜里，那种锤击的声音特别清晰，碎石和石粉崩落下来，轮廓出来了，她雕琢出一个模糊的身影，接着是精细的雕琢、磨刻，一刀又一刀，一凿又一凿，一丝丝细腻的如同粉尘一样的碎末从大理石上飘落下来，她终于又见到了他，看见他回眸的目光，那是一个男人坚定的眼神。不，那眼神中分明还有一丝深情。她看见他的嘴唇露出一抹微笑，那是一个男人的理性的微笑……她在这尊雕像前默默地站了很久，轻轻地对他说，我亲爱的格瓦拉，我是多么想念你啊！在等待你出现的日日夜夜，也许我是孤独的，可是我只能是孤独的，因为我选择了雕塑……

65　显微镜

敏感意味着脆弱。这是高级智能生物的特点之一。只有不断经受大风大浪、环境突变的磨砺，才能做到敏感而镇静，临危而不惧。

　　朱丽宁在实验室里，正在一架电子显微镜前，仔细地看一块她最近刚刚从祁连山冰川取回来的冰块样本。这一次，她观察的是用隔热性能极好的保温箱带回来的，这冰块完整地保持着它的原生形态。她一点一点地增大着放大倍数，微生物的结构一点一点清晰起来，她看见的是一种常见的真菌。真菌到处都有，而且种类多得数不胜数，不过，让她吃惊的是从冰川采回来的样本中居然也有这样的真菌。她有点兴奋，因为这正是她希望看到的，通过比较冰川和城市污染环境中的真菌的形态，可以清楚地看到它们变异的情况。她一边看，一边在记录本上画着这种真菌的显微形态图谱。她喜欢做这样的事，而不是像别人一样仅仅用照相机拍下来，用手工画虽然要花费很多时间，但它更具有资料的意义，可以长期保存。她耐心地一笔一笔地画着，但她必须抓紧时间，因为冰块的样本会融化，而且，很容易受到污染，造成失真。

现在已经是晚上十点多了，朱丽宁却还在实验室，在试验台前聚精会神地做着记录。在不同的放大倍数下，真菌的精微结构显现出不同的形态，她画了一张又一张不同放大倍数下的图谱，已经到了最高放大倍数了，再有一会儿也许就完成了。可是她的眼睛却变得模糊起来，这是又一次模糊，每一次实在看不清了，她就自己按摩一下眼睛，一、二、三、四——二、二、三、四——她想起中学时的眼保健操，就轻轻地笑了。那时候坐在她不远处的曾在平总是趁着做眼保健操的时候，偷偷地看她，可她却故意装着没看见，哦，假如时光能够倒流……就在这时，她不远处的电话响起了铃声。

这么晚了，谁会往这里打电话呢？女儿是不会往这里打电话的，不理睬它……朱丽宁这样想着，又开始看显微镜，就剩下最后一张图谱了。可是电话铃却一遍一遍不停地响着，仿佛有十万火急的事情。

会不会同事家里有什么急事？会不会外出考察的同事在外面发生了意外？会不会……

她的眼睛离开电子显微镜的目镜，过去拿起了电话。

喂，谁呀？

丽宁，我找你找得血压都高啦。

原来是许建文。哦，建文，你怎么知道我在这儿？有事吗？

我往你家打了好几次电话都没人接，我就猜到你在实验室，你的三点一线的习惯我是清楚的啊！

那，你这么晚了……

还没等她说完，许建文就说，丽宁，今天又有一件事我要祝贺你。

朱丽宁觉得许建文的语气有点奇怪，于是，她一只手拿着听筒，另一只手拿起电话机，朝显微镜走过去。祝贺我？我可没做什么呀？朱丽宁很平淡地说。

我的朱教授，怎么什么事都瞒着我啊？你的大作即将面世了，现在学校……哦，首先是我，不，我敢说现在学术界都在翘首期盼啊！

啊——朱丽宁真的吃了一惊，但她立刻沉静下来，仅仅是出版一部学术著作，而且是自己本职工作范围内的事，有什么值得大惊小怪的？而且，说得如此耸人听闻，学术界翘首期盼！不过，这倒符合许建文一贯的说话方式，她觉得这话的背后一定隐藏着什么。

建文，你干吗这样虚张声势，那本书只是我过去工作的一个总结，加上一些新的研究和探讨，出版是为了更好地跟同行们交流，有利于学术争鸣，也希望能给年轻人一点启发。至于我个人，实在没有什么了不起的。说完，她按下了电话的免提键，把听筒放回原处，眼睛又回到了显微镜的目镜上。可是因为有了干扰，她手里的笔却有些不听话了。

丽宁，这可是一部具有划时代意义的著作啊。这不是我说的，而是审读稿子的关教授说的，关教授可是权威人物，还是工程院院士。这不，学校专门为你这部著作的出版拨了经费，不但拨了出版费用，还拨了研讨会的钱。丽宁，你说这不值得祝贺吗？

朱丽宁说，有专门的经费支持我真没想到，不过我们所还有几本有价值的书出不来。建文，你……

丽宁，你不要一口气就平地起高楼，事情总得有个轻重缓急啊。许建文打断朱丽宁的话，他说，前些时候，我给校领导打了报告，汇报了科研处工作取得的最新成就，特别是你们动物研究所的工作进展。领导非常重视。许建文停了一下，又接着说，呃，怎么说呢？我都找不到形容词了，这么说吧，朱教授。不，不是朱教授，这太见外了。丽宁，我们是老同学了，从中学到大学，你跟慧琳还是最好的朋友，现在你成了有国际声誉的著名学者，有成就我当然要祝贺了。

朱丽宁说，既然是老同学，那就请你继续多为动物所的科研呼吁。

那当然，我义不容辞。许建文愉快地笑了，又说道，对了，还有一件事我想告诉你，就是……今天我得到消息，已经让我担任副校长了，并且明确由我负责科研工作。丽宁，说到这些，我还要感谢你呢，领导认为科研处这几年工作有成绩，尤其在黑叶猴基因研究方面有前瞻性的突破，而且你还当选为国际濒危动物研究理事会的常务理事……

朱丽宁不由得笑了，许建文说了这么多，其实就是想说他担任副校长的事。她还是敷衍了许建文一句，那我应该祝贺你啊，许校长，当然还要祝贺慧琳……

丽宁……许建文的声音忽然像低了八度。他迟疑了一下又说，丽宁，我们是老同学，你可不要讽刺我，而且你也不用祝贺慧琳了，上周我们已经办了离婚手续，从此分道扬镳，各走各的路了……

朱丽宁不由怔了一下，语气也缓和了一些。她说，建文，这个慧琳还没有告诉我，我觉得你们还是再……

电话那头，许建文叹了一口气。丽宁，你知道这件事已经不是一年两年了，何慧琳总是觉得我和她不是一路人。说实话，我现在也想通了，既然她觉得离开好，那我也只能随她的便了……他又叹了口气说，算了，不说这些了。

朱丽宁拿着话筒沉默了一会儿，不知道再说什么好。这时许建文又说，丽宁，我们过去这么多年一直合作得很好，每到关键时刻，你总是全力支持我的工作，能上能下，埋头苦干，任劳任怨，这个，全校上下有目共睹。我总在想，要是全校的科研工作者都能像你一样，都像曾在平一样，忘我地搞科研，出成果，那我们华北大学的科研事业一定能够飞速发展，名扬四海……

曾在平，他居然在这个时候想起了曾在平，这是为什么？难道是因为那本书？朱丽宁想起来了，就在她的文章被发表在网上的时候，许建文还在电话里说，人没了，成果还有什么用！现在呢？成果有用了。她想起曾在平，仿佛又看见他的身影。那时候多少个日日夜夜，他总是风餐露宿，一步一步地在泥泞中走着，在自己踏出的羊肠小道上走着，可今天……

许建文还在继续说着，丽宁，我希望你继续像以前一样全力支持我的工作，华北大学的科研事业非常需要你这样的人才。我经过再三考虑，决定还是由你担任动物所的所长。丽宁，喂，你怎么不说话啊？

不，建文，我不适合担任领导职务，我还是集中精力做我的研究课题——朱丽宁又一次离开了她的目镜，她的声音都有些颤抖了。

丽宁，我打电话给你，就是想告诉你，恢复你的所长职务。我给校领导提出你官复原职的三个理由：首先，你在学术上为学校赢得了国际声誉；第二，你过去领导动物所还是有成绩的；第三，你不图名不图利，对事业有一种献身精神。丽宁，看在老同学的面子上，你一定不要拒绝……

朱丽宁这时把全部目光移回到自己的观测中，在显微镜里，是堪称完美的双螺旋结构，两个螺旋体，正以完全相同的螺旋度上升、上升……两个螺旋体，是两个……她在心里默念着。是两个，是两个……她突然感到头晕，眼前的双螺旋结构开始变得晃晃悠悠，然后慢慢地开始旋转，一个在螺旋式上升，而另一个却在螺旋式下降。这不会的，这是不可能的，不可能！她断定是自己看错了。她用手扶住工作台的台面，稍稍稳定一下自己的身体，然后又向显微镜俯过身去，可是她的身体好像不听她的大脑的指挥，两只眼睛总是不能稳定在显微镜的目镜上。她把身后的圆凳旋转得高一点，坐在了凳子上，再俯到目镜上去看，奇怪的是，两个螺旋体已经消失了。她第一次不相信自己的眼睛，更不相信平时用得再熟悉不过的显微镜会欺骗她的眼睛，可是，真的是已经消失了。消失了，没有了，曾在平，他已经消失了，消失了就是没有了，只有他的成果，他的书……

喂，丽宁，朱丽宁，你怎么不说话啊？我现在是代表学校跟你说话，这个，这个所长你要当，这个所长你一定……

朱丽宁伸出手，按了一下免提键，电话啪的一声断了，显微镜的物镜下面，冰块融化的水珠正一滴一滴落下来……

66 眼泪

两只手握在一起，只有几秒钟，他和她，她和她，热烈的，平淡的，真实的，敷衍的，狡诈的，无奈的……不知道有多少词语可以用来描述握手，因为两只握在一起的手，血管里流淌的却是各自的血……

余锦菲来到美术馆。她没有把车开到展览大厅的门边，而是在路边就下来了，她不希望像一个正在出席颁奖典礼的电影明星那样光彩夺目。自从雕塑展的消息发布后，她就不断接到记者的电话，要给她做各种采访，平面采访，电视访谈，五花八门。可是雕塑家不是演员，雕塑是无声的语言，是远离尘嚣的。尽管如此，她还是把自己修饰一番，她化了淡妆，其实她觉得自己白皙的皮肤不用再涂什么粉底霜，她只是很仔细地画了眼线，将睫毛刷得又密又长，这可是让女人富有魅力的秘密啊，还有比眼睛更重要的吗？栗棕色的头发盘在脑后，她觉得这样会显得更年轻。她选了一身墨绿的套裙，脚上是黑色高跟鞋，翻出的白色衣领看起来显得高贵又典雅。

远远地，她看见高高的台阶上已经挤满了人，还有很多人正沿着台阶上的红地毯，走向展览大厅。在大厅门口上方，悬挂着一条巨大的红色横幅，上面印着醒目的白字——著名雕塑家余锦菲教授雕塑作品展。她仰视着这座巨大的建筑物，它采用的是最新的超现代设计，它矗立在一片很大的水面中的一个大平台上，水池的周围绿草如茵，通过一座简单曲折的桥可以到达这个美术馆。美术馆的外形像一根巨大的圆柱和另一根巨大的椭圆柱的结合体，它们之间有一层悬空的楼层相连，仿佛两根冲破云层直上天空的天梯。虽然她过去多次到这里来参观别人的展览，但是作为最高的艺术殿堂，她没有梦想过在这里举办自己的个人展。因为她的创作本身并不是为了到一个艺术殿堂里去展出，她始终认为雕塑和其他艺术一样，都是为了喜欢艺术的人们，而这样的人到处都有，不一定非要到艺术的殿堂里去炫耀一时。她很赞同美国的很多艺术家，他们把自己的作品放在街头展出，比如一个美国的铜雕艺术家就把自己数吨重的作品放在纽约的马路边上展览和出售，他说自己喜欢过路的人们对他的作品指指点点，也喜欢孩子们放学以后围着他的铜雕玩耍。这样的艺术更亲近人，更容易得到大众的喜爱。而那些放在防弹玻璃里的艺术品，就像保险柜里的黄金一样，其实已经失去了艺术真正的意义。

学生们向她围拢过来，给她献上精心扎制的花束，美丽而芬芳，她接过花的时候眼泪竟涌了出来。学校和院系的领导、同事也都来向她表示祝贺。还有过去的同学、慕名从别的城市赶来的参观者、雕塑界的同行，人们纷纷挤过人群来同她握手致意、合影留念。新闻记者则把摄像机和照相机的镜头对准她，无论她是否愿意，镜头都录下了她的泪光、她的笑容。摄像师的灯光很刺眼，她觉得就像忽然走出那间工作了很多年的、光线有点昏暗的工作室，来到了灿烂的阳光下。

当主持人宣布展览开幕，听着几位嘉宾用赞美的词句向她表示祝贺的时候，她眼眶里的泪水还在滚动。最后，主持人宣布，请余锦菲教授讲话，她站在麦克风前，人们热烈地鼓掌欢迎，她张了张嘴，却没有发出声音。一瞬间，她的大脑仿佛一片空白。她镇定了一下，对自己说，说吧，就说很多天以来想到的一切，可是我都想了什么呢？快说啊，你看有这么多人都等着听你说话。啊，人们，我应该怎么告诉你们我内心的一切呢？我的创作？那不是用几句话就能讲完的，构思、画素描、雕塑……我真的忘了那些天是怎么过来的。是的，我记得我的手很疼，完全失去了功能……我想告诉你们，我的儿子他正在……可是你们谁又认识我的儿子呢？他在很远的地方……我得说出来，必须说出来，一个教授难道还不会说话吗？可是怎么开头呢？我……天哪，我怎么失语了？怎么什么也不会说了，我……余锦菲只是不停地说，谢谢，谢谢……她觉得从没有这么尴尬，她的脸涨得通红，连台阶下的观众都为她着急了。

主持人看到这种情形，只好连忙高声宣布，现在，请各位参观展览。

余锦菲被人簇拥着走进展览大厅。宏大的气势，精巧的布局，连她自己都惊呆了。这是怎样的艺术杰作啊！她竟然像一个普通的参观者一样，一件一件仔细地观看起那些展品来。《等待》，这曾经是她最得意的作品之一，她曾经多少次在小树林边那样翘首以待，她把自己所有的焦灼和渴望都写在了女主人公的脸上，而且，还大胆地突破了雕塑作品没有背景的局限，在作品中加入了小树林作为背景。她长时间地看着这件作品，仿佛在看着自己的过去，脸上掠过一阵红晕。还有，《回乡路上的退伍兵》，他在想些什么？他的家乡是怎样的一个穷山恶水？破旧的草屋，四面透风？从草屋到军营，再从军营重新回到泥泞的乡间土路，他的人生理想发生了怎样的跌宕？《下岗女工》，她曾经有过怎样的骄傲？

也许她还曾经是一个劳动模范，可现在又是怎样的失落呢？面对没有了生活来源的生活，她又怎么承受社会和家庭的重负呢？《落榜生》，此时此刻，他有着怎样复杂的心情，沮丧、灰心、懊悔？他还能重新鼓起勇气，面对下一次考试吗？没有多少人生阅历的他，能顺利渡过这一难关吗……

余锦菲不顾别人好奇的目光，一件一件审阅着自己的作品。这是她二十多年来第一次有机会认真地审阅自己过去创造的这么多作品。说实话，在展出之前，她没有时间一件一件地仔细看看，哪一件应该展出？哪一件应该保留？只是在同事们的鼓励下，她拿出了一堆自己的作品。

这样也好，可以真正地面对人们审视的目光，无论这些目光是专业的还是非专业的，无论是带着成见的还是完全客观的，都不要紧。他们作为参观者有权作出评判，他们有评判的权利，他们可以说喜欢，也可以说不喜欢，他们可以说美，也可以说丑，随他们的心愿。但是对于我，二十多年是漫长的，也是短暂的，在一刀一凿之间，时间流逝得比什么都快，而冥思苦想之中，时间却像凝固了一样，让人的心灵承受难以言喻的煎熬……当然，也有眼前豁然开朗带来的欣喜……

《告别青春的岁月》，我怎么想不起来这是什么时候的作品了？告别青春，那应该是即将跨入四十岁的年龄，哦，天哪，这是在说我自己吗？我在跨越四十岁的时候，就是这样的吗？留恋着青春洋溢的美好时光，对未来的生活既有仍然浪漫的想象，又有难以说得清楚的怅惘。这是一个思想最丰富的时期，我已经记不起来在这张脸上所花费的时间了，我已经不是在刻画她的表情，而是让这座雕像诉说，诉说我自己，诉说我过去的梦幻，担心我的未来的……还有对爱情的憧憬，是啊，是爱情！我的爱情！杜克成啊，杜克成，你什么时候也能看一眼这个作品，你也能看懂我在向你诉说些什么？她忍不住低下了头。

老师，我很长时间都没有这么感动了……

余锦菲被学生的话从沉思中唤醒，她这才发现她的身边始终围着好几个学生。

老师，您的作品给我们的启发太多了。

说点具体的。余锦菲说。

比如说，您总是把表现的对象对准了最底层的人们，表现出他们最真实、最质朴的心灵……

还有，您总是把表现人物内心的复杂情感作为主题，而且您总是表现得非常细腻和真实，一点也没有矫揉造作的感觉。

您观察生活特别特别细致，所以您刻画的人物就像我们身边的人。

所以啊，我一直把观察作为创作的前提，没有观察，没有真实的对象，把自己关在房子里，那只能创作一面白墙。还有，过去人们总是认为，雕塑的本质是表现形体，其实我认为，雕塑更应该表现内心，有了内心，凝固的物体才有了灵魂，固体的东西才能活起来……

同学们静静地听着，巨大的展厅这时候好像已经变成了课堂。

老师，这件《漂泊》，我总觉得好像是您自己的写照，因为……

因为什么？余锦菲问。

因为我……我看出来，这种情感上的波折，如果不是亲身体验，别人是表现不出来的……

余锦菲像一个待嫁的新娘被人唐突地揭开了盖头一样，有一种无法躲藏的感觉。我，我，不不不……

任何事物如果不是亲身体验，都表现不好。是吗，老师？有同学在旁边打断那个同学的问题。

不对，我认为它不是表现人的，它是表达一种动感……

我认为两者兼而有之。它虽然表达的是动感，但仍然是人的内心的一种动感，表现的是一种人的内心的漂泊跌宕的生活情趣……

同学们热烈地争论起来。

这时，一个女记者走过来，来到余锦菲的面前。

余教授，在这样一个盛大的展览开幕的时候，能不能请您谈一谈此时此刻的感想？她用记者惯有的口吻提出了她的第一个问题。

我，我——余锦菲犹豫起来，她无法说出自己内心的真实感受，她此刻最期待的，就是有杜克成，还有儿子和女儿陪伴在自己身边。她的展览也许本来是为他们办的，他们从来也没有完整地看到过她二十多年的创作历程。二十多年来，她用怎样的坚韧和耐心，把一块块大理石、花岗岩雕琢成一件件作品，把一堆堆的泥土塑造成一个一个仿佛真实的、呼之欲出的人。可是此刻他们一个也不在她的身边，她的幸福感，她的荣誉感，都仿佛蒙上了一层看不见的阴影，把她和亲情和爱情隔绝开来。当她要向公众表达的时候，她无法撒谎，她是一个真实的人，一如她的作品，从来也没有半点的虚伪和矫饰。活生生的人，活的内心，活的雕塑语言，作品对于她，都有生命，而生命是不能有半点虚假的，虚假的生命和死亡没有区别。

我……她终于说出来了。此刻，我最渴望和我的亲人们在一起，我的丈夫，我的儿子，我的女儿，我要把我的幸福和他们共享，我的很多作品，甚至我最值得骄傲的作品，是为他们而创作的，可是他们全都不在我的身边……在我从事雕塑工作的二十多年里，我和他们在一起的时间太少了，这一点我无法安慰自己，但是我又想，既然雕塑已经成为我生命的一部分，我没有理由不为它付出一切……

此时，余锦菲的两颊上流下了两滴晶莹的泪珠。

但是我还是觉得我是幸运的，我能够在这个辉煌的艺术殿堂里和大家在一起，如果我二十多年的劳动能够给人们带来短暂的快乐和享受，那也是我莫大的幸福。

余教授，既然雕塑已经成为你生命的一部分，那么，您今后在雕塑上还有什么打算呢？记者问。

我……

嗨，你就不会问点别的问题吗？有个女学生插话进来。

你们记者怎么都喜欢用一句话啊？

余教授，我……记者很尴尬。

余锦菲笑了，说，我的学生性格都比较直爽，请你原谅。同学们也都笑了。她又说，和学生在一起我总是很快乐，虽然他们有时会提一些让人意想不到的问题，但是他们却是真诚的，真诚的东西才能让人感动，让人产生创作的欲望和冲动……今后我还是要努力教学，把我的学生教好，希望我的学生也能成为雕塑家……

余锦菲摆脱了女记者，继续看雕塑。忽然，她看见一个熟悉的背影，她正站在那尊《远行者》的雕像前。她一动不动地看着它，长久地沉默着，那神情就像在海边久久站着，盼望渔船归来的女人……

她是怀着怎样一种复杂的和悲痛的感情雕刻《远行者》的啊，为了这尊雕像，她曾经度过多少不眠之夜！在开始动手雕琢那块大理石的时候，泪水模糊了她的眼睛，这雕像是一个人的侧影，他的头发被风吹拂着有点乱，他回眸的眼睛正看着什么地方，眼神里隐藏着留恋和一丝温情。他背着一只旧背包，脚上是翻毛皮鞋，可以看出这是一个久经风雨，矢志不渝的行者。她觉得，对于一个生前没有留下几张照片的人，这样一尊雕像也许更符合主人公的意愿。

丽宁……她走过去，轻轻叫了一声。

朱丽宁回过头，惊喜地叫起来，哦，锦菲，刚才我还在找你呢……祝贺你……

她们紧紧地拥抱着，彼此都能感到一种激动的颤抖。

丽宁，你怎么来了？余锦菲问。

我早就从报纸上看到展览的消息了。朱丽宁有点嗔怪地问，你怎么不告诉我呢？

余锦菲连忙说，丽宁，我怕你忙，所以……

我再忙，你的展览我也要来，但是我没有想到能看见他的雕像……朱丽宁的声音低下去。

余锦菲说，丽宁，很多人都喜欢这座雕像，预展的时候已经有很多人留言了。

没想到还有这么多人记得他……朱丽宁转了话题，问，克成最近好吗？孩子们怎么样？

余锦菲说，都很好，我们的天文学家还是那样，怎么说都不听，一意孤行。我想通了，任他去吧，要是不让他观测，也许就像不让我做雕塑一样。时光在俄罗斯一个航天基地，最近又去参加海上救生训练了。星儿去神经内科当实习医生了。雪雁最近怎么样，孩子好吗？

朱丽宁说，雪雁就像在平一样，是一只飞得很远的孤雁……她的语气有点伤感，眼圈也有点发红。

我想在平一定会为雪雁感到欣慰和骄傲。可是……丽宁……余锦菲停了一下才说，我真的很抱歉，我怎么也没想到那个周轶军……

锦菲，你这样关心雪雁我已经很感动了，千万不要说抱歉……朱丽宁说。

余锦菲摇摇头,不,我还是觉得难过和自责,克成也是。我怕雪雁……

朱丽宁连忙说,锦菲,你知道,雪雁是个很坚强的孩子,你不要多想。

丽宁,你知道,通过这件事,我在想为什么学术界的造假越来越多,越来越……一些青年学者,甚至还有年长的,他们为什么会变成这样? 余锦菲仰起头,声音有些气愤。

朱丽宁的语调依然平静,我想这就是时代的不同,这个时代给了我们太多高速的冲击,一些事物我们还没有看清楚就已经散播开了,所以我们无法阻挡,也阻挡不了。总有一天,当我们的生活成为历史,这一切或许就是未来人的经验。

余锦菲说,丽宁,等雪雁回来的时候你一定带她来我家,好吗?

锦菲,谢谢你……朱丽宁说着,忍不住握住余锦菲的一只手。哦,这是怎样的手啊! 它是这样的温暖、有力,还有点粗糙,这是艺术家的手,也是……她猛然想起曾在平的日记里的那一段让她刻骨铭心的话:……你的手是多么温柔啊,可是却有点粗糙,或许是因为你也和泥巴打交道,像我一样……她握着余锦菲的那一只手立刻就僵住了,她的思想也仿佛停滞了,她什么也说不出来,只有两只眼睛呆呆地看着她。

他已经走了,离我们越来越远……余锦菲仿佛在自言自语,她的眼睛还是凝视着那尊雕像,她并没有注意到朱丽宁的表情,只感觉到她的手很凉,有点僵硬。她轻轻地说,丽宁,我在想,他去的地方一定很美,蓝色的河流、绿色的沼泽……

这一刻,泪水同时从她们两个人的脸上流了下来……

67 跳伞者

那是一片洁白的冰雪世界，晶莹的冰山簇拥着深蓝的海，这是
只有北极熊和海豹的世界，而在这严寒的上空，每天却有无数
架航空器呼啸而过，它们留下了白色的踪迹，还在空中划过了
理想的印痕……

　　北冰洋，一个多么美丽的名字！这个名字会让人想起一个
冷艳孤傲的女人，在一片白色的世界里，她是唯一的冰雪公主，永
远身披白纱伫立着，仿佛在等待爱情的到来。在地球仪上，北
冰洋也真是一个覆盖着白雪的地方，她在地球北极的周围，或
者，北极在她的怀抱之中。那是一片永久严寒的地带，沉默的
白色无边无际，代替了波涛汹涌的蔚蓝。冰雪在淡淡的阳光下
闪耀着晶莹的光芒，让一切都纯净得透明，仿佛停留在地球刚
刚诞生的那一天。但是，每当狂风肆虐，严寒就把一切生命迹
象都扫荡得干干净净。当几个月以来一直低低悬挂在地平线上
的太阳终于沉落下去的时候，那里就没有了白昼，只有漫长得
仿佛无穷无尽的黑夜。这就是北冰洋，当波峰浪谷凝固成雕塑，一
年中只有一次白昼和黑夜交替的时候，那里就成为最勇敢的探
险家涉足的领域，或者，成为一切极端试验的理想场所。
　　四月的一天，一家外国通讯社发布了这样一则消息，全文如下：

据报道，今天，俄罗斯一架小型军用飞机在北冰洋附近上空执行训练任务时，因机械故障坠入海中。据军方证实，机上共有六人，其中有一名来自中国。据目击者称，在飞机坠入大海之前，机上人员全部跳伞逃生。现在搜救飞机和船只已赶往出事地点。截至记者发稿时，还未发现跳伞者。

两天之后，这家通讯社又发出消息说，救援人员仍然没有发现失踪者，搜救工作还在继续进行。负责组织搜寻的俄方人员透露了这六个人的名单，他们是：

驾驶员，鲍里索维奇·苏里科夫

副驾驶，雅科夫·乌里扬诺夫斯基

机械师，费奥多罗维奇·杜勃洛夫

教练员，尼古拉·谢尔盖伊

训练员，列昂尼德·卡巴耶夫

训练员，杜时光（中国）

一直跟踪采访这次训练的记者回忆说，在这个中国训练员宿舍的床头，贴着一幅秦兵马俑的速写，上面的古代武士面容英俊，身材健壮，就如同这个叫杜时光的年轻人一样……

2003年7月—12月初稿

2004年1月—2004年8月因腿部骨折中断写作

2004年9月—2005年10月第二稿

2006年4月—2007年2月修改于济南

图书在版编目（CIP）数据

天长地久 / 张海迪著. -- 北京 ：中国青年出版社，
2025. 1. -- ISBN 978-7-5153-7300-3

Ⅰ. I247.5

中国国家版本馆CIP数据核字第2024V0B841号

责任编辑　孙梦云
书籍设计　IDEA·XD＋刘清霞

出版发行　中国青年出版社
社　　址　北京东四十二条 21 号
邮　　编　100708
网　　址　www.cyp.com.cn
编辑中心　010-57350394
营销中心　010-57350370
印　　刷　北京盛通印刷股份有限公司
经　　销　新华书店
开　　本　710mm×1000mm 1/16
字　　数　327 千字
印　　张　27.5
版　　次　2025 年 8 月北京第 1 版
印　　次　2025 年 8 月北京第 1 次印刷
定　　价　99.00 元

如有印装质量问题，请凭购书发票与质检部联系调换
电话：010-57350337